外国名作家文集·钱德勒卷　王逢振/主编

漫长的道别

The Long Goodbye

〔美〕雷蒙德·钱德勒/著

张贯之/译

Raymond Chandler

漓江出版社

·桂林·

·总 序·

雷蒙德·钱德勒：硬汉派侦探小说的先驱

王逢振

一般认为，侦探小说始于美国作家爱伦·坡，后来在英国得到发展，并在柯南·道尔的笔下达到巅峰，形成了侦探小说的传统模式，一直延续到 20 世纪。但是，20 世纪 30 年代，由于美国经济萧条，穷困和不幸导致暴力和犯罪增多，产生了一批新的具有时代思潮的作家。他们作品中的侦探并不拘泥于警察的正义，而是推崇道德信念和武力，一般都是勇于冒险的硬汉，因此被称为硬汉派侦探小说。在侦探推理小说的发展史上，硬汉派侦探小说可谓是一场颠覆传统模式的革命。其代表作家是美国的达希尔·哈梅特（1894—1961）和雷蒙德·钱德勒（1888—1959）。

雷蒙德·钱德勒 1888 年 7 月 23 日出生于美国芝加哥。七岁时父母离异，他随母亲来到英国。雷蒙德有志成为一名作家，但母亲和祖母坚持要他成为公务员。于是他进入海军部，但不久便离开了。他尝试成为自由撰稿人，然而又失败了。1912 年，钱德勒返回美国，定居洛杉矶。他做过多种工作，后来进入戴比尼石油公司担任记账员，不久升任副总裁。

大萧条迫使钱德勒离开了商业，于是他又想到写作。他开始阅读其他侦探小说作家的作品，模仿自己喜欢的作家进行创作，其中对他影响最大的是达希尔·哈梅特。经过多次修改，他的第一篇侦探小说《勒索者别开枪》投给了著名的廉价杂志《黑色面具》，并刊登在1933年12月号上。此后，他开始撰写短篇侦探小说。1933年到1939年之间诞生了他大部分的短篇作品。1938年，出版商请钱德勒撰写一部长篇小说，于是产生了1939年出版的《长眠不醒》。

《长眠不醒》出版后产生了巨大反响，不仅广为读者喜爱，销售数十万册，而且得到众多评论家的好评，被认为是硬汉派侦探小说的典范，由此奠定了他在小说界的地位。此后，他先后出版了《再见，吾爱》（1940）、《高窗》（1942）、《湖底女人》（1943）、《小妹妹》（1949）和《漫长的道别》（又译《依依惜别》，1953）等。1942年到1947年，他的四部小说六次被好莱坞搬上银幕，影片和小说相互映衬，一时间钱德勒几乎成了美国家喻户晓的人物。由此他的侦探小说被纳入经典文学史册，收录到权威的"美国文库"，他的名字也成了硬汉派的代表。

钱德勒的早期经历对其作品产生了重大影响，从而形成了他独特的个人风格。首先，大萧条以前，他作为石油产业主管在洛杉矶生活了大约十五年，虽然大萧条迫使他离开了商业，但十五年足以使他感受到这城市氛围的独特之处，使他能够看到权力和权力的构成形式。其次，他出生于美国，但从八岁开始一直在英国上学，接受英国公立学校的教育。英式与美式英语的差距使他能够以自己的方式运用它。正如美国著名批评家詹姆逊指出的，"这种语言不可能仍是自然而然的；词语也不可能毫无疑义……那种天然的、不假思索的文学表达不可能出现；他会感到他的语言有一种物质性的强度和抵抗；甚至在说母语的人看来根本算不上什么词的俗话和俚语，或只是瞬间的即时交流，从他的嘴里说出来也带有异国情调"[①]。因此，钱德勒作品的语言，反映了他的实际经历，在他的写作中，词语变成了他的客体。

两次世界大战之间，可以说是美国文学的一个伟大时期。它以地理的方式"探索并界定美国，把美国作为分离的区域主义之总和，作为一个扩充的统一体，作为有其外部范围的理想整体"[②]。自从第二次世界大战以后，区域与区域之间的自然差别逐渐被标准化消除，每个区域的有机社会整体逐渐破碎，被个体家庭单位那种封闭的新型生活取而代之。在这种新社会里，彼此关系的主要形式是机械地并置：在住房计划里，统一的预制房屋遍布山上；在四车道的高速公路上，汽车一辆接一辆，交通直升机从空中抽象地监视。因此，对于当代美国

---

① Fredric Jameson, *Raymond Chandler : The Detections of Totality*, London-New York : Verso Press, 2016, p.2.

② 同上，p.6.

文学，应该根据这种没有情感的社会物质背景来理解。在这种背景下，只有特技镜头能够产生生活的幻觉。

钱德勒的整个背景，他的思维方式和看待事物的方式，都产生于两次大战之间。但是，由于他居住在洛杉矶，他的社会内容预示了50年代和60年代的现实。因为洛杉矶已经是整个美国的一种缩影和前景：一个新的无中心的城市，在这个城市里，各个不同阶级不再相互联系，孤立地处于隔离的地理空间。根据这种地理变化，为了理解整个社会结构，必须虚构一个强加给整个社会的人物，而他的日常生活模式能够把社会分散孤立的各个部分联系在一起。在钱德勒的作品里，这个人物就是私家侦探马洛。

马洛接触的是美国生活的另一面：庞大的庄园，以及成群的用人、司机和秘书；在庄园周围，各种机构追逐财富并保持它的秘密；私人夜总会，隐蔽在山间私人道路深处，由私人警察巡逻，只允许会员进入；里面的诊所可以提供毒品；私人宗教仪式；奢华的旅馆配备保安人员；私人赌博的大船停泊在三英里海岸以外；更严重的是，腐败的地方警察以单独一人或一个家族的名义统治着整个城市，保护为满足金钱及其他需要而进行的各种非法活动。

作为一个非其本意的社会探索者，马洛访问那些一般人看不到的地方，或者不能去的地方，即不公开的地方，或富裕、保密的地方。不论哪种地方，它们都显得有些陌生，就像钱德勒所描写的警察局的特征："一个纽约的警察记者曾经写道，你跨过警察局的绿灯走进去，你明显觉得离开了这个世界，进入一个超越法律的地方。"①

因此，钱德勒著作中的行动发生在微观世界里，发生在黑暗的地方社会当中，没有联邦宪法的保护，也没有什么上帝。侦探的诚实可以理解为一种感知器官，一旦受到刺激，它便会敏感地显示出周围世界的性质。侦探的行程是插曲式的，表明美国社会是碎片化的，反映出美国人民彼此之间的原始分离，若要把他们的生活整合在一起，必须有某种外在的力量，或者说小说中的侦探。

钱德勒作品的部分魅力在于它的怀旧情绪。怀旧情绪并非各个时期的一种连续存在，然而如果怀旧情绪出现，它一般都具有依恋过去某个时刻的特点，而那个时刻与当前时刻完全不同，可以使人感到从当前时刻的一种全面解脱。例如，通过回忆从历史或旅行中见到的田园式生活、浪漫主义作品反对工业社会的发展。一个特定时期的风格首先在它的物品中呈现出来，例如双襟西装、新式长裙、蓬松发型，以及汽车款式等。

在钱德勒的风格里，最典型的特征明显具有时代性，例如夸大的比较，其作用就是把物体分开，同时又表明它们的价值："她穿着雪白的睡衣，边上镶着白色的毛皮，剪裁得非常飘逸，宛如夏日某个孤立小岛的海滨泛起的浪花"②"即使在中央大道这个并非世界最平静的街

① *The Raymond Chandler Omnibus : The Lady in the Lake*, New York : Modern Library, 1975, XXIII, P.418.
② *The Raymond Chandler Omnibus : The Big Sleep*, New York : Modern Library, 1975, XXXII, P.134.

道上，他看上去也像落在一片白面包上的狼蛛那样引人注目"①。

在叙事方面，钱德勒的小说有两种形式：一种是客观的，另一种是主观的。一方面是侦探故事严格的外部结构；另一方面是更具个人特点的事件节奏，与任何原创性的作品一样，按照某种理想的逻辑细节进行安排。其显微手术似的方式里带有非常清晰的个人特征，例如反复出现的幽灵幻象，令人难忘的人物类型，包括已经被忘却的心理剧的演员，通过他们社会仍然可以得到解释。然而，这两种形式彼此并不冲突；相反，通过第一种形式的内在矛盾，第二种似乎从第一种中产生出来。

通过对叙事的分析，钱德勒小说里的一些人物投射出一种"总体效果"，虽然不一定触及所有的社会学基础。作为一个文类，侦探小说在原始素材的外延方面，例如城市与历史的关系，监控社会的出现以及监控作用在市场体制中的彻底改变，公共警察与私人警察之间的关系等，提供了一种非常不同的探讨方式。这种方式不同于分析"原始场景"主题的方式。人们通过前后视角的区分，可以重新把主题纳入社会学的视角。

这里选译的雷蒙德·钱德勒系列包括三部长篇和一个短篇集：《湖底女人》《小妹妹》《漫长的道别》和《雨中杀手》（短篇集）。它们基

---

① *The Raymond Chandler Omnibus: Farewell, My Lovely*, New York: Modern Library, 1975, I, P.143.

本上体现了前面所说的钱德勒作品的特点。

《湖底女人》讲述马洛受雇于金斯利先生，寻找其失踪的夫人。金斯利夫人发来电报，说她要同拉威利结婚，再也不回来了。马洛找到拉威利，但拉威利说他与金斯利夫人早已中断交往。后来他再去找拉威利时，被拉威利的邻居阿尔默医生盯上了。阿尔默叫来的警察，狠狠地把他收拾了一顿。不久，在金斯利别墅附近的湖中，发现了一具女尸。金斯利的园丁比尔根据尸体服饰认定是他的妻子。马洛继续调查，凶杀接连发生。最后确定，湖底女人就是失踪的金斯利夫人，而比尔太太是案件的始作俑者。但谁能相信，比尔太太的背后竟是一个又一个罪恶的魔窟。故事环环相扣，悬念丛生，读来颇有意趣。

《小妹妹》讲述马洛受雇于堪萨斯州来的小妹妹奎斯特小姐，寻找她失踪的哥哥奥林。根据小妹妹提供的地址，马洛开始调查。令人胆寒的是，马洛走到哪里，哪里就有被冰锥刺死的人等着。最后发现奥林时，他竟死在了马洛的眼皮底下。好不容易查到疑似凶手的斯蒂尔格雷夫，但奇怪的是，他马上就被人谋害了。是谁导演了这一幕幕死亡？小妹妹吗？为什么？只有马洛才能揭开谜底。故事通过悬念和逻辑推理，层层剥茧，引人入胜。

《漫长的道别》是钱德勒最著名的作品之一。其内容包括流行文化中的多种元素，例如友情、婚姻、信仰等。作者在作品里大量使用人物独白，注重心理活动和场景细节的描写，叙事具有强烈的层次感和戏剧性。主人公马洛充满魅力，正直刚强，风趣爽快；他与特里关系密切，却因此卷入扑朔迷离的连环谋杀案。于是他为追求真相展开一系列调查，整个过程危机四伏，起伏跌宕。小说情节生动，人物形象栩栩如生。这部作品着重反映了美国社会生活的复杂性，打破了传统侦探小说的刻板模式，被誉为硬汉派侦探小说的典范。

《雨中杀手》是钱德勒生前从未出版的八篇小说的合集，收录了钱德勒的八个短篇小说：《雨中杀手》《爱狗成魔》《窗帘》《孽恋红颜》《中国玉》《贝城蓝调》《湖中女士》《山中无罪恶》。在钱德勒自己选编的短篇小说集《简单的谋杀艺术》里，没有收录这八个短篇。他自己的解释是不愿炒冷饭，但这八个短篇却被认为是钱德勒最好的作品，在他后来的小说中都不难发现这八个短篇的影子。在这些故事中，钱德勒塑造的侦探主人公都具有冒险精神，他们乐于助人，惩恶扬善，形成了硬汉派侦探小说的雏形。邪不压正是故事的核心主题。在这八个短篇中，许多段落的安排和描述被移植到日后的长篇里，但都有程度不同的改变：线索的指向不同，凶手和结局不同，甚至文字所描绘的氛围也不同。这些短篇既是成品，也是鹰架，从鹰架到建构完成，让我们看到了一个大作家的思维变化过程。

钱德勒是世界文学史上唯一一位以侦探小说步入经典文学殿堂的作家。他不仅开创了新的侦探小说流派，还与希区柯克等一起开创了好莱坞的"黑色电影"。著名女作家玛格丽特·阿特伍德对他倍加赞赏，甚至梦想与他有一段风流韵事。村上春树以他为楷模，亲自把他的七部长篇小说翻译成日文。一些世界著名作家如奥登、加缪、艾略特和奥尼尔，无一不对他赞誉有加。获得诺贝尔文学奖的威廉·福克纳也曾因作为他的助手而获益匪浅。

这些作品的出版，是漓江出版社力图再造外国文学出版重镇的一方面。非常欣赏他们的不懈努力，特别是总编辑张谦和她的同事辛丽芳的辛勤工作，以及资深编辑沈东子先生的策划。没有他们的合作，这套书不可能顺利出版。在此谨向他们致以崇高的敬意和衷心的感谢。

2022 年中秋

目 录

漫长的道别

第一章

　　我第一次见到特里·雷诺克斯时，他正醉醺醺地倒在劳斯莱斯的银色幽灵里。舞者酒吧的泊车服务员把车开了出来，但特里的左脚像是被他遗忘似的，仍耷拉在车门外。看他面相挺年轻，头发却已花白。从他的双眼就知道这人已经醉得一塌糊涂了。除此以外，他和那些在纸醉金迷里寻找存在感的年轻小伙没什么差别。

　　在他身后有一位红发女郎，脸上带着淡淡的微笑。她肩上披着一件蓝色的貂皮大衣，夸张一点形容，她让身旁的劳斯莱斯都黯然失色。

　　侍者穿着白色外套，胸前绣着的几个红字是他们餐厅的名字，他已然有些不耐烦了。

　　"先生，"他用尖刻的语气说道，"你能不能把脚抬起来放进车里，这样我才能关上车门？还是说需要我把门打开，方便您滚落出来？"

　　那位女郎瞥了他一眼，眼神十分尖锐，但侍者并不惊慌。在酒吧工作的人都知晓宾客挥霍金钱后会有虚幻的自我膨胀感。

　　停车场又开进了一辆外国敞篷跑车。车里下来一个男人，用打火机点燃一根长香烟。他身穿套头格子衬衫、黄色长裤和马靴，吐着烟圈慢慢走远，可能已经见惯了，甚至都没看旁边的劳斯莱斯一眼。在通往露台的阶梯前，他停下来为自己戴上了一个独眼罩。

那个女孩借势兴致高昂地对醉汉说："亲爱的，我有个好主意。我们搭出租车去你的住处，然后把你的敞篷车开出来，如何？今晚沿着海岸线开车到蒙特西托①一定很棒。我认识的一些朋友正在那边开泳池舞会呢。"

白发小伙委婉地回道："真抱歉，那辆跑车已经不属于我了，我已经把它卖掉了。"他说话的声音和吐字都很清晰，不知道的还以为他只喝了橙汁。

"卖了？亲爱的，你这是什么意思？"她轻轻地挪开，跟他保持了些距离，把声音拉长了。

"我必须卖，"他说，"为了生活。"

"哦。"她的语气冰冷，满是失望。

听到此话，侍者即刻把白发小伙划为低收入阶层，立马说道："嘿，老兄，我要去停另一辆车了。有机会再见了。"

侍者松开扶着车门的手。白发小伙立马从座位上滑了下来，一屁股坐在柏油马路上。我明白和醉汉搅在一起多半不会有什么好事，即便他认识且喜欢你，最后也可能不经意打你一拳。我还是打算走过去帮帮他，挽着他的胳膊扶他站了起来。

"太谢谢了。"他礼貌地说道。

女孩挪到驾驶座上。"他一喝醉就一副该死的英国腔，"她的声音很冷，"谢谢你扶他。"

"我把他扶到后座去吧。"我说。

"实在不好意思，我要赶下一个约会。"随即，她发动车子，踩下油门。"他就像条流浪狗，"她冷笑道，"说不定你还可以帮他找个家。他很有礼貌的。"

————————————

① 蒙特西托：美国加州圣芭芭拉东部地区。

劳斯莱斯开上了日落大道，右转，就此消失了。我正看着她的车开远，这时候侍者回来了。我还扶着他，这人完全睡死了。

"好吧，这样也行。"我对侍者说道。

"当然，"他嘲讽地说，"你为什么会在一个酒鬼身上浪费时间？他们太麻烦了。"

"你认识他？"

"我听见那位女士叫他特里。谁认识他啊。况且我刚来两个星期。"

"那能麻烦你帮我把车开过来吗？谢谢。"我把停车券交给他。

等他把我的车开过来时，我感觉自己就像扛了一袋铅。侍者帮我把他扶上前座。这位客人睁了一只眼，说了一声谢谢就又睡着了。

"他应该是我见过最有礼貌的醉汉。"我对侍者说。

"什么样的酒鬼我没见过，各种体格、长相和举止的都有，但他们都是无赖。这位看起来动过整容手术啊。"他说。

"应该是。"我给了他一美元小费，他谢过我。他说的不错，我的这位新朋友右半边脸很僵硬，比较白，有几道细疤痕，疤痕旁边的皮肤发亮。他应该做过整容手术，而且是非常大的手术。

"你打算拿他怎么办？"

"带他回家，帮他醒醒酒，直到他能说出自己的住址再说呗。"

侍者对我咧嘴一笑："行，你可真好骗。是我就把他扔进水沟了，才不管他呢。这些酒鬼只会给别人添麻烦。我对付这些家伙很有一套。现在这世间百态，你得悠着点儿，紧要关头要先保护自己。"

"看得出来，你确实获益匪浅。"我说。

他先是一副不解的样子，待我上车启动后，他才反应过来，有点生气。

当然，他说的不无道理。特里·雷诺克斯给我惹来好多麻烦，不过这可能只是我的职业习惯。

我当时住在月桂谷亚卡大道山坡上一条死胡同里的小房子。前门有长长的红木台阶，对面有片小尤加利树林。房屋自带家具，房东是一位妇人，她在爱达荷州孀居的女儿家暂住。房租也很便宜，主要是因为房东年纪大了，受不了每次回家都得爬门前长长的台阶，还有她希望能随时搬回来住。

我总算把这个酒鬼扶上了台阶。他很想自己走，但两条腿像橡皮一样不听使唤，抱歉的话说到一半又睡着了。我开了门，把他拖进屋内。他瘫在长沙发上，我给他盖了一条毯子好让他继续睡。他打鼾打了一个钟头，睡得很沉。然后醒来要上厕所，出来后，他斜着眼睛盯着我看，想知道他究竟在什么地方。我告诉他是在我家。他说他叫特里·雷诺克斯，一个人住在韦斯特伍德的公寓里。他的话语响亮而清晰。

他要了一杯黑咖啡。我端出来，他小心翼翼地端着托碟和咖啡杯。

"我怎么会在这儿？"他一边四处张望。

"你在舞者酒吧外一辆劳斯莱斯车上醉倒，你的女友丢下你走了。"

"确实，"他说，"她完全有理由丢下我。"

"你是英国人？"

"我在那儿待过一段时间，不是那儿的人。如果我现在能叫到出租车，我马上就走。"

"我的车就停在下面。"

他自己走下台阶。在前往韦斯特伍德的路上他没怎么讲话，只是向我致谢，还抱歉自己这么讨人嫌。他可能对很多人说过很多次这样的话了，过程十分流畅。

他的公寓又小又闷，一点儿人情味也没有，说是当天下午搬进去的也不为过。绿色硬皮沙发前的茶几上有一瓶喝了一半的苏格兰威士忌、一碗融化了的冰、三个空汽水瓶和两只玻璃瓶，堆满烟蒂的玻璃烟灰缸，有些烟头还沾着口红印。屋里没有照片或任何私人物品。这间房子应该是租来用于开会或饯别、聚会，或偶尔休息的，不像是长住的地方。

他请我喝一杯，我谢绝了。我没多待就打算离开。我走前他又谢我几句，那种感谢的程度既不像我曾为他两肋插刀，也不像我什么都没有为他做过，就是那种说没有也有，说有但不明显的样子。他声音有点儿抖，有点害羞，却特别客气。他站在敞开的门口等电梯上来，再送我进了电梯。就算这个人一无是处，至少他很有礼貌。

他没再提那个女孩，也没提自己是个没有工作的无业游民，甚至在舞者酒吧用最后一笔钱为女伴付了账，而她发现他没钱后，却没有多留一分钟，哪怕当时醉酒的他可能会被某个粗暴的出租车司机劫走，或是被巡街的警察抓进监狱。

搭电梯下楼时，我突然有种冲动想回到楼上拿走他那瓶苏格兰威士忌，但好像没我什么事了。况且酒鬼只要想喝，总会想法子弄到酒。

我紧咬嘴唇，选择开车回家。我算是个铁石心肠的人，可这人竟让我心软了。也许是因为他的白发、疤痕脸、响亮的声音和彬彬有礼的态度，我不知道究竟是因为什么。不过我也很难再见到他了。正如那个女孩所说的，他就像一只居无定所的流浪狗。

第二章

再次见到他，是感恩节后的那个礼拜。好莱坞大道沿线的店铺已经摆上圣诞节专属的高价礼品，报纸上也滚动着广告不停告诫：如果你不早点儿采购圣诞节商品，情况会很糟糕。事实上，无论你怎么装饰，情况也不会因此变好。

在离我那栋办公楼大约三条街的地方，我看见警车并排停着，车上的两个警察正观察着人行道上一家店铺橱窗旁边的位置。仔细一看，他们瞪着的竟是特里·雷诺克斯，他那副躯壳看起来着实不雅观。

他倚靠在一家店铺的门面，衬衫脏乎乎的，领口敞开，有一半垂在夹克外面。他有四五天没刮胡子了，鼻子皱着，皮肤惨白，脸上的细痕都看不出来了，眼神像雪地般空洞。巡逻车上的两个警察正打算动手抓他，于是我快步走去，挽住他的胳膊。

"站直，往前走。"我摆出凶狠的样子说道，并向他那边眨了眨眼示意。

"办得到吗？你是不是喝醉了？"

他茫茫然看了我一眼，露出他特有的半边微笑，叹口气说："我刚才醉了。我想我现在只是有……有点放空。"

"好吧，但你试着抬脚走路。否则就要被抓进醉汉牢房了。"

他努力抬起脚，让我扶他穿过人群，来到护栏边。那边停着辆出租车，我拉开车门。

"他先来的。"司机指了指前面的出租车说道。

他转过头来，看见了特里。"如果他能走过去的话。"他说。

"情况紧急。我朋友生病了。"

"我看出来了。"司机说，"可他到别的地方也照病不误。"

"五美元，"我说，"成吗？"

"那，好吧。"他顺手把火星人封面的杂志塞到镜子下面，准备发动车子。我伸手打开门，把特里弄上车。警察巡逻车却已经开过来，一位白发警员下车走过来。我赶紧绕过出租车，走上前去。

"稍等一下。这究竟是怎么回事？这位衣服脏乎乎的先生真的是你的朋友吗？"

"对我而言，是的，我知道他需要朋友。他没醉。"

"一定是为了钱。"警察说。他伸出手来，我把执照放在他手上。他看了看，递回来。

"哟。"他说，"原来是私人侦探来捡客户了。"他语气变得很不友好。"马洛先生，执照上只有你的个人资料。那他呢？"

"他叫特里·雷诺克斯，在电影公司工作。"

"不错嘛。"他探头到出租车内，仔细看了下坐在角落的特里。"我敢说他最近这一段时间都没有工作过，没有在屋里睡过觉，我甚至可以断定他是个无赖，我认为应该逮捕他。"

"你不会是没抓过人吧？"我说，"在好莱坞这种情况太常见了。"

他望着车上的特里，问："你那位朋友叫什么名字，老兄？"

特里慢慢地说："菲利普·马洛。他住在月桂谷亚卡大道。"

警察把脑袋由窗口缩回来，转身做了个手势，说："这可能是你刚刚才告诉他的。"

"可能吧，但我并没有。"

他盯住我一两秒后说："这回我信你一次。但是你要把他弄走，别在街上瞎晃荡。"之后便上了警车，开车离开。

我上了出租车，走了三条街后到停车场准备换我的车。我拿出五美元给出租车司机。他面无表情地看了我一眼，摇了摇头。

"照计价表给就行了，如果你愿意，给个一美元也行。我也落魄过，在弗里斯科，没有出租车肯载我。城市真的很冷漠。"

"旧金山？"我不由自主地补充了城市全称。

"我叫它弗里斯科。"他说，"让那些贵族后裔①见鬼去吧，谢了。"他接下一美元钞票就走了。

我们来到一家汽车餐馆，里面做的汉堡还可以。我请他吃了两个汉堡，喝了一瓶啤酒，然后带他回家。他爬台阶还是很吃力，但他咧着嘴笑，气喘吁吁地往上爬。一个钟头后，他剃完胡子，洗过澡，看起来像是个正常人了。我们坐下来喝了一杯很淡的调酒。

"幸亏你记得我的名字。"我说。

"我特意记的。"他说，"我还查了你的资料。这个事情我还是能办到的。"

"那怎么不打个电话给我呢？我一直住在这里。我还有个办公室。"

"我为什么要打扰你？"

"有必要。看样子你的朋友不多。"

他说："我有朋友，某一类的。"他转动着茶几上的玻璃杯。"向人求援并不容易，何况你明白是你有愧于他。"他抬头露出疲惫的笑容。"也许有一天我会戒酒。他们都这么说，对吧？"

"大概会花三年时间。"

---

① 旧金山（San Francisco）最初的名字叫 Yerba Buena，由西班牙的探险家所取。到了 1847 年，Yerba Buena 的第一任市长 Washington Bartlett 将其改名为 San Francisco，为了纪念方济会的意大利裔创始人 Saint Francis of Assisi。

"三年？"他显得很震惊。

"通常是的。一切都需要改变。你必须习惯黯淡和安静。你必须与偶尔的复发斗争。所有你以前熟识的人都会变得有点儿陌生。你甚至会变得不喜欢与他们打交道，他们也不如之前喜欢你。"

"那对我而言没啥影响。"他说，回头看看钟。"我有个价值两百美元的手提箱寄放在好莱坞公车站。如果能保出来，我可以把它当了，买个便宜货，再换一笔能去拉斯维加斯的路费。我在那边可以找到工作。"

我一句话也没说，只是点头，坐在一旁慢慢喝我的酒。

"你是不是觉得我早该有这样的念头？"他平静地说。

"我想其中必有文章，但或许我不该多问。你说去拉斯维加斯工作是有把握找到，还是只是个美好预想？"

"有把握的。我以前军队里有个很熟的朋友在那儿开了一家大俱乐部，甲鱼俱乐部。当然啦，他算是个地头蛇，他们都是，另一方面又是大好人。"

"我可以筹车钱和另外的一些费用。但我希望你去之后这差事是靠谱的，能让你立足的。可以的话，最好打个电话跟他谈谈。"

"谢谢你，没必要。兰迪·斯塔尔从未让我失望。我有经验，那个手提箱应该能当五十美元。"

"听好了，"我说，"我不是什么软心肠的傻子，但我会给你需要的钱。我给你，你就乖乖收下。希望你别再来烦我，因为我对你有某种预感。"

"嗯？"他低头看玻璃杯，小口啜饮着。"我们才见过两次面，两次你都很够意思。你对我有什么样的预感？"

"总觉得下一次你会遇到大麻烦，但我救不了你。我不知道自己为什么会有这种感觉，但就是有。"

他用两指轻轻摸着右半边脸。"可能是因为这个。我猜疤痕让我有点儿凶相。不过这是光荣的伤疤，至少是光荣受伤。"

"和那没关系，我根本不在意疤痕。我是私人侦探，而你是一道难题，庆幸我不用来解答。说是预感，礼貌点说，就是对你性格的一种预测。或许你女朋友在舞者酒吧门前离你而去也是因为这种预感，而不只是因为你醉了。"

他淡淡一笑，说："我跟她结过婚。她叫西尔维娅·雷诺克斯，我是为钱娶她的。"

我站起来蹙着眉头看他，说："你需要吃点东西，我给你弄些炒蛋。"

"等一下，马洛。你是不是在想既然我潦倒了，而西尔维娅又很有钱，我干吗不跟她要俩小钱花花。但你应该知道自尊心这东西吧？"

"你可别逗了，雷诺克斯。"

"是吗？我的自尊心跟别人不一样，自尊是我剩下的唯一财产。如果我烦到你的话，我道歉。"

我走进厨房，准备了培根炒蛋、咖啡和烤面包。然后在厨房的早餐台上吃了东西，这栋房子还是流行在厨房配早餐区的时代建的。

我告诉他，我必须到办公室去，回来的路上才能去领他的行李箱。他把寄存单交给我。现在他脸上有了点儿血色，眼睛不再像深凹在眼窝里，回过神了。

出门前我把威士忌酒放在沙发前的茶几上。"把你的自尊心用在这个地方。"我说，"还有，打个电话到拉斯维加斯问问，就算帮我一个忙了。"

他微笑着耸耸肩。我下台阶时心里还是很不高兴，不知道为什么。我不懂一个男人为什么宁愿挨饿流浪街头，也不肯典当衣饰。不管他的原则是什么，他是在照自己的规章行事。

我从来没见过那么不寻常的手提箱。猪皮漂白后做的，新的时候应该是浅奶油色，配件是黄金的。英国货，就算这边买得到，目测也要八百美元，而不是两百美元。

回来之后，我把手提箱放在他面前，看看茶几上的酒瓶。他没碰过，跟我一样清醒。可能为了压住酒瘾，他抽着烟。

他说："我打电话给兰迪。他指责我不早点联系他。"

"你居然要让陌生人来帮你。"我指指手提箱问，"西尔维娅送的？"

他眺望窗外。"不。是我认识她以前，别人在英国送我的。好久以前的事了。如果你能借一个旧的给我，我就把它留在你这儿。"

我从钱包里拿出一百美元放在他面前。"我可没什么可以抵押。"

"不是这个意思。你又不开当铺。我只是不想带到拉斯维加斯。我用不着这么多钱。"

"好吧。你拿着这些钱，我留下手提箱。可这房子很容易遭小偷。"

他换了衣服，五点三十分左右我们在莫梭餐馆吃了晚饭，也没喝酒。他在卡温格车站上了公车，我开车回家，一路都在胡思乱想。刚才他在我床上打开行李箱，还把里面的东西塞进轻便提袋带走，现在空箱子就在我床上，附有金钥匙，插在一个锁孔里。我把它锁好，钥匙绑在把手上，收进衣橱的高架顶。感觉这个箱子其实也有故事，可是里面装了什么与我无关。

夜很静，屋里似乎比平常更空寂。我摆出棋盘，与斯坦尼茨①下了一盘棋，我用的是法兰西防御②战术。斯坦尼茨用四十四步打败了

---

① 国际象棋界第一位棋王，马洛想象自己与他对弈。

② 法兰西防御是国际象棋的一种开局下法，着法为：1.e4 e6。法兰西防御以可靠性和韧性著称，虽然这通常导致黑方在开局阶段空间狭窄。黑方在大多数情况下在后翼反击，而白方则可以集中精力攻击王翼。

我，但我让他捏了两次冷汗。

九点三十分的时候，电话响了，那头的声音我仿佛听过。

"是菲利普·马洛先生吗？"

"是的，我是马洛。"

"马洛先生，我是西尔维娅·雷诺克斯。上个月有天晚上我们在舞者酒吧前匆匆见过一面。我听说你好心送特里回了家。"

"是的。"

"我猜你知道我们现在已不是夫妻了，可我有点儿替他担心。他离开了韦斯特伍德的那间公寓，好像没人知道他在什么地方。"

"我们初识的那天晚上，我就注意到了你有多么担心。"

"听着，马洛先生，我曾是他的妻子。虽然我不太同情酒鬼，也许我当时有点儿无情，也许我有很重要的事要办。你是私人侦探，如果你愿意，可以按行业标准来计价。"

"雷诺克斯太太，根本不必照什么行业标准。他正搭车前往拉斯维加斯。他在那边有个朋友会给他一份工作。"

她突然精神焕发，说道："哦，到拉斯维加斯？他真多愁善感。那是我们结婚的地方。"

我回答："我猜他已经忘了。否则他宁可到别的地方。"

她没挂我的电话，反而笑起来，笑得很俏皮。

"你对客户向来这么没礼貌吗？"

"你还不是我的客户，雷诺克斯太太。"

"也许有一天会是，谁知道呢？那就说对你的女性朋友吧，你有点无礼。"

"我还是一样的态度。上回那家伙落魄潦倒，浑身脏乎乎的，一分钱都没有。如果你愿意花时间，可能还会找到他。当时他没要你帮忙，现在可能也不要。"

她漠然地说:"你说的可能并不准确。那晚安吧。"

当然,她其实没做错什么,相反我这种做法很粗鲁,也很离谱。但我不觉得自己错了,就是心里不痛快罢了。她如果早半个钟头打来,我说不定会气得反转棋局。

第三章

圣诞节的前三天，我收到一张拉斯维加斯银行的一百美元支票。里面附了一张用酒店信纸写的便条。雷诺克斯在信中谢过我并祝我圣诞快乐，还希望不久能再见到我。但反转的事在后面："西尔维娅和我重归于好，正开始二度蜜月。她想再试一次。"

其他的内幕我是在报纸上社交板块的娱乐专栏看到的。我不常读那些专栏，只是偶尔消遣瞧瞧。

当我们的记者听到特里和西尔维娅·雷诺克斯小两口在拉斯维加斯复合时，无比兴奋。西尔维娅是旧金山和圆石滩的亿万富翁哈伦·波特的小女儿。她正在请马塞尔和让娜·迪奥克斯重新装潢位于恩西诺①的整栋豪宅，各位读者，你们也许还记得，这栋十八个房间的木屋是西尔维娅的上上一任丈夫库尔特·韦斯特海姆送给她的结婚礼物。有人问库尔特的近况，听说他在法国的圣特鲁佩斯认识了一个血统高贵的女伯爵，有两个可爱极了的孩子，或已定居。你也许想知道哈伦·波特对女儿女婿再婚的看法？我们和你一样好奇，但

---

① 恩西诺是美国加利福尼亚州洛杉矶附近的圣费尔南多谷地区。

只能猜喽。波特先生从来不接受访问。这些人都太孤傲了，
你根本接触不到他们生活的圈子。

这些八卦着实无聊，我随手把报纸扔到一边，打开电视机。与其
看这种娱乐版面的垃圾文章，看摔跤比赛都显得更有趣。不过一般来
说上了娱乐版面，就并非子虚乌有。

波特家族的家产在我心中是有十多个房间、能与几百万资产相匹
配的木屋，但我实在无法想象特里·雷诺克斯穿着百慕大短裤在游泳
池畔闲逛，用无线电话吩咐管家把香槟冰一冰、松鸡烤一烤的样子。
既然那家伙要当别人的玩偶，也与我无关。尽管我并不想再见到他。
但他那猪皮镶金手提箱还在我这儿，估计我也躲不掉啊。

三月某个下雨天的傍晚，他走进了我那破旧的房间。看起来变了
很多，沧桑了，清醒又严肃，而且一片祥和。他像那种学会了点功夫
的人，穿着一件乳白色的雨衣，戴着手套，没戴帽子，白发顺滑得像
鸟儿柔顺的胸脯毛一样。

他说："我们找个安静的酒吧喝一杯吧。"也没客套。"如果你有时
间的话。"

我们没握手。我们从来不握手。英国人不像美国人那样成天握
手，虽然他不是英国人，却有一点儿他们的癖好。

我说："我们先去拿你的高级手提箱。那玩意儿让我心神不宁。"

他摇摇头，说："你就好心替我保管着吧。"

"为什么？"

"我觉得这样挺好的。你不介意吧？它能让我想起之前的那段
日子。"

我说："胡扯。但这是你自己的决定。"

"如果你是怕被人偷走——"

"那也不是我能控制的。我们还是去喝酒吧。"

我们去了维克托酒吧。他开了一辆1950年产的铁锈色的爵卫，车上有个薄薄的帆布遮雨篷，车里只容得下我们俩。车内装潢是浅色的皮革，配件应该是银制品。我对车不太了解，也不讲究，但这辆车确实让我垂涎。他说短时间内速度可达六十五码。车内有个及膝的粗短小排挡。

"四速挡的，"他说，"他们还没发明代替它的自动排挡。其实这也足够了，上坡都可以三挡起步，反正目前最快最好开的车就属它了。"

"结婚礼物吗？"

"是一时兴起买的礼物。我比较随心所欲。"

"不错啊，"我说，"就像免费得来似的。"

他瞄了我一眼，又把目光转回湿漉漉的人行道。双重雨刷轻轻刮着挡风玻璃。"怎么会是免费？老朋友，任何事物都需要代价。你是觉得我这样不快乐吗？"

"抱歉，是我失言。"

"我有钱就够了。还他妈的需要什么快乐？"语调中却有一种我没听过的酸楚。

"你还酗酒吗？"

"当然不了，老兄，我现在能掌握得当。不过凡事也不绝对，是吧？"

"也许你本来就不是酒鬼。"

我们坐在维克托酒吧的吧台一角，点了"螺丝起子"。他说："这儿的人不会调。他们所谓的'螺丝起子'只是青柠汁或柠檬汁加酒，再加一点糖浆或苦料。真正的'螺丝起子'是一半金酒加一半罗丝牌青柠汁，不加别的，远胜马提尼。"

"我对酒向来不讲究。你跟兰迪·斯塔尔合得来吗？我圈子里的人说他很难相处。"

他往后靠，显得思虑重重。"我猜他是，我猜他们都是。但他外表看不出来。我知道在好莱坞同一路数的浪子。至少兰迪不烦人。他在拉斯维加斯是合法的生意人。下回你到那儿的话不妨看看。你们会成为朋友的。"

"不见得，我可不喜欢流氓。"

"那只是个代名词，马洛。世界就是这个样子。两次大战下来，世界变成这样，我们也得继续生活下去。我、兰迪和另一个伙伴曾共患难，之后我们就有了默契。"

"那你在最需要帮助的时候为什么不找他？"

他把酒干了，冲服务员做了个手势。"因为我知道他不会拒绝我。"

服务员端来新的酒，我说："你这也就是跟我说说罢了。如果那家伙恰好欠你的人情，从他的角度想，他会很高兴有个机会回报的。"

他摇摇头，说："我知道你说得没错。我确实向他讨过一份差事，但我得到工作就卖力干啦。至于求他施恩或向他伸手，我从不干。"

"可是你却接受陌生人的帮助。"

他直直地盯着我的眼睛。"陌生人可能会继续往前走，假装没听见啊。"

我们喝了三杯"螺丝起子"，这种酒精度对他一点影响也没有。分量往往会勾起酒鬼们的瘾来，所以我猜他的酒瘾可能真的治好了。接着他开车送我回办公室。

他说："我们八点十五分吃晚餐。只有百万富翁花得起那种钱。现在只有百万富翁的用人肯忍受这种做派。各色人物都会来。"

从此以后他习惯在五点左右来找我，顺便聊聊。我们不见得去同一个酒吧，但维克托是常去的地儿。那对他来说可能有我所不知道的故事。他也没有过量饮酒，连他自己也很惊讶。

他说："像疟疾一样。发作的时候很惨，过了以后就好像从来没发生过一样。"

"我不懂你这么一位声名在外的人为什么想跟私人侦探喝酒。"

"你是在自谦吗？"

"没，我只是想不通。我算相当友善的，但我们不属于同一个世界。我甚至不知道你住在什么地方，只知道在恩西诺那个豪宅。我猜你的家庭生活很完美吧？"

"我没什么家庭生活。"

我们又点了"螺丝起子"。店里几乎没什么人，只有几个酒徒坐在吧台边的高凳上。他们小心翼翼地伸手拿起酒杯，生怕打破什么。

"我不明白。可以说清楚些吗？"

"就像电影制片厂的人说的，大手笔制作，却没什么故事情节。西尔维娅应该很快乐，我却不见得。在我们的圈子里那不太重要。你也不愁钱，也不用工作，那总得去做点什么吧。有钱人好像都不知道这样的生活其实并不快乐。他们从来没尝过真正的乐趣。他们因为太富足了，从来没有非常想要一样东西，别人的老婆除外。和普通人的妻子想要为客厅换一幅新窗帘相比，她们的欲望十分苍白。"

我没说什么，继续听他讲。

他说："我大抵只是消磨时间，时间却过得很慢。打打网球，打打高尔夫，游游泳，骑骑马，看西尔维娅的朋友们努力克服宿醉，撑到午餐时间，也蛮有趣。"

"你去拉斯维加斯的那天晚上，她告诉我说她不喜欢酒鬼。"

他歪着嘴巴笑。我虽然习惯了他的疤痕脸，但他表情变化的时候半边脸僵硬得越发明显，只有这个时候我才会重新意识到这不是他本身的面貌。

"她是指没有钱的酒鬼。有钱的人只是豪饮客而已。他们吐在门厅，自有人处理。"

"你用不着这样将就地生活。"

他把酒一口喝完站起来，说："我得走了，马洛。何况我惹你心烦，上帝都知道，我自己也觉得自己很烦人。"

"你没惹我心烦。我可是受过训练的听众。我迟早会明白你为什么这么喜欢当被人豢养的宠物狗。"

他用指尖轻轻摸他的疤痕，脸上挂着淡漠的微笑。"你应该好奇她为什么要我陪，而不是我为什么要在那儿等她来拍我的头。"

"因为你喜欢缎子椅垫的高级生活。"我一面站起来跟他走，一面说。

"你也会喜欢睡丝质床单，有服务铃，有用人恭顺地前来听候差遣的生活。"

"有可能，但我是在盐湖城的一家孤儿院长大的。"

我们跨出门外已是黄昏，他说他想散散步。但我是开车来的，这一次我好不容易抢先买了单。我目送他离开，一家店铺橱窗的灯光照着他的白发，有点闪，片刻之后他就消失在薄雾之中。

我反而比较喜欢他喝醉酒、落魄潦倒、又饿又惨自尊心又强的时候。真的如此吗？也许我只是喜欢当老好人。他做事的理由很难理解。干我这一行有时候该提问题，有时又该让对方发火终至勃然大怒。每一个好警察都知道这一招。有点儿像下棋或拳击。有些人你必须设法催逼，让他失控。有时候你只要出拳，他们自己就会败下阵来。

如果我问他，他也许会把一生的故事逐一告诉我。可是我连他的脸是怎么毁掉的都没问过。如果我当时问了，他也回答我了，说不定能救下几条人命。但这一切也只是我的猜想。

第四章

我们最后一次在酒吧喝酒是五月份。那天我们去得比平日早，才过四点。他看上去有些疲倦，也瘦了些，可当他环顾四周，脸上缓缓浮起一抹愉快的微笑。

"我喜欢酒吧晚间刚开始营业的样子。室内空气还干净清爽，什么都擦得锃亮，酒保站在镜子前最后一次打量自己，检查领带有没有歪，头发是不是顺溜。我喜欢吧台背后精致的酒瓶，闪闪发亮的可爱玻璃杯以及这种蓄势待发的期待感。我喜欢看酒保调当晚第一杯酒，看他把酒杯摆在干燥洁净的杯垫上，再在旁边放上叠得整整齐齐的小餐巾。我会慢慢品尝。傍晚在清静的酒吧喝第一杯酒，真是美妙啊。"

我深表赞同。

"酒精就像爱情，"他说，"初吻妙不可言，再吻代表亲密，三吻便是例行公事。接着你就开始脱妞儿的衣服了。"

"有那么糟吗？"我问他。

"这可以说是种高规格的刺激感，而非美学意义上纯粹的情感。我并不鄙夷性。它是必要的，也并不丑陋，但必须持续地经营才能使性富有魅力，而这花费巨大。"

他又左右看看，打了个哈欠。"我一直睡不好觉，所以来这儿感觉好点。不过一会儿这儿也会挤满大笑大嚷的酒鬼；女人们还会手舞足蹈，挤眉弄眼，手镯弄得叮当响，搔首弄姿。再晚点，这种魅惑力就会开始生出汗酸味了。"

"别那么认真。"我说，"她们也是人哪，会出汗，也会弄脏衣服，也得去洗手间。你还指望她们在玫瑰香气的薄雾里舞动？"

他喝干了酒，把杯子倒过来举着，望着一滴酒慢慢聚拢在杯子边缘，颤抖了一下，又收回去。

"对她我感到遗憾，"他慢吞吞地说，"她是个不折不扣的荡妇，我对她的感情已经麻木了。总有一天，她会需要我，而我会是她身边唯一没骗她的人。很可能到那时我已经没有发言权了吧。"

我只是瞧着他。"你倒挺会往自己脸上贴金。"

"是啊，我明白。我是个意志薄弱的人，没胆量没野心。我攀住了一只黄铜圈，然后才发现它原来不是金的。像我这样的人一辈子就辉煌那么一次，之后就只是努力让自己不跌进臭水沟。"

"这又从何说起？"我拿出烟斗，开始填烟丝。

"她害怕了。她怕得要命。"

"怕什么？"

"我不知道。我们已经不再经常交谈了。大概是怕老头子。哈伦·波特是个铁石心肠的畜生。表面上一脸英国王族式的高贵，骨子里却和盖世太保一样残忍。西尔维娅是个荡妇。他知道，而且不喜欢，可他也没办法。他就等着看着，要是西尔维娅弄出大丑闻来，他可能会把她五马分尸。"

"她可是你老婆。"

他举起空杯子，重重砸在吧台边缘。

随着一声尖厉的"啪"，杯子碎了。酒保盯着我们，但没吱声。

"就像这样，兄弟，就像这样。我的确是她丈夫，证上这么写的。我就是那三级白台阶，那扇绿色大门，那个黄铜门环，你照暗号长叩一下短叩两下，女佣就会过来把你引入这上档次的妓院。"

我站起身，往桌上扔了些钱。

"你他妈的说太多了，"我说，"净讲你自己的破事。再见。"

我走了，把他留在那里。借着酒吧的灯光，我看到他很吃惊，脸色发白。他在我背后喊了些什么，但我没有回头。

十分钟以后，我后悔了。但那时我早已在其他地方了。他再也没有来过我办公室。再也没有，一次也没有。我想我击中了他的痛处。

之后有一个月我都没看到他。再见他时，是早晨五点钟，天刚亮的时候。门铃响个不停，硬是把我从床上给叫醒了。我拖拉着穿过门厅去开门。他站在那儿，一个礼拜没睡觉似的，穿着一件轻便的大衣，领子朝上，整个人在发抖。一顶深色毡帽拉下来遮着眼睛，他手里握着的是把枪。

第五章

枪只是握在手里，没朝向我。那是把中口径的自动手枪，能看出是外国造，但不是柯尔特或萨维奇。凭他这张惨白疲惫的面孔、脸上的疤痕、立起的领子、拉低的帽檐和手上的枪，我仿佛以为见到某个从警匪片里出来的角色。

"你快送我去蒂华纳①，我要赶十点十五分的飞机。我有护照和签证，除了交通工具，我一切都安排好了。基于某种理由，我不能从洛杉矶出行。车费五百美元行吗？"他着急地说了一大堆。

我站在门口，没挪开让他进门。"五百美元加一把枪？"

他茫然地低头看手中的枪，然后把它放进口袋。

"这只是保护措施，"他说，"为了保护你，不是我。"

"进来吧。"我侧身，他看起来精疲力竭，踉踉跄跄地扑了进来，一屁股坐在椅子上。

客厅依然相当暗，因为浓密的灌木丛遮挡了窗户。我拧亮台灯，摸出一支烟点上。我看着他，抓抓本来已经乱糟糟的头发，脸上照例摆出不耐烦的笑容。

"究竟是怎么回事，这么迷人的早晨我还睡懒觉？十点十五分对

---

① 蒂华纳是墨西哥西北边境城市。位于下加利福尼亚州的西北端，特卡特河畔，临近太平洋，北距美国圣地亚哥19公里。

吗？好吧，还有些时间。到厨房，我来煮些咖啡。"

"我碰上大麻烦了，侦探。"他第一次叫我侦探。这倒跟他闯入的方式、穿着、手上的枪很配。

"今天会是个好的日子。和风徐徐，你可以听见对街的老尤加利树彼此窃窃私语，畅谈在澳洲时小袋鼠跳跃树枝间、考拉互相骑在肩上的时光。不错，我能察觉你遇到了麻烦。等我喝两杯咖啡，我们再谈。我刚起床时总有点儿头昏眼花。我们来跟哈金斯先生和扬先生①商量一下。"

"听着，马洛，现在不适合——"

"别怕，老兄。哈金斯先生和扬先生是两个很好的人。他们为我冲泡专属的哈金斯－扬咖啡，花了一辈子的心血，那是他们的骄傲和喜悦。以后我会看到他们得到应得的嘉许。但目前为止他们只是维持生计而已。他们不会这样就止步不前的。"

我一边闲扯，一边走到后面的厨房。扭开热水，把咖啡壶由架子上拿下来，沾湿标尺，量了一些咖啡粉放进顶层。这时候水滚了。我把下半截的量器装满，放在火上，再把上半截套上去。这时候他跟着走进来，在门口探了探头，穿过早餐区躺倒在椅子里，仍在发抖。我从架子上拿起一瓶老爷牌波本酒，倒了一大杯给他，我觉得他现在需要喝点儿。可哪怕这样，他还得用双手捧着才把酒送到嘴边。他大口吞下，砰的一声把杯子放下，然后又倒在椅背上。

"差一点就完蛋。"他呢喃道，"太久没合眼了，昨晚我也整夜没睡。"

咖啡壶里的咖啡已经热得冒泡了。我把火转小，看着水往上升，在玻璃管底部停了一会儿。火再开大，让水漫过圆丘，又快速把火拧

---

① 这里作者是在形容洛杉矶原创的 HUGGINS YOUNG 咖啡。

小。我搅动咖啡，把它盖上。定时器定在三分钟。

我的生活方式很固定，天塌下来也要煮咖啡。哪怕一个绝望的汉子手上拿把枪来也不管。

我又倒了一杯酒给他。"你就坐在那儿，"我说，"不用讲话。就坐着吧。"

喝第二杯酒的时候他可以用单手拿着了。我匆匆在浴室洗漱，回来的时候计时器的铃声正好响起。我关了火，把咖啡壶放在桌面的一块草垫上。我为什么要把这一切讲得如此详细呢？紧张的气氛使得每一件小事都像演出，每一个动作都需要突显且重要。那是极为敏感的一刻，你所有不自觉的动作，无论多么熟悉，多么习惯，都成为意志之下彼此分离的举止。感觉就像一个患了小儿麻痹症又学走路的人。没有一件事是顺理成章的。

咖啡融进水里，空气照例咻咻涌入，咖啡直冒泡，接着就安静下来了。我取下咖啡壶顶层，摆在罩子凹处的滴水板上。

我倒了两杯咖啡，往他杯子里加了一点儿酒。"你的咖啡没放糖，特里。"我给自己这杯加了两块糖和一些奶油。这时我睡意渐消，之前我都不记得自己是怎么打开冰箱，拿出奶油的。

我坐在他对面。他一动也不动，靠在早餐区的角落，全身僵硬，竟毫无征兆地突然趴在桌上哭起来。

我伸手拿出他口袋里的枪，他根本没有察觉。是毛瑟 7.65 毫米口径的枪。我闻了下，把弹匣拉开。弹匣是满的，没发射过。

他抬头看见咖啡，慢慢喝了一点儿，眼睛没看我。"我没朝人开枪。"他说。

"嗯，至少最近没用过。这把枪早就该擦了。我想你不太可能用它来杀人。"

"你听我说。"他说。

"等一下。"咖啡很烫，我尽快喝完，又倒满。"是这样的，你现在跟我讲话要非常小心。如果你真的要我送你去蒂华纳，有两件事千万不能告诉我。首先，你有没有注意听？"

他轻轻点点头，茫然的眼睛瞪着我头顶后方的墙壁。今天早上他脸上的疤一片青黑，皮肤几近死白，但疤痕照样发亮，很明显。

"第一，"我慢慢地说，"如果你犯了罪或者做了法律上称为犯罪的行为，我是指严重的罪，不能告诉我；第二，如果你知道有人犯了这样的罪，也不能告诉我。如果你真要我送你去蒂华纳，千万不要告诉我。你明白吗？"

他望着我的眼睛。目光焦点集中却很空洞。喝完咖啡，脸上虽没血色，但精神稳定了。

"我说过，我遇到困难了。"他说。

"我听到了，但我不想知道是什么样的困难。我得赚钱谋生，得保住我的工作。"

"我完全可以拿枪逼你就范的。"他说。

我咧嘴一笑，把枪推到桌子对面。他低头看着，没有伸手碰它。

"特里，你不可能拿枪押着我到蒂华纳，你还得过边界，去登机。我们暂且不讨论枪这个问题吧。我可以告诉警察我是吓得要命，不得不照你的话去做，装装样子，看上去像一些。当然，这一切都得基于我不知道内情，不被牵入其中的情况才行。"

"听好，"他说，"要到中午或者更晚的时候才会有人去敲门。仆人很识相，她晚睡的时候不会去打扰她。可是中午左右她的女侍会敲门进去，而她不在屋里。"

我喝着咖啡，没说什么。

"女侍会发现她没在家睡觉，"他继续说，"那么就会去另一个地方找。离主屋很远的地方有一栋大客宅，附有独立车库。西尔维娅在那儿过的夜。女侍最后会在那儿找到她。"

我皱皱眉头。"特里，我现在其实不应该提问的，但她不会是离家过夜吗？"

"她的衣服总堆得一屋子都是，从来不把衣物挂好。女侍知道她在睡衣外面披了一件袍子就走出去了，所以她只可能去客房过夜。"

"那可不见得。"我说。

"一定是去客房。该死，你以为她们不知道客房里都有什么勾当？用人们向来知情。"

"不说这个了。"我说。

他用手指使劲摸没有疤痕的半边脸，留下一道红印子。他接下去说："在客宅里，女侍会发现——"

我厉声说："西尔维娅醉得一塌糊涂，全身麻痹，样子很狼狈，全身冰凉直到眉尖。"

"哦。"他想了很长时间。"当然。"他补充说道，"可能是这样，西尔维娅不是酒徒，所以无法预知她喝过头的时候是什么样子。"

我说："故事就说到这儿。差不多了，让我往下编吧。你大概记得，上次我们一起喝酒的时候，我对你有点儿粗鲁，自己走掉不理你。你实在让我发狂。事后仔细想想，我看出你只是想自嘲，摆脱大祸将临的感觉。你说你有护照和签证，而拿到墨西哥签证并不简单，所以你计划出走已经有一段时间了。我正奇怪你能忍多久呢。"

"我仍感觉有义务待在她身边，认为她大概不只是把我当个幌子。对了，我半夜打过电话给你。"

"我睡得很熟，没听见。"

"随后我到一家土耳其浴场待了两个钟头，做了蒸汽浴、全身浸浴、喷雾淋浴、按摩，还打了两通电话。我把车子停在了拉布里亚和喷泉街口，从那儿走过来的。没人看见我转进你这条街。"

"那两通电话跟我有没有关系？"

"一通打给了哈伦·波特。老头子昨天飞到帕萨迪纳有事办，他没回家。我好不容易才找到他。他最后终于跟我说话了。我跟他说了抱歉，我要走了。"他说这些话的时候，斜睨着水槽上方的窗户和摩挲着纱窗的金钟花矮树。

"他听后感觉如何？"

"他很难过，但也祝我好运。还问我需不需要钱。"特里粗声笑起来，"钱。他的字典中最先出现的就是'钱'这个字。我说我有很多钱。接着我打给了西尔维娅的姐姐。过程差不多就是这样。"

"我想问一件事。"我说，"你是否发现过她和别的男人在客宅里？"

他摇摇头。"我都是睁一只眼闭一只眼，没专门去查。"

"你的咖啡凉了。"

"我喝不了了。"

"所以是很多男人？那你还跟她复合。我明白她是大美人，但……"

"我说过我一无是处。见鬼，我当初为什么要离开她？为什么每次看到她我就变得这么讨厌？宁愿跌进阴沟也不向她要钱？她除了我还结过五次婚。只要她勾勾指头，任何一个前夫都会不管不顾地乖乖回到她的身边。"

"她的确很美。"我说，然后看看手表。"为什么一定要十点十五分在蒂华纳登机？"

"因为那班机随时有空位。不然从洛杉矶乘坐有轨电车花七个钟头就能到墨西哥市，谁要搭小飞机翻山越岭呢？况且有轨电车并不在我的目的地停站。"

我站起来，身子贴着水槽。

"那我们总结一下，你别打岔。今天早上你来找我，情绪很激动，要我送你到蒂华纳，去赶一班上午的飞机。你口袋里有一把枪，但我没看出来。你告诉我你一直在忍耐，但昨天晚上终于大发脾气。你发现你妻子醉得半死，还有个男人在她身边。你出了门，到一家土耳其浴场去打发时间，直到早上，你打电话给你老婆最亲的两个家人，告诉了他们你正在做什么。你去什么地方和我无关，你进入墨西哥也完全合法，所以我管不着。我们是朋友，我没过多考虑，就照你的要求行事了。你是个感性的人，战时受过重伤。所以我把你的车寄放在了一家车库。"

他手伸到衣服内，掏出一个皮制钥匙套推到桌子的这边来。问道："听起来合不合理？"

"那要看谁在听了。我还没说完。除了身上的衣服和从岳父那儿拿到的一点钱，你没带什么。她给你的每一样东西你都留下了，包括你停在拉布里亚和喷泉街口的那辆漂亮汽车。你要尽可能走得干干净净，日子还要过下去嘛。好吧。我信了。现在等我刮胡子，换件衣服。"

"你为什么要帮这个忙呢，马洛？"

"我刮胡子的时候，你去弄杯酒喝。"

我走出去，留下他弓着腰坐在早餐区的角落里。他还戴着帽子，穿着轻便大衣，看着比较正常。

我进浴室刮胡子，回卧室打领带的时候，他走过来站在门口。他说："我洗了杯子以防万一。不过我一直在想，也许你还是应该打电话报警。"

"你自己打给他们。我跟他们没话说。"

"你要我打？"

我转身狠狠瞪了他一眼。"他妈的！"我几乎是对他狂吼，"看在上帝的分上，你能不能别再说了？"

"抱歉。"

"你确实该抱歉。你们这种人永远在抱歉，却永远后悔莫及。"

他转身顺着门廊走到客厅。

我穿好衣服，锁好卧室。等我走到客厅，他已经在椅子上睡着了，头歪向一边，脸上毫无血色，整个身体累得松松垮垮的。他看起来真可怜。我碰碰他的肩膀，叫他醒来，这过程好像很远。

等他注意到我，我忙说："带个行李箱如何？那个白色的猪皮箱子还在我衣橱的顶架上。"

他兴味索然地说："那是空的，而且太醒目了。"

"不带行李箱更醒目。"

我走回卧室，站在衣橱内的阶梯上，把白色猪皮箱子由顶架上拉下来。方形的天花板活门正在我头顶，我把它往上推开，手尽可能伸进去，将他的皮制钥匙丢进某一根灰蒙蒙的小梁柱后面。

我拿着手提箱爬下来，拍掉上面的灰，在里面塞了一些东西：一件从没穿过的睡衣、牙膏、备用牙刷、两条廉价毛巾和洗脸巾、一包棉手帕、一条十五美分的刮胡膏，连同整包购买的刮胡刀。没有一件是用过的，没有一件有记号，没有一件引人注目，当然若是他自己的东西会更好。我又放了一瓶八分之一加仑、仍裹着包装纸的波本威士忌。我锁好手提箱，把钥匙插在一个锁孔里，拿到前面。他又睡着了。我没叫醒他，打开门，把手提箱直接拿到车库，放进敞篷车的前座后面。我把车子开出来，锁好车库，爬台阶回屋里叫醒他。该锁的门窗统统锁好，我们就出发了。

我开得很快，但没快到被开罚单的程度。一路上我们几乎没说话，也没停下来吃东西。没有那么多时间。

边境的人没跟我们说什么。到了蒂华纳机场所在的那个多风的台地，我把车子停在机场办公室附近，坐着等特里买票。

DC-3的螺旋桨已经慢慢转动热机。一位穿灰色制服、体形高大、恍若梦中情人的飞行员正和四个人聊天。其中一位身高约六英尺四英寸，戴着枪套。他身边有个穿长裤的姑娘、一个个子小小的中年男人，以及一个高得把男伴衬得更弱小的白发妇人。还有三四个一望而知是墨西哥人的人站在附近。看来飞机搭载的就是这些人了。登机扶梯已架在机舱门口，但似乎没有人急着上飞机，这时候一位墨西哥空服人员走下扶梯等候。好像没有扩音设备。墨西哥人登上飞机，飞行员还在跟那几个美国人聊天。

有一辆帕卡德大轿车停在我旁边。我探出头去，瞧了一眼那车的牌照。我哪一天可以学会不多管闲事呢？我把脑袋伸出车窗时，见到那高个子女人正朝这边望过来。

这时特里穿过尘土飞扬的碎石路走了过来。

"都办好了，"他说，"我要就此说再见了。"

他伸出手来，我握了握。他看上去不错，只是显得疲倦，非常疲倦。

我把猪皮手提箱从奥兹①里拎出来，放在碎石地上。他有些愠怒地瞪着那东西。

"我告诉过你我不想要它。"他粗鲁地说。

"里面有一品脱好酒，特里，还有些睡衣之类的，都是不值钱的东西。如果你不需要，寄存在哪里，或者扔掉。"

"我有我的理由。"他语气生硬。

"我也有我的原因。"

他突然微笑起来。他接过手提箱，空着的那只手用力捏了捏我的手臂。"好啦，老兄。听你的。记住，万一情况变得糟糕，你看着办

---

① 指 Olds for Olds Mobile，奥兹莫比尔是美国第一个大量生产销售汽车的企业，以产中档车为主。由美国汽车业开创者之一兰索姆·奥兹建立于 1897 年，1908 年并入通用公司，前身是 1897 年由兰塞姆·奥兹和弗兰克·克拉克克创建的奥兹汽车公司，是美国最老的小客车生产厂。

好了。你什么也不欠我。我们一块儿喝过几回酒，有些交情，关于自己，我唠叨得太多了。我在你的咖啡罐里留了五张一百美元的钞票。请别生我的气。"

"宁愿你没留。"

"我的钱怎么也花不完。"

"祝你好运，特里。"

两个美国人走上扶梯，进了机舱。一个黑宽脸的矮胖子从办公楼里走出来，招招手又指了指。

"登机吧。"我说，"我知道你没杀她。所以我才会来这儿。"

他强打起精神，全身变得很僵硬，慢慢转过身，回头望了望。

他小声说："抱歉，这点你错了。我还没上飞机，你有充分的时间阻止我。"

我望着他走过去。办公室的家伙还在等，但不太急。墨西哥人很少失去耐性。他伸手拍拍猪皮手提箱，对特里咧嘴一笑，然后侧到一边，让特里穿过门口。过了一会儿特里由海关那一边的门口出来。他非常缓慢地走过碎石路到扶梯前，停在那儿，朝我这边看。他没打信号或挥手。而我也没。紧接着他上了飞机，扶梯就收走了。

我回到我的奥兹莫比尔车里，启动，倒退，掉头，驶出停车场。高个子女人和矮个子男人还在停机坪上。女人伸出一条手帕挥舞着。飞机开始滑行到停机坪末端，扬起大量尘土。机身在那一端转弯，马达加速转动，吼声如雷，飞机开始慢慢加速。

后面尘烟漫天，然后飞机升空了。我望着它慢慢飞进刮着台风的空中，消失在东南方的蔚蓝天空里。

然后我离开那儿。边境大门处没有人看我一眼，仿佛我的面孔平凡得像钟表的时针。

第六章

　　从蒂华纳回来的路太漫长了，是加州境内几条最乏味的道路之一。蒂华纳什么都没有，那儿的人就要钱。小孩凑近你的车，瞪着一双可怜巴巴的大眼睛望着你说："请给我点钱吧，先生。"接下来就要把他的姐妹兜售给你。蒂华纳不是墨西哥。边城只是边城，此外什么都不是；就好像海滨只是海滨，此外什么都不是一样。圣地亚哥是什么？世界上最美丽的港口之一，城里一无所有，除了海军外加几条渔船。到了夜晚，那是个仙境一样的地方。涛声轻柔，好像在低吟圣歌。但是马洛得赶快回家，看看有没有少什么东西。

　　往北开的路非常单调乏味，你穿过一个镇子，下一道山坡，沿海滨走一程；再穿过一个镇子，再下一道山坡，沿海滨再走一程，循环往复。

　　我回到家已是两点钟，他们坐在深色轿车里等我；车上没有警察标识，没有红灯，只有两条天线。我爬阶梯爬到一半，他们下车对我大吼。两个人照例穿着平常的制服，动作懒散，仿佛全世界都压低了嗓门静静等着他们吩咐。

　　"你叫马洛？我们要跟你谈谈。"

　　他向我亮了一下警徽。没看清是什么，以为他是防疫人员也不为过。他是灰金发色的白人，看起来很讨厌。另一位搭档个子高高的，俊美整洁，有一种考究的猥鄙相，像是受过教育的暴徒。他们的眼神充满守候、耐心、警觉、冷淡和不屑，警察才会有那种眼神。

"我是格林警官，中央凶案组的。这位是戴顿警探。"

我走上去，把门打开。我一般不会跟大都市的警察握手。那样显得过于亲密了。

他们坐在客厅。我打开窗户，微风徐来。说话的是格林。

"有个叫特里·雷诺克斯的人，你认识他吧，嗯？"

"我们偶尔会喝上一杯。他住在恩西诺，娶了有钱人。我没到过他住的地方。"

"偶尔？"格林说，"那是指多久一次？"

"那是含糊的说法。就是偶尔嘛。可能一星期一次，也可能两个月一次。"

"你见过他妻子？"

"匆匆见过一次，在他们结婚以前。"

"那你最后一次见到他是什么时候，在什么地方？"

我从茶几侧几上拿起一根烟斗，填上烟丝。格林身子向我这边倾。高个儿坐在后面，手拿圆珠笔和一本红边便条簿，等着记录。

"现在该我问你们出了什么事，而你却在朝我发问。"

"你只管回答即可。"

我点烟。烟草太湿，花了一段时间才点燃，用掉了三根火柴。

"我有时间，"格林说，"不过我已经花了不少时间在附近等你。先生，赶快说。我们知道你是谁。你也知道我们不是闲着没事来的。"

"我只是在思考，"我说，"我们以前常去维克托酒吧，不常到另一家，就是落日区尽头那家想装出英国客栈风味的……"

"别浪费时间。"

"谁死了？"我问道。

戴顿警探说话了，他的语气严厉，一副"别跟我要花招"的派头。"马洛，只管回话。我们是做例行调查。你不用知道太多。"

可能因为我又累又气，抑或是我有点儿心虚。我刚认识这个人居然已经讨厌他了，隔着餐厅看他一眼，就恨不得踹他的大牙一脚。

"得了，小伙子。"我说，"把那一套留到少年署去用，他们都会觉得可笑。"

格林咯咯笑了起来，戴顿脸上看不出什么明显的变化，但他好像突然老了一倍，鄙夷多了两倍，鼻孔吐出的气轻轻作响。

格林说："他已通过律师考试。你不能跟戴顿胡扯。"

我慢慢站起来，走到书架前，取下加州刑法的装订本，递给戴顿。

"麻烦你找出我必须回答这些问题的法律文件给我看好吗？"

他没动。我俩都知道，他想狠狠打我，但他在等时机。可见他不敢确定自己如果行为不检格林是否会支持他。

他说："每个公民都必须跟警察合作。多方合作，甚至以实际的行动配合，尤其要回答警察认为有必要问的、不含歧视的问题。"他说这话的口气严厉、机警又流畅。

"你可以这么说，"我说，"大部分都是靠直接或间接的威吓达到的。法律上没有这种义务存在。谁也不必在任何时候、任何地点告诉警察任何事情。"

"闭嘴。"格林不耐烦地说，"你在找退路，你自己也不知道。坐下。雷诺克斯的妻子被杀了。在恩西诺他们家的一栋客宅里。雷诺克斯找不到人，估计逃了。我们正在找凶杀案的嫌犯。你满意了吧？"

我把书扔进一张椅子，回到格林那张茶几对面的沙发上。"为什么来找我？"我问，"我告诉过你，我从没走进过那栋房子。"

格林轻拍着大腿，手上下移动，他静静地对我咧着嘴笑。戴顿在椅子上一动也不动，眼神活像要吃掉我。

"因为过去二十四小时内你的电话号码出现在他房间的一本便条簿上。"格林说，"那是带日期的便条，昨天的已经撕掉，但今天那页看得出印痕。我们不知道他是什么时候打电话给你的。我们不知道他去了什么地方、为什么要去、什么时候去的，因此我们必须要查。"

"为什么在客宅里呢？"我问道，没指望他回答，他竟答了。

他有点儿脸红，说："她好像常去那边。那晚有客人。屋内有灯，用人隔着树影看得见。车子来了又走了，有时候很晚，非常非常晚。够了吧，嗯？不要骗自己。雷诺克斯是我们要抓的人。他在凌晨一点左右过去。总管刚好看见了。大约二十分钟后他一个人回来。然后什么事都没有，灯还亮着。今天早上遍寻不着雷诺克斯。总管走到客宅，小姐像美人鱼一样全身光溜溜躺在床上，告诉你，他认不出她的脸。她连脸都没有了。被人用一尊猴子雕像砸得血肉模糊。"

"特里·雷诺克斯不会干那种事。"我说，"没错，她背叛了他。都是陈年旧事了。他一向如此。他们离婚又再结合。我猜他不太愉快，但他怎么会到现在才为这种事发狂呢？"

"这就不得而知了。"格林耐心地说，"这种事随时都在发生。男人和女人都有。一个人忍耐忍耐忍耐，有一天忽然忍不下去了。他可能自己也不知道为什么在那一刻才突然发狂。反正他确实发狂了，而且有人翘了辫子。接着就该我们出现了。让我来问你一个简单的问题，别再胡扯了，否则会把你抓进去。"

"他不会告诉你的，警官。"戴顿酸溜溜地说，"他读过那本法律书。念过法律书的人都差不多，以为法律就在书里面。"

"你做笔录就好，"格林说，"现在不需要你用脑筋。假如你真行，我们同意你在警察吸烟室唱《慈母颂》。"

"警官，请你自重。但愿我这话没冒犯你的官阶。"

"你跟他打一架。"我对格林说，"他跌倒我会扶住他的。"

戴顿小心翼翼地放下便条簿和圆珠笔。他双眼发光地站起身，走过来站在我前面。

"站起来，小子。我是读过书的，但不表示我如书生般柔弱，容忍你这样胡说八道。"

我站起身来，还没站稳，他就出手打我了。他给我一记漂亮的左勾拳，没打中。铃声响了，可不是吃饭的铃声。我用力坐下，摇摇头。戴顿还在那儿，现在他笑眯眯的。

"你继续贫啊。"他说，"刚才那回你还没准备好，不算真正就绪。"

我看看格林，他正俯视大拇指，好像在研究指甲上的肉刺。我不动也不说话，等他抬头。我若再站起来，戴顿一定会再打我。其实他不管怎么样都会再出手。但我若再站起身而他打了我，我会要他好看，刚才那一拳证明他是拳击手。他打在了恰当的位置，但要打倒我需要好多好多拳。

格林似乎心不在焉地说："老弟，干得好。你这么做，他求之不得。"

他抬头和气地说："马洛，再问一次好做笔录。上回你见到特里·雷诺克斯是在什么地方、怎么见的、谈了些什么，刚才你从什么地方来，说，还是不说？"

戴顿惬意地站着，平稳而放松。他眼中带着柔和的光。

"另一个家伙呢？"我不理他，开口问道。

"什么另一个家伙？"

"客房床上没穿衣服的人。你该不是说她到那边唱独角戏吧？"

"那个以后再说——等我们抓到她的丈夫以后。"

"嗯。好像等有了替罪羊，你们还会花心思去调查这些似的。"

"你不说，我们会把你关进去的，马洛。"

"当关键证人？"

"狗屁关键证人。当作嫌疑犯，有凶杀案从犯的嫌疑。帮助嫌犯逃走。我猜你把那家伙带到某一个地方去了。目前我只需要猜测。我们的上司很厉害，他懂法律，但他心不在焉。不管怎么样，我们都得要你说出来。越难得到答案，我们越确定有必要。"

"对他来说全是废话。"戴顿说，"他懂法律。"

"对每个人来说都是废话，"格林冷静地说，"可也管用。来吧，马洛，我正吹哨子准备逮捕你呢。"

"好吧，"我说，"特里·雷诺克斯是我的朋友。我在他身上投入了相当的感情，不会因为警察吆喝几句就破坏掉。你有案子要告他，有动机、机会，加上他开溜的事实，也许是另有其事吧。动机是陈年旧事，早就淡化了，几乎是交易中的一部分。我不欣赏那种交易，但他就是那种人——有点儿软弱，非常温和。如果他知道她死了，自然知道你们一定会抓他，其他的毫无意义。如果举行审讯，他们要是传讯我，我会不得不回答这些问题。我用不着回答你们的问话。格林，我看得出你是好人。我也看得出你的搭档是个有权力情绪、爱亮警徽的家伙。你如果希望我落入真正的困境，叫他再打我呀。我他妈的会把他那玩意儿打断。"

格林站起来，丧气地打量着我。戴顿没有动，他是出过一次手的凶汉。他需要休息一下，抚一抚背脊。

"我打个电话。"格林说，"但我知道答案是什么。马洛，你真是病入膏肓。滚开，别碍手碍脚。"最后一句话是对戴顿说的，戴顿转身走回去，拿起便条簿。

格林走到电话边，轻轻拿起来。为了这一趟冗长不讨好的苦差事，他的脸都起皱了。跟警察打交道的麻烦就在这里。你已打定主意要恨他们，却遇到一个对你讲人情的，叫人不知怎么办才好。

组长吩咐把我逮进去，别跟我讲客气。

他们给我戴上手铐，没搜查我家，看来是他们疏忽了。也许他们觉得我经验老到，一定不会在家里留下什么对自己不利的东西。这一点他们错了。如果他们搜查，就会发现特里·雷诺克斯的汽车钥匙。等车子找到了，他们把钥匙和汽车一核对，就会知道他曾经跟我在一起了。

结果证明这实在没有任何意义。警方永远找不到那辆车了。车子在半夜被偷走，可能开到了埃尔帕索①，配上了新钥匙和伪造的文件，最后在墨西哥城被卖掉。手续只是例行公事。钱大抵变成海洛因流回来。照流氓黑道的看法，这也是睦邻政策的一部分。

---

① 美国得克萨斯州西部角落的一座城市。

第七章

当年凶案组的头儿是个叫格里戈里厄斯的警监，他属于那类不常见但是还存在的警察。

办案会动用强光、疲劳逼供、踢腰子、用膝盖顶腹股沟、拳击太阳穴、用警棍打尾椎之类的手段。六个月后，他由于在大陪审团面前做伪证遭起诉，没受审就被解雇了。后来他在怀俄明州自家的农庄里被一匹大公马踩死了。

眼下我正是他砧板上的肉。他脱了外衣坐在办公桌后面，袖子差不多挽到了肩头。脑袋秃得厉害，像大部分结实的中年男人那样，腰间一团滚肉。眼睛呈鱼肚灰色，大鼻子上破裂的毛细血管纵横交错。他喝着咖啡，弄出了很大的声响。粗糙厚实的手背上汗毛浓密，一撮灰毛从他耳朵里支棱出来。他一边把玩桌上的什么东西，一边盯着格林看。

格林说："他不肯开口，我们什么也没问到，头儿。我们跑去查他的时候他开车出去了，不肯说去了哪里。他跟雷诺克斯很熟，但不肯说最后见到他是什么时候。"

"自以为是，"格里戈里厄斯冷冷地说，"我们会让他改变的。"他根本不在乎地说道。他或许真的不在乎，因为他面前没人是硬汉。"关键是地区检察官在这桩案件里嗅出了不少大文章。实在怪不得他，看看这女的老爷子是谁！我想我们最好还是撬开这家伙的鼻子。"

他瞧着我，好像我是一只烟屁股或一把空椅子，只是一件存在于他视线之内的东西，完全没把我当回事。

戴顿恭敬地说："很显然，他摆出这种态度就是不想招供。他还跟我们引用法律，激我揍他。我没管住自己，警监。"

格里戈里厄斯阴阴地看了他一眼。"要是这废物也可以激怒你，你也太容易被激怒了。是谁打开了手铐？"

格林说是他。"铐上去，"格里戈里厄斯说，"铐紧。帮他提提神。"

格林重新给我铐上手铐。"铐在背后！"格里戈里厄斯吼道。格林把我的双手铐在背后。我坐在一把硬邦邦的椅子上。

"再紧点，"格里戈里厄斯说，"得让他觉得痛。"

格林把手铐又紧了紧。我的手开始发麻。

格里戈里厄斯终于正眼看我了。"现在你可以说话了。快说。"

我没回答。他往后靠了靠，咧咧嘴。他慢慢地伸出手握住咖啡杯，身体略往前倾了倾。那杯子猛地飞了过来，我侧身一让，躲过了杯子，但肩部重重着地。我翻了个身，缓缓站起来。手麻得不行，手臂被铐着的地方隐隐痛起来。

格林帮着把我弄回到椅子上。咖啡溅湿了椅背和座位的一部分，但大部分都泼在了地上。

"他不喜欢喝咖啡，"格里戈里厄斯说，"他倒是灵活，动作快得很。反应不错。"

谁也没搭腔。格里戈里厄斯的一双鱼眼上下打量着我。

"这位先生，在这个地方，侦探执照并不比电话卡更有用。现在给我们供词，我们待会儿会记录下来。要说得完整。比如说，告诉我们你从昨晚十点到现在的行踪。我是说完整的。本部门正在调查一宗谋杀案，主要嫌疑人失踪了。你和他有联系。那家伙抓到他老婆与人通奸，把她的脑袋打得血肉模糊，头发浸泡在血水里。用的是我们的老相识，青铜雕像，不是什么真品，不过挺管用。你是不是以为随便哪个私人侦探都能就这事在我面前引用法律，先生，有你苦头吃的。这个国家没有哪个警局可以光靠法律书来办案。你有情报，我正需要，你可以说没有，而我可以选择不相信。你连'没有'都没说。你不会对我缄口不言的，朋友，不值得。开始吧！"

"警监，能不能把手铐打开？"我问，"我的意思是要是我供出点什么的话？"

"有可能。长话短说。"

"如果我告诉你在最近的二十四小时里我没见过雷诺克斯，没跟他说过话，并且不知道他可能在哪里，这是否能让你满意，警监？"

"有可能，如果可信的话。"

"如果我告诉你我在什么地方、什么时候见过他，但不知道他杀了人，或犯了什么罪，进而不知道眼下他会在哪里，这根本不会让你满意，对不对？"

"要是有具体情报，我会听下去。比如哪里，什么时候，他看上去怎样，你们聊了什么，他又去了哪里。从中有可能发展出某些线索。"

"照你这么说，"我说，"大概会把我发展成从犯。"

他下巴上的肉鼓起来，眼神阴冷肮脏。"所以呢？"

"我不知道，"我说，"我需要法律咨询。我希望与你们合作。我们能不能请地区检察官办公室派个人来？"

他发出沙哑而短促的笑声，立刻就止住了。他慢慢站起来，绕过办公桌，俯身凑近我，一只大手撑在木头桌面上，露出一丝微笑。他带着这微笑，照着我脖子一侧挥出一拳，那一拳来得很重，像铁块打在我脑袋上。

那一拳的发力距离最多八至十英寸，但几乎把我的脑袋打了下来。胆汁渗进我的嘴里。我尝到混合了胆汁的血，除了脑袋里的轰鸣，我什么都听不见。他凑近我，仍然微笑着，左手撑在桌面上。他的声音好像从很远的地方传来：

"我以前很厉害，现在老啦。你受了我一拳，我也只给你一拳。我们市属监狱里有几个该去屠宰场干活的小伙子可不像我们的粉拳打手戴顿那样斯文，我们大概不该雇他们，他们也不像格林有四个孩子和一座玫瑰园。他们热衷于跟这不一样的消遣。我们需要各种人来干脏活。现在你还有什么有趣的小主意，烦劳你说说？"

"手铐不松不开口，警官。"就连说这么几个字我都疼得要命。

他向我凑得更近了些，我闻得见他的汗酸味和口臭。接着他挺直了身体，绕回到办公桌后面，把那结实的屁股塞进椅子里。他举起一把三角尺，大拇指沿一条边摩挲着，好像那是把利刃。他朝格林看看。

"在等什么，警官？"

"等您的命令。"格林从嗓子里挤出这几个字，好像厌恶自己的声音似的。

"要这么死板吗？你是个有经验的人，档案上是这么写的。我要一份关于此人最近二十四小时内活动的详尽供词，可能会需要更长时间段的，但先要这些。我要知道其间每一分钟他在干什么。我要这供词签了名，有证人并核实过。两小时内要到。然后我要他回到这里时干净整齐，没有伤痕。还有一件事，"他顿了顿，朝格林瞪了一眼，那一眼杀气十足，"以后我询问嫌疑人一些文明的问题时，不想看见你站那儿看着，活像我撕下了他的耳朵似的。"

"是，长官。"格林转向我。"我们走吧。"他粗声说道。

格里戈里厄斯朝我龇了龇牙。他的牙齿非常需要清洁。"我们来个退场白吧，朋友。"

"好，长官，"我礼貌地说，"或许你不是有意的，但你帮了我一个忙。戴顿警探也出了力。你们替我解决了一个难题。没人愿意出卖朋友，而我连敌人都不愿出卖给你。你不仅残暴，而且无能。你连如何进行一次最简单的调查都不知道。我刚才站在刀锋上，你本可以让我倒向任何一边。但你虐待我，往我脸上泼咖啡，在我除了挨打什么都无能为力的情形下，你用拳头打我。从现在起，就算你问的是这屋里墙上挂钟显示的时间，我也不会告诉你。"

出于某种奇怪的原因，他坐在那里一动不动，由着我说。然后他咧了咧嘴。"你只是个向来讨厌警察的小人物，朋友。你就是那么个人，探子，一个一贯讨厌警察的小人物。"

"警察并不是到处都惹人厌，长官。但在那些地方你当不上警察。"

他把这话也咽下去了。我想他受得了，他大概不止一次消受过比这更过分的话。这时他办公桌上的电话响了。他看了看电话，打了个手势。戴顿伶俐地绕过桌子，拿起听筒。

"格里戈里厄斯警监办公室。我是戴顿警探。"

他听着，两道英俊的眉毛轻轻往一块凑了凑。戴顿轻声说道："请稍等，长官。"

他把听筒递给格里戈里厄斯。"长官，是奥尔布莱特局长。"

格里戈里厄斯皱起眉头。"是吗？那杂种想要干什么？"他接过听筒，顿了顿，舒缓了一下表情。"我是格里戈里厄斯，局长。"

他听着。"是，他在这儿，在我的办公室，局长。我问了他几个问题。不合作。一点都不合作……怎么又这样了？"他的眉头忽然紧紧地皱了起来，脸扭曲成一团，脸色阴沉。血涌上前额。但他的声调却丝毫没改变。"如果这是直接命令，应当由探长发出，局长……当然，我将照此办理，直到获得证实。当然……见鬼，没有。没人动他一根手指头……是，长官，马上办。"

他把电话放回机座时，我觉得他的手抖了一下。

他抬眼，目光掠过我的脸，移向格林。"打开手铐。"声调没有起伏。

格林为我打开手铐。我揉着手，等待血液流过时针刺般的疼痛。

"把他送去县拘留所，"格里戈里厄斯慢吞吞地说道，"地区检察官从我们手里抢走了这宗案子的凶杀嫌疑人。咱们的制度多完美！"

没人动弹。格林离我不远，呼吸声很响。格里戈里厄斯抬头瞧了瞧戴顿。

"你们在等什么？等冰激凌甜筒？"

戴顿显然被吓着了。"你没给我下命令，头儿。"

"称呼我长官，混账！我是警官的头儿。不是你的头儿，小伙子！不是你的头儿。出去！"

"是，长官。"戴顿快速地走出门去。格里戈里厄斯起身走到窗前，看着外面。

"过来，我们走。"格林低声对我说。

"趁我还没把他的脸打瘪，把他带走。"格里戈里厄斯冲着窗户说。

格林走到门边，把门拉开。我刚要跨出去，格里戈里厄斯突然大吼道："等等！关上门！"

格林把门关上，靠在门后。

"过来，你！"格里戈里厄斯对我吼道。

我没挪步，站在那儿盯着他。格林也没动。一阵阴郁的僵持后，格里戈里厄斯缓慢地穿过房间，走到我跟前，同我面对面。他把他的大铁手放进口袋里，脚尖翘起来回摇晃。

"一根手指也没碰。"他压低声音说，好像是在自言自语。他目光冰冷，没有表情，嘴巴抽搐着。

然后，他对着我的脸吐了一口唾沫，退后一步。"就这样，多谢。"

他转身踱回窗前，格林拉开门。

我一边往外走，一边伸手掏手帕。

第八章

重罪区三号囚房有两张铺位，和卧铺车那种一样。这一区没住满，这间囚房只住了我一个。他们对待犯人还算宽厚，有两条毛毯，不太脏也不算干净，钢丝床上铺着两英寸厚的床垫。有个抽水马桶，有洗脸盆、纸巾，还有一块涩涩的灰色肥皂。囚房区相当干净，闻不到消毒水的气味。模范犯人负责这里的卫生清洁。监狱里的模范犯人总是源源不断。

狱官们会上下打量你一番，他们很厉害。如果你举止不像是醉鬼、精神病，就可以留着香烟火柴。开庭前可以穿自己的衣服。开庭之后，你就得穿没有领带、没有皮带、没有鞋带的囚服和鞋子。你除了坐在铺位上等，没其他事可干。

醉汉牢区就没这么好了。没有床铺，没有椅子，没有毛毯，什么都没有。你只能躺在水泥地上。我曾亲眼看到犯人坐在马桶上却只能吐在自己的大腿上的惨状。

虽是白天，天花板上也亮着灯。囚房区的铁门内侧有用铁栏杆框起的窥视孔。电灯开关安在铁门之外。

九点熄灯。熄灯时也不会有人给你打招呼，你可能正在读报纸或杂志，一句话读到一半。没任何声音任何预警就突然一片黑暗。只有等待早晨曙光初现，其间无事可做，能睡就睡，有烟就抽，有得想就想，只要想这些事情不比什么都不想更好打发日子。

拘留所里的人没有人格可言。这些人只是需要解决问题罢了，只需在报告上写上几行字。谁也不在乎世界上有谁爱他或者恨他，他长得如何，一辈子干过什么。除非他惹是生非，要不然没人会理他，也没人会揍他。他要做的就是安安静静地走进自己的囚房待着。没什么可争的，也没什么可气的。狱卒多是沉默寡言的人，没有敌意，也不是虐待狂。你读过的所有那些像是呼喊尖叫、撞击栏杆、拿勺子敲打栏杆、看守提着棍子冲进来等，那都是你印象中的监狱罢了。

好的拘留所是世界上最安静的地方之一。你可以夜间从一个普通的囚房区走过，透过铁栏杆的空隙瞧见团成一团的褐色毛毯，或者头发，或者一双茫然的眼睛。也可能听见鼾声。时间长些的话，你也有可能听到有人做噩梦。拘留所里的人生是悬而未决的，没有目的，也缺乏意义。

在另一间囚房里，你或许会看见一个人无法入睡，他坐在铺位边，什么也不干。你们对视却也默然，因为彼此之间没什么好说的。

在囚房区一角可能有第二道铁门通往展示间。那儿有面墙是钢丝网，漆成了黑色。后墙上画着量身高的标尺，头顶有泛光灯。你照规定在夜班队长还没下班前一早去到那里，背靠着标尺站好，泛光灯照着你，铁丝网背后没有光线，但暗房里有许多人：警察、侦探、遭抢劫、受袭击、被诈骗、被用枪指着踢出汽车或被骗得倾家荡产的公民。你看不见也听不见，只听见夜班队长的声音。他疲倦，愤世嫉俗，称职，是一出经久不衰的戏剧的舞台总管，但这已经不再能引起他的兴趣。他考察你的能力，好像你是一条表演杂耍的狗。你必须清晰响亮地回答他。

"好吧，你。站直了。肚子收进去，下巴缩进去。肩膀往后。头放平。眼睛直视前方。往左。往右。再向前看。伸出手来。掌心向上，向下。撩起袖子。没有明显的疤痕。深褐色头发，有些白发。褐色眼睛。身高六英尺半英寸。体重一百九十磅。姓名：菲利普·马洛。职业：私人侦探。好了，好了，见到你很高兴，马洛。行了。下一个。"

多谢，队长。多谢你的宝贵时间。你忘记叫我张开嘴巴了。我镶了几颗漂亮的假牙，还有一颗高级瓷牙冠。八十七美元一颗的瓷牙冠。你还忘了往我鼻孔里瞧瞧了，队长，里面有许多疤等着你呢。隔膜手术，做手术的家伙是个屠夫！那会儿花了两个小时，我听说现在他们只要二十分钟就够了。是玩橄榄球时弄的，队长。一次小失算，想去顶球，结果顶在一只脚上了，那只脚已经把球踢了出去。十五码罚球，跟手术后第二天他们从我鼻子里一寸寸拉出来的变硬的沾了血的绷带差不多长。我不是在吹牛，队长，我只是想告诉你，细节才有意思。

第三天早晨，一个狱官打开我的囚房门。

"你的律师来了。灭掉香烟，不要弄在地上。"

我于是把它扔进马桶冲了下去。狱官把我带进会议室。一个深色头发的苍白的高个男人站在那里，望着窗外。桌上放着一只鼓鼓的公文包。他转过身。等门关上后，他在一张橡木桌的另一头靠近公文包坐下。那张橡木桌子上颇多疤痕，像买来的二手货。律师打开银烟盒放在跟前，然后上下打量我。

"请坐，马洛。要支烟吗？我叫恩迪科特，休厄尔·恩迪科特。我受委托来做你的律师，费用不用你出。我想你希望离开此地，对不对？"

我坐下，拿了一支烟。他伸出打火机为我点上。

"再次见到，真是荣幸，恩迪科特先生。我们以前见过的。那时你还是地区检察官。"

他点点头，微微一笑："我不记得了，但也是有可能的。我不太适合那职位。我想我没那么雄心壮志。"

"谁派你来的？"

"无可奉告。你只需要知道接受我当你的律师，费用不用你出。"

"我猜这意味着他们逮到了他。"

他注视着我。我喷了口烟。这是种带过滤嘴的烟，抽上去味道就像被棉毛制品滤过的浓雾。

"你是不是指特里·雷诺克斯？"他说，"当然了，你指的就是他。没有，他们还没抓到他。"

"为什么那么神秘兮兮，恩迪科特先生？到底是谁派你来的？"

"我的委托人不希望具名。这是他的特权。你接不接受我？"

"我不知道，"我说，"要是还没抓到特里，他们为什么要拘留我？谁也没问过我什么，也没人跟我接触。"

他皱了下眉头，低头瞧着自己修长白皙的手指。"地区检察官斯普林格亲自审理这宗案子。他可能太忙，抽不出时间来问你话。但你有权接受传讯和预审。我可以根据人身保护程序把你从这里保出去。你大约知道这些。"

"我是记录在案的凶杀嫌疑人。"

他不耐烦地耸耸肩。"这只不过是为了万无一失。你本该被送去匹兹堡，或被指控诸多罪名里的一种。他们指的大概是谋杀从犯。你把雷诺克斯送到什么地方去了，是不是？"

我没回答。我把那支没烟味儿的香烟扔在地上，踩了一脚。恩迪科特又耸耸肩，皱了下眉头。

"只是为了讨论方便，假设你送他去了什么地方。要把你列为从犯，他们必须证明你有动机。这意味着当时你知道犯罪已成事实，而雷诺克斯就是逃犯。在任何情形下，你都可以得到保释。当然你实际上是个重要证人。但是在我们州，除非法庭下指令，不然他们不能把重要证人关进监狱。法官认为谁是重要证人谁才是。但执法的人总能想到法子为所欲为。"

"当然,"我说,"一个叫戴顿的警探揍了我。一个叫格里戈里厄斯的凶案组警监朝我脸上泼咖啡,朝我脖子挥拳,差点儿把我的动脉打断,现在还肿着。警察局长奥尔布莱特打来电话,才使得他不能把我送去当他的棒下冤魂。然后他还朝我脸上吐唾沫。所以,你说得太对啦,恩迪科特先生。执法的小子总是能够为所欲为。"

他毫不掩饰地看了看腕表。"你想不想出去?"

"多谢,我不认为我想出去。一个被从拘留所保释出去的家伙在公众眼里已经是半个罪犯了。假如日后能洗脱罪名,那只能是因为他找了个高明的律师。"

"愚蠢至极。"他不耐烦地说。

"好吧,是蠢。我就是蠢。若非如此我也不会落到这般境地。如果你和雷诺克斯有联系,告诉他别为我操心。我在这里不是为了他,是为了我自己。交易的一部分。毫无怨言。我的职业是帮助人们对付他们的麻烦。大大小小各种麻烦,那些他们不愿去找警察的麻烦。要是随便哪个别着警徽的打手都可以叫我大头朝下、魂飞魄散,那以后还会有人来找我吗?"

"我懂你的意思了,"他慢慢地说道,"允许我纠正一件事情。我和雷诺克斯没有丝毫联系。我几乎不知道这个人。和所有律师一样,我不能在法庭上说谎。倘若我知道雷诺克斯的下落,我不会对地区检察官隐瞒实情。最多只能答应先和他见一面,然后在某个时间地点把他交出去。"

"没别的人会设法派你来这里帮助我。"

"你觉得我在说谎?"他伸手在桌面下方摁灭了烟蒂。

"我记得你好像是弗吉尼亚人,恩迪科特先生。在这个国家,大家对弗吉尼亚人持有一种由来已久的看法。把他们视为南方侠义精神的代表。"

他微微一笑。"过奖了，但愿如此。可我们在浪费时间。只要你稍微有一点儿常识，就会告诉警察你一个星期没见过雷诺克斯了。这不一定非得是真话。发誓后你总是可以把实情说出来的。跟警察说谎不犯法。这是他们料想之中的。比起拒绝与他们对话，他们更愿意接受谎话。拒绝对话是对他们权威的直接挑战。你希望从中得到什么？"

我没有回答。我的确没有一个答案。他起身拿起帽子，啪地合上烟盒，揣进口袋。

"你非要强出头，"他冷冷地说，"坚持自己的权利，满口法律。不觉得这样很天真吗，马洛？像你这样的人应当知道怎么周旋。法律不等于正义，它是一种不完善的机制，要是你碰巧按对了按钮，恰好又走运，那正义可能会在结论里体现出来。法律的目的不外乎建立一种束缚的机制而已。我觉得你根本不在乎我提供的帮助。那我想我可以走了，如果你改变了主意，可以来找我。"

"我会再坚持一两天。要是他们抓到了特里，对他是如何逃走的就不会在乎了。他们在乎的是如何把审判弄得沸沸扬扬。哈伦·波特先生的千金被谋杀的案子会成为全国各地的头版头条。像斯普林格这种哗众取宠的家伙可以凭借这出戏平步青云，当上首席检察官，再由此爬上州长宝座，接下来——"我停住不说了，让余下的话飘浮在空中。

恩迪科特露出嘲弄的微笑。"我想你不是很了解哈伦·波特先生。"他说。

"要是他们找不到雷诺克斯，也不会想知道他是如何跑掉的，恩迪科特先生。他们只会想要尽快把这件事情整个忘了。"

"把整件事情都看透了，是不是，马洛？"

"我有的是时间。对哈伦·波特先生，我只知道他身价应该有一亿，拥有九到十家报纸。宣传进行得怎样？"

"宣传？"他的声音冷得像冰。

"是啊，竟然没有一位报界人士来采访我。我倒是期待在报纸上弄出点大动静来，好多招些生意。私人侦探宁可锒铛下狱，也绝不出卖朋友。"

他朝门口走去，转动把手时，他回过头来。"你让我觉得好笑，马洛。你在某些方面很幼稚。的确，一亿美元可以买到不少舆论关注。但朋友，如果运用得当，一亿美元也可以买到许多沉默。"

他拉开门，走了出去。狱官随即进来把我带回重罪区三号囚房。

"要是有恩迪科特当律师，估计你不会在这里待太久。"他在把我锁进囚房时欣然说道。我说但愿如此。

第九章

值早夜班的狱官是个金发大个子，咧着嘴笑得很友善，肩膀肉嘟嘟的。他人到中年，早已不再为同情和愤怒所扰，希望轻轻松松打发掉八小时，一副没有烦心事的样子。他打开了我的囚房门。

"有人找你，地区检察官那里来的伙计。睡不着吗？"

"现在睡觉对我来说还太早了点。几点了？"

"十点十四分。"他站在走道上，瞧着囚房。

一条毛毯铺在下铺，另一条卷起来当作枕头。

垃圾桶里有几张用过的纸巾，洗脸盆旁边搁着一小卷草纸。他赞许地点点头。"这里有没有你自己的东西？"

"没有。"

他没锁那间囚室的门。我们走过安静的过道进了电梯，下楼来到登记台。一个穿灰西装的胖子站在登记台旁抽着玉米芯烟斗。他指甲不干净，身上有气味。

"我是地区检察官办公室的斯普兰克林，"对方口气生硬地说，"格伦茨先生在楼上，要见你。"他反手从屁股后面摸出一副手铐。"咱来试试大小。"

狱官和登记员对着他咧开嘴笑得很开心。"怎么回事，斯普兰克林？怕他在电梯里打劫你？"

登记员把一份表格推到他面前，他龙飞凤舞地签了个名字。"我从来不冒不必要的险，在这地方鬼知道会撞上哪档子事。"

一个巡警带进来一个耳朵血淋淋的醉汉。我们朝电梯走去。"你碰上麻烦了，小子，"斯普兰克林在电梯里对我说，"大麻烦。"他似乎有些幸灾乐祸。"人在这地方总会惹出一大堆麻烦来。"

电梯工扭头瞥了我一眼，我笑了笑。

"甭动歪脑筋，小子，"斯普兰克林厉声说道，"我可是毙过一条命的。想开溜？他们可要把我搞得屁滚尿流。"

"你都应付过来了，不是吗？"

他想了想，说："是啊，不管怎样，他们总会把你搞得屁滚尿流。这粗野的城市，一点儿也不尊重人。"

我们走出电梯，拐进地区检察官办公室的双扇门。电话总机无人接听，线路断开了。访客座位上空无一人。有几间办公室还亮着灯。斯普兰克林推开一间亮灯的小办公室的门，里面有一张办公桌、一个文件柜、一两把硬板椅，还有一个身体笨重的家伙，方下巴，目光迟钝。他红着一张脸，正把什么东西塞进办公桌抽屉。

"你不会先敲门?!"他厉声说道。

"对不住，格伦茨先生，"斯普兰克林结结巴巴地说，"我刚才满脑子都想着犯人。"

他把我推进办公室。"要不要打开手铐，格伦茨先生？"

"我不明白你他妈铐他干什么？"格伦茨恶声恶气地说。他看着斯普兰克林打开我腕上的手铐。许多钥匙拴在一起足有一个柚子那么大，找得他晕头转向。

"得得，滚吧，"格伦茨说道，"外面等着，到时把他带回去。"

"我该下班了，格伦茨先生。"

"我告诉你该下班时你才能下班。"

斯普兰克林涨红了脸，挪动着肥臀出去了。格伦茨恶狠狠地目送他离去，门一关上，他又把同样的目光投向我。我拉过一把椅子坐下。

"我没说让你坐下。"格伦茨厉声道。

我从口袋里掏出一根卷烟，叼在嘴上。

"我没说你可以抽烟。"他吼道。

"我在囚房里都可以抽，为什么这里就不许？"

"因为这是我的办公室，我说了算。"一股辛辣的威士忌的气味从桌子对面扑过来。

"赶快再喝一杯吧，"我说，"酒会让你冷静。我们进来打搅你了。"

他往后重重地靠在椅背上，脸涨得通红。我划了根火柴，点燃香烟。

过了长长的一分钟，他和缓地说："得了，你小子有种。好汉一条，是不是？你猜怎么着？他们进来时有大有小各式各样，可出去时都一样尿，一样蔫。"

"你见我有何贵干，格伦茨先生？要是你想喝就喝，别介意我在跟前。我累了、紧张了或者工作过度，也会来一杯。"

"你好像没意识到自己的处境多么糟糕。"

"我不觉得陷入了什么糟糕的处境。"

"我们等着瞧。还有，我要你提供完整的供词。"他用手指弹了弹办公桌旁边柜子上的录音机，"我们先用它，明天再整理出来。要是首席副检察官对供词感到满意，只要你保证不离开本市，他可能会放你出去。开始吧。"他打开录音机。

他的语气冰冷而坚决，竭力装出恶心人的口气，不过右手一直在朝办公桌抽屉的方向挪动。他还年轻，鼻子上却已经爬满血管，而且眼白颜色混浊。

"我烦透了。"我说。

"烦什么？"他厉声道。

"难伺候的小人物坐在一间小办公室里摆个屁狠劲儿。我已经在重罪区蹲了五十六小时。没人找我碴，没人在我面前要横。他们没必要这么干。他们收起狠劲儿等要用时才使出来。再说了，我为什么蹲囚房？我被指控有杀人嫌疑。什么见鬼的法制系统，因为几个警察得不到想要的回答就把人送进重罪区囚房？他有什么证据？便条簿上的一个电话号码？把我关起来又能证明什么？证明他有权力，除此之外什么都证明不了。你现在跟他一个腔调——想要让我瞧瞧在这烟盒大小的被称作办公室的地方你能怎么发威。你派个看小娃儿的胆小鬼半夜三更把我弄到这里，你以为我一个人枯坐在那里呆想了五十六小时，脑子可能已经成一锅糨糊了？你以为我会趴在你腿上哇哇大哭，求你摸一下我的脑袋，因为我待在那么大的拘留所里感到孤苦无依？闭嘴吧，格伦茨。喝你的酒去，有点人样吧。但愿你只是履行职责。请先把铜指套脱了。要是你厉害，根本不需要那玩意儿；要是你需要，那就别对我逞能。"

他坐在那里听着，望着我，接着咧着嘴狰狞地一笑。"精彩的演讲，"他说，"得了，你把心里的恶气放出来了，我们来弄供词吧。你是希望回答问题呢，还是照你自己的方式陈述？"

"我在跟鸟儿说话，"我说，"只想听听微风吹过的声音。我不会给你什么供词。你是律师，你知道我可以不给。"

"不错，"他冷静地答道，"我懂法律。我知道警察的做事方式。我提供机会让你澄清自己。要是你不在乎，我也无所谓。我可以明天早晨十点传讯你，让你出席预审听证会。我会为你辩护，但你有可能交保。而一旦交保，事情就难办了。你就得花大钱。这是一种处理办法。"

他低头溜了一眼桌上的一张纸，看完后把它朝下扣在桌上。

"什么罪名？"我问。

"第三十二条。事后从犯。属于重罪，可能会在圣昆廷监狱蹲上五年。"

"最好先逮住雷诺克斯。"我谨慎地说。格伦茨已经掌握了什么，我从他的态度里感觉得到。我不知道有多少，但是他肯定已经掌握了一些。

他往椅背上一靠，抓起一支笔，放在两只手掌间慢慢地搓着。紧接着，他微笑起来，扬扬自得的样子。

"雷诺克斯是个很难隐藏的家伙，马洛。指认大多数人需要照片，而且是清晰的照片。但指认一个半边脸上满是疤痕的家伙是不需要的，更别提他不到三十五就已经满头白发。我们有四个证人，说不定能找到更多。"

"这些证人要证实什么？"我嘴里苦涩得很，就像受了格里戈里厄斯那一拳后尝到的那股胆汁味儿。这让我想起我依然肿痛的脖子。我轻轻揉了揉。

"别犯傻了，马洛。圣地亚哥高等法院的一个法官和他的老婆刚巧送儿子和媳妇上那架飞机。他们四人都看到了雷诺克斯，法官的老婆还看见了送他来的车和人。你输定了。"

"很好，"我说，"你怎么找到他们的？"

"电视台和电台的特别告示。一段详细的描述就足够了。法官打来了电话。"

"听上去不错，"我公道地说，"可是还差一点，格伦茨。你得抓到他，证明他杀了人。并且还要证明我知道他杀了人。"

他用手指轻轻弹了弹电报纸背面。"我觉得我要喝一杯，"他说，"连着几晚都在干活。"他打开抽屉，把一瓶酒和一只小酒杯摆上办公桌。他斟了满满一杯，一饮而尽。"好些了，"他说，"好多了。抱歉，你在拘留中，我不能也赏你一杯。"他塞上木塞，把酒瓶推远些，但还是能够到。"噢，是啊，我们需要证明，你说的。哈，说不定我们已经得到了他的自白，伙计。是不是太糟了，嗯？"

一根小而冷的手指顺着我的脊梁往下滑，像是一条冰凉的虫子在爬。

"那你又何必要我的供词？"

他咧咧嘴。"雷诺克斯会被带回来受审。我们希望文件条理清晰，需要任何能弄到的情报。与其说我们想从你这里得到什么，不如说我们更想让你出去，如果你配合的话。"

我瞪着他。他轻轻拨弄着文件，身子在椅子里挪了挪，瞄了一眼酒瓶，竭力克制着不去碰它。"你大概想听听整个故事吧，"他突然给了我不怀好意的一瞥，"好啊，聪明的家伙，为了证明我没骗你，你且听着。"

我倾身往他的办公桌凑过去，他以为我要拿酒瓶，于是一把抓过去，放回抽屉。我只不过是想把烟屁股扔进他的烟灰缸。我坐回来，点上另一支烟。他说得很快：

"雷诺克斯在马萨特兰下了飞机，那是个只有三万五千人的小城，也是个航空中转点。他失踪了两三个小时。后来，一个深色皮肤、脸上有许多可能是刀疤的疤痕的高个黑发男人以西尔瓦诺·罗德里格兹的名字订了去托雷翁的机票。他的西班牙语说得不错，但对有这么个名字的人来说又不够好。他的个头远比有这种深色皮肤的墨西哥人要高。飞行员发来了有关他的报告，可托雷翁的警察动作太慢。墨西哥的警察实在不利索。他们最拿手的是开枪打人。等他们到达，那家伙已经包了一架飞机，去了一座叫奥塔托丹的小山城，一个冷门的有片湖的夏季避暑之地。包机的驾驶员曾在得克萨斯州受训驾驶战斗机，英语不错。雷诺克斯假装听不懂他的话。"

"假定那人是雷诺克斯。"我插嘴道。

"等等，伙计。那就是雷诺克斯，没错。嗯，他在奥塔托丹下了飞机，住进了一家旅馆，这回用了马里奥·德塞瓦这个名字。他带着一把枪，七点六五毫米口径的毛瑟，当然这宝贝在墨西哥没人识货。但是包机驾驶员觉得这人不太对劲，就报告了当地警局。他们把雷诺克斯监控起来，向墨西哥城核对了些信息，接着也住进了那家旅馆。"

格伦茨拿起一把尺子，从一头看到另一头，这毫无意义的动作使他不必看着我。

我说："啊呀，那开包机的家伙真聪明，对客人好不殷勤周到。这故事差劲得很。"

他突然盯着我。"我们需要的，"他干巴巴地说，"是快速审判，我们能接受二级谋杀的申诉。有些东西我们不希望牵扯进来。毕竟那个家族相当有势力。"

"你指哈伦·波特？"

他略微点点头。"依我看，这想法大错特错。斯普林格可以花一天时间去现场看看。这案子什么都牵涉到了。性、丑闻、金钱、不贞的漂亮老婆和在战场上挂了彩的英雄丈夫，我猜他的伤疤是打仗得来的。妈的，能上好几个星期的头版头条。国内的烂报纸会把它吃光抹净，所以我们要快刀斩乱麻。"他耸了耸肩，"要是头儿想这样，也只好这样。我可以开始录供词了吗？"他扭头看看轻声嗡嗡的录音机，机身前面的灯亮着。

"关掉吧。"我说。

他身子晃了晃，狠毒地看了我一眼。"你喜欢蹲班房？"

"不太糟，就是碰不上出色人物，可谁稀罕呢？动动脑子吧，格伦茨。你想让我出卖朋友。我也许太固执，或太重感情，可我也很实际。比方说，你需要雇个私人侦探，对，我知道你很讨厌这个比方，假如你遇到这种情况，没其他辙，你会雇个出卖朋友的家伙吗？"

他恨恨地瞪着我。

"再说几点。你不奇怪雷诺克斯逃走的策略太明显了一点儿吗？要是他想被逮住，没必要经历那么多麻烦；要是不想，他很明白不该在墨西哥把自己扮成墨西哥人。"

"什么意思？"格伦茨冲我吼道。

"意思是你可以编些胡话来蒙我，根本不存在染黑头发的罗德里格兹，在奥塔托丹的旅馆里也没有马里奥·德塞瓦。你不知道雷诺克斯的去向，就跟你不知道黑胡子海盗把宝贝藏在哪里一样。"

他又拿出酒瓶，斟了一杯，跟刚才一样一口灌下去。他慢慢松弛下来，在椅子上转身，把录音机关了。

"我真想提审你，"他烦躁地说，"你就是那种我想要治一治的聪明人。机灵孩子，这黑锅你得背一阵子。它跟你走路，陪你吃饭，你睡觉都会梦见它。下一回你再出差错，我们会把你宰了。现在，我不得不干一件叫我反胃的事情。"

他在桌子上摸索，把朝下的文件拉到跟前，反过来，签上名。你总是可以察觉出什么时候一个人在写自己的名字。他运笔的动作很特别。然后他起身，大步绕过办公桌，猛地拉开他那鞋盒的门，大喊斯普兰克林。

胖子挟着一股体臭走了进来。格伦茨递给他那份文件。

"我刚才在你的释放文件上签了字，"他说，"我是公务员，有时得履行不愉快的职责。你想不想知道我为什么在这份文件上签字？"

我站起身。"如果你想告诉我的话。"

"雷诺克斯的案子结案了，先生。根本就没有什么雷诺克斯的案子。今天下午他在旅馆房间里写了份完整详尽的自白书，然后一枪把自己崩了。就像我刚才说的，在奥塔托丹。"

我茫然地站在那里，眼角扫见格伦茨慢慢地后退，好像认为我要过去揍他似的。有一瞬间，我的脸色一定非常难看。接着他又回到办公桌后面，斯普兰克林抓住了我的手臂。

"过来，走啊，"他咕哝道，"男人偶尔也想回家过夜。"

我跟他一起走了出去，带上门。我的动作很轻，好像那屋里刚死了一个人。

第十章

我把个人财产清单复印件交了出去，在原件上签了字，然后将自己的东西装进口袋。有个男人靠在登记台的一端，我转身时，他径直走过来跟我说话。他有一米九几，瘦得像根电线。

"要不要搭便车回家？"

白惨惨的灯光下，他看上去老成、倦怠、玩世不恭，但并不像个骗子。

"多少钱？"

"免费。我是《新闻报》的朗尼·摩根，正准备收工。"

"哦，跑警察局口的。"我说。

"这周例外，我平时专跑市政厅。"我们一起走出大楼，在停车场找到了他的车。我抬头望着天空。天上有星星，但灯光太亮了。一个清爽宜人的夜晚。我深深地吸了几口气，然后跨进他的车。引擎响起，我们离开了那地方。

"我住在月桂谷区，相当远，"我说，"随便在什么地方把我放下都可以。"

"他们把你送进来，"他说，"却不管你怎么回家，我挺反感的。"

"已经没有所谓的案件了，"我说，"今天下午特里·雷诺克斯开枪自杀了，大家都这么说。"

"相当省事。"朗尼·摩根一边透过挡风玻璃看着前面，一边说道。车子安静地穿过僻静的街道。"这帮他们筑起了一道高墙。"

"什么高墙？"

"有人在雷诺克斯的案子周围筑了高墙，马洛。你是个聪明人，难道没看出来？这案子不会引起新闻媒体应有的注意。地区检察官今晚出城去了华盛顿，说是要开什么会。他放弃了近年来最有甜头的大新闻，为什么？"

"问我没用。我一直待在监狱，得不到任何消息。"

"因为有人给了他好处，这就是其中的诡谲。我不是说一沓钞票之类赤裸裸的好处。有人向他应承了某些对他而言非常重要的东西，跟整个案子有牵连的人里，只有一个人能够办到，女方的父亲。"

我歪在车座一角。"好像不太可能，"我说，"那么报纸呢？哈伦·波特的确拥有几家报纸，可是他的竞争对手呢？"

他匆匆瞥了我一眼，好像觉得我很有趣，然后继续专心开车。"你在报社干过吗？"

"没有。"

"报纸是有钱人拥有和发行的。有钱人都是一伙的。当然，有为发行量、新闻渠道、独家新闻的竞争，但前提都是不损害报纸所有人的声望、特权和地位。一旦这些受到损害，盖子就会捂上。正是这盖子捂住了雷诺克斯的案子。这案子什么都有，我的朋友，要是好好宣传，不知道会增加多少销量。审判会引来全国各地的特稿写手，可却不再有审判了，因为嫌疑人已经去见上帝了。就像我刚才说的，非常省事，对哈伦·波特和他们家来说。"

我坐直，狠狠地瞪了他一眼。

"你认为这整件事情是受人操纵的？"

他嘲弄地歪了歪嘴。"也可能有人帮着雷诺克斯自杀。在警察上门的时候没注意，墨西哥警察一碰枪就手痒。我敢说没人数过他身上有多少个弹孔，不信咱俩可以赌一把。"

"我想你错了，"我说道，"我很了解雷诺克斯，他早就心灰意冷了。要是他们把他活捉回来，他会听任他们摆布，接受非蓄意杀人罪。"

朗尼·摩根摇摇头。我知道他要说什么，果然他就那样说了："如果他只是一枪崩了她，或者砸裂了她的脑袋，或许可能。但杀人手段实在太凶残。她的脸被砸得稀烂。他能指望的最轻的判决也得是二级谋杀；即便那样，也会使舆论哗然。"

我说："也许你说得对。"

他又瞄了瞄我。"你说你了解那家伙，那你意料到这情况了吗？"

"我太累了。今晚想不了什么事情。"

很长一段静默之后，朗尼·摩根平静地说道："如果我不是个替报纸跑腿儿的，而是个有自己脑子的人，我会认为他根本就没杀她。"

"那也是一种看法。"

他摸了根香烟叼在嘴里，在仪表盘上划了根火柴点上。静静地抽着烟，清瘦的脸上眉头紧锁。我们到了月桂谷区，我告诉他在哪里拐下大街，从哪里开进我家所在的小巷。他的车费力地爬上山坡，在我房子前面的红杉木台阶前停了下来。

我下了车说："谢谢你送我回家，摩根。要不要进去喝点东西？"

"改日再喝吧。我想你更愿意独自静一静。"

"我已经独自待了相当长的时间。"

"你得跟一个朋友道别，"他说，"你为他锒铛入狱，他一定是你的好朋友。"

"谁说我入狱是为他？"

他微微一笑。"我不能在报上发表出来，并不意味着我不知道，老兄。改日再见。"

我关上车门，他掉转车头，往山下开去。车尾灯在拐弯处消失时，我爬上台阶，捡起地上的报纸，开门走进空荡荡的房子。我拧亮所有灯，敞开所有窗户。屋里太闷了。

我煮了些咖啡，一边喝，一边把五张一百美元大钞从咖啡罐里取了出来。那几张钞票卷得很紧，是从边上竖着塞到咖啡粉里的。我端着杯咖啡走来走去，打开电视又关上，坐下，起来，又坐下。我浏览了堆在台阶上的报纸。一开始雷诺克斯的案子登得极醒目，但第二天早晨就变成二版新闻。有一张西尔维娅的照片，但没有雷诺克斯的。报上还登了一张我自己都没见过的快照："洛杉矶私人侦探被拘留审讯。"报上刊登了雷诺克斯在恩西诺的府邸的巨幅照片。房子是仿英国式的，有许多尖顶，要把所有的窗户都擦一遍准得花不少钱。房子建在一座圆丘上，加上周边的土地有两英亩，这在洛杉矶算是面积很大的地产了。报上还刊登了客宅的照片，那是主建筑的缩小版。客宅被一片树林包围着。两幅照片显然都是从远处拍摄然后再放大修描过的，没登出所谓的"死亡现场"的照片。

这些我以前在囚房里都看过了，但现在我用不同的眼光重新阅读。除了报道一名富有的漂亮女子被谋杀，什么都没说，新闻界几乎完全被排斥在外。可见那家的影响力很早就开始起作用了。跑犯罪新闻的记者一定咬牙切齿，可也白搭。可以理解。要是雷诺克斯在她被杀的当晚就跟在帕萨迪纳的岳父通了电话，那就会有十几个保镖在警察抵达之前捷足先登，到达那栋宅子。但其中有些事情怎么都说不通——她被杀的惨状。没人能让我相信这是特里干的。

我关了灯，坐在敞开的窗前。窗外树丛里，一只嘲鸫趁着夜幕降临前的时间自得地练习着几个颤音。我刮了胡子，冲了澡，上床平躺着倾听，仿佛我能从黑暗深处听见一个声音，一个平和而耐心的声音，这声音使一切都变得清晰。但我没听见，我知道以后也不会听见。没有人会向我解释雷诺克斯的案子。没有解释是必然的。杀人者自己承认了，而且他已经死了。连审讯都不会有。

就像《新闻报》的朗尼·摩根所说的：相当省事。如果是雷诺克斯杀了他妻子，很好。那就没必要审问他，没必要翻出所有令人不快的细节。如果他没杀她，那也很好。死人是世上最好的替罪羊。他不会反驳。

第十一章

　　早晨，我又刮了一遍胡子，穿戴整齐，和平常一样开车去市中心，把车停在常用停车位上。如今我好像变得家喻户晓，车库的保安倒是掩饰得不错。我上了楼，穿过走廊，摸出钥匙正要打开办公室的门，发现一个皮肤黝黑的斯文男人望着我。

　　"马洛吗？"

　　"有何贵干？"

　　他说："有人想见见你，请不要走远了。"他离开倚着的墙壁，懒洋洋地走了。

　　我踏进办公室，捡起地上的信件。书桌上摊着更多来信，是夜间清洁女工放在那里的。我先将窗户打开，再撕开信封，把不想收到的丢掉，事实上没一封是我期待的。我打开另一道门的门铃装置，填满烟斗点上，然后坐下来等人上门求救。

　　我想到特里·雷诺克斯时，心里并没有多大起伏。他已经隐退到远处去了，灰白头发、疤脸、某种柔弱的魅力，还有那怪异的清高。我既不评判他，也不剖析他，就像我从不问他那一脸疤痕是怎么来的，为何会和西尔维娅那样的人结为夫妻。他就像你在客轮上邂逅的某个人，混得很熟，然而实际上你对他一无所知。他走的时候也像那么个人，在码头跟你道别时说"保持联络，老朋友"，而你知道你不会跟他联络，他也不会跟你联络。你很可能再也不会见到那家伙。就算再见，他也完全成了另外一个人，不过是休闲列车里的又一个扶轮社会员而已。生意如何？哦，还行还行。你气色不错呀。你也很好啊。我胖了好多。彼此彼此。还记得那次坐"法兰考尼亚"（或者其他随便什么名字）客轮旅行吗？噢，当然，那次旅行精彩得很哪，是不是？

去他的精彩旅行。你真是无聊透顶。你和那家伙聊了几句，只因为周围再没一个人让你感兴趣。或许这就像我和特里。不，不太一样。我拥有他的一部分。我在他身上投入了时间和金钱，外加三日囚房时光，还没提下颌挨的那一下子，脖子上挨的那一拳，至今吞东西还会痛。现在他死了，我没法还他五百大钞。这让我不痛快。总是些小事让人不痛快。

门铃和电话铃同时响起。我先接了电话，因为门铃只意味着有人走进了我的小号候客室。

"是马洛先生吗？恩迪科特先生要跟您说话。请稍候。"

他在电话那端。"我是休厄尔·恩迪科特。"他又重复了自己的名字。

"早晨好，恩迪科特先生。"

"很高兴听说他们把你放了。你没跟他们作对，你没去硬碰是对的。"

"这不是对不对的问题，我只是犟脾气而已。"

"我觉得你可能不会再听到有关这个案子的什么消息了。要是听到，而且需要帮忙，请告诉我一声。"

"怎么会呢？那家伙已经死了。要证明他接近过我，可得花掉他们不少时间，更何况还要证明我知情。还要证明他犯了罪或者是逃犯。"

他清了清嗓子。"大概，"他审慎地说道，"他们没告诉你他留下了一份完整的自白书吧？"

"他们告诉我了，恩迪科特先生。我是在同律师对话，对吧？我建议自白书也应当被证实，证实它既伪造，也符合事实的正确合理。"

"我怕没时间跟你探讨法律上的问题，"他不客气地说，"我正要飞去墨西哥，去处理一项相当悲哀的事务。你或许可以猜到是什么事务。"

"啊哈。要看你代表谁了。你可要记住，这话没告诉过我。"

"我记得相当清楚。好啦，再见，马洛。我说过愿意帮你，这话仍然有效。不过我送你一个小小忠告，别太肯定你已经脱离了危险，你的处境相当不妙。"

他挂断了电话。我小心地把电话放回机座。我锁着眉头坐了片刻，手依然没有离开听筒。过了一会儿，我拂去脸上的愁云，起身拉开了候客室的门。

有个男人靠窗口坐着，在浏览杂志。他穿着蓝灰色西装，上面的浅蓝格子淡得几乎看不见，双脚交叉，穿着黑色软皮系带鞋，这种鞋子有两个透气孔，穿着走过一个街区都不会磨破袜子，几乎和休闲鞋一样舒服。他的白手帕折得方方正正，后面露出墨镜一角。他深色的头发浓密且呈波纹状，皮肤晒得黝黑。他抬头望过来，两只眼像鸟眼一样亮，小胡子下有些笑意。他雪白的衬衫上打了个深栗色的尖尖的蝶形领结。

他将杂志扔到一边。"垃圾杂志登垃圾文章，"他说，"我刚才在读有关卡斯特罗的一篇东西。啊呀，他们多么了解卡斯特罗，就像我多么了解特洛伊的海伦一样。"

"我能为您效劳吗？"

他不紧不慢地上下打量着我。"骑红摩托的泰山①。"

①　美国影片《人猿泰山》中的主人公。

"什么？"

"说你呢，马洛。骑大红摩托的人猿泰山。他们请你吃苦头了？"

"这与你有关吗？"

"是奥尔布莱特打电话给格里戈里厄斯以后的事吗？"

"不是，在那之前。"

他点了点头。"你可真行，让奥尔布莱特教训了那混账。"

"我在问这与你有何关系。顺便说一句，我不认识奥尔布莱特局长，我也没求他做任何事，也不知道他为什么要帮我。"

他沉下脸盯着我，然后慢吞吞地站起来，动作优雅得有如一头美洲黑豹。他穿过屋子，往我的办公室里张望，又扭头冲我看看，便自己走进去了。他是那种走到哪里都以主人自居的人。我跟着进了办公室，关上门。他站在办公桌旁四处张望着，饶有兴趣的样子。

"你是个小角色，"他说，"非常小。"

我走到自己的办公桌后面，等着。

"你一个月挣多少，马洛？"

我点上烟斗，没搭理他。

"最多七百五。"他说。

我将烧焦的火柴扔进烟灰缸，吐出一圈烟雾。

"马洛，你是个胆小鬼、骗子，小到要用放大镜才可以看见。"

我一句话也不接。

"你的感情不值一个子儿。你从头到脚没一点值钱的地方。你和一个家伙混在一起，喝几杯酒，讲几句俏皮话，他身无分文的时候你塞几个小钱给他，最后还为了他把自己搭进去。就像读《弗兰克·梅里威尔》的小学生。你没胆量，没脑子，没门路，没见识，只能摆摆不值钱的态度，指望别人为你哭泣。骑大红摩托的人猿泰山。"他脸上浮现出一丝厌倦的微笑，"据我看，你一文不值。"

他从桌子对面凑过来，随意而傲慢地用手背轻轻拍了拍我的脸，但没有伤害我的意思，脸上始终挂着微笑。他见我一动不动，便慢慢坐了下来，一只手肘撑在桌上，棕色的手托着棕色的下巴。那双鸟眼盯着我看，除了灼灼光彩，里面什么也没有。

"小杂种，知道我是谁吗？"

"你叫曼宁德兹，小弟们称你曼迪。你的活动范围在日落大道一带。"

"是吗？那我怎么变得这么有名的？"

"我可没兴趣。你大概是在墨西哥妓院拉皮条起家的吧？"

他从衣兜里摸出一只金烟盒，用金打火机点燃一支棕色香烟，呼出辛辣的烟味，点点头，把金烟盒放在办公桌上，用手指摩挲着。

"我是个大恶棍，马洛。我赚很多钱，去压榨那些我要压榨的人。我在贝莱尔①的宅子花了九万，修一修，又花掉更多钱。我在东部有个漂亮的金发老婆，两个上私立学校的孩子。我老婆的钻石首饰就值十五万，还有值七万五的裘皮和服饰。我有一个管家、两个女仆、一个厨师和一个开车的，还不算那些跟在屁股后面的猴儿们。我走到哪里都是个人物。一切都是顶级的，顶级的饭菜、顶级的酒水和顶级的饭店包房。我在佛罗里达有栋宅子，加上一艘配了五名水手的游艇。我有一辆宾利，两辆凯迪拉克，外加一辆克莱斯勒旅行车，还给我儿子弄了一辆MG②。过几年也要给我女儿弄一辆。你有什么？"

"没什么，"我说，"恰好今年有了居住的房屋，我自己一个人住。"

"没女人？"

"就我一个。加上你眼前这些东西。银行里还有一千两百美元，

---

① 贝莱尔：Bel Air，位于加州洛杉矶西部，是一座位于山区的豪华高级住宅区。
② MG：全称 Morris Garages，是一个源自英国的汽车品牌，成立于1924年，公司以生产著名的 MG 系列敞篷跑车而闻名。

几千美元债券。这回答你的问题了吗？"

"你接一个案子最多赚了多少？"

"八百五。"

"老天啊，人怎么可以这么廉价？"

"别再聒噪了，告诉我你想干什么？"

他掐灭吸了一半的香烟，马上又拿出一支新的点上。他往后靠在椅背上，朝我撇撇嘴。

"当时我们三人在一条战壕里吃东西，"他说，"天冷得要命，到处是雪。我们吃罐头食品，冷冰冰的。耳边传来零星的枪声，更多的是迫击炮弹爆炸的声音。我们冻得发青，我是说真的，兰迪·斯塔尔、我，还有特里·雷诺克斯。一枚迫击炮弹扑通一声掉在我们三人中间，不知为什么居然没有炸开。那些德国佬花招一套又一套，当你以为那是颗闷弹的时候，可三秒钟后，它竟然爆炸了。特里抱起它，兰迪和我还没来得及抬腿，特里已经跃出了战壕。我是说他动作飞快，兄弟。就跟优秀的控球员一样。他扑倒在地，把那家伙扔出去，它在空中爆炸了。大部分在他头顶上方开了花，可一大块弹片扎进了他的脸颊。就在这时德国佬发动了进攻，等反应过来时，我们已经不在那里了。"

曼宁德兹看着我，眼睛闪闪发亮。

"多谢你告诉我。"我说。

"你倒是经得起玩笑，马洛。行啊，兰迪和我聊过这事，我们认为特里·雷诺克斯的经历够把任何人的脑子搞蒙。有很长一段时间，我们以为他死了，可他没死。德国佬逮住了他。他们把他折腾了大概一年半。他们干得不赖，但他太受罪了。我们花了钱查出真相，又花了钱找到他。不过战后我们在黑市里赚了一笔，担得起。特里为了救我们的命，落得半张新脸、白发，精神很差。到了东部，他喝上了，老被抓进去，差不多完蛋了。他的心事我们从来不知道。后来我们得知他娶了那有钱的妞儿，一下子就上了天。他离开了她，一落千丈，又娶了她，这回她死了。兰迪和我一件事都帮不了他。他不要我们帮，除了拉斯维加斯那份临时工。他真的碰到麻烦不来找我们，竟然去找一个警察不能拿捏的软蛋。然后他死了，连再见也不跟我们说一声，连报答的机会也不给我们一个。我可以轻易把他弄出国去。但他跑去找你救命，这让我很不痛快。"

"警察要处理谁就可拿捏谁。你要我怎么办？"

"放弃。"曼宁德兹马上接口道。

"放弃什么？"

"别想着借雷诺克斯的案子发财扬名。已经结案了，完了。特里死了，我们希望你别再去烦他。那伙计的遭遇真是人惨了。"

"流氓也有悲天悯人的时候，"我说，"笑死人了。"

"说话注意点，你个杂碎。看住你的嘴。曼迪不和人斗嘴。他只是吩咐他们。找个别的生财之道吧，听明白我的话了？"

他站起身。来访结束。他捡起手套，那副雪白的猪皮手套。看上去不曾戴过。曼宁德兹先生，一个讲究穿戴的人。可骨子里却野蛮得很。

"我并不想出风头，"我说，"也没谁要给我钱。他们给我钱，为什么？"

"别糊弄我，马洛。你不会仅仅出于情义去蹲三天大牢。你拿了好处，我不知道谁给的，但我有数。我猜给你好处的人很有钱。雷诺克斯的事已经结了案，而且是铁板钉钉了，即使……"他突然住了嘴，拿手套轻轻地拍打桌沿。

"即使特里没杀她？"我说。

他流露出一丝惊诧，微薄得就如露水夫妻婚戒上镀的那层金。"我也很希望是那样。但这没意义。特里也希望如此，接下来也只会像现在这样。"

我没有说什么。过了片刻，他慢条斯理地咧了咧嘴。

"骑大红摩托的泰山，"他拉长腔调说，"硬汉子一个。让我来教训教训他。几个子儿就可以雇来的家伙，谁都能拿捏的家伙。没钱，没家，没希望，一无所有。改日见，瘪三。"

我坐着一动不动，下巴紧绷，看着桌角上他那闪闪发光的金烟盒。我感觉很累，缓慢地站起来，把手伸向那只烟盒。

"你忘了这个。"我说着绕过桌子。

"这玩意儿，我有半打呢。"他冷笑道。

我走近他，把它递了出去。他毫不在乎地接过去。"来半打这玩意儿如何？"我问道，尽全力给了他腹部一下子。

他弯下腰哀号。烟盒掉在地上。他后退到墙根，双手抽搐着，大口地喘着气，冒着汗，非常缓慢而艰难地直起身。我们再次四目对视。我伸出一根手指头，沿他下颌划过。他一动不动。最后，他褐色的脸上勉强挤出一个笑容。

"我没想到你这么有种。"他说。

"下回带把枪再来，不然就别叫我瘪三。"

"我不用带，我有保镖。"

"那把他带着。你会用上的。"

"你这刀枪不入的家伙，马洛。"

我用脚把那只金烟盒踢到一边，弯腰捡起，递给他。他接过去揣进口袋。

"我不明白，"我说，"什么事值得你花时间跑到这里来跟我开玩笑，弄得很无趣。恶棍都很无趣。就像玩一副只有 A 的牌，好像什么都有了，其实什么都没有。你只是坐在那儿自我欣赏。难怪特里·雷诺克斯不找你帮忙，就好像不从妓女手里借钱一样。"

他伸出两根手指小心翼翼地按了按肚子。"你说话真让人厌烦。痞子。你俏皮话说得太多了。"

他向门口走去，拉开门。门外，他的保镖在走廊对面挺直身体转过来。曼宁德兹晃了晃脑袋。保镖于是走进办公室，站在那儿毫无表情地打量着我。

"好好看看这个人，奇克，"曼宁德兹说，"一定要记住他的模样，以防万一。你和他说不定哪天要打打交道。"

"我看见他了，老大，"那个皮肤光滑黝黑的家伙从紧闭的唇缝里挤出几个字，"他还烦不到我。"他们都喜欢这样发音。

"别让他打着你的肚子，"曼宁德兹苦笑着说，"他的右勾拳可不是闹着玩的。"

保镖朝我冷冷一笑。"他靠近不了我的肚子。"

"得，再见，痞子大佬。"曼宁德兹说完转身走了。

"改日见。"保镖冷冷地说道，"我叫奇克·安格斯汀。我想有一天你会认识我的。"

"就像一张脏报纸，"我说，"提醒我别踩着你的脸。"

他下巴鼓了起来。然后突然转了个身，尾随他的老板走了。

装了气动铰链的门慢慢关上了。我侧耳倾听，却没听见走廊上他们离去的脚步声。他们走得轻手轻脚，像猫一样。过了一会儿，为了确认，我又拉开门朝外看了看，走廊上空空如也。

我回到办公桌前坐下。像曼宁德兹这样有名气的地痞竟会舍得花工夫亲自登门，来警告我少管闲事，真让人纳闷。而且几分钟前我刚接到休厄尔·恩迪科特的电话。虽然表达方式不同，但其实同样是警告。

我实在想不明白，于是打算试试运气。我提起电话，给拉斯维加斯甲鱼俱乐部的兰迪·斯塔尔打了过去，菲利普·马洛找兰迪·斯塔尔。没人接。斯塔尔先生出城了，还要找谁说话吗？不要。我并不很想找斯塔尔说话，只是心血来潮而已。他太远了，打不着我。

之后的三天什么事都没发生。没人来揍我或开枪打我，也没人打电话警告我别多管闲事。没人雇我寻找走失的女儿、犯错的妻子、遗失的珍珠项链或者失踪的遗嘱。我就坐着对墙发呆。雷诺克斯的案子来得突兀，去得也同样突兀。有过一个潦草的庭审，我没有被传讯。庭审安排在一个古怪的时间，没有事先通知，也没有陪审团。由于死者的丈夫已经在法医的管辖区域之外身亡，法医提出了裁决：西尔维娅·波特·韦斯特海姆·德乔其奥·雷诺克斯之死是由其丈夫特伦斯·威廉·雷诺克斯的蓄意谋杀所致。在庭审记录里，他们大概宣读了自白书；为了满足法医，他们大概也认真核实了它。

她的遗体被取回，往北空运到家族墓园下葬。新闻界没被邀请。没有人接受采访，当然不用提从不接受采访的哈伦·波特先生了。见他几乎跟见喇嘛一样困难。在仆从、保镖、秘书、律师及驯服的执行人组成的屏障之后，腰缠万贯的家伙们过着不同寻常的日子。他们或许也吃喝拉撒，也理发，也穿衣服，但你永远不可能确切地知道。

你能读到听到的所有关于他们的消息都已经经过一帮公关人士加工雕琢，而那帮人拿着高薪，专事营造和维护适宜主子的人格形象，使其简单、洁净、精确，如一枚消过毒的针头。主子的人格形象不求真实，但求与众所周知的事实一致。而这样的事实屈指可数。

第三天下午比较晚的时候，电话铃声响起，打来的是个叫霍华德·斯宾塞的人，他自称是纽约一家出版社的代理人，来加州短期出差，说有一件事情想和我谈谈，约我明天上午十一点在里兹－比弗利酒店的酒吧见面。

我问他遇到了什么样的麻烦。

"相当微妙，"他说，"但完全合乎情理。要是我们谈不拢，我仍会付你报酬。"

"多谢，斯宾塞先生，这倒不必。是不是哪个熟人把我推荐给了你？"

"有个人知道你，还包括你最近碰上的案子，马洛先生。请允许我说是那个案子引起了我的兴趣。不过我的工作与这件悲惨的事无关。只是，我们到时边喝边聊，就先不在电话上谈了。"

"你确定要和一个蹲过牢的人打交道？"

他笑了起来。笑声和嗓音都很悦耳。他说话的方式好像纽约人还没学会外来的南腔北调时说话的方式。

"在我看来，马洛先生，那本身就是一种举荐。允许我插一句，不是因为你蹲过监狱；而是因为，再插一句，你在重压之下表现得非常镇定。"

他是一个说话喜欢断句的家伙，反正在电话里是如此。

"好吧，斯宾塞先生，我明早会去见你。"

他谢过我，挂断电话。我搞不清楚是谁推荐了我。我想可能是休厄尔·恩迪科特，所以就打电话跟他确认，可他前一星期都不在城里，此时仍旧没回来。这没关系。即便在我这一行，偶然也会碰上个把满意的客人；何况我也要揽些活儿干，因为我需要钱，或者说我觉得我需要钱，直到这天晚上回家，发现有封信，里面夹着一张印有麦迪逊总统头像的大钞。

第十二章

我家台阶口的红白两色鸟舍信箱顶上固定在摇臂上的啄木鸟跳了起来，有人给我寄了一封信。我原本也不一定会去看信箱，因为我从来没在家里收过信件。但是这几天啄木鸟的嘴巴尖不知被哪个淘气鬼用原子枪打掉了，木头露出干净的断口。

信封上印着西班牙文的"航空邮件"字样，贴着好几枚墨西哥邮票，还有手写的西班牙文，要不是我这几天满脑子墨西哥，可能一时还认不出那些文字来。我辨不清邮戳，是手打的，印泥干得厉害。信很厚。我爬上台阶，在起居室坐下，展开信纸读起来。傍晚十分寂静。一封由死者发出的信件或许随身带着属于它自己的一份寂静。

信首没有注明日期，也没有开场白。

　　我正在一家不太干净的旅馆二楼一间客房里靠窗的地方坐着。这家旅馆坐落在一个叫奥塔托丹的有片湖泊的小山城。窗户下方就有一个邮箱，仆人送咖啡上来时，我已经吩咐他待会儿替我去寄这封信。在投进邮箱之前，他会把信举起来，那样我就可以看清楚。他当这份差，会得到一张一百比索的钞票，对他来说，这是个大数目。

　　为什么要来这一手？门外有个穿尖头皮鞋、衬衫肮脏、皮肤黝黑的家伙守着门。他在等待着什么。我不清楚是什么，但他不让我出门。只要这封信寄出去，关系也就不大了。我希望你能收下这笔钱，因为我用不着，而本地警察一定会吞掉它。我本来就没打算用这张钞票买东西。就算是我为给你惹了诸多麻烦表达歉意，对一位正人君子表示景仰吧。和以往一样，我什么事情都没做对，但是我手上还有把枪。我估计你大概在某一点上已经有了自己的定论。我可能杀了她，也许的确是我干的，但另外的事绝不可能出自我手。那样的残忍不可能是我所为。真叫人痛心。不过再也没关系了，丝毫没关系了。现在重要的是如何避免一出无必要、无益处的丑闻。她父亲和姐姐从来没有伤害过我。他们有他们的生活要过，而我却因为厌恶自己的生活走到这一步。西尔维娅没有把我弄成流浪汉，其实我早就是了。我无法明确回答你她为什么要嫁给我，我猜那只是一时异想天开。至少她死时年轻美丽。俗话说肉欲使男人苍老，却使女人年轻。俗话说了一大堆废话。俗话还说富人总能够保护自己，还说他们的世界永远是夏日。我和他们一起生活过，他们无趣而寂寞。

　　我写过一份自白书。我感到有些不舒服，倒没那么害怕。你在书中读到过这样的情景，但你读的不是真实。事到临头，你被逼到这肮脏的异国小旅馆，剩下的就只是口袋里的一把枪，你只有一条出路——相信我，老兄，没有什么令人激动和振奋的，唯有龌龊、耻辱、阴郁和凄凉。

　　请你把这件事，也把我忘却。不过请先代我去维克托酒吧喝一杯琴蕾①。你下回煮咖啡，也替我倒一杯，加些许波

---

① 即"螺丝起子"。

本酒，再给我点一支烟，搁在咖啡杯旁。完了就把这整件事统统忘记。特里·雷诺克斯成为过去，不复存在。就此作别。

有人在敲门。我想是送咖啡的来了。如果不是，那估计该有枪击了。我喜欢墨西哥人，但他们的班房还是算了。

再见了。

特里

信就此结束。我折起信纸，塞回信封。既然我收到了信，那应该只是送咖啡的来了。而且这里面夹着的麦迪逊总统头像钞票，是一张五千美元的巨钞。

它躺在我面前的桌子上，碧绿崭新。这巨钞我还从未见识过，许多在银行工作的人也不曾见过。像兰迪·斯塔尔、曼宁德兹之类的角色倒很可能会把这种钞票揣在身上当现款用。你如果去银行要换一张，他们也不一定有。他们得特地为你跑一趟联邦储备银行，可能要等上几天。

在美国整个货币流通系统里，这种巨钞大约也只有一千来张。我这张泛着柔和的光泽，就像一枚独特的小太阳。

我坐着，久久凝视着它。最后，我把它放进信匣，去厨房煮咖啡。不管是不是伤感，反正我照他嘱咐的做了。我倒了两杯咖啡，在他那杯里加了些波本酒，放在送他去机场那天早晨他坐过的桌子那一侧。我为他点燃一支烟，搁在咖啡杯近旁的烟灰缸里。我凝视着咖啡杯里袅袅升起的热气和烟嘴上浮动的淡淡烟雾。屋外的金钟花丛里，有只鸟儿跳来跳去，轻声自言自语，偶尔扇扇翅膀。

终于，咖啡凉了，香烟也烧尽，沿着烟灰缸边熄灭。我把烟蒂丢进水池下的垃圾桶里，倒掉咖啡，洗干净杯子把它放进柜里。

对于五千美元来说，做这些好像怎么也不够。

之后我去看了一场晚间电影，什么也没看进去。我几乎看不明白发生了什么，只有噪声和放大的脸。回家后，我摆了一种非常愚蠢的西班牙式象棋开局，也一样觉得没意思，就上床睡觉了。

可我根本睡不着。凌晨三点钟，我还在屋里踱来踱去，听着哈恰图良①在拖拉机工厂里劳作的声音，而他居然把这称为小提琴协奏曲；我听着像是风扇皮带松掉了，去他的。

对我来说，这样的不眠之夜太少见了。如果不是因为约好与霍华德·斯宾塞在里兹 - 比弗利酒店见面，我会干掉一瓶酒然后倒头昏睡。下次我要是碰见哪个礼貌的家伙醉倒在劳斯莱斯银色幽灵里，我会不择方向地拔腿就跑。世上没有比给自己下套更要命的了。

---

① 苏联作曲家、指挥家。

第十三章

　　我坐在从餐厅附属建筑进来右手边第三个厢座里，刚好十一点钟。我背靠着墙壁，可以看见每个进出的人。这是个晴朗的早晨，没有烟，也没有雾气，阳光照在与酒吧仅隔一堵玻璃墙的泳池的水面上，令人目眩。泳池一直延伸到餐厅那头。一个穿着白色斜纹泳装的性感女人正走上通往高台的扶梯。我瞧着她晒黑的大腿和泳装之间那道白色，不禁心旌摇荡。接着，她被垂得低低的屋檐挡住了，离开了我的视线。过了一会儿，我望见她转了一圈半跳下水去。水花高高溅起，阳光洒在水珠上，舞起一道彩虹，像她那样曼妙。随后她登上扶梯，解开白泳帽，把带漂白粉味儿的头发抖松。她扭动腰肢走到一张小白桌前坐下，桌边还坐着个穿白斜纹布长裤、戴墨镜的健壮家伙。皮肤上的黑色那么均匀，不是别人，只可能是这儿雇的泳池管理员。他伸手拍拍她的大腿。她笑起来，嘴张得如同消防水桶似的。这让我一下子兴味索然。我听不见她的笑声，但她咧开嘴时脸上那个大窟窿让我顿时失去兴趣。

　　酒吧十分冷清，再往里数第三个厢座，坐着两个时髦的家伙，正手舞足蹈地相互卖弄打算推销给二十世纪福克斯电影公司的故事，他们中间的桌上放着一架电话。每隔两三分钟，他们就以一个小游戏决定谁给扎努克打电话，卖给他好主意。他们年纪轻轻，皮肤黝黑，热情，活力充沛。即便只是打打电话，他们也动员了如此多的肌肉，足够我把个胖子扛上四楼。吧台边坐着个忧郁的家伙，在跟酒保说话。酒保边擦拭酒杯边听着，脸上挂着那种强忍着不尖叫出来时绷在脸上的假笑。酒客是个中年人，穿戴讲究，已是醺醺然了。他想找人倾诉，即便不是真的想，也已经管不住自己的嘴巴了。他礼貌而友善，我听见他说话口齿好像还清楚，但你知道他的酒瘾已经被勾了上来，不到夜晚睡着他是不会罢手的。他会一辈子这样过下去，这就是他的一生。你永远弄不清楚他是怎么落到这一步的，因为即便他告诉了你，那也不是实情，充其量只是对他以为的那点真实的扭曲记忆罢了。世上哪个冷僻的酒吧里没有这么个忧郁的人呢？

我瞧瞧手表，这位有权势的出版人已经迟到二十分钟了。我等三十分钟还没来的话就打算走人。听任雇主摆布从来就没好结果。如果他让你如何你就如何，他会觉得别人也能这样拿捏你，他雇你可不是为了这个。眼下我并不十分需要揽活儿，不打算让这些东部来的蠢驴把我当马夫使。这些决策人物，坐在八十五楼用板壁隔出来的办公室里，面前一排按钮、一个内部通话装置和一个穿哈蒂·卡内基职业女装的美目盼兮的秘书。这种家伙会叫你九点准时到达，而他两小时后喝了双份吉布森鸡尾酒才翩翩光临。如果你脸上没有挂着安之若素的微笑静候大驾，他那受到冒犯的管理能力就会来一次爆发，以至于必须去阿卡普尔科度假五个星期才能恢复元气。

吧台老侍者踱过来，瞥了眼我那兑过水的淡苏格兰威士忌。我朝他摇摇头，他也摇摇白发蓬松的脑袋。就在这时，一位梦中人儿走了进来。我觉得酒吧瞬间静了下来：那两个时髦家伙停止了相互吹嘘，醉汉不再唠叨。就好像指挥敲一下乐台，抬起手臂悬而未落的那个瞬间。

她很苗条，身材颀长，穿着合身的白色亚麻质地的衣服，颈上围了一条黑底白圆点围巾。头发是像童话里的公主那样的浅金色，头上戴了顶小帽，金发兜在帽中，如小鸟栖于巢中。眼睛是罕见的矢车菊那种蓝色，长睫毛的颜色浅得简直有些过了。她走向过道对面的桌子，除下白色长手套，老侍者为她挪开桌子，永远不会有一个侍者像那样为我挪开桌子。她坐下，把手套放进手提袋，朝侍者报以感谢的微笑。那微笑如此温柔、纯洁和精致，几乎让他挪不动脚。她对他低声说了句什么，他哈着腰飞快地离开了。这家伙生活里还很有奔头呢。

我注视着她，她也发现了我，就把视线抬高了那么一点儿，我于是就不在她视野里了。不过无论在不在她的视野里，我大气都不敢出。

金发的女人世上有不少，现在金发几乎已经变成了一个滑稽字眼。每种金发女人各有特色，除了那些皮肤像漂白了的祖鲁族、性格温顺得如脚下被践踏的人行道、头发如真金般闪亮的女人。

有的人小巧玲珑，叽叽喳喳。有的人如雕塑般丰腴硕大，用冰蓝的眸光拦住你。还有人仰视你，等你把她带回家，她总是非常非常疲倦。她摆出那种无助的姿态，还他妈的头疼，你真恨不能揍她一顿，但你还是庆幸及早发现了这个头大的问题，还没在她身上投入太多的金钱、时间和希望。因为问题总在那里，是一件用不坏的武器，像刺客的轻剑或琉克勒齐亚的毒药一样致命。

有一种金发女人，温柔，乖巧，嗜酒；只要是貂皮，不管什么样式她都爱穿；只要有星光露台和香槟，哪里她都愿意去。还有一种可爱的美人，假小子似的，自己付账单，很阳光，有常识，精通柔道，能够一边给卡车司机来个过肩摔，一边一行不漏地读《星期六评论》。还有另一种，发色很浅，患有某种不致命但也治不好的贫血症。她无精打采，色如鬼魅，说起话来气若游丝。你不能碰她一根手指头。其一，你根本不想；其二，她正在阅读《荒原》或用古意大利语写的但丁作品，不然就是卡夫卡或克尔凯郭尔，又或者是在研究普罗旺斯文。她酷爱音乐，纽约爱乐乐团演出欣德米特，她能够告诉你六把低音提琴里哪一把慢了四分之一拍。我听说托斯卡尼尼有这功力。世上也就他们这对了。

最后还有一种美轮美奂的展品，嫁过三个相继归天的大骗子，然后又攀上几位百万富翁，每位一百万，最后在安提布岬谋得一座浅色玫瑰别墅，一辆配有司机和副手的阿尔法·罗密欧豪华车，一群老朽的贵族朋友。对于这群人，她报以心不在焉的亲切，就像老公爵跟他的管家道晚安。

对面的这位梦中人儿不属于上述任何一种，甚至压根儿不属于那个世界。她无法归类，好似山泉一样悠远清明，水色一样难以描摹。

我正看得出神，一个声音在身旁响起："我来得太迟了，向你道歉。全得怪这个。我是霍华德·斯宾塞。你是菲利普·马洛，没错吧？"

我扭头看着他。一个发福的中年人，穿得很随意，但胡子刮得挺干净，薄薄一层头发仔细地朝后梳得光溜溜的，覆盖着两耳间的大脑袋。他戴着无边眼镜，穿着抢眼的双排扣背心，这种衣服在加州几乎看不见，除非碰上个来访的波士顿人。他拍了拍一只破旧的公文包，显然这便是他所谓的"这个"了。

"三部完整的新手稿，小说。要是在我们找到机会退稿前把它们弄丢了，那就太尴尬了。"他朝老侍者打了个手势，后者刚把高高的一杯绿色玩意儿放在那位梦中人儿面前，往后退了几步。"我特别喜欢金酒加橙子汁。实在是很不上台面的饮料。你要不要也试试？很好喝。"

我点点头，老侍者缓步离开了。

我指着公文包说道："你怎么知道会退稿？"

"如果真是好东西，是不会由作者亲自送到酒店来的，而是会在纽约那些代理手上。"

"那何必留下？"

"一方面是为了照顾下情绪，另一方面，为了所有出版人都梦寐以求的沙里淘金那千分之一的可能。大多数时候，你参加一个鸡尾酒会，被介绍给各色人等，其中一些写过小说，而你又多喝了几口，便要行善积德，于是说你想看看手稿。这不就飞快地送到酒店来逼你读了？但我觉得你并不会对出版商和他们的头疼事感兴趣。"

侍者端来了饮料。斯宾塞拿起他那杯，喝了一大口。他没注意到过道对面的金发女子。他把全部注意力都集中在我身上。他是个不错的中间人。

"如果工作需要，"我说，"我偶尔也会读几页书。"

"我们有个大作家就住在这附近，"他随意地说，"你可能读过他的东西。罗杰·韦德。"

"啊哈。"

"我明白你的意思，"他苦笑道，"你对历史浪漫小说没兴趣。可这些书卖得很火。"

"我没别的意思，斯宾塞先生。我以前读过他的一本小说。我觉得那是胡诌。我是否不该这么说？"

他咧咧嘴："哦，没事。许多人和你有同感。问题是眼下他是个畅销书作家。现在成本那么高，每个出版商手上非得有几个畅销书作家不可。"

我向那金发女子投去一瞥。她已经喝完了那杯柠檬水之类的玩意儿，瞄了眼精致的腕表。酒吧里人渐渐多起来，但还没到闹哄哄的地步。那两个时髦家伙还在手舞足蹈，吧台边的独饮客攀上了几个酒友。我回头望了望霍华德·斯宾塞。

他点点头，又仔细打量了我一番。"跟我谈谈你自己吧，马洛先生。如果你不反感我的话。"

"谈什么？我是持有执照的私人侦探，已经做了相当长时间了。我孤零零一个人，还没成家，快到中年了，没什么钱。我进去过不止一回，不接离婚案子。我喜欢酒、女人和象棋，还有些别的东西。警察不怎么喜欢我，可有几个我和他们混得还不错。我是本地人，生在圣塔罗莎，双亲都去世了，没兄弟姐妹。要是我什么时候在黑巷子里被干掉了，没一个人会觉得自己的日子没了着落。其实这种事情可能落到我们这行任何人头上，也可能落在其他任何行业的人或眼下什么都不干的人头上。"

"哦，明白了，"他说，"但我想听的并不是这个。"

我喝完了金酒加橙子汁。我不喜欢这种饮料。找朝他咧了咧嘴。"有件事我没提，斯宾塞先生。我口袋里有张麦迪逊总统头像。"

"麦迪逊总统头像？我恐怕不明白。"

"面值五千美元的钞票，"我说，"一直带在身边。我的幸运符。"

"天哪，"他压低声音说道，"那不是很危险吗？"

"是谁说的，超过某种限度，所有的危险都一样。"

"我想是沃尔特·巴杰特，他说的是高空作业的工人。"他咧嘴笑笑，"对不起，我只是个出版商。你很好，马洛。我要来试试运气，你估计会请我滚蛋，是吧？"

我也朝他咧嘴笑笑。他唤来侍者，又要了两杯饮料。

"是这样的，"他谨慎地说道，"罗杰·韦德给我们造成了大麻烦。他完成不了手上的书稿了。他背后不知道有什么事情，好像崩溃了似的。他疯狂地酗酒，脾气暴躁，过一阵子就会失踪几天。不久前，他把老婆推下楼梯，害得她断了五根肋骨，进了医院。他们之间并没有通常意义上的问题，完全没有。这家伙只有喝醉了才会像个疯子。"

斯宾塞往后靠了靠，忧郁地瞧着我。"我们必须让他完成那本书。我们非常需要它。在某种程度上，我能保住饭碗就靠那本书。但我们需要更多。我们希望拯救一个才华横溢的作家，他应该能够创作出更出色的作品。一定是发生了很糟糕的事情。这次我来，他见都不见。我觉得应该去找精神科医生，可韦德夫人不同意。她肯定他精神非常正常，但有什么事情让他极其担忧，比如匿名信。韦德夫妇结婚五年。他以往的事情可能缠上了他。甚至可能，只是瞎猜而已，开车撞死了人随后逃逸，有人捏住了他的软肋。我们不清楚到底发生了什么。我们想弄清楚，而且愿意出大价钱解决麻烦。如果最后发现真是患了什么病，那也只能那样了。如果不是，必定有个答案。同时还要保护韦德夫人。他下次说不定会杀了她。谁知道呢。"

第二轮饮料送了上来。我看着他一口气喝下半杯，没去碰我自己那杯。我点上一支烟，继续看着他。

"你不需要侦探，"我说，"你需要找个会变魔术的。我能做什么？如果我恰巧那个时候在那里，而且对付得了他，我可以把他打昏，弄上床。但这只有百分之一的可能。这个你明白。"

"他身量和你差不多，"斯宾塞说道，"可是体能比不过你。再说，你可以随时都在那里。"

"不见得。醉鬼们狡猾得很。他肯定会专挑我不在场的时候撒野。我不打算谋份男护士的工作。"

"男护士根本指望不上。罗杰·韦德不会接受男护士。他是个非常聪明的家伙，只是有些控制不了自己。他写了一堆垃圾给傻瓜们读，挣了一大笔钱。但是唯有写作才能拯救作家。要是脑子里还有好货，他就会写出来。"

"好吧，我对他很感兴趣，"我不耐烦地说，"他很了不起，而且还很危险，他藏着罪恶的秘密，企图借酒把它忘记。这可不是我擅长处理的问题，斯宾塞先生。"

"明白了。"他看了看腕表，锁起眉头。他的脸皱巴起来，看上去老了一圈也小了一圈。"当然，我只是试一试而已，你不会怪我吧？"

他伸手去拿装得鼓鼓的公文包。我瞧着对面那位金发女子。她准备离开了。白发侍者手捧账单侍立一旁。她报以灿烂的微笑，给了他一些钱；他表现得好像刚跟上帝握过手一般。她抿了抿嘴唇，戴上白手套，侍者将桌子移得老远，腾出地方让她从容通过。

我朝斯宾塞投去一瞥，他膝盖上搁着公文包，正愁眉不展地看着桌边的空酒杯。

"哎，"我说，"要是你希望，我可以去见见那家伙，看看是怎么回事。我会跟他老婆谈一谈。不过我想他会把我扔出门外。"

一个不属于斯宾塞的声音说道："不会的，马洛，我不认为他会那样。相反，我觉得他会喜欢你。"

我抬头望见一双紫罗兰色的美目。她正站在桌边。我站起来，因为不能跨出厢座，只好侧着身子，别扭地卡在椅子和厢壁之间。

"您不必起身，"她的声音宛如夏日云朵般柔和，"我应当先向你道歉。对我来说，在介绍自己之前能够先观察你一下很重要。我是艾琳·韦德。"

斯宾塞阴沉着脸说："艾琳，他没兴趣接这活。"

她温和地一笑。"我不觉得。"

我努力使自己镇定。我仍保持那个姿势，张着嘴，像个高中小甜妞一样呼吸。真是个美人。近看简直叫人挪不动脚。

"我没说不感兴趣，韦德夫人。我只是说，或者我想说的是，我觉得自己帮不了什么忙，说不定插手这件事是个大错误，反而害了别人。"

她听得很认真，但笑容消失了。"你过早下结论了。如果真想要评判一个人，那得就人论人，不要只听他的故事。"

我茫然地点点头，因为我正是那么看特里·雷诺克斯的。从他的所作所为来看，他实在不怎么样，除了战壕里那一瞬间的闪光，假设曼宁德兹没有胡说。他是个你不可能讨厌的人。你一辈子遇见的人里有几个是这样的呢？

"所以你得了解他，"她和气地说道，"再见，马洛先生。要是你改了主意，"她很快打开提包，递给我一张名片，"谢谢你赏光。"

她向斯宾塞点点头，转身离去。我目送她走出酒吧，穿过玻璃围着的附属建筑进了餐厅。她的身形曼妙至极。我注视着她拐进通往前厅的拱门。我的视线捕捉到了她白色亚麻裙裾的最后一闪，接着她就拐过弯消失了。我松了一口气，坐下来端起金酒橙汁混合饮料。

斯宾塞正目光不善地看着我。

"干得好，"我说，"可你至少也该偶尔看她一眼。那么一位梦中人坐在对面二十分钟，而你居然根本没注意到。"

"我很蠢，是不是？"他努力挤出一个微笑，而他其实并不想笑。他不喜欢我看她的眼神。"大家对私人侦探有些奇怪的看法。要是打算请一个回家的话。"

"别指望把这一个请回家去，"我说，"不管怎样，你得先另外编个故事才行。别期待我会相信有人竟舍得把这么个美人儿扔下楼梯，摔断她五根肋骨，不管他有没有喝醉。你能编个更好的故事，是不是？"

他涨红了脸，双手紧紧抓着公文包。"你以为我撒谎？"

"有什么关系呢？你已经表演过了。你大概有点迷上那位女士了吧？"

他噌地站起来。"我不喜欢你说话的口气，"他说，"我不确定我是否喜欢你。就算帮个忙，这事情到此为止。我想这应当够买你花费口舌的时间了。"

他往桌子上扔了一张二十美元的票子，又加了几张一美元的给侍者。他站了片刻，居高临下望着我，眼睛闪闪发光，脸依旧涨得通红："我成家了，有四个孩子。"

"恭喜恭喜。"

他喉咙里短促地响了一声，转身就走。他走得相当快。我朝他的背影望了片刻，收回了目光。我把剩下的饮料喝完，掏出烟盒，抖出一根香烟叼在嘴里，点上。老侍者走上前来，望着那几张钞票。

"还要什么吗，先生？"

"不用。这些钱都归你。"

他缓慢地拿起钱来。"这是二十美元的，先生。那位先生弄错了吧？"

"他认识字。这些钱都归你，我已经说过了。"

"我当然非常感谢。要是你能肯定，先生。"

"相当肯定。"

他频频点头，走开的时候还是一脸不放心。酒吧开始拥挤起来。两个身材苗条的女孩哼着歌儿摆动着手臂经过，她们认识后面厢座里那两个时髦家伙。空气里开始不时响起"亲爱的"，伴着女人们飞舞的红指甲。

我抽了半支烟，肚里一股恶气没地方出，打算起身离开。我转身取烟盒时，背后有个什么东西重重地撞了我一下。这正是我此刻需要的。我腾地转身，望见一个身宽体壮、穿着皱里吧唧的牛津法兰绒裤子、爱凑热闹的家伙，如明星一般张开手臂，嘴巴咧成一个二英寸高六英寸宽的大洞，是那种决不肯吃亏的人。

我抓住那只伸出来的手臂向后扭去。"怎么着，小子？是过道还不够宽，容不下你这号人物？"

他挣脱了，发起狠来。"伙计，别得意，小心我卸掉你的下巴。"

"哈哈，"我说，"你大概能在扬基队守中外场，举根面包棍子击出本垒打。"

他握起一只肉嘟嘟的拳头。

"心肝儿，小心你漂亮的指甲。"我说。

他憋住怒气。"你这神经病，自作聪明的家伙，"他冷笑道，"下一次，等我有了闲工夫。"

"会比现在还闲吗？"

"我警告你，快滚开，"他吼起来，"再开玩笑，你就要换口假牙了。"

我朝他咧嘴笑笑。"来吧，伙计。可说话得注意点。"

他的表情变了。他笑了起来。"朋友，你上过海报。"

"只上过钉在邮局里的那种。"

"罪犯相片簿上见。"他说，一边走，一边龇牙咧嘴。

这的确很傻，不过倒是把恶气出了。我走出餐厅附属建筑，穿过酒店前厅，来到大门口。走出大门前，我停下戴上墨镜。直到坐进车里，我才想起看看艾琳·韦德留下的名片。是刻纹的那种，但并不很正式，上面印着电话和地址。

　　罗杰·斯特恩·韦德夫人

　　艾德瓦利路 1247 号

　　电话：艾德瓦利 5-6324

我很熟悉艾德瓦利那一区域，那一带变了许多。以前那里入口处有门房，还配有私家警察，湖上设了赌场，有要价五十美元的卖笑女子。后来赌场关了，那一带被有品位的有钱人占领。那些有钱人抬高了地价，使那里成了地块划分商的梦想之地。湖泊和湖边被一家俱乐部买下，要是俱乐部不接纳你，你连一滴湖水都碰不得。那是个排外的地区，所谓排外，指的不仅仅是昂贵，它意味着"排外"一词蕴含的全部意义。

我与艾德瓦利格格不入，就如在香蕉船冰激凌上放了一个小洋葱头。

那天的傍晚时分，霍华德·斯宾塞给我打来电话。他已经消了气，告诉我说他那天没将事情处理妥当，问我是否能再考虑考虑。

"如果他请我去，我可以见见他。否则我不会去。"

"我明白了。报酬会很高。"

"听着，斯宾塞先生，"我有些不耐烦，"花钱雇不来命运。如果韦德夫人怕那家伙，她可以搬出去。那是她的问题。没人能够二十四小时保护她，不让她丈夫碰她，世上没这种保护法。可你想要的还不止这些。你想要知道那家伙为什么、什么时候、怎样失去控制，这样便可以解决问题，不让他故态复萌。至少在完成书稿之前。而能不能交稿，这事完全看他。要是他很想把那部见鬼的什么书写出来，那么写完之前他就不会去沾酒。你的要求太多，我怕无力胜任。"

"这些事儿不能再细分了，只能一起交给你，"他说，"归根结底就是一个问题。我能理解，对干你这一行的人来说，这有些过于微妙了。好了，再见。我今晚要飞回纽约。"

"一路顺风。"

他挂断了电话。我忘了告诉他我把他那二十美元给了酒吧服务员。我想再打个电话告诉他，又一想他已经够倒霉了。

我关上办公室的门，往维克托酒吧走去，打算照特里在信上要我做的去喝一杯琴蕾。但我改了主意。今天我不太伤感。我去了劳里酒吧，要了马提尼、牛肋排和约克郡布丁。

回到家，我打开电视看拳击。选手们不怎么样，像是一群在阿瑟·默里门下混过的舞蹈大师。他们只是跳上跳下，捅来捅去，佯攻使对手失去平衡。他们每个人的手都轻得不可能摇醒瞌睡中的老祖母。观众席上嘘声四起，裁判不断拍手让他们进攻，可他们一直摇摇晃晃、战战兢兢，不时挥几下左长拳。我换了个频道，看犯罪剧。故事发生在一个衣橱里，演员们无精打采，而且张张脸都似曾相识，也不漂亮。对话莫名其妙，填字游戏都不会采用。私人侦探用了个黑人男孩当仆人，想增添些喜剧效应。其实根本用不着，他自己就够喜剧的了。广告真烂，连在垃圾堆里长大的山羊看了都会作呕。

我关上电视，抽了根卷得很紧的长杆凉烟，这让我的喉咙很舒坦。上好的烟丝，我忘了注意牌子。我正准备上床，凶案组的格林警官打来一个电话。

"我想你也许有兴趣知道几天前他们把你的朋友雷诺克斯埋了，就在他死去的那个墨西哥小城。有个律师作为家族代表去了那里，出席了葬礼。这回算你走运，马洛。下回别再帮朋友越境了。"

"他身上有几个弹孔？"

"你说什么？"他厉声说道。沉默了片刻，他字斟句酌地说："一个，我应当这么说。打脑袋的话，一般一颗就够了。那律师带回了一些照片和他口袋里所有的东西。你还想知道什么？"

"当然，可是你不会告诉我。我想知道谁杀了雷诺克斯的老婆。"

"啊呀，格伦茨没告诉你他留下一份完整的遗书？反正是上了报的。你不再看报了？"

"谢谢你的来电，警官。多谢好意。"

"听着，马洛，"他声音刺耳，"你要是再对这案子胡乱猜想，那可是自找麻烦。案子已经了结，盖棺论定，进档封存了。算你他妈的走运。本州事后从犯要判五年。让我再提醒你一件事。我当警察有些年头了，有一点我相当了解，进监狱的人不一定是因为干了什么，而是法庭上展现出来你的样子。晚安。"

他挂断了电话。我把听筒放回机座，心想，于心有愧的正直警察总喜欢做出凶巴巴的样子，心术不正的警察又何尝不是如此。几乎所有人都这样，包括我自己。

第十四章

次日一早，我正在耳垂上擦爽身粉，门铃响了。我开门只见一双紫罗兰色的眼睛。她这次穿着一身褐色亚麻衣裙，披着鲜红色的围巾，没戴帽子，也没佩戴耳环，看上去有些苍白，但不像"经常被人推下楼梯"的样子。她对我报以犹疑的一笑。

"我知道不该来这儿打搅你，马洛先生，估计你才刚起吧。可我实在是不愿意去你的办公室，也讨厌打电话讲私事。"

"没关系，进来吧，韦德夫人。你要不要喝杯咖啡？"

她走进起居室，坐在长沙发上，目光茫然。她将提包平搁在膝上，双脚并拢端坐着，显得十分规矩。我打开窗户，拉起百叶窗帘，拿起她面前茶几上放着的脏烟灰缸。

"谢谢。请给我杯黑咖啡，不要糖。"

我走进厨房，在绿色金属托盘上铺了张餐巾纸，看上去像赛璐珞①硬领一样低劣。我把它揉成一团，拿出一条缀着流苏的餐巾，这玩意儿还配有小三角餐巾，是这房子里原来就有的，和这里大部分家具一样。我拿出两个印有沙漠玫瑰图案的咖啡杯，斟满咖啡，端着托盘回到起居室。

---

① 即 celluloid，一种硝化纤维塑料。

她啜了一口。"非常好，你煮得一手好咖啡。"

"上一次和别人一起喝咖啡恰巧就在我进监狱之前，"我说，"您应该知道我坐过牢，韦德夫人。"

她点点头。"当然。他们怀疑你帮他逃跑，是不是？"

"他们只是在他房间里的一个便笺本上发现了我的电话号码，就向我提问，因为他们问话的方式，我不想回答。我想你不会有兴趣听。"

她小心地放下咖啡杯，往后靠了靠，微笑着看向我。我问她是否想抽烟。

"谢谢，我不抽烟。我愿意听你讲这事，我们有个邻居认识雷诺克斯夫妇。他准是疯了。他根本不像那种人。"

我拿出一只斗牛犬式烟斗，填满烟丝，点上。"我想也是，"我说，"他一定是疯了。他在战场上受过重伤。他死了，一切都过去了。我想你不是为讨论这个而来的吧？"

她摇摇头。"他是你的朋友，马洛先生。你肯定有自己坚定的看法。我觉得你是一个相当坚定的人。"

我按实烟斗里的烟丝，重新点上，同时不紧不慢地隔着烟斗打量她。

"韦德夫人，"最后我说，"我的看法无关紧要。怪事天天发生。最不可能犯罪的人犯了最不可能犯的罪：慈祥的老太太毒死一家子；眉清目秀的孩子多次持枪抢劫行凶；二十年没有污点的银行主管被查出长期盗用公款；功成名就而且按理来说应该感到幸福的小说家成了醉鬼，把老婆打得进了医院。我们甚至对自己最好的朋友的行为动机一无所知。"

我以为这么说会激怒她，可她除了抿紧嘴唇眯细眼睛，没有什么其他反应。

"斯宾塞不该告诉你这些，"她说，"是我的失策，我不知道怎样避开他。打那以后我明白了，要是男人喝得太厉害，有一件事情你绝对做不得，那就是去劝阻他。这个，你一定比我清楚得多。"

"只用言语去阻止的话当然无济于事，"我说，"你如果走运，有点力气，便可以阻止他伤害自己或别人。不过，连这点也得靠运气。"

她轻轻拿起咖啡杯和碟子。她的手十分迷人，就像身上的其他部位一样。指甲的形状修得很优美，涂了淡雅的指甲油。

"霍华德是否告诉你这回他没见到我丈夫？"

"说了。"

她喝完咖啡，将杯子小心地放回托盘，手指拨弄了一会儿茶匙。接着她开口说话了，但没有和我对视。

"他没告诉你为什么，因为他不知道。我很敬重霍华德，但他是那种控制欲极强的人，什么事情都想管。他觉得自己非常善于管理。"

我一言不发，接着就仍是一阵沉默。她静静地望了我一眼，收回目光转向别处，极其轻柔地说："我丈夫已经失踪三天了。我不知道他去了哪里。我来这儿是想请你去找他，把他带回家。这事情以前发生过。有一次他自己开车到波特兰，病倒在那边的一家旅馆里，找了医生帮他醒酒。开了那么远竟没惹上麻烦，他是如何做到的，实在令人惊奇。他三天没进食。还有一回，他去了长滩一家瑞典人开的提供清洗肠道服务的土耳其浴场。最近一次，去了一所名声可能不怎么好的私家疗养院。距今还不到三星期。他不告诉我那地方叫什么名字，也不说在哪里，只说他在那里治疗，没有问题。可他看上去极为苍白虚弱。他被送回家时，我匆匆瞥了一眼送他的人。那是个高个子年轻人，穿着只有在舞台上或者彩色音乐片里才见得到的过分考究的牛仔装。他在车道上让罗杰下了车，倒车后马上就开走了。"

"说不定是个度假牧场，"我说，"有这种乖牛仔，把挣来的每一分钱都花在漂亮衣服上，女人对他们着迷得很，牧场就是为这个才需要他们。"

她打开提包，拿出一张折起来的纸。"我带来一张五百美元的支票给你，马洛先生，是预付款，你肯收下吗？"

她将支票放在茶几上。我望了一眼，没有碰它。"何必呢？"我问她，"你说他离家三天了，让他清醒并进点食物一般需要三四天。他难道不会像以往那样回家？还是这回跟以往有所不同？"

"马洛先生，他不能再这么下去了，这样他会送命的。事情发生得越来越频繁。我实在担心得要死。岂止担心，还很害怕。太不正常了。我们结婚五年了。罗杰一直喜欢喝酒，但并非疯疯癫癫的酒鬼，一定出了什么问题。我要找到他。昨夜我只睡了不到一个小时。"

"你知道他为什么喝酒吗？"

那双紫罗兰色的眼睛定定地注视着我。今天早晨她看上去有些虚弱，但不至于弱不禁风的地步。她咬住下嘴唇，摇摇头。"难道是因为我？"她终于说道，声音近乎耳语，"男人厌倦了自己的妻子。"

"我只是个业余的心理医生，韦德夫人。干我们这行的人对此多少都懂那么点儿。依我看，他更可能是厌倦了自己写的东西。"

"很有可能，"她轻声说，"我可以想象所有作家都会碰到这样的阶段。一点不假，看来他无法完成手上的书稿。可他不是非要写完了去换房租不可啊。我觉得这个理由并不充分。"

"他清醒时是怎样的人？"

她微微一笑。"我的看法可能相当偏颇，但我觉得他其实非常温和。"

"那喝醉后呢？"

"很可怕。思路敏捷，无情无义。他自以为机智诙谐，其实是恶毒。"

"你没提到他动粗。"

她扬起淡棕色的眉毛。"仅仅一次，马洛先生。那事被说得过头了。我从来没有跟霍华德·斯宾塞说起过，是罗杰自己告诉他的。"

我站起身，在屋子里来回踱步。今天一定会很热。现在已经热起来了。我将一扇窗子的百叶帘放下，遮住阳光，然后直截了当地开了口：

"昨天下午，我在《名人录》里查了他的材料。他现年四十二岁，跟你是第一次婚姻，你们没有孩子。他来自新英格兰，在安杜佛和普林斯顿上过学。他当过兵，记录良好。他写了十二部性爱加斗剑的长篇历史小说，本本都在畅销书排行榜上。他一定挣了大钱。要是对老婆不再有兴趣，他看起来是会说出口并且要求离婚的那种人。要是他在外面拈花惹草，你大概会知道。总之他没有必要为了显示情绪低落跑去喝个烂醉。如果你们结婚五年，那当时他已三十七岁。依我看，他对女人已经相当了解了。我说相当，因为没有人能够完全了解。"

我停下来，瞧了瞧她，她冲我微微一笑。没伤到她的感情，于是我继续说下去：

"斯宾塞是根据某种原因认定是很久以前发生的事情困扰着罗杰·韦德，那麻烦早在你们结婚之前就缠上了，让他焦头烂额。斯宾塞认为是匿名信。你知不知道？"

她慢慢地摇摇头。"你的意思是问我知不知道罗杰付过大笔的钱给什么人吗？不，我不知道。我从来不过问他账上这些经济来往问题。"

"好吧。我对韦德先生不了解，不知道他会怎样对付敲诈勒索他的人。他如果脾气暴躁，说不定会把那家伙的脖子扭断。要是那宗秘密，不管它是什么，会损害他的社会或职业地位，举个极端的例子，使得警察登门拜访，他大概会付钱买太平，买一阵子的安宁。但这些对我们都无济于事。你想找到他，你担心他，而且不仅仅是担心。问题是我怎么去找？我不想收你的钱，韦德夫人。至少现在不想。"

她又把手伸进提包里，拿出几页折起的黄纸，看上去像是复写纸，其中一张皱巴巴的。她将它们捋平，递给了我。

"一张是我在他的书桌上发现的，"她说，"夜里很晚或者凌晨什么时候。我知道他一直在喝酒，他没有上楼。大约两点钟的时候我下去看他是不是没事，是不是醉倒在地上、沙发上或其他地方。可他不见了。另外一张是在字纸篓里，准确地说是卡在篓子边上，没掉进去。"

我扫了一眼第一页纸。上面只有打字机打出的短短一行字：

我不愿孤芳自赏，也再无他人可爱。

罗杰·（F.斯科特·菲茨杰拉德）·韦德

又：这就是我永远也写不出《了不起的盖茨比》的原因。

"你看出什么了，韦德夫人？"

"不过是装腔作势罢了。他很崇拜斯科特·菲茨杰拉德①。他说菲茨杰拉德是自柯勒律治以来最出色的酒鬼作家，还沾染毒品。马洛先生，你看这字迹，干净利索，轻重均匀，没有错字。"

"我注意到了。大多数人酒后连自己的名字都会写得一团糟。"我展开皱巴巴的那一张，还是打的字，同样没有错字，轻重均匀，上面写道：

――――――――――

① 斯科特·菲茨杰拉德（1896—1940），20世纪美国作家、编剧。1925年，《了不起的盖茨比》问世，奠定了他在美国现代文学史上的地位，菲茨杰拉德成了20年代"爵士时代"的发言人和"迷惘的一代"的代表作家之一。

我不喜欢你，Ｖ医生。但眼下你是我最需要的人。

我看着这张纸的时候，她在一边说："我不知道Ｖ医生是何许人物。我们不认识任何姓名以那个字母开头的医生。我猜罗杰上次去的地方是他开的。"

"牛仔把他送回家那次？你丈夫什么名字都没提过？连那地方的名字也没？"

她摇摇头。"没有。我查过电话簿，上面列了几十个姓名以Ｖ打头的各类医生，有可能Ｖ不是他的姓。"

"很有可能他根本就不是医生，"我说，"那这就牵涉到现金问题了。正经的医生应当收支票，冒牌医生则不会，支票会变成证据。那种家伙收费不会便宜。他在家里提供食宿，要价一定不菲，这还没算针药费呢。"

她有些惊奇。"针药费？"

"所有可疑的医生都给病人用麻醉药。这样对付他们最省事。让他们昏睡十或十二小时，等他们醒过来，又都是好端端的了。但在美国，无执照使用麻醉药品可以送你进牢房，这代价真的很高。"

"我明白了。罗杰身上大概有几百美元，他一直在书桌里留这么多钱。我不知道为什么。我以为那不过是出于某个怪念头。可现在那些钱不见了。"

"好吧，"我说，"现在还不知道怎么搜寻，但我会尽力试试去找到Ｖ医生，你可以把支票带走，韦德夫人。"

"怎么？难道你不该收吗？"

"以后再说吧，何况我更希望这支票出自韦德先生之手。他绝对不会喜欢我要干的事。"

"可如果他病了，很无助。"

"他可以给自己的医生打电话，或者让你打。他没那么做。可见他不想。"

她把支票收进提包，站起身来，一脸愁苦。"我们的医生拒绝治疗他。"她苦涩地说。

"这地儿有几百个医生，韦德夫人。任何医生至少会跟他打一次交道。其中大多数医生会为他治疗一阵子。现在医疗行业竞争相当激烈。"

"我明白。当然你说的肯定是对的。"她缓缓向门口走去，我跟过去，拉开门。

"你也可以直接给医生打电话，为什么却来找我？"

她与我面对面，眼睛亮亮的，仿佛有泪星闪烁。实在是个尤物。

"因为我爱我丈夫，马洛先生。我愿意做任何事情。可我知道他是什么样的男人。如果每次他一喝多，我就打电话给医生，这丈夫我也留不了多久。你不能像对待喉咙痛的孩子一样对待大男人。"

"如果他喝醉了，你当然可以，很多时候你不得不这么对待他。"

她站得离我很近。我闻到她的香水味儿，或者我自以为闻到了。那芬芳不是出自香水瓶喷嘴，或许只是夏天的气息吧。

"假设他以前做过什么不光彩的事情，"她说，一字一顿，好像每个字都苦涩异常，"甚至犯过罪，那对我没有影响。但我不愿自己去查明其中的原委。"

"所以你找了霍华德·斯宾塞来雇我调查？"

她慢悠悠地露出笑容。"你真以为我指望让斯潘塞来得到问题的答案？你可是宁愿银铛下狱也不背叛朋友的人。"

"多谢夸奖，可那并非我蹲监狱的原因。"

她一时无话，然后点点头，道了声再见，走下红杉木台阶。我望着她上了车，一辆瘦长的灰色美洲豹，看上去很新。她把车往前开到街尾，在停车场掉头。驶下坡道时，她朝我挥了挥手。小车划过拐角处，随后逐渐消失了。

　　大门边的墙根下有一丛红色夹竹桃，我听见里面有羽翼轻扇的声音，一只小嘲鸫焦急地叽叽叫着。我发现它停在顶部的一根枝条上拍着翅膀，好像站不稳似的。墙角的柏树里传出一声刺耳的鸣叫，像是警告。叽叽声马上打住，胖嘟嘟的小鸟哑然无声。

　　我走进屋去，关上门，外面的鸟儿在自行上飞行课。它们也得学习啊。

第十五章

无论你觉得自己多么精明能干，也得慢慢摸排着手：某个名字，某个地址，某个社区，某种背景，某种环境或某个参照点。我手上有的只是一页皱巴巴的黄纸，上面写着："我不喜欢你，V医生。但眼下你是我最需要的人。"单凭这页纸，我几乎是在海里捞针，花一个月遍访列在县医疗协会名单上的成员，到头来只落得两手空空。在我们的城市里，江湖郎中像豚鼠一样繁殖得很快。以市政府为中心，一百英里之内有八个县，每个县里任何一个小镇都有医生。有些医生名副其实，有些只不过是通过函授课程取得资格证书，可以挖挖鸡眼，或者在你背脊上做点手脚。名副其实的医生有些富有，有些则挺穷；有些讲医德，有些则不一定讲究得起。家里有钱的初期酒精中毒病人是懒得使用维生素和抗生素的糟老头们的财源。但没有线索真是无从下手。我是受人委托，艾琳·韦德要么没有，要么没意识到其他潜在的线索。即便我发现有人符合条件，名字也以V开头，但放在罗杰·韦德这儿，也很难产生什么联系。纸上那句话可能是韦德醉眼迷离时脑子里碰巧闪过的东西，就好比提到斯科特·菲茨杰拉德有可能只是一种特别的道别方式。

这种情形下，小人物就得求助于大人物的脑瓜了。我于是打电话给比弗利山庄卡恩机构的一个熟人。卡恩是个时髦机构，专门护卫上层阶级。所谓护卫，几乎涵盖了一只脚踏进法律禁地的任何事情。那家伙名叫乔治·彼得斯，他说如果我能很快把事情说清楚，他可以给我十分钟。

卡恩机构位于一栋粉红色四层建筑的二楼，占了半个楼面。电梯门开关由电子眼自动控制，走廊凉爽而安静，停车场每个车位都标有名字，前厅外面有位药剂师，配安眠药配得手腕都肿了。

门外侧是浅灰色的，镶着凸起的金属字母，醒目锋利如一把新刀：卡恩机构。杰拉尔德·C. 卡恩，总裁。下面是一行小字：入口。像是一家投资信托公司。

进门是一间小而难看的接待室，但这难看是花足了心思和金钱的。家具是猩红和深绿色的，墙壁是沉闷的布伦兹维克绿；墙上挂的画装了镜框，镜框也是绿色的，但色调暗了几度。画面上是几个骑着大马正要疯狂地越过高高的篱笆的红衣人。另外有两面没边框的镜子，上面涂了薄薄的一层叫人看了不舒服的淡粉色。打磨得锃亮的白桃花心木桌上放着新到的杂志，每本都套了透明塑料封皮。布置这房间的家伙一定"色"胆包天。他有可能穿红辣椒色衬衫，配桑葚紫裤子、斑马纹鞋，大红内裤上还用亮丽的橘红丝线绣着姓名首字母。

这整个房间只是个门面。卡恩机构每天至少要向每个客户收一百美元，客户要的是上门服务，他们才不会坐在接待室里。卡恩是个退伍宪兵上校，一个白里透红的大个子，结实得像块木板。他曾邀请我加入，可我还没走投无路到那种地步。当浑蛋有一百九十种招数，卡恩没有哪种不精通。

磨砂玻璃门拉开了，一名前台接待瞧着我。她脸上挂着职业性的笑容，还有一双能看清你裤兜里的钱夹中有几张钞票的眼睛。

"早上好。请问能为你效劳吗？"

"找乔治·彼得斯，我姓马洛。"

她将一本绿皮本子放在台子上。"他是否在等你，马洛先生？我没在预约登记本上查到你的名字。"

"是私事。我刚跟他通过电话。"

"明白了。你的姓怎么拼，马洛先生？还有你的名字呢？"

我告诉了她。她写在一张狭长的表格上，然后把表格的一边插进计时钟。

"这是做给谁看的？"我问道。

"我们这里非常注意细节，"她冷冷地说，"卡恩上校说过，你永远料想不到芝麻小事何时会变成致命大事。"

"或者反过来。"我说，但她没有领会。她做完登记，抬头说："我会向彼得斯先生通报你来了。"

我说我很荣幸。过了一分钟，嵌板上有道门打开了，彼得斯招呼我走进一条漆成战舰灰的走廊，两侧是一格格小办公室，像囚房一般。他的办公室天花板上装了隔音设备，一张灰色铁书桌，两把配套的椅子，灰色台子上放着灰色录音机，电话机、笔架、墙壁和地板是同一种颜色。墙上挂着几幅镶了镜框的照片。一幅是卡恩头戴雪花莲式钢盔的戎装照；一幅是卡恩身着便装坐在办公桌后面，一脸高深莫测。还有一幅励志小匾，硬邦邦的字体，灰色底纹。上面写着：在任何时候任何场合，卡恩机构的侦探必须维持绅士仪表和谈吐。没有例外。

彼得斯两大步走到房间另外一头，挪开一幅照片，背后墙壁里嵌着灰色的麦克风拾音器。他把它拉了出来，拔掉接线，再塞回去，然后把照片移回原位。

"我会因此丢掉饭碗，"他说，"要不是为了解决一个演员醉酒驾车的案子。所有的麦克风开关都在他的办公室里。这鬼地方到处都布了线。有一天早晨，我建议他在接待室的一面半透明镜子背后装上红外线缩微胶片照相机。他说没什么兴趣，大概因为已经装了。"

他在一把灰色硬椅上坐下。我瞧着他。他是个手脚笨拙的长腿男人，瘦脸，发际线正在后退。他皮肤粗糙，像是长年在户外饱经各种气候磨砺的样子。他有一双深邃的眼睛，上嘴唇和鼻子差不多一样长，一笑起来，从鼻孔到宽嘴巴的两个嘴角便拉出两道深沟，脸的下半部就消失在沟里了。

"你怎么受得了？"我问他。

"坐下，老兄。别大声喘气，说话声音轻点儿。记住，卡恩侦探和像你这样的小私人探子相比，就好像一个是托斯卡尼尼，一个是街头手风琴艺人的猴子。"

他停顿了一下，咧开嘴笑笑。"我受得了，因为我不在乎。给的钱不少。要是什么时候卡恩发作起来，以为我是在他战时管辖的戒备森严的英国监狱服刑，那我就领了支票滚蛋。你碰上什么麻烦了？我听说你前不久吃苦头了。"

"没什么好抱怨的。我想来查查你们关于那些不守规矩的人的档案。我知道你们有一份。埃迪·道斯特离开此地后告诉我的。"

他点点头，说："埃迪有点太敏感，对卡恩机构来说不合适。你刚才提到的是最机要的档案。机密切不可外传。我马上去拿。"

他出去了，我则望着灰色字纸篓、灰色油地毡和记录簿的灰色皮质四角。一会儿彼得斯回来了，手里拿着一只灰色纸板档案夹。他放下档案夹，打开。

"老天哪，这地方有没有什么东西不是灰色的？"

"这是这个机构的颜色，孩子。啊，非灰色的东西在此。"

他拉开办公桌抽屉，取出一支约八英寸长的雪茄。

"乌普曼 30，"他说，"一位从英格兰来的老先生送的，他在加州住了四十年，还是把收音机叫无线电。清醒的时候，他是个时髦人物，有些肤浅的魅力，我觉得挺好；因为绝大部分人，肤浅也好，不肤浅也罢，一点魅力也没有。包括卡恩。他很没意思，就像炼钢工人的大裤衩。喝醉酒的时候，这老先生有个怪癖，喜欢写他没开账户的银行的支票。他总是赔偿了事，加上敝人的帮助，他至今还没坐过牢。他给了我这个。要不我们一起抽，像两个共同筹划一场大屠杀的印第安酋长？"

"我不抽雪茄。"

彼得斯无奈地端详着特大号雪茄。"我也是，"他说，"我想过送给卡恩。可这不是一个人能抽得了的烟，就算那个人是卡恩。"他皱了皱眉头。"你知道吗？我老把卡恩挂在嘴边，一定是太紧张了。"他把雪茄放回抽屉，看着打开的档案，"我们到底要查什么？"

"我在找一个有钱的醉汉，他品味高雅，家财万贯。至今还没干过跳票的事。他有暴力倾向，他老婆相当担心他，认为他正躲在某个醒酒机构里面，但也说不准。我们手上唯一的线索是一张提到某个V医生的字条。只有姓氏的第一个字母。我要找的人已经失踪三天了。"

彼得斯若有所思地看着我。"三天的时间不算长，"他说，"有什么好担心的？"

"要是我先找到他，他们就得付我钱。"

他又看了看我，摇摇头。"我不明白，不过没关系。让我们来看看。"他开始一页页翻阅。"不太好找啊，"他说，"这些人来来去去。只有一个字母，提供不了什么线索。"他从档案夹里抽出一页纸，过了一会儿又抽出一页，最后再抽出一页。"这里有三个，"他说，"阿莫斯·瓦利，正骨医生。在阿尔塔迪纳开了家大诊所。夜间出诊要价或者曾经要价五十美元。雇有两名注册护士。几年前被州麻醉药品管理局的人找过麻烦，被迫交出了处方权。这些信息不是太新。"

我把名字和地址记了下来。

"还有个莱斯特·乌坎尼奇医生。耳鼻喉科，诊所在好莱坞大道上的斯托克韦尔大楼里。这人是个活宝。主要看门诊，好像专攻慢性鼻窦炎，非常简单的常规治疗。你去看病，抱怨鼻窦炎引发头疼，他就把你的鼻腔洗一洗。当然，他得先用奴佛卡因麻醉，可要是他看你顺眼，不一定非要用奴佛卡因不可。明白吗？"

"当然。"我把这位也记了下来。

"不错，"彼得斯边看边继续说道，"显然，他的麻烦在于拿货。所以咱们的乌坎尼奇医生经常去恩赛纳达钓鱼，坐自己的私人飞机去。"

"我想，他自己带毒品不可能持续多久。"

彼得斯想了想，摇摇头。"我不这么认为。他可以一直干下去，只要不过分贪心。他唯一的危险是某个不满足的顾客。他已经在同一个地方行医十五年了。"

"这些东西你们到底从哪里弄到的？"

"我的老弟，我们可是一个机构啊。不像你孤狼一匹。有些是客户自己提供的，有些是我们从内部得来的。只要他愿意，卡恩不怕花钱。他很善于交际。"

"他听了一定喜欢。"

"我去，最后这是个姓韦林杰的人。把他列档的侦探早就不在这里干了。好像有个女诗人在韦林杰位于塞普尔韦达峡谷的牧场里自杀了。他经营一个艺术村，供作家之类希望和一群趣味相投者共同隐居的人居住。租金不贵。他自称医生，看上去没做什么出轨的事，但也不行医。可能只是个获得博士学位①的人吧？说实在的，我搞不懂他为什么跑进我们的档案里来，除非是跟自杀事件有牵连。"他拈起一

---

① 英语中 Doctor 有医生、博士的意思，这里是对持有该名称的两种推测。

张贴在空白页上的剪报，"哦，过量使用吗啡。没有迹象证明韦林杰知晓内情。"

"我对韦林杰有兴趣，"我说，"很有兴趣。"

彼得斯合上档案夹，拍了拍。"你没见过这个。"他说完，站起来走出屋子。他回来的时候，我起身打算告辞。我向他道谢，他摆摆手。"听着，"他说，"你要找的人可能会去几百个地方。"

我当然知晓。

"顺便告诉你，我听说了一些有关你的朋友雷诺克斯的事，你大概有兴趣听听。我们有个同事五六年前在纽约碰上个家伙，非常符合他的特征。但那家伙不叫雷诺克斯，他说的。叫马斯顿。当然他可能搞错了。那家伙整天喝酒，所以也不确定。"

我说道："我怀疑是否是同一个人。为什么他要更名换姓？有战争记录可以核查。"

"这我就不知道了。我这个同事眼下在西雅图。等他回来，要是你觉得有必要，可以找他聊聊，他姓埃斯特费尔德。"

"太感谢你了，乔治。这十分钟我受益匪浅。"

"我俩之间，这不是互相的嘛。"

"卡恩机构，"我说，"永远不需要任何人帮任何忙！"

他用拇指比了个不太礼貌的手势。我离开他那铁灰色的小牢房，穿过接待室。现在这里看起来顺眼多了。走出牢房区，扎眼的色彩也变得合乎情理了。

第十六章

　　我顺着公路到达塞普尔韦达峡谷底部，看到两根黄色方形门柱。一扇五根木条钉的栅栏门敞开着。入口上方用铁丝悬挂着一块牌子，写着：私家道路，不得擅入。空气温暖而沉静，充满桉树的桉气味道。

　　我拐了进去，顺着环绕山肩的碎石路开上一道缓坡，翻过山脊，下到另一侧的浅谷中。谷中非常热，温度比公路上高出十到十五摄氏度。我看见前面碎石路绕着一片草地转了个圈子，便没有路了。草地边上摆放着用石灰粉刷过的石块。我左手边是个没灌水的游泳池，再没有什么比没水的游泳池更落寞的了。游泳池周围三面原来应该是草坪，散放着几把红杉木躺椅，上面有褪了色的靠垫，颜色纷杂，蓝的、绿的、黄的、橘红及铁锈色的，靠垫边缘有些地方脱了线，有的纽扣掉了，里面的垫料鼓了出来。游泳池另一面是一个围着铁丝网的网球场。游泳池上方，跳水板前端疲惫地耷拉着，垫子烂成一条条的，金属配件则锈迹斑斑。

　　等车开上环道，在一栋有木屋顶和宽大前廊的杉木房子前停了下来。入口装了两扇纱门，几只大黑蝇攀在上面打盹儿。房子旁边是常绿但永远灰蒙蒙的加州橡树林，林间有小径。透过树干的间隙，可以看见散布于山坡上的乡间木屋，有些几乎被树影遮得严严实实。我能望见的那些木屋一副淡季无人居住的样子。门紧闭着，窗户上挂着粗厚棉布或类似质料的厚帘子。你几乎可以感觉到窗台上厚厚的陈年灰尘。

我熄了火，手把方向盘，坐着静听，什么声音都没有。这地方死寂如法老墓，唯有纱门背后的门开着，昏暗的房间里好像有东西在晃动。接着我听见一声轻微但清晰的口哨，一个男人出现在纱门后面。他推开纱门，缓步晃下台阶。那是个值得一觑的人物。

那人头戴扁扁的黑色南美牛仔帽，帽带系在下颌下面，穿着白丝绸衬衫，一尘不染，领口敞开，灯笼袖，腕部束得紧紧的，脖子上系了条带流苏的黑围巾，一头长一头短，长的那头垂到腰际。他系着黑色宽腰带，穿着乌黑发亮、臀部紧绷的裤子，裤子外侧缝着金线，一直延伸到下方开衩的地方，衩口两边都缀着金扣子，脚下穿着黑色漆皮舞鞋。

他走下最后一级台阶，停住脚步瞧着我，嘴里还吹着口哨。他轻捷灵巧如细鞭，长着一双我见过的最大最空的烟色眼睛，覆着柔软的长睫毛。他五官精致却不显纤弱。鼻梁挺拔但不细削，嘴漂亮地翘着，下巴上有个小窝，小耳朵优雅地贴着脑袋。皮肤是那种没有晒过太阳的白皙。

他左手扶着臀部，右手在空中画了一道弧线。

"你好啊，"他说，"天气真好，是不是？"

"我觉得这里太热。"

"我就喜欢热点的天气。"这表达生硬，快速转移话题，结束了对话。他在第一级台阶上坐下，不知从哪里摸出一把长锉刀，开始修指甲。"你是银行派来的？"他头也不抬地问。

"我找韦林杰医生。"

他停止了锉指甲，望向热烘烘的远处。"他是什么人？"他毫无兴致地问道。

"这地儿是他的。你倒是干脆,好像你不知道似的。"

他又开始锉指甲。"我跟你说错了,朋友。这地方是银行的。他们已经取消了这块地产的赎取权,或者是交给第三方托管之类的。我忘记具体细节了。"

他抬眼望着我,一副具体细节不关他痛痒的表情。我下了车,靠在热乎乎的车门上,然后又移到有点风的地方。

"哪家银行?"

"你不知道,说明你不是从那里来的。既然你不是从那里来的,跟这里就没有什么生意要谈。走吧,朋友。快滚开。"

"我得找到韦林杰医生。"

"这地方不营业,朋友。牌子上写得明明白白,这是私家道路。哪个小畜生忘记锁上大门了。"

"你是看管员?"

"就算是吧。别再东问西问了,宝贝儿。我的火气可是说来就来的。"

"你火气来了会怎么样?跟地松鼠跳跳探戈?"

他霍地站起来,动作挺优美。他微笑了一下,但笑容缺乏温度。"看来我不得不把你扔回你那小破敞篷车里去。"他说。

"先别忙。眼下我在哪里可以找到韦林杰医生?"

他把锉刀收进衬衣口袋,右手上多了件别的东西。他飞快地套上了闪亮的黄铜指套,脸颊上的皮肤绷紧了,烟色大眼睛深处燃着一团火焰。

他缓步向我走来。我后退了儿步,离他远些。他继续吹着口哨,不过口哨声变得尖厉刺耳。

"我们没必要打架吧,"我告诉他,"没什么好打的。弄不好还会让你的漂亮裤子裂几个口子。"

他的动作疾如闪电，稳稳地跳将过来，左手飞快地冲我甩过来。我以为他会拿拳头猛击我，便闪开脑袋，哪料到他的目标是我的右手臂，他得手了，钳得死死的。他猛地推了我一下，我打了个趔趄，他那只戴铜指套的手跟着就来了个上击拳。要是后脑勺挨这东西一下子，那我以后就是个病人了。如果我抽身，他会打着我的脸或上臂；反正不是脸就是手臂，总有一个要完蛋。这种情形下，我只有一个办法。

我往后撤，顺势从背面钩住他的左脚踝，揪着他的衬衫，接着听见布片撕裂的声音。我感到颈后被什么东西打了一下，但不是金属。我往左躲闪，他从侧面过来，猫一样落地，我还没站稳，他就已经立在那里了。他咧嘴嬉笑，对这一切感到满意，得意于自己的杰作。然后他飞身冲我扑过来。

只听哪里传来气壮如牛的一吼："厄尔！住手！马上给我住手，听见没有？"

这牛仔停了手，懊恼地咧了咧嘴。他动作极快，黄铜指套消失在宽腰带里。

我转过头，看见一个穿夏威夷衬衫的敦实壮汉沿着一条小径急匆匆向我们走来，同时挥着手臂。他走过来时有些喘气。

"你疯了吗，厄尔？"

"千万别这么说，医生。"厄尔轻声说道。然后他微微一笑，转身走开，在房前的台阶上坐下。他取下平顶牛仔帽，摸出梳子，开始心不在焉地梳理浓密的黑发。过了一会儿，他轻轻吹起了口哨。

穿花哨衬衫的壮汉站在那儿看着我。我也看着他。

"怎么了？"他低声吼道，"先生，你是哪位？"

"我姓马洛。我想见韦林杰医生。被你唤作厄尔的这个小伙子想玩一玩，我猜是天气太热的缘故。"

"在下就是韦林杰医生，"他礼貌地说，一晃脑袋，"进屋去，厄尔。"

厄尔慢吞吞地站起来，朝韦林杰投去探究、关切的一瞥，烟色大眼睛里一片茫然。他于是跨上台阶，拉开纱门。一群苍蝇气冲冲地嗡嗡乱飞，门关上后，它们重又在纱门上趴定。

"马洛？"韦林杰医生再次把注意力转向我，"我能帮你什么忙，马洛先生？"

"厄尔说你这里歇业了？"

"不错。我只是在等某些法律手续，一旦办好马上就搬出去。此地只有我和厄尔两人。"

"我很失望，"我做出一副失望的样子，"我还以为有个姓韦德的人住在你这里呢。"

他扬起两道浓密的眉毛。"韦德？我倒是有可能听说过，这姓氏很常见。他为什么要住在我这里？"

"接受治疗。"

他皱了皱眉头。谁要是长了这么两条眉毛，倒是真该对你皱一皱。"我是个医生，先生，不过已经不再接待病人了。你觉得是哪种治疗？"

"那家伙是个酒鬼。他不时发作，接着就会失踪。有时凭借自己的力量回家，有时被人送回家，也有时别人得费神去找一找。"我取出名片，递给他。

他看了看，不太高兴。

"厄尔是怎么回事？"我问道，"他觉得自己是瓦伦蒂诺还是怎么的？"

他再次动了动眉毛。我觉得这眉毛真叫绝。它们会自己拱起一寸半光景。他耸了耸肥厚的肩膀。

"厄尔不会伤人，马洛先生。他有时候会有点儿精神恍惚，也许和我们活在不同的世界里。"

"你这么认为，医生？在我看来他戏演得相当不客气。"

"啧啧！马洛先生。你肯定夸大其词啦。厄尔喜欢打扮自己，这方面他就像个孩子。"

"你的意思是说他是个神经病，"我说，"这地方是个疗养院，对吗？或曾是疗养院？"

"当然不是，这以前是个艺术村。我提供食宿、娱乐设施，最重要的是这儿与世隔绝。价格也公道。艺术家们，你应该知道，有钱的不多。我所说的艺术家当然包括作家、音乐家，等等。对我来说，这是一份很有收获的工作，只可惜现在已经歇业了。"

他说这些时神情有些哀伤，眉毛向两侧耷拉下来，和嘴巴呼应。

"这我知道，"我说，"都入了档案。还有早先的一起自杀事件。牵涉到毒品，是不是？"

他马上来了精神，怒气冲冲。"什么档案？"他厉声问道。

"我们掌握了一些我们称之为'铁窗病房'的材料，医生。发病时无法跳窗逃跑的那些地方，私人小疗养院，或者说治疗酒鬼、瘾君子和轻度躁狂症病人的地方。"

"根据法律，经营那类地方必须有执照！"韦林杰医生声音刺耳。

"是啊，按理说是这样。可他们有时也会忘记。"

他一下子挺直了身子。这伙计还有几分自尊。"这说法简直无礼，马洛先生。我不知道我的名字为什么会列在你提到的名单上。请你立即离开这儿。"

"再说说韦德吧。他有没有可能用了别的名字待在这儿？"

"除了我和厄尔，这儿没有别人。只有我们俩。好了，恕我不能奉陪。"

"我想在附近转转。"

有时你把他们惹毛了，他们会说出过分的话。但韦林杰医生没有。他依然保持着自己的尊严，他的眉毛也很配合。我往房子那边瞅了瞅。里面传来了音乐声，是舞蹈音乐，隐隐约约还着响指。

"他在里面跳舞，"我说，"我敢说他独自在那里跳探戈。小子真行。"

"你走不走，马洛先生？不然我就叫厄尔帮我把你赶出去。"

"行啦，我走。别发火，医生。只有三个医生名字是 V 开头的，而你是其中可能性最大的一个，这是我们仅有的线索。他离开前，在一张纸上写下了这几个字：V 医生。"

"不下几打。"韦林杰医生镇静地说道。

"当然。不过我们的'铁窗病房'档案里并没有几打。谢谢你，医生。厄尔有点勾起了我的兴趣。"

我转身走向我的车，坐进去。我拉上车门时，韦林杰医生过来了。他凑近我，和颜悦色。

"我们用不着争执，马洛先生。我知道干你们这行的常常不得不去打扰别人。厄尔怎么让你感兴趣了？"

"他明显是个假货。在假货周围你容易发现其他假货。那家伙得了躁郁症，是不是？眼下正是他的亢奋期。"

他沉默地瞪着我，显得严肃而礼貌。"我这里住过许多既有趣又有才气的人，马洛先生。不是所有人都像你这样头脑冷静啊。有才气的人往往神经兮兮的。就算我有这份雅兴，这里也没有设施来接纳精神病人和酒鬼。除了厄尔，我没雇其他人，他基本上不是那种能够护理病人的人。"

"你刚才说他是怎样的人，医生？除了会跳泡沫波波舞什么的？"

他靠着车门，压低声音，语气十分私密。"厄尔的父母是我的好朋友，马洛先生。他们已经去世了，得有人照顾厄尔，他必须远离充满喧闹和诱惑的都市，安静地度过一生。他不太稳定，但基本不伤人。我轻易就能制住他，这你已经看见了。"

"你勇气可嘉。"我说。

他叹了口气。眉毛轻轻地动了一下，像是某种来历不明的虫子的触须。"这是一种牺牲，"他说，"很大的牺牲。我以为厄尔可以在这里帮我干些活儿。他网球打得棒极了，游泳和跳水玩得一流，可以彻夜跳舞。他平常都很友善，只是有些时候会有意外。"他挥了一下大手，仿佛要把不愉快的记忆挥走似的，"结果是，要么放弃厄尔，要么放弃这里。"

他摊开双手，掌心朝天，又翻过去，让它们垂落在身体两侧。他的眼睛含着泪水。

"我把这里卖掉了，"他说，"这美丽的小山谷将要成为房地产开发区，会修人行道，安装路灯，会有骑脚踏车的孩子，以及收音机的聒噪声，甚至还会有电视机。"他发出凄凉的叹息，大手一挥。"但愿他们会留下这些树林，"他说，"可我怕他们会在山脊那儿架设电视天线。所以我想，厄尔和我将会走得远远的。"

"再见，医生。我为你感到抱歉。"

他伸出手，有点汗，但很厚实。"谢谢你的同情和理解，马洛先生。我很抱歉，没能帮你找到斯莱德先生。"

"是韦德先生。"我说。

"哦，对不起，韦德，当然。再见，祝你好运，先生。"

我启动车子，沿着来时走的碎石路往回开。我感到悲哀，但没到韦林杰医生希望的那种地步。

我出了大门，转过公路弯道开了很长一段，把车停在从入口那儿望不见的地方。我下了车，沿着公路边缘往回走到透过铁丝网可以望见大门的位置，站在一棵桉树下等着。

　　五分钟左右过去了。有一辆车从私家道路开下来，扬起一股尘土。车停在从我的角度看不清的地方。我后退躲进树丛里，听见嘎吱嘎吱的声音，然后是沉重的门闩扣上时那咔嗒一声，还有链子碰撞的声音。汽车发动起来，往回开去。

　　汽车发出的声音消失后，我回到自己车里，掉头朝城里开去。路过韦林杰医生的私家道路入口时，我看见大门上了一把链条挂锁：今天不再接受来客，谢谢。

第十七章

我开了二十多英里才返回市区，刚好是吃午饭的时间，怎么想都觉得这桩买卖接得有些仓促了。

按我这种调查方法能把人找回来才叫神奇呢。我可能还会找到比厄尔或韦林杰还有趣的人，但真正的目标却不出现。这让我损耗的不光是汽油、轮胎、唾沫星子，还有大量的脑神经，完全就是赔钱生意。如果凭借这以 V 字打头的三个人名能找到目标，那么我大概能靠掷骰子游戏把尼克那个希腊赌鬼赢得身无分文了。

无论如何，第一个答案是条死路，无法绕出去，是一条仿佛看到火焰但却永远等不来爆炸声的引线。不过，回想起来，以他那么聪明的脑袋，却把韦德说成了斯莱德，不应该这么轻易忘记才对，就算真忘了，也应该是全部忘掉才合理。

但也说不准，毕竟只是第一次见面。我边喝咖啡边想，乌坎尼奇医生和瓦利医生值不值得浪费我大半个下午再去碰碰运气？没准儿那时候我给韦德的家里打个电话，他们会告诉我，他们的顶梁柱已经自己回到家了。

找乌坎尼奇医生倒是容易，相隔只有五六条街。不过瓦利医生在阿尔塔迪纳的希尔斯，距这里十分遥远，走这么远的路，外面天气又热，真的值得跑一趟吗？

不过，最终我还是决定要去一趟，原因有三：

一、多了解一些灰色行业的从业人士，对我没什么坏处。

二、彼得斯提供给我那份档案，我哪怕只是为了还人情，或为以后的长久往来做铺垫，也该将这些数据库更新一下。

三、反正我一个人，闲着也是闲着。

我结账之后直接步行沿着街道北面来到了斯托克韦尔大楼。进入这栋大楼，一股垂垂老矣的气息扑面而来。入口处有一部手动电梯和雪茄柜台。电梯十分摇晃，到了六楼，走在比我的办公大楼还要陈旧、脏乱的走廊里，透过门上的毛玻璃，里面是一个个过得无比凄惨的医生、牙医、基督教科学医生，还有那种学艺不精的律师。那些牙医和医务工作者，不讲究卫生，医术也差强人意，效率低得令人发指。诊疗费就三美元，医生知道自己的底子，也知道自己配给什么样的病人看病，整天只不过想尽量从病人那儿压榨一些诊疗费。打欠条？抱歉，小店经营，概不赊账。医生？医生不在。卡辛斯基太太，你的小臼齿都快脱落了，我给你打个友情折扣，只要付十四美元，我就给你使用这种最新的丙烯补牙剂，和黄金的效果一样。用麻醉药吗？那得另算，只需要两美元。交给护士吧，问诊费用是三美元。

你看不出来这栋大楼里哪些人以此发达了，他们藏身于落魄者之中，把自己很好地掩护起来。比如做非法生意的律师，狡诈地开展了副业，做起了"保释作保书"的买卖（所有缴纳过罚金的保释作保书，最终能收回来的大概只占总数的百分之二）。还有那种靠做人流手术发家的密医，你根本猜不到他们的真实身份和有多少奇特的设备。再就是那些钻局部麻醉的空子，表面上看他们是泌尿科、皮肤科或某某科的医生，其实只是利用白大褂来掩饰他们毒贩子的身份而已。

乌坎尼奇医生的候诊室是巴掌大点儿的破地方，可也居然有十二个人坐着等候，每个人都差不多，没什么特征，看起来都是一副浑身难受的样子。就像吸毒者只要控制得够好，和一个文职岗位的素食主义者看起来是一样似的。我等了四十五分钟左右，看到病人纷纷从两道门走进里面。假如里面的空间容得下，一个出色的耳鼻喉科医生可以同时对四个病人进行治疗。

终于轮到我进去了。候诊室有一张铺着白毛巾、上面摆放着许多工具的台案，边上有一张褐色的皮椅，靠墙有个正冒着气泡的消毒箱。我在皮椅上坐下，穿着一件白大褂的乌坎尼奇医生步履轻盈地走进来，坐在我对面的一张高凳子上，他的脑门儿上戴着一个圆的放大镜。他一边翻看从护士手里拿来的硬纸夹，一边问道："鼻窦性头疼？有多严重？"

我说疼得头晕眼花，痛不欲生，早上起床那会儿最严重。他一副胸有成竹的样子，点了点头说道："嗯，这是最典型的症状。"然后在一个类似钢笔的器具上套上玻璃管，将它插进我的嘴里。"把嘴唇合上，牙齿张开。"

他把灯关掉，连一扇窗户都没有的屋子里，只能听到换气扇转动的声音。

之后他把玻璃管抽出来，打开灯，一边看着我，一边用很谨慎的语气说道："马洛先生，一点儿堵塞的迹象都没有，我想你的窦管没有出问题，头疼可能是别的原因引起的。不过我看出来你以前做过鼻中隔手术，对吗？"

"医生，你说得对，我以前打橄榄球时受过伤。"

他点头说道："切除了一小块骨头，照理说不会影响到呼吸。"

"你希望我怎么帮你？"他坐在凳子上往后靠了靠，抱着膝盖问道。他整个人白得让人不敢靠近，双颊也瘦得厉害，看上去就像得了结核病的实验室白鼠。

我说："我是想帮一个朋友咨询。他是个很有钱的作家，身体不太好，精神方面也不太正常，没有别人的帮助后果难料。他有时会连续失踪好几天，只与酒精为伴；他更需要的是一点儿不寻常的玩意儿，可他的医生不配合他。"

乌坎尼奇医生问道："怎么配合？"

"他需要注射点儿东西镇静一下。"我说，"我想我们总能想出办法来帮他，对吗？"

他霍然起身。"对不起，马洛先生，那不在我的能力范围之内。我觉得这种手段十分低劣，假如你的朋友真的需要我的帮助，还请他先得了可用药范围内的疾病再说。谢谢惠顾，马洛先生，十美元诊疗费。"

"别再装了，你的名字被列入名单了。"

乌坎尼奇医生听到我的话后靠墙站住，点上一支烟，一边吞云吐雾，一边看着我等待我继续。我拿出一张名片递给他，他往名片上瞟了一眼，问道："什么名单？"

"一份黑名单，专为出格人士设计的。我的那位朋友姓韦德，他离家出走后再没出现过，我想你应该认识他，或许他被你藏在了一个白色的小房间里。"

乌坎尼奇医生说道："简直胡说！我不认识你的什么朋友，更没有什么白色的小房间，我甚至怀疑到底有没有这样一个人。我从来不参加那种四日戒酒疗法一类的低成本赌博，一帮伪医能治什么病？请支付十美元现金。否则我把警察叫来，小心我告你非法索要麻醉药品。"

"好啊，求之不得。"我说。

"无赖，手段低劣的骗子。"

我从椅子上站起来，说道："或许让我来换个说法，那个家伙再次忘记了誓言，喝得酩酊大醉，而后跑到一个名字以 V 字打头的医生那儿躲了起来，说叫作隐秘治疗。他们趁着晚上把他接走，等他焦躁期一过再用相同的方式把他送回家里，不等他走进屋子，他们就夹着尾巴跑远了。这次他又神秘失踪了，已经很多天没有回过家了。我们只能展开调查，从一些档案里寻找线索，后来我们查到三个姓名以 V 字打头的医生，而你就是其中之一。"

"听起来很有趣。"好像我所说的这些依旧不能满足他的好奇心，"你们参考什么来排除调查对象？"

我瞪大眼睛看了看他。"对不起，医生，这属于行业机密。"

他的脸上渗出汗珠，右手在左上臂的内侧滑来滑去。"好吧，等我先去给别的病人……"

他只说了半句话，便走开了。等他出去后，一位护士打开门缝看了看我，而后又立马离开了。

乌坎尼奇医生出去逛了一大圈，等他神采奕奕地回来后看到我依然在等待。"啊，你怎么还没走？我以为我们的谈话已经结束了。"

他看起来非常诧异，这好像并不令人奇怪，我推测他是故意装的。

"我以为你还有话要跟我说，我正准备离开。"

"哈哈，马洛先生，"他笑着说，"你说好笑不好笑，我们生活的这个时代有多么不可思议，我可以为了五百美元就把你的骨头敲断几根，送你进医院逛逛。"

我接着他的话茬说道："是啊，太不可思议了！医生，看你一脸喜色，是不是刚给自己打了一针？"说着我便朝门外走去。

"慢走，不送！记得把十美元诊费交给护士。"他喋喋不休地说道。

我离开那儿的时候，他正对着对讲机讲话。坐在候诊室里的那十二个人，也或许是另外的十二个人，正在忍受着一模一样的煎熬。护士们忙得不可开交。

"马洛先生，承蒙惠顾，十美元，我们诊所不打欠条。"

我从一群脚丫子上跨过去，向着门口走去。她从椅子上一跃而起，绕过办公桌。我打开门，回头问她："要是你收不到钱会发生什么？"

她气势汹汹地说道："你试试看！"

我说："好的。我的名片上写了我的职业，其实我和你一样，都很敬业，不信我们拭目以待。"我不停留地抬脚出了门。等候诊疗的患者都向我投来异样的眼神，好像是在说：你怎么能这样对待医生？

第十八章

乌坎尼奇医生和瓦利医生简直是天壤之别。阿莫斯·瓦利医生自己拥有一处古老的大宅院，配有一个大花园，巨大的老橡树能为他提供一片惬意的阴凉。木质房屋前面的阳台上有云纹状雕饰，栏杆是白色的，上面有圆形浮雕，柱子上有凹槽，和老款钢琴的琴腿一样。几个病恹恹的老人裹着条毛毯，倚靠在阳台的长椅上。

从夹花玻璃做成的双层前门进去后就是宽敞又凉爽的大厅，地板由花色地砖拼成，干净、亮堂，根本不需要地毯。阿尔塔迪纳的夏天特别炎热，风儿轻轻拂过小山丘的顶部，却无法吹进屋里，所以本地居民在八十年前就学会如何应对这种气候，建造更舒适的房屋了。

我把名片递给一个穿着干净整洁的护士，没过多久，阿莫斯·瓦利就带着一脸和蔼的笑容出来见我了。他高个子，脑袋光秃秃的，穿着一件同样非常干净的白大褂，脚下的鞋子是皱纹胶底鞋，走路时几乎听不到声音。

"马洛先生，请问你找我有什么事？"他的声音轻柔又不乏穿透力，你听到他的声音好像就感觉不再痛苦了，心中的焦躁也会得以缓解，他的存在就仿佛在说：有医生在，一切都会安好，什么都不用担心。他深谙病中的礼仪，能一层层穿透你坚硬的内心，把温暖渗透进去，哪怕防御再厚再坚固也不在话下。

"医生，我正在寻找一个姓韦德的有钱酒鬼，不久前他在自己的宅里失踪了，之后却一直杳无音讯。针对他这种状况，以前他去过一个能够提供帮助的私密场所，在那儿躲过几天。我现在几乎要崩溃了，我拥有的唯一线索跟一位 V 医生有关，你是我拜访的第三位 V 姓医生。"

"我只是第三个？"他微笑着说，语气特别温和，"在洛杉矶周围，姓名以 V 字打头的医生，应该不下一百个吧？"

"是的，不过，疗养院里装铁窗的就很少了。我刚才看见在你的这栋就有几间，楼层的最边上。"

瓦利医生伤感地说道："那是些孤苦无依的老人，马洛先生。"

他的那种伤感是立体的、深沉的、厚重的。他做了一个很富有表现力的动作，继续说道："时候一到，便如……"他把手以一个弧形向外滑落，停顿一下，又轻轻放下来，就像一片枯黄的落叶，轻飘飘地落在了地上。"抱歉，我这里从不收留酒鬼，你去别处碰碰运气吧！"

"瓦利医生，我也很抱歉，不管是不是误会，但你恰好出现在了我们的名单上。两年前州立缉毒组的人好像跟你发生了些不愉快。"

他起先表现出一脸的疑惑，而后又做出一副恍然大悟的样子。"我不太记得，哦，想起来了！我一时糊涂聘用了个黑心的助手，我对他信任有加，他却利用我的信任做坏事。没错，是有这么回事。不过他很快就被我辞退了。"

我说道："但是，我听到的消息和你说的好像有很大出入，难道是我听错了？"

他仍挂着和蔼可亲的笑容，声音也依旧柔和。"那么马洛先生，你听到的消息又是怎么说的呢？"

"据说他们向你索要麻醉药的处方记录册，你不得不交出来。"

这句话好像一下子点到了他的死穴，他那迷人的笑容迅速被剥去，虽然没有蹙眉瞪眼，但眼眸里已经泛出了寒光。"你是从哪打听来的？简直可笑！"

"从一个厉害的侦探机构问来的。"

"一听就是一帮低贱的敲诈犯。"

"不，医生，他们的客户每天至少需要支付他们一百美元，这还只是基本收费，一点也不低贱。他们的头目以前是宪兵队的上校，在业界享有很高的名望，绝不是贪小便宜的廉价劳工。"

瓦利医生冷声说道："他叫什么，我应该很坦诚地给他提一些建议。"

瓦利医生那阳光般温暖的笑容和风采，正在逐渐被黄昏般的阴冷所代替。

"抱歉，医生，这是行业机密。你也不必多想，只想向你确认是否真的从来没有听说过韦德这个人。"

"请你离开。"

他背后的电梯忽然开了，护士推着一位坐在轮椅上的老人走了出来。这位老人双眼紧闭，皮肤干瘪，毫无血色，全身上下都蜷缩在厚厚的衣物里——属于他的光阴已经不多了。护士一言不发，只是推着老人穿过光洁明亮的地板，从侧门出去。

"孤苦无依、饱受病魔纠缠的老人啊。"瓦利医生轻叹道，"马洛先生，我希望这是我们最后一次见面。你的嘴脸让我感到恼火，你一定不会喜欢发怒时的我，真的。"

"你说是就是，医生。打搅了你这么久，多谢了。不过，我觉得这个死亡收容所挺不错的。"

他猛地向前迈出一步，咄咄逼人地问："你什么意思？"

显然，他最后的和蔼与明媚也尽数剥落了，温柔的笑容凝固成山脊，像岩石般冰冷。

"我说错了吗？我相信这里的确没有我要找的人，这里只有孤苦伶仃的老人，病恹恹的老人，这些都是医生你自己说的。任何一个尚有自保能力的人都不是我此行的寻找目标，我不会多管闲事的。况且，继承人早已等待得焦灼难耐了，这些有钱却没有人愿意收留的老人，没准大部分都已被法院判定为无行为能力者了。"

瓦利医生说道："你惹我生气了。"

我说："他们都喜欢你。你把他们推到阳光下，又搬回床上，喂以清淡的食物，注射便宜的镇静剂，让他们看到你那坚定的医治他们的决心，还在一部分窗户上焊上铁条，防止一部分有勇气逃跑的人逃跑。他们在辞世前会握着你的手，悲伤地看着你的眼睛。"

他低沉咆哮道："当然是真诚的。"

我看到他已经攥紧拳头了，觉得不能把他逼急，但我对他的厌恶也越加明显了。

我说："当然，谁会愿意失去慷慨而又用不着讨好的客户？"

他说："马洛先生，这些伤透了心的老人总得有人照顾吧？总不能放任不管吧？"

我说："是啊，就跟总得有人疏通下水道这活儿一样的道理。我觉得这种工作其实很干净，很诚实。瓦利医生，有缘再见。也许有一天我会嫌弃自己的工作肮脏，那时候我肯定会想起你。想到你，我就又有坚持下去的动力了。"

"浑蛋，你这个卑劣的臭虫，我真想把你的脊椎骨打断。我们干的是正当行业，这只是其中一个分支。"

"没错，我了解。"我看着他，心中满是鄙夷，"就是死亡的气味多一些罢了。"

他动也不动，并没有对我怎么样。我大大方方从他的身边走过去，回头透过宽阔的对开门望了望，他还站在那儿，不过那一层又一层的和蔼可亲的面具又被他戴了回去。对他而言，保持和蔼比什么都重要。

第十九章

开车回好莱坞时，我感觉自己就像被咀嚼过的草绳。天气热得很，现在吃饭还有点儿太早。我把办公室的风扇打开，让空气稍微流通了一点。窗外有树荫遮挡的马路上车来车往，行人摩肩接踵。我的脑海思绪纷乱，我像是被粘在粘蝇板上的苍蝇一样，接连三次都无功而返，只是看到了形形色色的医生。

我给韦德家打了个电话，韦德太太不在家，接电话的是一个墨西哥人，自称是这家的用人。我说我找韦德先生，他说韦德先生也不在家。我把自己的名字留下，他轻而易举就听清楚了，好像一点儿也不意外。

我接着又给卡恩机构打了个电话，想问问乔治·彼得斯是否还认识其他的医生，但是他不在。时间简直就像一只缓慢爬行的蟑螂，艰难地熬过一个小时，我就像渺小微弱的沙子，又像三发弹药全部落空的双枪牛仔。俗话说，事不过三，我也一样。第一次找 A 先生，白跑了一趟。然后找 B 先生，又空手而归。你再去找 C 先生，还是一无所获。没准儿等一个星期过去以后，你才知道你应该找的其实是 D 先生，但当时你连他是否存在都摸不清。等你查出来以后，可能客户又有了新的打算，已经不需要你再继续调查了。

乌坎尼奇医生和瓦利医生都可以排除在外了。瓦利医生所经营的项目堪称暴利，根本不需要额外赚酒鬼的钱。乌坎尼奇医生是黑暗中的老鼠，他和他的那个诊所行走在法律的钢丝绳上，一不小心就会完蛋。他的助理对他的底细一清二楚，最起码一部分病人也是知道的，但凡有个人看不过去，打个举报电话……我想韦德不论是在清醒的时候，还是醉得一塌糊涂的时候，都不太可能去寻求他的帮助。我知道他不是个聪明人，但他再糊涂也不至于糊涂到去找乌坎尼奇。

韦林杰医生的嫌疑最大。他有一大片私人地盘，鲜有人去打扰，而且没准儿还特别懂得隐忍。不过，如果说他们之间有交集，可他们是如何认识彼此的？毕竟塞普尔韦达山谷距离艾德瓦利那么遥远。我忽然有了一个新的想法，如果那块地皮是韦林杰的私人地产，可现在出现了一个买家，那说明他的手头并不宽裕，那块地皮值得查一查。我立马拿起电话，给房产公司的一个熟人打了过去，可惜产权公司正好放假，没人接。

我提早让自己下班了，开车到拉辛纳戈的红宝石蒙古烤肉店。我跟领班说了我的名字，然后坐在吧台上，一边听着莫莱克·韦伯的华尔兹舞曲，要上一杯威士忌，一边耐心地等待着。片刻后，我从天鹅绒围栏走进去，尝了一点儿萨里斯伯里牛排，这是红宝石非常有名的招牌菜，实际上就是把碎牛肉饼在一块木板上摊开，烫烤一番，再在边上围一圈烤焦的土豆泥，撒上点儿炸洋葱圈和混合沙拉。说起这种混合沙拉，来到餐馆的男人大概不会抱怨什么，但要是家里的妻子做了这样的东西给他吃，他肯定会火冒三丈，大发雷霆的。吃完饭后，我就开车回家了，就在我打开前门的时候，电话铃响了。

"您好，马洛先生，我是艾琳·韦德，按照您的要求我给您回电话。"

"没什么大事，我就是想知道你那边有没有什么新情况。我这几天老是跟医生打交道，连交朋友的时间都没有。"

"对此我很内疚。他没有回来，我越来越担心了。"她的声音低沉，无精打采的，"我猜，你也没有什么好消息要告诉我吧？"

"韦德太太，你知道这个地方有多大，鱼龙混杂的。"

"今天已经是第四天了。"

"我知道，四天还不算太久。"

"可我觉得度日如年。"她沉默了一会儿说，"我最近努力回想以前的事，想找到一些蛛丝马迹，比如说某种回忆或暗示，总会有一些的，罗杰平常很爱说话。"

"韦德太太，在你的印象中有没有一个姓韦林杰的人？"

"好像没有，他很重要吗？"

"你跟我说起过，有一次送韦德先生回家的，是一个穿牛仔裤的大个子青年。要是你有机会再看见他，能不能认出他来，韦德太太？"

她斩钉截铁地说道："应该没问题，只要他还是像上次那样出现的话。说起来，上次我只是匆匆瞥了一眼，并没有看清。他姓韦林杰吗？"

"韦德太太，我想你误会了。韦林杰是个中年人，身材略胖，自称是个医生，他以前在塞普尔韦达山谷经营过一家休闲牧场。有一个名叫厄尔的年轻人在他那儿帮忙，穿着打扮特别前卫。"

"真是太好了，我觉得你的调查方向没有错。"她的情绪振奋起来。

我说："不过这很容易招惹是非，没准儿我会死得很惨。等有进一步的收获后我再告诉你吧。这次来电，我只是想问问罗杰有没有回家，或者你有没有新的稍微明朗些的线索可以提供给我。"

她情绪又落寞起来。"真抱歉，我一点儿忙也帮不上。要是你有什么进展，请你马上打电话告诉我，任何时候都可以，晚上也没关系。"

我说好，然后就挂掉了。然后，我准备了一把装有平头子弹的短筒手枪和装满电池的手电筒。假如韦林杰医生的助手厄尔除了铜指套还有别的武器，没准儿他脑袋一热就会拿出来玩。今晚不会有月亮，等我到达韦林杰医生的私家道路的入口时，差不多刚好天黑。我冒险驱车狂飙。晚上时间刚好，夜黑风高好办事。

　　那扇大门缠着铁链，挂着锁具。我把车开到一个离公路比较远的地方，熄了火。天边的余晖正从树的枝丫间漏下来，坠落到地上，只需要再等一小会儿天就彻底黑了。我翻门进去，上了山坡，挑了隐蔽的小路往上走。我听见鹌鹑的叫声从远处的山谷飘来，还有一只伤透了心的鸽子正在慨叹生命的悲凉。当没有小路可走或者说我找不到小路的时候，就只能返回原来的大路，贴着石子路的边缘走。尤加利树越加稀少，橡树逐渐多了起来，翻过山梁后远处现出几许灯光。我又走了大概三刻钟，终于绕过游泳池和网球场，来到了石子路的尾端，从这里能够居高临下地看到下面的主建筑。屋子里开着灯，传出音乐声。透过树荫，边上还有一间屋子也有灯光，其实有很多小木屋隐藏在昏暗的树林里。我正行走在一条小路上，猛地止步，因为主建筑后面的探照灯忽然亮了。幸好它并不是刻意要搜索什么，只是直直地照下来，在后阳台和阳台外的地面上投射出大片光亮，像舞池似的。

　　我看见穿着一身牛仔装的厄尔从门里走了出来，甩起了绳圈。显然，我没有找错地方，罗杰·韦德上一次就是被一个牛仔送回家的。厄尔穿着一件深颜色衬衫，上面绣着几道白线，一顶白色的宽檐帽倒着戴在脑袋上，从他衬衫外垂下一条尾端没有打结的柔软银绳，看起来是手工编织的。一条圆斑点围巾松松垮垮地系在他脖子上，腰上是一条宽宽的镶有许多银饰的皮带，上有两个皮质枪套，分别插着一把象牙手柄的玩具枪。腰下穿着一条优雅的马裤，脚上是一双锃光瓦亮的新马靴，上面点缀着交叉缝着的白线。

　　厄尔站在亮白的聚光灯下，绳圈儿一圈圈地围着他向外散开，他时而踏进绳圈儿里，时而跨出绳圈儿外。他一个人在那儿孤零零地表演，周围没有任何观众，却也玩得不亦乐乎。这是一场自娱自乐的精彩表演，表演者是一位高大英俊、身材苗条的休闲牧场的马仔，科奇斯县响当当的煞星，双枪厄尔！这是他的天堂，马是这个休闲牧场的核心主题，就连接听电话的女佣也是穿着马靴来工作的。

厄尔好像听到了什么动静，忽然垂下绳圈儿，将双枪从枪套里拔出，双手拇指按在手枪的撞针上，平举起来。或许他根本什么都没听到，只是假装听到了，向着黑暗中注目。可我也不敢轻举妄动，万一这个蠢货在枪里装了真的子弹呢。他当然什么也看不到，聚光灯把他晃得如同瞎子。他把枪插回枪套，拾起绳子，将其团成一团，而后就回屋了。等屋里的灯熄了以后，我才悄悄离开。

我在树丛中绕起了弯子，向着山坡上还亮着灯的那间小木屋靠近。屋里静悄悄的，我透过一扇纱窗朝里面窥视，发现灯光来自一盏小小的床头灯，床上躺着一个人，身着睡衣，胳膊露在被子外面，四仰八叉，眼睛一眨不眨地瞪着天花板。他的脸一大半都处于阴影中，不过我还是看得出来，他的脑袋挺大，有很长时间没刮过胡子了，脸色煞白煞白的。看胡子的长势，正好跟那人失踪的时间差不多。他现在的这个样子，五指张开，手悬在床外，像木头一样，就好像有好几个小时都没动过一下似的。

木屋外的小路上响起了脚步声，接着纱门被打开，我看见了身材臃肿的韦林杰医生。他端着一大杯番茄汁或者别的什么玩意儿走了进去，接着他把灯光调亮，灯光把他的夏威夷衬衫照得金黄金黄的。躺在床上的那位无动于衷，连眼皮都没撩一下。韦林杰医生把杯子放在床前的桌子上，顺手拉过一把椅子坐下来，探手将那人的一只手腕抓过来，把了把脉搏。

"韦德先生，你感觉好些了吗？"韦林杰医生的语气中透着关切，声音柔和。

床上的那位依旧死盯着天花板，没有回答他，也没有侧脸看他一眼。

"够了，韦德先生，现在不是跟我闹别扭的时候，你的脉搏比平常要快些，你需要调养身体，而且……"

"黛姬，你告诉他，我的情况一目了然，让那个狗娘养的别来烦我。"躺在床上的人忽然开口，很不和善，他的声音却非常悦耳。

韦林杰医生问道："黛姬是谁？"

"看那边的墙角，就那儿，她是我的代言人。"

韦林杰医生把脖子仰起来，瞅了几眼后说道："韦德先生，少跟我来这套，那不过是一只小小的蜘蛛，别跟我装疯卖傻了。"

"哥们儿，它的学名叫蝇蛛，是最常见的跳跃蜘蛛。我喜欢蜘蛛，因为它们从来不穿夏威夷衬衫。"

"韦德先生，"韦林杰医生抿了抿嘴唇，"我的时间不是用来跟你玩游戏的。"

韦德把脑袋一点点地转了过来，你可能会以为那颗脑袋有千斤重。"没错，黛姬可没兴趣跟你玩游戏。"他带着嘲讽的意味盯着韦林杰医生，"黛姬是非常认真的，她会趁你不注意，悄悄爬到你的身上。就那么轻轻地一跃，神不知鬼不觉。你还没有反应过来，她就离你足够近了，而后敏捷一跳，恭喜你，你已经被吸成人干儿了。相信我，真的很干。黛姬不会把你整个吃掉，她顶多把你的体液吸干就适可而止，会给你留一张人皮的。医生，我奉劝你一句，你再穿那件衬衫，我有强烈预感，这种事马上就要发生了，我一点儿都不奇怪。"

韦林杰医生向后一仰，靠在椅背上。

"五千美元，我什么时候才能拿到手？"他的语气十分平静。

韦德不善地说道："顶多六百五十美元，零钱就不必找了，这个妓院收费太离谱。"

韦林杰医生说道："你说的只是零头，涨价的事情我早跟你说了。"

"可你并没有说涨得这么厉害。"

"韦德，别敷衍我，这可不是你能胡搅蛮缠的地方。况且，你已经泄露了我的秘密。"韦林杰医生的这几句话说得言简意赅。

"什么秘密？跟我可没关系。"

韦林杰医生漫不经心地在扶手上拍着说道："你大半夜把我吵醒，火急火燎，简直是刻不容缓，我说我不想去，原因你知道，我没有本州的行医证，可你以死威胁。当时我正发愁如何赶紧把房产卖掉，以免最后什么都落不着，厄尔需要我的照顾，我不知道他什么时候就会发作，闹出大动静。我跟你说收费涨价了，要花五千美元。你毫不犹豫就同意了，我才去接的你。"

韦德说："几杯烈酒一下肚，我早断片儿了。你的收费已经高到天际了，还要这种心眼坐地起价。"

韦林杰悠然自得地说："你把我的名字告诉了你老婆，还跟她说我会来接你，这笔代价也要算进花销。"

"不可能。"韦德一脸惊讶地说道，"她当时正在睡觉，我都没有去吵醒她，你别胡乱冤枉我。"

"不是这次那就是别的时候说漏的。总之，有个私人侦探跑到我这儿来找你。如果不是有人泄露了消息，他又怎么能找到这儿来？韦德先生，虽然我把那个家伙应付走了，但没准儿他还会来，我恐怕不能留你了。所以在你走之前，请支付我五千美元。"

"你能不能聪明一些？要是我的爱人知道我的行踪，她有什么必要去请私家侦探？如果她真的在乎我的话，带着我家用人坎迪悄悄过来一趟不就行了吗？对了，你得看好你那位抑郁的小鬼，万一他又扮演某个电影角色，你可能就会被坎迪削切成肉片儿。"

"你的嘴巴就和你的内心一样恶毒。"

"五千美元也很恶毒，医生，我想看看你怎么拿到手。"

韦林杰医生斩钉截铁地说道："现在你立马给我开一张支票，完了就换衣服，我让厄尔送你回去。"

韦德哈哈大笑。"对对，支票好。我马上给你开一张支票，但你怎么兑现呢？"

"韦德先生，"韦林杰医生露出一个深沉的笑容，"你是想说你可以暂时冻结支票，对吗？你不会的。你肯定不会这么做的，我们打赌。"

韦德气急败坏地吼道："你这头肥猪！骗子！"

"有时候是吧。"韦林杰医生摇了摇头，"不是所有的时候都这样。我和绝大部分人是一样的，有多重人格。我会让厄尔开车送你一程。"

韦德说："不行，我一看到那小鬼，就浑身不自在。"

"我认为厄尔不会伤害任何人，韦德先生。"韦林杰医生慢慢站起来，拍了拍床上那个男人的肩膀，"我有很多种方法让他乖乖听话。"

"那你随便说一种让我听听。"门外传来一个声音，韦林杰医生堆起一脸笑容转过身去，打扮成罗伊·罗杰斯的厄尔推门走了进来。

韦德第一次露出慌张害怕的样子，大喊大叫："挡住他，别让这个疯子靠近我。"

厄尔脸色平静，一声轻轻的口哨从他牙缝里挤了出来。他一边慢步往房间里边走，一边把双手放在了皮带上。

"你不该这样说话。"韦林杰医生急忙打圆场，而后转向厄尔，"厄尔，这样吧，我亲自给韦德先生换衣服，你去把汽车开到屋子跟前，尽量近一些，韦德先生的身子骨很差。"

厄尔把话音夹在了口哨中，说道："他马上会变得更差的，肥仔，给我让开。"

"厄尔，别这样，难道你想回卡玛里诺去吗？"韦林杰医生抓住那位帅气小伙子的手臂，"我只要说一句话……"厄尔的手臂挣脱出来，不等他把话说完，金光闪闪的右手就抬了上来，韦林杰医生的下巴上狠狠揍了一下。要知道，他那拳头上可是戴着铜指套的。韦林杰医生就像心脏被子弹击中一样，瞬间倒了下去，砸得整个屋子都好像晃悠了一下。

我一个箭步冲了出去，飞跑到门口一把将门拉开。厄尔转身看过来，脸稍微往前探了探，眼睛瞪得大大的，想看清我是谁，可他似乎并没认出我来。他嘴里嘟囔了一声，立马就向我发动了攻击。

我拔出枪来，在他眼前晃了一晃，可他好像根本没看到一样。他这会儿可能早忘了双枪厄尔那回事了，也可能是因为他自己的枪里没有子弹，就以己度人。还有一种可能，或许他觉得只要铜指套在手，就天下无敌。我看见他依旧向我冲过来，就把枪对准床铺另一边的一扇敞开的窗户"砰"地开了一枪。

对于屋子里的人来说，这声枪响简直震耳欲聋。厄尔果然立刻停了下来，他扭头看了看纱窗上的子弹孔，又转回来看向我，脸上居然渐渐有了活跃的表情，龇牙笑了。"发生了什么事情？"他趣味盎然。

我盯着他的眼睛，说道："把指套脱下来。"

他好像吃了一惊，低头看了看自己的双手，而后就把指套给脱了下来，朝着一个犄角旮旯随手一丢。

"现在，"我又命令他道，"把你挂枪套的皮带解下来，去解锁扣，别碰枪。"

他笑嘻嘻地说道："里面没子弹，而且它只是表演用的道具，不是真枪。"

"赶紧的，枪套、皮带。"

"你那是真枪？"他看了看我手上的短筒手枪，"没错，肯定是真的。显而易见，看纱窗，看纱窗就知道不会有假了。"

那张床上已经没人了，韦德已经跑到了厄尔的背后，他手脚麻利地把一把锃光发亮的枪从枪套里拽了出来。

我看到厄尔的表情好像要动怒了，就喊道："把枪放回去，你给我站远点儿。"

韦德却说："他没有说谎，这是道具枪。"他向后退了两步，把那把闪亮的手枪放在桌子上，又说道："唉，苍天啊，我简直就像一条离开肩膀的手臂，貌似谁都比我强。"

我发出第三次警告："把枪套皮带脱下来。"

我不想出任何意外，所以这是最简单有效的法子，因为对付像厄尔这样的人，你一旦采取了某种行动，最好让它有头有尾。他没有发脾气，按照我的要求做了，然后拿着皮带走到桌子边，把桌子上的那把枪拿起来装回枪套，最后又把皮带系回腰上，我没有阻拦他。他做完这些后才发现韦林杰医生贴墙横躺在地上，口中发出一声担忧的声音，连忙小跑到房间的浴室里，端着一罐水回来，往韦林杰医生的脑袋上浇了上去。

韦林杰医生嘴里直往外溢白沫儿，他"啪"地翻了个身，发出一阵痛苦的呻吟后，伸手去摸了摸自己的下巴，而后在厄尔的搀扶下从地上站起来。

"医生，真是对不起，刚才我胡乱出手，一定是因为没认清人。"

"小事，别在意，我没受什么伤。厄尔，你去把汽车开过来。"韦林杰医生摆了摆手，示意让他先出去，"记得带上山脚大门的钥匙。"

"那个挂锁的钥匙我带着呢，你就放心吧。我这就去把车开过来，医生。"

他一边吹着口哨，一边从房间走了出去。

韦德贴着床边儿坐着，好像身体正在发抖。"你是侦探？就是他说的那个人？你是怎么找到我的？"

"你先换衣服吧，如果你想回家的话。"我说，"跟知道这种事的人打听，多跑些冤枉路总能打听到的。"

　　韦林杰医生把身子倚靠在墙上，一个劲在自己的下巴上揉捏着，这时他说道："我不会中途撂挑子的。我总是全心全意去帮助别人，到头来他们回报我的就是这些？"

　　"我十分理解！"我说着，然后走了出去，把房间交给了他们。

第二十章

　　等他们收拾完走出房间，车子已经停在了不远处。厄尔停好车，将车熄火后，就吹着口哨直奔主屋去了，看见我连半句话都没说，他吹的调子倒似曾相识。

　　韦德慢吞吞地爬到后座上坐卜来，我也上了车，就守在他的旁边。韦林杰医生亲自开车。他下巴可能伤得不轻，或许脑袋也受了影响，但他自己没说，从外表也看不出来。汽车翻过山梁，开到石子路车道的尽头后，大门已经被厄尔打开。我把我车子的方位指给韦林杰，他把车开到那儿便停了下来。我让韦德坐进车里，他一动不动地坐着，眼神空洞，神情茫然。韦林杰从他的车上下来，绕到这边，贴近韦德说了几句话。

　　"韦德先生，我应得的五千美元呢？你答应过要给我开张支票的。"

　　韦德把身子往下滑了滑，后脑勺顶在靠背上。"让我再想想吧。"

　　"浑蛋，我急需那笔钱！你不能出尔反尔！"

　　"拿话来威胁，罪名等同于挟持，我现在可有保镖了，韦林杰。"

　　"我照顾你起居，喂你吃饭喝水，三更半夜接诊，给你提供保护，尽心尽力医治你！起码短时间内很有效果。"韦林杰仍不肯放弃。

　　韦德轻描淡写地说道："这些不值五千美元。你从我身上已经拿走了一个天文数字。"

"韦德先生，我有一个在古巴的朋友答应帮我一把，厄尔需要我的照顾，这对我来说是一个难得的机会，我需要那笔钱，大不了等我缓过劲来再全额还给你。你是有钱人，如今我山穷水尽，急需援助，你不能见死不救。"韦林杰依然死缠烂打。

我听得很不自在，烟瘾不由得上来了，但是又担心影响到韦德的病。韦德不耐烦地说道："除非太阳从西边出来，谁信你肯还钱？你能不能活到那一天都还两说呢，没准儿哪天你正在睡梦中的时候，你那抑郁的小鬼就宰了你呢？"

韦林杰向后退了一步，虽然我看不清他的面部表情，但明显他的语气变得狠厉了。"还有很多比这残忍的死法，必有一种属于你。"说完他回到自己的汽车里，开车进了大门，不一会儿就看不见了。

我倒车，掉头，向市区的方向开去。

"那头蠢猪，五千美元，想得美！我凭什么给他？"走出一两英里，韦德嘟囔道。

我说："毫无理由。"

"可我为什么觉得要是不给他，我就是个浑球呢？"

"你不必这么想。"

他想看着我说话，把脑袋稍微偏了偏。"他把我当小孩子一样关照，担心厄尔跑进来没轻没重地揍我，简直是寸步不离，可我兜里的钱全都进了他的腰包了。"

"这叫一个愿打一个愿挨。"

"你到底是哪一边的？"

我说："得了吧，对我来说只是生意。"

我们俩谁都没再说话。又走出两英里左右，沿着一个郊区城镇绕行的时候，韦德打破沉默，说道："他破产了，因为那个傻小伙。拿房产做抵押，如今产权被银行没收，他山穷水尽了。我觉得他活该，但又觉得是不是应该把钱给他？"

"跟我无关。"

韦德说："我作为一个作家，有必要了解人们行为背后的动机，可实际上，我捉摸不透任何人。"

开过一道隘口，车子往上爬了一段路，灯光忽然像潮水一般出现，一直朝远方延展开。车子顺着山坡，又沿着通往文图拉的西北环路前行，没用多久就出了恩希诺。在等红绿灯的时候，我仰望山丘高处的灯光，那里坐落着许多豪华房屋，雷诺克斯和他的妻子曾经就住在其中一所房子里。

车子又起步了，韦德说："岔路口快到了，我猜是我多嘴了。"

"我知道。"

"你叫什么名字？直到现在我还一无所知呢。"

"菲利普·马洛。"

"名字不错。"他忽然哑然，"你……你就是那个跟雷诺克斯不清不楚的家伙？"

"是的。"

车里很暗，我还是能感觉到他瞪大眼睛看着我的惊讶，这时我们正在离开恩西诺大街。

韦德说："我没见过他，但他老婆我见过几面，算不上熟人。说起来那件事真是奇怪，听说执法者还想玩弄你于股掌之间，有这回事吗？"我没有回答他。

他说："看来你不愿意聊这件事。"

"也许吧，我看你倒是兴致盎然。"我说。

"怎么说我也是个作家，是吧？我猜故事一定非常精彩。"

"为了你的身子骨着想，今晚给自己放个假吧。"

"你不喜欢我，是吧，马洛？好，那我不问了。"

到达岔路口时，我开车拐了进去，前面是一片低矮的山丘和山谷，已经属于艾德瓦利的地界了。我说："谈不上喜欢不喜欢的，我只是受你妻子委托找到你并把你带回家。从头到尾我们都是陌生人，把你送回家后我的任务就完成了。我早说过了，这只是一单生意。至于她为什么委托我，我自己也很糊涂。"

车子从山坡一侧绕过去，上了一条平坦、结实、宽阔的马路。他告诉我，只要再往前开上一英里左右，右转，就到他家了。他还把门牌号告诉了我，其实我早知道了。身为一个病秧子，他的话显然有点儿多。

"她答应支付你多少钱？"

"还没谈过呢。"

"哥们儿，你果然厉害。我觉得给多少钱都不足以表达我对你的谢意，尤其是我根本不值得你这么大费周折。"

"这仅仅是因为我今晚把你带了出来。"

"马洛，我开始对你有点儿好感了。知道为什么吗？你跟我差不多，都跟正人君子不搭边儿。"他笑着说道。

一栋瓦木结构的双层小别墅，这就是韦德的家。门前有一排柱形门廊，再前面是一片长条形的草坪，从廊柱那儿一直延伸到白色围墙前，有一排长势茂盛的灌木丛挤在墙下。

"你一个人能走回去吗？"

他从车上下来，说："没问题的，你确定不想进来喝一杯？"

"今晚算了，心意我领了，我站在这儿看你进去我再走。"

他光是站在那儿就气喘吁吁的。

他说了一句："那好吧。"

他转过身子，踩着石板路，慢慢地走到门前，扶着一根白柱歇息了一会儿，伸手去推门。门一推就开了，他走了进去，没有顺手把门关上。灯光从屋里跑了出来，爬到草地上。听到屋子里传来说话声，我便在车后灯的帮助下，开车退出了车道。我听见有人朝外面喊话，抬头一看，原来是艾琳·韦德，她不是来关门，而是站在门口。我自顾自地往前开车，她小跑着追了上来。我只好停车，把车灯关掉，打开车门，对着走过来的艾琳说道："我应该先给你打个电话，不过情况紧急，我只顾着照顾他。"

"你做得对。"她说，"有没有遇到什么麻烦？"

"嗯，比按门铃稍微麻烦些。"

"我们到屋里谈吧。"

"你还是照顾他休息吧，等他一觉醒来，一切会回到正轨的。"

"坎迪会照顾他上床休息的。你是不是担心他老毛病会犯？今晚他不会再喝酒了。"

"我没往这方面想，祝你晚安，韦德太太。"

"你不进来喝一杯吗？我猜你一定累了。"

我点了一支烟，狠狠地往肺里吸。算起来，差不多有两个星期没闻过烟味儿了。

"能让我吸一口吗？"她走近了些。

我把烟递给她，她只吸了一口就咳嗽起来，一脸苦笑地把烟递还给我。

"看来业余的就是不行。"她说。

我说："我刚知道你认识西尔维娅·雷诺克斯，难道你是因为这个才委托我？"

"你说谁？"她一脸茫然的样子。

我接过烟后猛吸了几口。"西尔维娅·雷诺克斯。"

她好似吃了一惊。"啊！你是说死于凶杀案的那个女孩儿？我听说过她的名字，不过我不认识她，我以前跟你说过。"

"是吗？我大概是忘了，抱歉。"

她站得离我很近，很安静，丝毫没有要离开的意思。高挑而纤细的身材，披着一件类似白外套的衣服，头发边缘映衬着从门口照出来的灯光，就好像头发本身会溢出轻柔的光一样。

"你为什么会觉得我雇用你跟那件事有关？这并不是第一次了。"

见我没有说话，她又说道："是不是罗杰跟你说他认识她？"

"我一说出我的名字，他就跟我提那个案子。也许他是后想起来的，而当时并没有立即把我和那个案子往一块儿联想。但谁知道呢，他当时唠唠叨叨说了很多。"

"是这样啊。马洛先生，要是你不打算进来的话，我准备回屋了，看看能不能帮我丈夫做点儿什么。"

"那就留个纪念吧！"我说着就一把将她拉入怀中，她的头不由得向后仰起，我如饥似渴地亲吻她的嘴唇。她没有抵抗，也没有回应，只是不声不响地退开了，静静地看着我。

"你是个好人。真的不应该这么做。"

对此我表示认同，说道："确实很不应该。你知道吗？我干了这辈子最蠢的一件事，那就是被你迷得晕晕乎乎，像一条忠诚的哈巴狗一样，不惜每天起早贪黑，去闯一个个龙潭虎穴。我断然不会相信这不是别人已经给我安排好的剧本。你从始至终都知道他在哪里，最起码你知道韦林杰医生这个人。你所要的，不过是让我跟他产生交集，把我的交际圈子撕开，把他安插进来，那样我就会自然而然地把他当成我的照顾对象。我一定是在说疯话，对吗？"

"当然！荒唐透顶，不可理喻。"她语气平静，说完就转身离开了。

"别急，我亲了你一下，你十分坚信会留下痕迹，其实不可能会留下。不要说我是个好人，我情愿当一个浑蛋。"

"为什么？"她回过头来问。

"因为当初我要是没有多管闲事去照顾特里·雷诺克斯，他肯定不会死。"

"是吗？你就那么肯定？"她的语气听不出一丝波动，"马洛先生，这件事多谢了，晚安。"

她踏着草坪向屋子那边走去。我望着她的背影一直到她走进屋子，关上门，关掉走廊的灯。我向那一片虚无挥了挥手，随后上车，离开那里。

第二十一章

第二天，我果然赖床了，大概是因为还在回味昨天晚上那临行一吻吧。

我喝了双份咖啡，抽了双份烟，吃了双份加拿大熏肉。直到我第三百次发誓，再也不用电动剃须刀刮胡子，这一天才终于回到正轨。十点多钟，我去了办公室，可我的邮件少得可怜。我剪开信封往桌子上一放，并没有将其当回事，推开窗户，好让墙角、百叶窗片和空气中积攒的夜尘和污秽统统散出去。在书桌的某个角上有一只死去了的飞蛾，一动不动。窗台上有一只蜜蜂在木头上爬来爬去，它翅膀受伤了，一个劲地扑腾着，已至精疲力竭的地步，它也知道无论怎么叫都没用，所以已经不再抱有希望。哪怕出过大大小小的飞行任务，最终宿命却也是客死异地。

我很清楚今天这种日子有多么不靠谱，车轮没有固定好，松鼠找不到栗子，野狗稀里糊涂，机械师动不动就少装了一个齿轮，当它到来的时候，你也不知道自己在做什么。

我接待的第一个顾客是叫库伊辛尼的黄头发的浑蛋，他自我介绍时说他是个开挖掘机的，大屁股往椅子里一陷，两只硬邦邦的簸箕手往桌子上一放，他住在卡佛市，恶毒的女邻居要毒死他的狗。每天他都会把狗放到后院让它溜达一会儿，而在此之前他先要绕着围墙搜寻一番，看隔壁有没有把肉丸子丢到马铃薯藤蔓这边来。迄今为止，他已经找到了九个沾有绿色药末儿的肉丸子了，他断定那是三氧化二砷除草剂。他瞪着眼睛死盯着我看，就像水族箱里的鱼一样，问道："多少钱你肯监视她，抓个现行？"

我问他："你为什么不亲自上阵呢？"

"我要干活儿养家，先生。我来你这儿咨询的工夫，每个小时就要损失四美元二十五美分呢。"

"那就找警察啊。"

"找过了。人家现在正心无旁骛地讨好大客户呢，或许等到明年才有空受理我的案子。"

"动物保护协会的'摇尾客'也试过？"

"那是什么玩意儿？"

我把"摇尾客"组织是什么玩意儿跟他讲了一遍。看得出，他毫无兴趣。

他说动物保护协会对比马小的动物视而不见，去他娘的。他冲我大发脾气："只要你逮住她，我给你五十美元，行了吧？赶紧去调查吧。门上不是贴着你是调查员的标识吗？"

"抱歉，我最近忙得焦头烂额的。"我说，"五十美元太多了，不过让我在你家后院儿的耗子洞里藏头露尾两个星期，我恐怕无法胜任。"

"是吗，你是大人物，不在乎这点钱。"他一下子站起来，瞪着我，怒气冲冲地骂道，"一条狗的性命不值得你放在眼里，还什么大人物，去你妈的吧。"

"库伊辛尼先生，还请你体谅，我有我的难处。"

"大不了我找别人。就因为那个不要脸的老荡妇开车经过时我家的小可爱冲她叫了两声。要是让我逮住她，看我不扭断她那令人厌恶的脖子！"他说。我觉得他完全能做出这种事来，就算是大象惹了他，他也能扯下它的一条腿。

他朝门外走的时候，我冲他喊了一句："你肯定她想毒死的是狗吗？"

"当然。"他正要迈步，忽然反应过来，转身骂道，"你找死是吧，再说一遍？"

我才没工夫跟他切磋拳脚，所以摇了摇头，万一他抡起桌子来朝我脑袋上招呼呢？他冷哼一声，大阵仗地走了。

第二位顾客是一个平凡的女人。家境不太好，日子过得不顺心，蠢头蠢脑，喜欢怨天尤人，这些就像写在她的脸上，一看便知。她跟另一个女孩子住在一起，她那个圈子外出跑业务的都叫女孩子。她说她的室友偷拿她皮包里的钱。今天五十美分，明天一美元，看起来不多，加起来就了不得啦，起码有二十多美元。这对她来说是一笔巨大的损失，以至于想换个房子也换不起了，连雇个侦探都显得捉襟见肘了，而我应该很乐意在不提她名字的前提下打个电话吓唬一下她的室友。

她一边揉捏着她的皮包，一边喋喋不休，我足足花了二十多分钟才弄清来龙去脉。

我说："这种事你随便找个人都能办。"

"没错，但你是侦探嘛。"

"但恐吓陌生人的执照我还没申请下来呢。"

"让她知道我来找过你就够了，用不着指名道姓说是她，我只告诉她你正在调查这件事。"

"要是我的话我决不会这么做。你一跟她说我的名字，她肯定要打电话向我询问，那我肯定要告诉她事实真相。"

她从椅子上站了起来，猛地一甩皮包，尖着嗓子说道："你不是个正直的人。"那只很不体面的皮包一下子晃到了她的肚皮上。

"哪有规定说我必须正直?"

她嘟囔着悻悻离去。

过了中午的饭点后,一位名叫辛普森·艾德尔维斯的先生来到我的办公室,向我出示了一下他的名片。他的年龄在四十八岁到五十岁之间,是位缝纫机销售代表,一副很拘谨的样子,脸上带有难以掩饰的疲惫。他身上的西服是棕色的,袖子显长,一条用黑钻点缀的紫色领带吊在白衫的硬领上。他坐在那里时,要多恭谨有多恭谨,眼神里满含愁绪,用一双漆黑的眼眸望着我。他长着一头硬度十足、又黑又密的头发,一根白头发都找不到。胡子略微带点儿红色,修剪得整整齐齐。光看他的手背,你会误以为他只有三十五岁左右。

"您可以叫我辛普,大家都这么叫。"他张口说明来意,"我是犹太人,跟一个只有二十四岁的漂亮女子结了婚,但她不是犹太人。我现在饱受煎熬,因为她之前已经离家出走过两次了。"

从他递给我的一张照片来看,那个女子牛高马大,薄嘴唇,在他眼里却是美女,果真是情人眼里出西施。

"艾德尔维斯先生,你有什么困惑尽管明言,不过先说好,我从不接离婚案。"我把照片还给他,可他摆了摆手,没接。我说道:"我向来奉行顾客就是上帝,起码在顾客对我撒谎之前是。"

他勉强一笑:"我没必要撒谎,也不是离婚案。我只想让马布尔回家,仅此而已。但是想让她回家,起码要知道她在哪儿,她大概把这当成游戏来玩了。"

我没有看出一丝怨愤。他在谈论她的时候,从头到尾都是心平气和的。

他说她酗酒、任性,以他的标准来看算不上好妻子,但他深爱着她。妻子大方开朗,而他从小被管束得透不过气来,之后也只能当一个温驯的丈夫，把工资带回家交给老婆管理，无论如何也成不了风度翩翩的公子哥。他们在银行开了个联名账户，她把所有存款都卷走了。不过他并不是毫无防备，起码她跟谁跑了，他还是心中有谱的。他敢肯定，那个男人一定会花光她的每一分钱，再甩掉她。他说："对方姓克里根，门罗·克里根。犹太人中也有不少坏坯子，我这不是在说天主教的坏话。克里根只是个理发师，这种人大部分都没有固定居所，收入不稳定，经常赌马。我并不是故意埋汰理发师。"

"她没钱了就会给你写信吗？"

"我担心她做傻事。"

"艾德尔维斯先生，这件事你应该去找警察，因为这属于人口失踪案件了。"

"不，我不能让警察插手，这样会伤害到马布尔的尊严。我对警察没有偏见。"

艾德尔维斯先生好像对世界上所有的人都宽容到不想去抱怨，他在桌子上放下一笔钱，说道："这是预付款，两百美元。我情愿按照自己的主意去处理这件事。"

我说："可那样会让事情一再上演。"

他耸肩摊手，做了个无奈的动作："我知道。我毕竟快五十岁了，她才二十四岁。不过这有什么呢？时间长了她自然会沉静下来。我们之间最大的问题在于孩子，犹太人都喜欢有自己的孩子，可她不能生育。马布尔知道后非常惭愧。"

"艾德尔维斯先生，你的胸怀令人钦佩。"

"是吗？我和基督徒不一样——你不要误会，我并不是说基督徒如何如何，我只是喜欢说什么做什么，言行一致。对了，我差点儿把一件非常重要的事给忘了。"

他掏出一张明信片，跟钞票放到一起，推到桌子这边来。他说：

"这是她从火奴鲁鲁寄来的。在火奴鲁鲁那种地方，花钱如流水。我的一个叔伯以前在那边倒腾过珠宝，退休后就住在西雅图。"

我把照片又拿了起来，跟他说道："我要借用一下，找人帮忙复印一份。"

不料他拿出一个信封来，说道："我已经准备好了，马洛先生，来找你之前我就想到你可能会需要。"信封里有五张复印照片。而后他从另一个口袋里又掏出一个信封，递给我说："还有克里根的我也准备了，不过是快照。"一共三张照片，从照片里看，克里根属于那种粉面小生型的家伙。我一点儿也不意外，这种人万万不能依靠。

他给了我另一张名片，辛普森·W.艾德尔维斯，除了姓名还有家庭住址和联系方式。他祈祷这笔花销不至于让他倾家荡产，但是如果我要求提高酬劳，他会立即给予回应，唯一的要求是，希望能尽早从我这儿听到好消息。

我对他说道："有两百美元差不多了，如果她没有离开火奴鲁鲁的话。你跟我详细说说他们俩的体形特征，包括年龄、身高、体重、肤色、衣着打扮、明显的疤痕或其他容易辨认的印记，还有，我要知道她从银行账户里卷走了多少钱。这些我会写进电报里。你应该知道我需要些什么线索，艾德尔维斯先生，假如你以前有过类似经历的话。"

"克里根给我一种非常别扭的感觉。"

然后我开始详细地询问他，把每项都记录下来，花了半个多小时才结束。他起身与我握手，躬身行礼，走出办公室，一系列动作全都那么安安静静。

临出门时，他说了一句："你跟马布尔说，一切风平浪静。"

接下来我只需要按部就班地做事就好了，先给火奴鲁鲁的一个侦探社发了一份电报，然后把照片和无法写入电报中的资料通过航空信寄出去。他们果然不负所望。她在一家豪华大酒店里给女服务员打下手，每天刷洗一下浴缸啦，浴室地板啦什么的。情形就和艾德尔维斯先生预料的一模一样，她所有的钱都在睡觉时被克里根拿走了，克里根没有付旅馆的账单就抛下她一去不复返，她想离开都不可能。

其实她还有一枚戒指，除非克里根使用暴力，不然无法拿走，以至于给她留了下来。她把戒指当掉也只够付清房费，而回家的路费还要另想他辙。艾德尔维斯搭乘航班，专门去接了她一回。

他是个很不错的男人，他俩根本不是一路人。之前他给我的二百美元，我支付给了火奴鲁鲁侦探社，而我自己只是把一张二十美元的账单和长途电报的费用交给他报销。我不在乎少赚点儿，起码我的办公室的保险箱里还放着一张"麦迪逊头"呢。

就这样，私家侦探过完了他的一整天。这一天对我来说既平常，又很具有代表性。我们这种人赚不到大钱，也不会遇到什么好事情，连我们自己都想不通为什么要一直干下去。躺枪、挨揍、坐牢，甚至丢掉小命，都是常有的事。每隔些日子就会不由自主生出改行的念头，想换个更靠谱点儿的职业，而不是等到走路都摇摇晃晃时再后悔。正胡思乱想的时候，门铃响了，通往接待室的内门打开，又一位顾客临门，意味着新的麻烦、新的悲剧故事又来了，而我又要拿人钱财替人消灾了。

"请进。"

"延乌米先生，不知我能为你做什么？"

凡事都是有原因的。

第三天下午，艾琳·韦德打来电话说明天设了晚宴，邀请了几位朋友去她家喝鸡尾酒，而罗杰也想聊表谢意，找我聊聊，请我明天傍晚去喝一杯。我在想，赴宴的时候要不要带上账单？

"韦德太太，我的小举动足以抵消所有的酬劳了，所以你我两清了。"

"是不是觉得我的反应跟维多利亚时代的人一样好笑，对吗？"她说，"一个吻，在现代人眼里毫无分量。我认为你会来的。"

"假如我是个聪明人，肯定不会去。不过我应该会去。"

"罗杰的身体已经完全恢复了，他这会儿正在工作呢。"

"恭喜。"

"今天你的语气冷冰冰的，照我看，你把人生看得太严肃了。"

"你想说什么？"她笑了，声音很轻柔，而后说了声再见就挂断了。我坐着一动不动，像做一件很严肃的事情一样。我努力回想一些比较有趣的事，想让自己大笑一场，可是根本没用。我打开保险箱，将特里·雷诺克斯的那封告别信拿出来，又从头到尾读了一遍。我忽然醒悟过来，我居然忘了替雷诺克斯去维克托酒吧喝一杯"螺丝起子"了。这个时候的酒吧，是最安静的，假如他还活着，还能跟我一起喝一杯，此刻他肯定会毫不犹豫动身的。苦涩、凄凉、伤心，这就是想起他的后果。维克托酒吧要到了，可我依然有点纠结，最终还是走了进去，无论如何，他硬塞给了我一大笔钱来捉弄我。

第二十二章

　　这会儿的维克托酒吧特别安静，走进门的那一瞬间你甚至能听见降温的声音。有一个女人正孤孤单单地坐在吧台的高凳上，面前放着一杯酒，浅绿色，正用一根长长的玉石烟嘴在抽烟。她穿着一件手工缝制的黑色大衣，材质应该是奥伦一类的合成纤维。她的目光火热而敏感，这种眼神要么是因为生理饥渴，要么就是神经质，当然，也可能是减肥过度。

　　我找了个位置坐下来，与她相隔两张凳子，酒保居然没有笑脸相迎，只是冲我点了点头。

　　"来一杯'螺丝起子'，不放苦料。"我嘱咐道。

　　他在我面前放上一张小餐巾纸，盯着我看了良久，语气中带着种赞赏意味，说道："你知道吗，有一天晚上你和你的朋友在这谈话时我听到了一些，后来我专门采购了一瓶那种罗丝青柠酒。可是你们后来再也没来过，直到今天晚上才有机会打开它。"

　　我说："有心了，多谢！我的朋友去了外地。如果可以的话，请给我来双份。"

　　酒保起身去准备了。

　　那位身穿黑衣的女人唰地扫了我一眼，目光又转向了她的酒杯。

　　"这里几乎没人点这个。"她轻声说了一句，甚至于我都没有意识到她的那句话是对我说的。

她又朝我这边看了过来，那双眼睛很大，眼眸是浅浅的黑色，指甲却染得很红。可看起来，她并不是那种水性杨花的女人，而她的声音中也没有丝毫故意引诱我的味道，她说："我说的是'螺丝起子'。"

我回应说："我有个朋友喜欢这种酒，爱屋及乌。"

"那他一定是英格兰来的。"

"何以见得？"

"青柠汁是纯英国特色的玩意儿，就和那种让人头皮发麻的煮鱼必加的鱿鱼酱一样，乍一看还以为是厨师流血了呢。他们被叫作'青柠佬'也不是没有道理。我指的不是鱼，是英格兰人。"

"我还以为这是热带地区的特色酒呢，马来西亚什么的。"

"你说的也可能是对的。"她又把脸转了过去。

这时酒保把酒送过来了，在里面加上青柠汁，酒变成了浅绿色，不再透明。

我喝了一小口，有股甜味儿，度数很高。穿黑衣的女人看了过来，冲我举了举杯子，两人一饮而尽。直到这时我才知道，她喝的酒和我喝的一样。

接下来就是常规的那一番客套和寒暄了。我没有采取进一步的行动，不一会儿，我说："我想他多半是参战时去过英国，他并不是英国人。以前的时候，我们经常趁着酒吧还没有太喧闹的时候，过来喝上一杯，就像今天这么早。"

她一饮而尽，说："这个时间点的确让人心情舒畅，酒吧里也只有这段时间才会让人觉得轻松。没准我还认识你的那位朋友呢，他叫什么名字？"

我拿出一支烟点上，没有立即回答她的问题。她也换了一支烟，我看着她轻轻地磕了磕玉烟嘴，把烟蒂从里面磕出来。我把打火机给她递过去，说道："他姓雷诺克斯。"

她说了声谢谢，再看向我时，目光里多了一些探索的味道。她点了点头："果然，我跟他可以说熟得不能再熟了。"

酒保走过来，看了眼我的杯子，我对他说："再来两杯，还是这种，送到小隔间吧。"

我从高脚凳上下来，站在那儿等待。我有可能会在她那儿碰钉子，也可能很顺利。无论哪一种，都无所谓。这个国家的男男女女性意识都很强，不过少数时候，见面也可以仅仅只是聊天而非与对方上床。她犹豫了一小会儿，而后拿起她的黑手套和一只黑色鹿皮手提包，走到一个僻静的小隔间。那只皮包镶有金边，带着一个金钩。她一声不响地坐下后，我便坐在她的对面，跟她共用一张小茶几。

"我姓马洛。"

"琳达·洛林。马洛先生，我感觉你有点感性。"她很平静地说道。

"哦？你是指我特意进来只为喝一杯'螺丝起子'？你呢？"

"我可能是喜欢这种酒吧，谁知道呢。"

"可真巧，我也一样。"

她冲我微笑了一下，但那笑容很苍白。她的耳环和衣领别针是翡翠做的，看起来有点儿像宝石，大抵是因为切割时用的是扁平加斜边的切割方式吧。哪怕酒吧里灯光昏暗，也从内而外散发着柔光。

她说："现在才知道，你就是那个人。"

酒吧服务员送来了我点的酒，放下后便走开了。

"我和特里·雷诺克斯相识一场，没事的时候一起过来喝上一点儿，他这个人还不错，仅此而已。两个路人萍水相逢，君子之交点到为止，没有去过他家，和他妻子不熟，只是在停车场见过她一面。"

"仅此而已？"

她端起玻璃酒杯，她手上戴着一枚镶了许多小碎钻的翡翠戒指和一枚纤细的白金婚戒。据我判断，她的年龄在三十五六岁。

我说："不然呢？那家伙不是一盏省油的灯，我到现在还为他伤脑筋呢。说说你吧。"

她支起手肘，看着我，一脸恬淡地说道："我说了，我跟他非常熟。他发生任何事我都不会在乎，熟到这个地步了。他娶了个有钱的女人，他要做的只是不去干涉她，然后心安理得地吃软饭，花天酒地。"

"这倒是挺划得来。"

"马洛先生，没必要说话酸溜溜的，有些女人有时候身不由己，但他从头到尾都知道自己是什么角色，要是他真有自尊心，离开她就好了，为什么还要杀她？"

"我同意你的看法。"

她坐直身子，盯着我，眼神里流露出一股恨意，抿了抿嘴说道："他果然还是逃了。如果我的消息没错的话，是你帮助了他，你是不是觉得自己做了一件特了不起的事？"

"有钱能使鬼推磨，没别的。"我说。

"马洛先生，这一点儿都不幽默。说实话，我想不通我为什么要坐在这里跟你这种人喝酒。"她说。

"换个话题并不难，洛林太太。"我端起杯子咕咚咕咚一口气喝干，"我其实是期待你能告诉我一些有关特里的事，让我知道更多的信息。至于特里·雷诺克斯为什么要打烂他妻子的脸，我根本没兴趣去推敲。"

她听得心头火起，说道："你的用词真够残忍的。"

我说："别说你，我也不喜欢使用这种词汇。但是，如果我相信了那件事是他干的，我还会来这里喝什么'螺丝起子'吗？"

她瞪眼看着我，沉默了良久，而后语速放缓，说道："他留下一份完整的自白，自杀。这些还不够说明问题吗？"

我说："他有一把枪，就凭这一点，墨西哥那些神经兮兮的警察便有足够理由把他射成筛子了。美国警察也有很多人喜欢用这种方式杀人，有时候仅仅是嫌门开得不够快，就隔着门板一通乱射。另外，你说的自白书，我一个字都没看到。"

她用一种讥讽的语气说道："你是想说，墨西哥警方制造了伪证？"

"奥塔托丹那种小地方，山高皇帝远。想得到这种措施才怪。恰恰相反，自白书才是真实的，可是这份证据仅能证明是他叫天不应叫地不灵选择了自杀，而无法证明他杀了他的妻子，反正我是不会相信的。身处那种地方，他唯一能做的就是不让自己的亲朋好友受到牵连，成为大众眼里的笑柄，你可以说他感情用事，也可以说他是懦夫，都无所谓。"

她说："马洛先生，你的想象力真是丰富。西尔维娅已经死了，她的姐姐足以自保，有钱人用不着别人替他们操心。何况，我不认为谁会为了避免一丁点丑闻就自我牺牲，或者协助他人杀害自己。"

"也许吧。可能我把动机想错了，有可能我全都想错了。刚刚我惹你生气了，现在我可以滚蛋，好让你一个人静静地享受'螺丝起子'。"

"我向你道歉。"她忽然笑了，"我好像有点懂你了，你这人有一颗诚挚的心。先前我还以为你要替你自己辩护，不过现在看来，你是在为特里辩护，我不知道我为什么会对你改观。"

"我没必要替自己辩护。某种程度上，我已经为我做的蠢事付出代价了。当然，我也不否认他的那份自白挽救了监狱里的我。要是他们把他带回来审讯，多半会顺带着让我也吃几年牢饭。情况好一点儿的话，他们会罚我一大笔钱，但我倾家荡产也支付不起。"

"你要是想提你的执照，我劝你打住。"她不以为然地说道。

"也许吧。以前的话，只要是个警察，哪怕是个酒囊饭袋，也可以随随便便把我铐起来。不过现在好多了，干我这行的，想获得州执照，必须经过听证会的授权，而他们是用不着给警察面子的。"

她一边品酒，一边不紧不慢地说道："考虑种种因素，这样的结果对你而言不是最好的吗？用不着上公堂，用不着上报纸头条，也用不着昧着良心说瞎话，继而遭到无辜围观者的抨击，说你只是纸媒为了大赚一笔的托儿。"

"我的想法刚才已经说过了，而你却夸我想象力丰富。"

她身子往后仰，把脑袋靠在隔间后部的护垫上，说道："特里·雷诺克斯为了达到你说的那种目的而选择自杀，难道还不能说明你的想象力太丰富吗？不过，这样一来，谁都用不着上公堂了，皆大欢喜，倒也合乎情理。"

我冲服务生招了招手，示意他过来。

我对她说道："我想再喝一杯。请问你和波特家沾亲带故吗？我忽然有种脊背发凉的感觉，洛林太太。"

她说："我以为你知道呢，西尔维娅·雷诺克斯是我的妹妹。"

我见服务生走了过来，赶忙跟他说了我的要求，洛林太太却摇了摇头，表示不再点了。

"老家伙，不好意思，我是说哈伦·波特先生。"服务生走开后，我说道，"他把关于这件案子的一切消息都封锁了起来。不得不说我是幸运儿，居然还能知道特里的妻子有一个姐姐。"

"马洛先生，你太高看我的父亲了，他没有那么大的能耐。而且，他也不可能那么心狠手辣。虽然他是个守旧派，连自己旗下的报纸的采访都从不接受，从不演说，不让人拍照，外出时只乘坐私人交通工具，带上自己的驾驶员，把个人隐私看得比什么都重要。这一点我承认，但是他其实从不缺乏人情味，而且他很喜欢特里。他说特里和那些从客人进门到喝完第一杯鸡尾酒之间的雅痞不一样，特里一整天都是君子。"

"特里的确是这样的人，所以他最后做了点儿小动作。"

服务生把第三杯"螺丝起子"端给我，我喝了一口后，手指搭在玻璃杯圆底的边上，沉默了。

"马洛先生，你不必话中带刺，冷嘲热讽。我知道你对特里的死耿耿于怀，其实我父亲很清楚别人会觉得这一切都巧合得让人无法相信，他也不希望这事发生。我想，如果当时特里请求他的帮助，他是不会袖手旁观的。"

"是吗？洛林太太，可是被杀害的是他的女儿啊。"

我的话应该令她很生气，她瞪着我，冷声说道："我也不想再掩饰什么了，那就直白一点儿。我的父亲早就和我妹妹分道扬镳了，见到她后连话都不愿意说了。我相信他和你一样，对特里是杀人犯这件事心存怀疑，只是没有表态罢了。随着特里死亡，真相是什么已经不重要了。她总会死掉，没准会死于车祸、火灾、空难什么的，这时候死了倒也清净，时机正好。要是她晚死十年，这个世上就会多一个淫荡无极限的狠毒女人，一个为祸天下的垃圾，就和你几年前见过的，或者在好莱坞宴会上遇见的那些蛇蝎女人一模一样。"

我顿时无名火起，站起来扫了一眼那些小隔间。紧挨着我们的那个隔间一直没有人，再过去一个，里面有一个正在静悄悄看报纸的家伙。我重重地坐回椅子上，把酒杯推到一旁，身子前倾，凑近对面，压低声音，我还保持着理性："洛林太太，看在上帝的分上，你想让我怎么看？让我觉得哈伦·波特是个人见人爱的老好人？相信他没有凭借自己的手腕来左右某个喜欢搞政治的地区检察官，以至于当局不敢再去详细调查这桩凶杀案？相信他从来不认为特里有罪，仅仅是不想知道是哪位英雄帮他杀害了亲生女儿？相信他没有动用他的纸媒和九百多个替人解忧的手下和银行账户来产生政治影响力？您父亲可是一位亿万富翁啊，洛林太太！他的钱怎么赚来的我不知道，但是我知道想要拥有这么多钱，就必须有一个足以摆平一切的团队来为他保驾护航。他不让地区检察官办公室或者市区警察局的人去处理，却做了另外的安排，让当局派了个摇尾乞怜叫往东不敢往西的检察官，跑到墨西哥去确认一下特里到底是自己开枪崩了自己，还是一个仅仅为了过把瘾的印第安人一枪干掉了他？你让我相信他是个菩萨心肠的人？不，他是个铁石心肠的枭雄。在这样一个时代，只有那种钱才是最好赚的，你必须跟形形色色的怪人成为商业伙伴，你不必跟他们见面、握手，但是这一点都不影响你和他们互利同赢。”

她气得火冒三丈，说道：“我忍不了了，你这个蠢货！”

“没错，我老是跟你唱反调。还有一点我要告诉你，西尔维娅被杀的那晚，特里跟你家老爷子是通过话的。他们谈了什么？老家伙对他说了什么？‘年轻人，去吧，我知道我女儿是个淫娃荡妇，但是家丑不可外扬，墨西哥等着你呢，你只管开枪便是，啪！一了百了，世界清静了。乖女婿，这只是偶然，杀她的那位英雄在醒酒后一定会后悔的。她有十几个宿酒的姘头，哪一个都可能突然忍无可忍，而将她那张漂亮的脸蛋儿打得血肉模糊。你应该知恩图报，毕竟别人替你做了这件事。我们波特家像丁香花一样纯洁的好名声不能就此毁掉，它应该流芳百世。她当初跟你结婚就是为了找一个替她遮丑的，而现在她死了，你的作用更大了，这个黑锅你一定要背好。最好你能突然消失，再也不出现。要是被人发现了，那你只能死了才行，我会去太平间看望你的。’”

“你觉得我父亲会说这样的话？”黑衣女士的语气十分冰冷。

我往后一靠，冷笑道：“我们也可以稍微修饰一下措辞，但基本是这个意思。”

她从座位上往外挪，开始收拾东西，郑重其事地说道：“我警告你，你要是把刚才对我说的话说给别人听，不仅你现在的饭碗会丢，别的饭碗你也端不长，这座城市将再也没有你的容身之地。"

"棒极了！多谢！洛林太太！你这一通恐吓，我简直太耳熟了。地痞无赖圈儿的人这样骂过我，搞法律的人和有钱的客户也这样警告过我。只要稍微改两个单词，意思就一模一样了，饭碗不保嘛。有人让我替他喝一杯'螺丝起子'，我来了，这下倒好，我居然是在自掘坟墓。"

她站起来，点了点头："看来你喝醉了。三杯双份儿的'螺丝起子'。"

我拿出一沓钱放在茶几上，远超酒钱所需。我也站起来，走到她的身边说："洛林太太，你又为什么要喝那么多？有一杯半吧？也是应别人要求喝的？还是你自己想喝？你也说了好多话。"

"你又有什么见解？谁又能对所有事了如指掌呢？你认不认识吧台那边看我们的那位？"

我瞟了一眼，在最靠近门口的凳子上，坐着一个又黑又瘦的男人。

"他叫奇克·安格斯汀，是某位叫曼宁德兹的赌徒的保镖。"我说，"他有枪，我们来场偷袭，把他撂倒怎么样？"我感到有些惊讶，她是怎么发觉的？

她头也不回地往前走去，有些焦急地说道："你肯定是喝多了。"

我紧跟在她后面，那位坐在高脚凳上的保镖转过脸来，眼睛盯着他自己的胸前，或许我真的喝多了，当我路过他的时候，猛地抬起一脚，跨到他的后面，同时探手抓到他的腋下。

"嘿，小子。"他怒吼道，气得火冒三丈，从高脚凳上溜了下来。

我用眼角余光看到，她走到门口那儿停下了，正回头往这边看来。

"安格斯汀先生，你今天没带枪吗？"我说，"真是勇气可嘉啊。没看到天快黑了吗？要是碰上凶残的侏儒可如何是好啊？"

他气急败坏地吼道："滚蛋！"

"这可是盗用《纽约客》的经典台词。"

他没有采取什么行动，但是嘴巴气得直抽搐。我不再跟他纠缠，追上洛林太太，跟她出了门外，站在遮雨棚下。一个满头银发的黑人司机和一位停车场的保安正站在那里说话。他抬手正了正帽子，然后走开，再回来时坐在一辆时髦的凯迪拉克礼宾车上。他把车门打开，让洛林太太上了车，随后又把车门关上，就像关上一个盛放珠宝的盒子一样。他走到车的另一侧，到驾驶座上。

"晚安，马洛先生。"她面带一丝微笑，摇下车窗，向外看着我，"过得很开心，你说是吗？"

"事实上，我们吵得面红耳赤。"

"不，你是在跟你自己吵架。"

"习惯了。那么，洛林太太，晚安。你住的地方离这儿不近吧？"

"当然，我住在艾德瓦利湖对面，我丈夫是一名医生。"

"哦，我猜你一定碰巧认识一个姓韦德的人。"

"没错。"她皱了皱眉，"如果你说的是韦德夫妇，我的确认识，有什么问题吗？"

"你是想问我，我为什么会问你，对不对？他俩是我在艾德瓦利仅有的熟人。"

"原来如此，那好吧，晚安，马洛先生。"

她靠在汽车座椅上，汽车引擎轻吟低唱，像位温文尔雅的君子，开进日落大道，混入川流不息的车流中。

我转身差点儿与一个家伙撞上，是奇克·安格斯汀。

他调侃道："下次在我跟前时，最好不要卖弄你的幽默，那个洋娃娃是谁？"

我说："一个没兴趣知道你是谁的人。"

"小子，别跟我要嘴皮子。曼迪对这种人感兴趣，他很喜欢打探这些花边新闻，我记得她的车牌号。"

正这时，砰的一声，一辆汽车的门打开了，从中跳出一位身高约七英尺四英寸的大汉。他瞥了安格斯汀一眼，一步就走到了他的跟前，用一只手掐住他的脖子。"听着，你们这帮小混混就是不长记性，以后再敢来我的地盘晃悠，要你好看。"

安格斯汀被他摇晃了几下，而后被推到紧挨人行道的墙壁上，狠狠地撞了一下，倒在了地上，大声咳嗽起来。大汉吼道："记住，小混混，下次再让我看见你，我一定把你碾成肉酱，他们来给你收尸的时候，会发现你的手里拿着一把枪。"

安格斯汀摇头晃脑，一声不吭。大汉朝我这边看了一眼，大嘴一咧："夜色真美！"说着，他就进了维克托酒吧。

安格斯汀从地上爬起来，不一会儿面色恢复如常。我问他："你的这位同行是谁呀？"

"风化组的大威利·马高，他觉得自己很了不起。"

"听起来，你好像不以为然？"我问得很斯文。

他瞅了我一眼，晕乎乎地走开了。我从停车场取出车来，开车回家。好莱坞总能给你新奇感，在这里，任何事都不足为奇。

第二十三章

　　进入艾德瓦利前那半英里的路非常糟糕，一辆美洲豹汽车从我前面的一个山丘绕出来，要不是与我错身而过时速度减缓，肯定会溅我一身沙子。这条路似乎是本地人有意为之，为的就是不让那些喜欢在星期天开车上高速公路乱窜的游客把汽车开进来。不经意间，我便能看到那些围着漂亮的围巾、戴着太阳眼镜或者百无聊赖向我挥手的人，就像邻居之间相互打招呼一样。路面上溅起的满天飞尘，令那些原本就像铺着一层白膜的枯草地和灌木丛显得更加白亮。我从突出的岩石边上绕行过来，接下来的路倒是平坦了许多，看得出它被刻意保养过，起码没有什么障碍物了。槲树大概是想监视每一位从这里路过的人，把脑袋向着路中间攒簇，上面的麻雀蹦蹦跳跳，啄食着鸟雀心目中可口的食物。

　　前面出现的是木棉树，路上一棵尤加利树也没看到，紧接着一大片密密匝匝的卡罗来纳白杨出现在眼前，而这深处藏着一栋白色的房子。一个女孩牵着一匹马儿紧贴着路边前行，嘴里叼着一根小树枝，还给马儿轻声哼唱着一首歌曲。她上身穿着一件色彩鲜艳的衬衫，下身穿着一条李维斯牛仔裤。那匹马似乎热得厉害，但也看不到汗珠；园丁正在一堵粗糙的石墙后，用电动剪草机修剪着如同波浪一样的草坪，草地的尽头是一道门廊，通往那栋威廉斯堡殖民时代落成的富丽堂皇的屋舍；一首钢琴的《左手练习曲》也不知从何处传来。所有的这些，都从我身旁飞掠而过。波光粼粼的湖面，亮得有些晃眼，更显酷热。我把视线集中在门柱的门牌号上，韦德家我只来过一次，还是在夜里，白天看的时候似乎比夜里要小一些。一辆辆汽车挤满了车道，我不得不把车停在路边，步行走进去。帮我开门的人是一位墨西哥管家，身穿白色外套，身材匀称，长相不错，外套非常合身，有股优雅的气质。那些每周能领五十美元，而且没有被辛苦的工作累垮的墨西哥人，都是这副德行。

"先生，晚上好。"他说着一口西班牙语，向我问候道。而后像是完成了项任务似的，咧嘴笑了。"还请您报一下名字。"

我说："马洛。贵人多忘事，坎迪？我们在电话里聊过几句。"

他咧嘴笑了笑，让我进屋。所有人都在大声讲演，没有人去听别人在说什么；所有人都端着个酒杯，红脸的、白脸的、脸上冒汗的，这要看本人的酒量如何，喝了多少酒，不过一个个都眼睛发亮，这就是鸡尾酒会，没有任何新意。一身蓝装的艾琳·韦德端着一个酒杯向我款款走来。酒杯不过是她的道具而已，她依旧是那么美。

她认真对我说道："你能来我就放心了，罗杰不喜欢鸡尾酒会，盼你能去书房跟他聊聊，这会儿他还在工作呢。"

"这么吵闹，他还能工作得进去？"

"他好像不受环境的影响。我让坎迪端一杯酒给你，或者，你可以自己去吧台取。"

"我自己取吧，那天晚上失礼了，见谅。"我说。

她笑了笑，说："没关系。我记得你那天已经道过歉了，这没什么。"

我说："去他的没什么。"

她微笑着点了点头，笑容十分勉强，就转身离开了。我扫视了一下，活动吧台设在角落里，边上是几扇巨大的落地窗。我竭尽全力避开别人，怕撞上去，但走到中途，忽然听到有人叫我的名字：

"嗨，马洛先生！"

我扭头一看，是洛林太太。她坐在一张沙发上，手里端着饮料，一副无精打采的样子，边上有一个木讷的无框眼镜男。他的下巴好像有一撮山羊胡，黑黑的，这会儿正抱着双臂怒视着我。

我走了过去，她伸出手来，脸上挂着微笑，介绍道："这位是洛林医生，我的丈夫。爱德华，这位是菲利普·马洛先生。"

山羊胡坐在那里一动没动，只是抬眼在我脸上扫了一下，微微颔首。我猜测，人家是不愿意把力气花在不值得的事情上。

琳达·洛林打圆场说："爱德华有些累了，他经常特别累。"

我说："医生嘛，可以理解。要一杯酒吗，洛林太太？我去帮你端。医生，你呢？"

山羊胡眼皮都没抬，说道："我不喝酒，她也不能再喝了。一看见酒徒，我就知道我不喝酒是对的。"

"我要变身示巴女王了。"她说道。

我以为洛林太太说了一句梦话，可他却有了反应，把身子转了过来。我没有继续待在那儿，转身直奔吧台。琳达·洛林在她的丈夫面前居然流露出一种鄙夷的神色，说话也很不客气，就像突然变了一个人似的。她当初被我激怒时，也没有用这种方式来对待我。

坎迪问我喝什么，现在他站在吧台后面了。

我说："谢了，我什么都不喝，韦德先生想跟我谈谈。"

"对不起先生，他应该没空，他很忙。"

我看着坎迪，不知该说什么，我想我是不喜欢坎迪这种人的。他又说道："不过先生，我可以帮你去通传一声，稍等。"

他飞快穿过人群，眨眼间就返回来了，一脸愉悦地说："伙计，运气不错，跟我走吧。"

他带着我穿过客厅，打开客厅另一头的一扇门，等我走进去后，他又把门关上了，把喧哗声都挡在了门外。这个房间应该是整座房子的一间偏房，较为宽敞，既僻静又凉快，空调就装在边窗上。房间外面种了些玫瑰，透过窗户还能看见湖水。韦德正仰躺在一张浅颜色的长皮沙发上。一张漂白过的宽大木桌上放着一台打字机，一沓黄色的纸张堆在打字机旁边。

"马洛光临，蓬荜生辉啊！"他慵懒地说道，"坐坐坐，随意一些，喝过酒了吗？"

我说："还没喝。"

我找了个地方坐下，瞅了瞅他，他的脸色还是有些苍白，不太精神。我问他："现在工作进展如何？"

他说："非常好，不过累得要死，好像还没从四天的醉生梦死中缓过劲儿来。不过对我来说，一醉一醒的工作效率极高。我要是把自己逼得太紧，就容易陷入僵局，写出来的东西狗屁不通。相反，好的状态能让我文思泉涌。你听说过的或者亲自读过的东西，要是违背了这原则，那肯定是硬凑出来的。"

"我认为关键还得看写书的人是谁。福楼拜在创作时一点儿都不轻松，可作品却顶呱呱的。"

"无言反驳。你是学问家、评论家，还是文学界的呢？连福楼拜的作品你都读过。"韦德坐了起来，揉捏着后背，"真要命，我正在戒酒。一看到有人手上端着酒杯，我就来气，可我还是得强颜欢笑地去跟他们寒暄。所有人都知道我是个酒徒，所有人都知道我在因为某种事情而逃避。弗洛伊德学派的某个浑球儿把那套理论发扬成常识了，连十岁的小屁孩儿都能说得头头是道。可惜老天爷不给我机会，要是我有一个十岁大的小孩儿，他肯定会这么问我：'老爹，你总是把自己灌醉，到底是为了逃避什么？'"

我说："以前你不这样，最近才开始的，不是吗？"

"其实我从来都喜欢酒，不过现在变得严重了而已。人嘛，年轻时不怕苦，再多的惩罚都承受得了，可临近不惑之年，恢复力就降低了。"

我点上一支烟，靠在椅子上抽了起来。"说吧，你找我有什么事要谈？"

"马洛，你来说一说，我在逃避什么？"

"信息有限，我猜不到。据我所知，每个人都有想要逃避的东西吧。"

"但不是每个人都在醉生梦死。你说每个人都在逃避，那你在逃避什么？青春债？罪恶感？还是不敢正视自己是边缘行业的边缘人士？"

我说："我好像明白了，你需要一个可供你侮辱的人来聆听你的畅所欲言。说吧，说到我难受了，我就告诉你。"

他苦笑，在自己又稠又密的鬈发上乱揉了一通，又用食指狠戳自己的胸膛，说道："你目光长远，马洛，所以选了一个边缘行业，并且成了其中的一位边缘人士。而我才是废物，所有的作家都是废物。我写过十二本毫无价值的畅销书，加上现在桌子上的那堆废纸，整理出来就是十三本。我有一栋漂亮的房子，混在千万富翁才有资格居住的住宅区。还有一个漂亮又深爱着我的老婆，我有一个捧我的出版商，视我为香饽饽，但我最爱的其实是我自己。我只不过是把文字当妓女的皮条客，我心里想的从来都只是我自己，我是个不折不扣的寄生虫，你随便用什么词来骂我都不为过。所以，我是不是该寻求帮助？"

"是啊，但我能做什么呢？"

"你怎么一点儿都不生气？"

"我为什么生气？你挖苦你自己，我听着，虽然很烦人，但与我无关。"

他大笑起来，说道："你这人我喜欢。来，我们干一杯如何？"

"哥们儿，我不会在这儿喝的，更没兴趣跟你对饮。你喝下第一杯酒，对我来说就是噩梦。虽然我知道没人能阻止你，也不会有人阻止你，但起码我不能助纣为虐，不是吗？"

"不在这儿喝也行，我们可以到外面去，看一看那些上天的宠儿，哪天你腰包鼓鼓、满身铜臭了，就有资格跟他们住在同一个住宅区，并有机会结识他们了。"

"得了吧，我毫无兴趣，你还是打住吧，他们跟别人没多大区别。"

"没错，但他们理应和普通人不一样，要不然他们还有什么存在的意义呢？"他言简意赅地说道，"他们都是精英分子，只不过和那些只能喝得起廉价威士忌的卡车司机大同小异，甚至后者还比他们强一些呢。"

我说："你想撒酒疯也别老糟践别人，我一点儿都不想听。起码人家喝多了不会发疯到把自己的妻子推下楼去，也不会跑到韦林杰医生那里。"

这下他变得冷静了，像是在思考着什么，说道："朋友，你说得没错，这只是试探，你通过了。你可以来我这儿住上一段时间吗？我想你单单只是住在我家，我就能受益良多。"

"我不知道该怎么帮你。"

"我知道，你只要住在这儿就够了。我每月支付你一千美元，这总可以了吧？我一旦喝多了，就会变成危险分子。我不想再喝醉，更不想变成危险分子。"

"劝阻你？我可没这自信。"

"哪怕先尝试三个月，让我把那本该死的小说写完。大不了之后我出趟远门，去瑞士山区的某地待上一阵子，与世隔绝。"

"你说那本书？这笔钱你一定要赚到手吗？"

"不是，对我来说，一旦开始了工作，就必须有头有尾，不然我就彻底没希望了。我是以朋友的名义来请求你帮忙，这点要求与当初你为雷诺克斯所做的根本不值一提。"

我起身走到他跟前，怒瞪着他，说道："先生，我把雷诺克斯害死了。他的死是我一手造成的。"

"可笑，马洛，你居然对我心软了？拜托，我最讨厌感情用事的愚蠢软蛋了。"他用手掌外缘在自己的咽喉上用力顶着。

我说道："软蛋？我只不过是在可怜一个可怜人罢了。"

他猛地后退一步，撞到了沙发边上，不过没有跌倒。"去你妈的。当然，谈不拢我拿你没辙。但是我必须弄清楚某些事情。你不知道是什么事情，就连我自己也不一定说得清，但是我百分百肯定这里有猫腻，必须查个水落石出。"

"你指的是谁？你老婆吗？和她有关？"

"和我自己有关。"他咬了咬下嘴唇，"我们去喝酒吧。"

他走过去推开门，我跟他一起出来了。假如他的意图只是为了让我不安，那么他太成功了。

第二十四章

　　喧闹声像潮水一般涌过来，一打开门，里面比先前那会儿更加嘈杂了。韦德逢人就打招呼，人们看到他都表现得很开心。我当然知道，现在的他们就算是看到手持定制冰锥的"匹兹堡菲尔"①出现在面前，也会一脸笑容的。人活一世，就是在不停地卖力表演。

　　我和韦德朝着吧台走去，中途跟洛林医生和洛林太太相遇，医生带着一脸愤恨，起身迎向韦德。韦德客套地说道："医生，你好！琳达，多日不见，最近你躲到哪里去了？咳，我这个问题真蠢，我……"

　　"听着，韦德先生。一句话，离我老婆远点儿，但愿你听明白了。"

　　韦德一脸无辜地看着医生，说道："你是不是累了，医生？有酒吗？我帮你拿一杯。"

　　"韦德先生，你听着，我对酒精不感兴趣。我来这儿的目的只有一个，我应该已经说得很明白了。"

　　韦德面不改色，还是一副友好的语气，说道："你的话我听懂了，当然我猜我们之间有点儿误会，不过今日你是我的客人，我不能扫你的面子。"

---

① 指哈利·施特劳斯，杀手，人称"匹兹堡菲尔"。

周围一下子安静了许多，男士女士都把注意力集中到了这里，静等事态扩大。洛林医生从衣兜里抽出一双手套，拽了拽，捏住其中的一个指套，朝着韦德的脸狠狠抽了一手套。韦德眼皮都没眨一下，平静地说道："咱们速战速决？"

琳达·洛林站起身来，看着医生，气得脸色通红："宝贝，你过分了，拜托！别给我丢人现眼了，可以吗？你想被抽两耳光？"

洛林医生转身对着她，把手套举了起来。韦德赶忙上前一步，挡在了他的前面，说道："医生，请你冷静，当着外人的面对自己的妻子动手，与我们这一代的时尚不符。"

"如果你说你是典范的话，我早有耳闻。就不必给我上一堂礼仪课了吧？"洛林医生嘲讽道。

韦德说道："没前途的学生我没兴趣教。你这么快就要走啦？那太遗憾了。"他大声说了一句西班牙语："坎迪！过来送客，洛林医生要走了。"他又对洛林医生说道："医生，我担心你听不懂西班牙语，我刚才的意思是，门在那边。"他向门口指了指。

医生并没有抬步，他怒视着韦德，冷声说道："韦德先生，大家可以做证，我警告过你一次了，别再让我有第二次警告你的机会。"

韦德说道："大可不必。当然，要是你非要虚张声势，可以去中立地带试试，在那儿可以更自由一些。琳达，我为你感到遗憾，你怎么就嫁了这么一人？"他用手揉了揉刚才被手套抽到的地方。

琳达·洛林一脸苦笑，耸了耸肩。

医生说道："琳达，我们该走了，告辞！"

然而琳达却坐了回去，用一种鄙夷的眼光云淡风轻地扫了他一眼，伸手端起了她的酒杯。"你确实该走了，你忘了吗，你有那么多地方要去呢。"

"你马上跟我走。"他怒不可遏。

琳达把脸转到别处，故意不理他。医生猛地探手拽住了她的胳膊，韦德见状也一把扣住了他的肩膀，把他拧了过来。"医生，消消火，这里不是你撒野的地方。"

"滚开！别用你的脏手碰我。"

韦德说道："好吧，不过医生，请你少安毋躁。我忽然想明白了，你应该去找个好点儿的医生看一看了。"

有人发出笑声。他像一头马上就要扑出来的野兽，身体绷得紧紧的。韦德自然察觉了，忙不迭退到一旁，把洛林暴露在大家的围观下。要是这时候他还要对韦德不依不饶，就未免有点儿太不理智了。他没有更多的选择，只能离开这里。他立马转身，三步并作两步走出客厅，目不斜视地怒瞪着前方。坎迪正面无表情地守着那扇敞开的门，而后看着他走出去。我背对着客厅，继续喝我的威士忌，扫视了半天也没有看见艾琳在哪儿。人们交头接耳，议论纷纷，不过这跟我毫无关系。

这时一个小女孩儿走到吧台前，离我很近，她把杯子放到吧台上，叽里咕噜地说了几句话，坎迪点了下头，调了一杯鸡尾酒递给她。她的额头上扎着根束发带，头发有点儿像泥土的颜色。

小女孩儿扭头向我看来，出声问道："你对共产主义感兴趣吗？"

她竭尽全力地用小巧的红舌去舔嘴唇，像是有巧克力屑沾在上面似的，这个诱惑一点也不娴熟。她的眼睛眨也不眨，又说道："我随便问了几个人，原以为他们都会感兴趣，然而事实证明他们好像更感兴趣如何伸手去别人身上揩油。"

我看着她，点了下头，从眼镜上方看去，她的皮肤被太阳晒得黝黑发亮，鼻形是狮子鼻。

她拿了一杯新鲜的饮料，说："其实我不太反感，可是动作起码得斯文一些。"她一口气将杯中的饮料喝掉一半，一咧嘴，白齿都露了出来。

我说："我可不是那些人。"

"怎么称呼？"

"马洛。"

"带'e'的？"

"是。"

"啊，一个美丽而忧伤的名字，马洛！"她诵诗一样说道。而后放下几乎空了的酒杯，闭上眼睛，两条胳膊向外伸展，脖子向后仰去，说道：

> 美丽的面孔使得千帆齐发，
>
> 让特洛伊无顶的塔楼燃至灰烬。
>
> 亲爱的海伦，请赐我一吻，赋我永生。[①]

她的嗓音略微颤抖，甚至在伸展双臂时差点儿在我眼睛上来上一拳。

"朋友，最近写过诗吗？"她睁开眼睛后，端起酒杯，"我看你很逍遥自在。"她向我眨眨眼睛。

我说："我很少写诗。"

"要是你想，你可以吻我。"

"够了，小猫，我们该走了。"一个身穿敞领衬衫、外披山东绸外套的男子走到她的背后，在她的头上拍了拍，从她的头顶冲我龇牙咧嘴。这家伙长得真丑，一张饼子脸扁得跟肺叶似的，还顶着一头短红毛。

---

① 选自英国诗人克里斯托弗·马洛（Christopher Marlowe）的 *The Face that Launched a Thousand Ships*。小说原文：Was this the face that launch'd a thousand ships, And burnt the topless towers of Ilium？ Sweet Helen, make me immortal with a kiss.

她像发怒的野猫一样，呵斥道："你该不会是想说，又到了给你那该死的秋海棠浇水的时候？"

"亲爱的，别这样，我的猫咪。"

"滚开，该死的强奸犯、流氓，把你的手拿开。"与此同时，她手中喝剩下的酒已经泼到了他的脸上，酒其实不多，喝得只剩下一小勺了，里面还有两块冰。

他掏出一个手绢儿，在脸上擦拭起来，大声回击道："该死的，亲爱的，我是你丈夫，你傻了吗？我是你丈夫。"

她忽然抽泣起来，嗖地扑进他的怀里。唉，果然任何一场鸡尾酒会都一个样，连场景对话都这么雷同。我从他们边上绕过去，远远躲开了。

客人陆陆续续从屋中出来，夜风相送，汽车轰鸣，声声"再见"，喧嚣逐渐告一段落。我踱步走向落地窗，出了屋子，站在石板露台上。地面渐低，向湖面延伸，湖水静得如一只睡着的猫儿，湖畔有一个小小的木建泊湾，一条绳子系着一艘划艇。从这里到湖对岸只有几步之遥。上空有只闲得无聊的黑鸟，模仿人类溜冰，一圈圈地盘旋，可连一道最浅的水波都没有掀起。我点上一支烟无所事事地抽了起来，在一张带有垫子的铝合金躺椅上躺了下来。

我来这到底有什么意义呢？

罗杰·韦德并不是真的无法控制住自己，起码他对待洛林医生时就没有失控。我以为他会在洛林医生的下巴上狠狠来上一拳，那样才符合我的预期，韦德虽然有些火大，但相比之下他更显得守规矩。真正过分的反而是洛林医生，他在别人的屋子里当着一大群客人的面用手套抽主人的脸，以此来控诉站在他身旁的妻子的不检点。韦德的表现相当出人意料，可以说非常绅士，当然，这是拿刚刚从宿醉中醒来，还不太稳定的酒鬼的标准来衡量的。其实他喝醉后是一副什么样的狗德行，我从没有见过，我甚至没有证据证明他是个酒鬼，连他喝酒都没见过。这中间的区别是什么呢？正常人只是偶尔烂醉如泥，醒后就什么事都没有了，而一个名副其实的酒徒，无论醉不醉都和正常人不一样。你会觉得好像从来没有认识过他一样，根本无法揣测他下一步会干什么。

身后传来脚步声，落地轻柔，艾琳·韦德款步来到露台上。她在我边上的另一张躺椅上坐下来，却浅浅地坐在椅子的边缘。她轻声问道："你在想什么？感慨万千？"

"你是指那位手套侠的事？"

"当然不是。"她微微蹙眉，云淡风轻地笑了笑，"我不太喜欢那种玩闹方式。看得出，医生的医术相当高明。在山谷里，他跟一大半的男人都那样闹过，见怪不怪。我实在不理解为什么洛林医生会怀疑琳达·洛林红杏出墙，她看起来不像水性杨花的女人，相貌不符，言行举止也不符。"

我说："没准儿他以前也是酒鬼，只不过被治好了。有许多有过那种经历的人，后来变得像清教徒一样严于律己。"

"有这种可能。来到这里让人感觉宁静，"她看向湖面，"要是作家也可以快乐生活的话，这里就是作家最理想的乐园。"她扭头看了看我："没想到你拒绝了罗杰的请求。"

"韦德太太，我那点儿雕虫小技对他不会起作用的。我早跟你解释过了。不可能那么凑巧，他一有需要我就在跟前。除非我每分每秒都跟在他屁股后头，显然这是不可能的，哪怕我是个无业游民，也做不到这一点。举个例子，没准儿他会在我一厢情愿认为他很正常的情况下突然间发作呢？你知道我不可能把发作征兆判断得那么清楚。"

"可能以后会渐渐好起来吧。"她看着自己的手说，"等他完成他的写作以后。"

"他能否完成不是我能左右的。"

"问题的关键是他觉得你能，你就是他的定心丸。"她张开双臂，把手放在椅子两侧的边缘，仰起头，身体微微向前倾斜，"不知我说得对不对，你觉得一边在我们家做客，一边又拿我们发给你的报酬，让你有心理障碍？"

"他真正需要的是一位心理医生，韦德太太。你有认识的医生吗？我是指正规、专业的那种。""心理医生？"她好像吃了一惊似的，"有必要吗？"

"如果你想听，我可以提供不专业的意见。"我把抽完的烟灰从烟斗磕了出来，拿着烟斗静静坐着，好等待它冷却下来后装回口袋，"他自认为之所以酗酒，是因为有一个秘密潜藏在他的心底，不过到底是什么却查不出来。可能是曾经犯下的某个罪行，还可能牵涉别的人。他想要借助醉酒去寻找真相，就像他那样，醉到只有真正的酒徒才能达到的境界，因为他怀疑秘密就发生在他喝醉酒的时候。他正在干一件心理医生该干的事，目前看来的确干得有模有样、有声有色。当然，要是这个假设是错误的，他杜撰出一个所谓的'秘密'，压根儿就是为自己的酗酒找借口，那就另说了。或许是因为他的作品写不下去了，所以用醉酒来当没办法完稿的幌子，他故意把自己灌醉，或者他无法控制自己。他因为脑子里一团糟，所以没办法完成作品，这是普遍案例，只是他颠倒了因果。"

"不不不，罗杰极富才情，我认为他会创作出一部最好的作品。"

"我已经说过了，这只是不专业的意见。"我说，"你前些日子跟我说他不再爱你这个做妻子的了，结果可能恰恰相反也说不定。"

她望向屋里，而后又转过身来，把屋子抛在背后。我望了一眼，韦德在门里站着，正看向我们。他见我向他看去，便转身向吧台那边走去，走到吧台后面取了一瓶酒。她的话变得有些急促，说道："我从不阻拦他，阻拦也没用，现在我觉得你的话是对的，马洛先生。他自己要是不想戒酒，谁都拿他无可奈何。"

"如果换一个角度去看呢？"我把烟斗收起来，"我们现在只是在摸索。"

她简单明了地说："他是我的丈夫，我爱他，这种爱有别于情窦初开的少女，但爱就是爱。情窦初开的爱，每个女人一生只有一次，而我的那个他，死于战争。说起来也挺巧合的，他的姓名缩写和你的一样。时不时的，我还不肯相信他真的死了，因为没有找到他的尸体，但这已经无关紧要了。或许很多人都像我一样，有的时候……"她久久地盯着我，眼神里带着一种审问。"我会趁着深夜，寻一个宁静的鸡尾酒吧，或者星级酒店，行走在走廊上，或者坐在大厅里，或者在黎明前、深夜里踏上一艘轮船的甲板，在上面漫步。当然，我并不是经常去这些地方，因为我总觉得在某一个幽暗的角落，他还在等我。"说到这里，她眼眉低垂，停了下来，许久后才又说道："我是不是很傻？我自己也觉得无地自容。那种爱，刻骨铭心，一辈子只有一次，如梦如幻，如回归原始，就像神圣国度。"

说完这些，她静静地望着湖水，久久不语，暗自神伤。我转头看向屋里，散开的落地窗里，韦德正端着一个酒杯静静地站在那儿。再回头看艾琳，发现她已经走了，我离开躺椅，向屋里走去。韦德端的可能是一杯酒精度很高的酒，虽然只是站在那儿，但眼神变得很可怕。他咧了咧嘴，说道："马洛，能教教我吗？你是怎么勾搭上我老婆的？"

"如果你指的是抛媚眼、送暗号什么的，我只能说你想多了。"

"我指的就是这个。几天前的那晚，你亲了她。兄弟，虽然我也承认你有一股子魅力，但你千万不要以为你能快速得手，把大好时间用在别处吧。"

　　我本想不跟他计较，试图从他身边绕过去。可他却挡住了我，他的肩膀倒是挺硬朗的。"兄弟，请留步。我们家就缺个私人侦探了，要是你住在附近，那可太棒了。"

　　我说："我不适合待在这里。"

　　他举起酒杯，灌了一口，放低杯子，眼睛斜视着我。我说道："你觉得这话太敷衍，是不是？再多给自己一些时间吧，你的抵抗力会越来越强的。"

　　"你是重建人格的行家，是不是？你怎么可能会愚蠢到把时间浪费在教育一个酒鬼上呢？我的好兄弟，酒鬼是分裂繁殖，不是爹生娘养出来的。整个过程中有一部分是特别有趣的，另一部分就太可怕了。"他又灌了一大口，酒杯快见底了。"抱歉，让我引用洛林医生那位挎着小黑皮包的狗杂种的一句经典语录。马洛，离我老婆远点儿！我知道你喜欢她，你想占有她，大家都想，谁不想呢？你还想嗅一嗅她那如玫瑰一样馨香的回忆，试图对她的梦想了如指掌，或许我也想。但是兄弟，你永远别有这种念头，你什么都得不到，你只属于无边的黑暗和无尽的孤独。"

　　他把空酒杯翻过来，说："就像这样，里面什么都没有，真的，马洛，我比谁都清楚，里面是空的。"他把酒杯放在吧台边缘，拖着笨拙的身子走到楼梯底下，只上了大概十二个台阶，就停了下来，靠在栏杆上，手也抓着栏杆，面朝我露出一个苦涩的笑容。"马洛，别生我的气。你是个好人，我不希望你惹上麻烦。"

　　"什么麻烦？"

　　"也许她仍未忘掉那个让她情窦初开却在挪威失踪的心上人，兄弟，你不想莫名其妙失踪吧？你是我聘请的私家侦探，你把我从光怪陆离的迷宫救了出来，要是你失踪了，像那个喜欢喝青柠汁的家伙一样，我会多么难过啊。"他摊开手掌，掌心贴在被磨得光溜溜的木质扶手上摩挲着，"他变成了影子，不，他连影子也没有了，很多时候我们不禁怀疑，是否真的存在过这样一个人。你来判断一下，有没有可能是她因为太无聊而凭空杜撰出来玩儿的？"

"我不知道。"

他脑袋一低，一边咧嘴用半边脸苦笑，一边抬眼看着我，两条眉毛间隆起深深沟壑。"是啊，鬼才知道呢，没准儿她自己都糊涂着呢。玩具旧了，宝贝儿玩它玩得太久了，宝贝儿腻了，宝贝儿想撒手离开了，于是就说声再见。"

他转身朝楼上走去。坎迪走进屋子，走到吧台那儿收拾起来，看看酒瓶里有没有酒，把玻璃杯放在托盘上。我一直站在那儿，他也一直没有理会我，起码我是这样觉得的。

"先生。"他忽然开口说道，"浪费可耻，这瓶还有一杯没喝完。"他拿着一个酒瓶冲我举了举。

我说："那你喝了它吧。"

"先生，是这样，它不合我的口味。我最多喝上一杯啤酒，啤酒也只一杯的量，绝不贪杯。"

"你是聪明人。"

他瞪大眼睛说："屋子里只有一个酒鬼就够了。我的英语凑合着能听吧？"

"挺好的。"

"不过我的思维是西班牙式的。小鬼，老板不需要外人，他是我的人，我照顾他足够了，听清楚了吗？"

"老鬼，你真能干！"

接着一句西班牙语[1]从他的嘴里骂了出来。他把放满东西的托盘

---

[1]　原文：hijo de la flauta，意为"婊子生的"。

端起来，像餐厅服务生那样，用手托到肩膀上。只剩我一个人了，我向门口走去，西班牙语中"横笛之子"为什么会是一句骂人的话呢？想不明白，当然我也不会在这种问题上纠缠太久，我脑子里已经够乱了。韦德家的麻烦不是出在酒精上，醉酒不过是为了掩饰别的问题而出现的。

当晚，大概九点到十点那会儿，我给韦德家打了个电话，但是听筒响了八声，都没有人接听。我刚放下听筒，把电话挂掉，电话却响了。艾琳·韦德回拨了过来，说道："我刚准备泡个澡呢，听到电话铃响，我猜应该是你。"

"猜得没错，韦德太太。不是什么大事，我临走前发现罗杰喝糊涂了，这会儿我觉得我多少应该负点儿责任。"

她说："他睡下了，没什么事。他是不是跟你说了些没必要的话？问题应该出在洛林医生身上，他其实并不如表面上看起来那么满不在乎，所以要消愁。"

"他只是说他累了，想休息。我觉得不算是废话。"

"那好吧，如果真的只说了这些的话，确实很合理。感谢你打电话过来，马洛先生，晚安！"

"我是说他说过这样的话，并没有说他只说了这些。"

电话那头沉默了片刻，而后说道："谁都有一些愚蠢的想法，罗杰的想象力尤其发达，比常人丰富得多，所以马洛先生，你不要跟他计较。他可能是身不由己呢。上一回的事还没有结束，他这么快就又开始喝酒了。你就当什么都没听过吧。他是不是还用粗鲁的方式对待你了？我了解他。"

"没有，他很有分寸，一点儿都不粗鲁。你的丈夫每天都在反躬自问，是位了不起的高人，平常人可没有这种悟性，俗人宁愿花大半辈子时间去保护他们从未有过的尊严。韦德太太，晚安！"

　　她挂断电话。我在烟斗里填满烟丝，摆上一盘棋，瞅瞅棋子是否有划伤的或松动的，一切就绪后，曼宁金和戈尔恰科夫展开了一场生死搏杀。杀到第七十二步，依然难分难解，常胜将军遇上了啃不动的硬茬儿。这种有预谋无收获的战争，虽不见兵戈甲胄、血肉横飞，却远比广告公司外司空见惯的诸多场景都要消耗脑力。

第二十五章

随后那一周，我整天无所事事，偶尔会离开办公室去做一些小事。这天，乔治·彼得斯一大早就从卡恩机构打来电话，说他外出办事的时候恰好经过通往塞普尔韦达峡谷的那条路，出于好奇心就跑到韦林杰医生的疗养院瞧了瞧，结果发现那里只有五六个土地勘测工作组正在商量着划分地皮的事，韦林杰医生早就搬走了。甚至他向人打听时，他们连韦林杰医生的名字都没听过。彼得斯说："那个可怜的家伙把饭碗儿给弄丢了，就因为一张财产信托证书。我后来调查了一下，他把放弃财产权的证明书交给他们，他们只给了他一张一千美元的钞票。真是一笔廉价的交易，而且快得不可思议。那块地皮已经被人划分为建筑用地了，一转手就净赚百多万。唉，好多时候我都觉得做买卖和犯罪的区别甚微。稍微有点儿本金的交易，就荣升为商业行为了。"

"嗯，义愤填膺、疾恶如仇，这番话精彩极了！"我说，"但是我还是想说，犯罪也是有本金参与的。"

"哥们儿，你倒是说你从哪看到有本金了？土匪从酒里抢来的？挂了，回头见。"

周四的晚上，十点五十分左右，我接到了韦德来的电话。他的声音急促，呼吸沉重，嗓子一阵阵发出咯咯声，说话含混不清，好在我还是听出了他是谁。

"马洛，我快坚持不住了，你可以来我家一趟吗？快点儿，我真的不行了。"

"好，我先跟韦德太太了解一下情况。"

我没有听到他的回应，只听见电话那头传来叮咣乱响的杂音，而后就沉寂了，又过了好一会儿，我又听到咣当作响的撞击声。我对着电话扯着嗓门儿吼了一通，对方依然不说话。时间缓慢而静谧地流逝着，最终，一声听筒放回电话机的撞击声传来，电话挂断，只剩下断线后的嘟嘟声还在响着。

差不多半个小时，我就到了他家。现在回想起来，连我自己都不信。我飞奔似的从狭窄的路口冲过去，拐上文图拉大道，一个左急转弯，而后我的汽车就在大型货车中一个劲摇头摆尾，险象环生。出恩西诺时，汽车时速六十英里。为了避免行人突然闯到车前，我让聚光灯紧贴着路旁停靠的车辆。那天一路都没有碰见警察，没听到警笛，没遇上红灯，看来人只有在豁出一切或破罐子破摔的时候，才会获得幸运女神的眷顾。反正那一路，我满脑子都是"韦德家正在发生糟糕事件"。她跟一个醉酒的狂徒待在一起；她把自己反锁在房间里，外面的人如野兽一样咆哮，疯狂撞门；她倒在楼梯下，脖子被扭断了；她光脚跑到洒满月光的水泥路上，"哇呀呀"后面有一个高大威猛的黑鬼拿着把菜刀追着她狂砍……

我的汽车冲进他们家的车道，大门敞开，房子的里里外外都亮如白昼，然而事情跟我狂想出的那些有些出入。她嘴里叼着一支烟，安然无恙地站在门口，穿着一件低领衬衫和一条松松垮垮的长裤。我跳下车，穿过石板路向她走去。她一脸平静地望着我，我看不出她有一丝一毫激动的神情，如果硬要说有，是从我来到后出现的。

"我记得你不抽烟。"我低智商地脱口而出这句话，接下来我的一举一动都非常低智商。

"你说什么？"她问道，而后把烟拿到手里，看了一眼，"哦，我平常确实不太抽。"她把烟从手里丢出去，踩灭了。"隔很长时间才抽一次。他给韦林杰医生打电话了。"她说得非常平静，声音像是从水底传上来的一样缥缈。

"不，他是给我打的。"我说道，"韦林杰医生已经从那里搬走了。"

"哦，原来是这样，我听到他要求电话那头的人快点儿过来，就想当然地以为是韦林杰医生。"

"他呢？"

她说："大概是从椅子上摔下来撞破了头，流了一点儿血，不多。估计是靠得太往后了，以前也有过这种事。"

我说："那应该事情不大，流不了多少血，那你告诉我他现在在哪儿？"

她板着脸，伸手指了指："在那边。围墙边的灌木丛里，或者路边，或者其他某个地方，都有可能。"

"你没有去看看他吗？上帝啊！"我低头看她，觉得她是吓坏了。我转身往草坪那边了望，却什么都没有看见，围墙那边完全被黑暗遮挡着。

她很淡然地说道："是的，我没去看他。我受够了，以前我竭力忍受，不可忍的也忍了。算了，你去找他吧，快去。"

她转身朝敞开的屋门走去，然而刚进屋里，她就倒在了离门口一码左右的地方，躺在那儿不动，我赶忙过去把她搀扶起来。屋里有一个长长的浅颜色茶几，茶几的两侧各有一张沙发，我扶着她让她平躺在一张沙发上，摸了摸她的脉搏。脉搏很平稳，也不弱，但是她的嘴唇却一点血色也没有，双眼闭得紧紧的。我留下她在那儿，自己出了屋子。

韦德的确在她指的那边，在一片芙蓉花的阴影下侧身躺着。他的脑袋后面湿漉漉的，呼吸很不正常，脉搏急促。我一边轻轻摇晃他，甚至还在他脸上拍了两巴掌，一边喊他醒来。他呻吟了几声，却没有清醒过来。我连扶带拖让他坐起来，而后把他的胳膊架在我的肩上，让他的身子伏在我的背上，伸手去抓他的一条腿，想把他背起来，可是他就像块水泥板一样，令我脱手了。我和他都坐倒在草地上，我打算缓口气后再试一次，可最终只能用消防员经常采取的拖拉搀扶姿势把他拖出草坪，拖向那扇敞开的前门。区区几步路简直就像到暹罗打了个来回。过门廊的时候，那两段台阶路我感觉好像有十英尺那么高。好不容易我才把他弄到沙发跟前，这期间不知打了多少趔趄。我跪在沙发前，让他从我背上滑下来，我往起站的时候，怀疑我的脊椎都断了。

屋子里已经没有艾琳·韦德的身影了，我也懒得去想她去了哪里，我累得不行，一屁股坐在了地上。我查看了一下他的情况，观察他的呼吸，然后看了看他的后脑勺。血不光流遍了他的头皮，头发上也沾得到处都是，以生活经验来判断算不上太严重，但是毕竟是头部受伤，什么样的可能都有。

接着艾琳·韦德悄无声息地出现在我们旁边，居高临下地瞅着他，神情冷漠。她开口说道："我刚才不知怎么回事，突然晕倒了，麻烦你了。"

"我看，保险起见，还是赶紧叫个医生吧。"

"我给洛林医生打过电话了，他是我的私人医生，但是他不愿意过来，你知道的。"

"那就找别人吧。"

"不用，虽然他不愿意来，但他放下手头上的事，会立马赶过来的。"

"坎迪怎么不在？"

"今天周四，他放假出去了。这是惯例，每个星期四坎迪和厨师都放假休息。"她说，"麻烦你把他扶到床上吧。"

"我一个人可弄不动他，先拿条毯子过来给他盖上吧，小地毯也行。今晚挺暖和的，唯一的麻烦是，这种情况很容易引起肺炎。"

她主动承担下了拿毛毯的事。我觉得她简直就是万里挑一的好女人。我刚才费了那么大力气把一个人弄回来，累得够呛，头脑不太好使唤。

我们把一张轮船躺椅上用的毯子给他盖在身上。等了大约十五分钟，戴着一副无框眼镜、衣领僵直的洛林医生赶来了。从他的神情来看，你会以为他是被强制叫来给一条狗做卫生清理的。

"脑震荡的可能性不大，表皮伤，有青肿。"他一边给韦德检查脑袋，一边说道，"通过呼吸，足以说明一切问题了。"说完他就拿起皮包和帽子，嘱咐道："给他清洗一下头上的血迹吧，别太使劲。然后让他睡一觉，别让他受冷，醒来就没事了。"

我说道："医生，还是把他扶到楼上吧，不过我一个人不太好弄。"

他冷漠地扫了我一眼："那就别管他。韦德太太，再见。我从不医治酒精中毒的患者，这你比谁都清楚。退一万步讲，我就算肯医治这种病人，你的丈夫也绝不在其列，你明白为什么的。"

我说："我没有说让你医治他，我只是请你帮个忙，帮我把他弄进卧室里。接下来给他脱衣服就用不着你了。"

洛林医生冷声问道："你又是哪位？"

"上周我们见过，你老婆介绍过我，我是马洛。"

"哦，事情越来越好玩儿了，你是怎么认识我老婆的？""这不是很重要吧？我不过是想让你……"他打断我，说道："你怎么想跟我毫无关系！"

他转身向艾琳点了下头，就朝门口走去。我立马过去把门挡住，我背对着门说道："医生，让我说几句话可以吧？看来你很久没有读《医生就职誓言》了。这家人的用人放假，我没办法一个人把韦德扶到楼上。我告诉你，我家住在离这儿很远的地方，但是一听到这个浑蛋在电话里说他情况很糟糕，我风尘仆仆地一路飙了过来。后来我看见他倒在地上，费了九牛二虎之力才把他弄进屋里，你都不知道他有多沉。你现在就没点儿别的什么想法吗？"

他咬牙切齿地说："滚开！或许我应该以专家身份给警察局打个电话，把警察召来管管你。"

我把门给他让了出来："好一位专家，烧成灰的跳蚤都比你强一万倍。"他气得哑口无言，那张脸明显涨红起来，他开门就走了出去。但关门的时候却像慢动作一样，凶神恶煞似的从门缝里盯着我，让我大开了眼界。我依旧站在门口，转身看艾琳的时候，发现她正一脸微笑，我情不自禁地冲她吼道："很可笑，是吧？""你已经语无伦次了，我说得不对吗？你忘了那天洛林医生在这里的情形吗？"

"我记得，而且我今天看清了他的真面目。"

"我出去一下。"她看了一眼手表，"坎迪差不多该到家了，他住在车库后面的房间里。"说完她就从拱门里走了出去。

我一屁股坐下来，回头瞧了下韦德，我们的大作家正鼾声如雷。他被身上的毛毯捂得满脸大汗，不过我懒得去管。过了一小会儿，艾琳回来了，身后跟着管家坎迪。

第二十六章

　　这位墨西哥大管家梳着一个大背头，涂抹了发霜、发油，头发浓密又光亮。他身上穿着一件黑白相间的格子衬衫和一条黑色的细褶长腿裤，腰上没系皮带，不过脚上倒是蹬着一双锃光瓦亮的鹿皮材质的黑白双色鞋。他看见我后，向我弯腰行礼，说道："先生！"

　　我感觉他这一礼像是在嘲笑我一样。

　　艾琳说道："坎迪，需要劳驾你了！韦德摔伤了，请你搭把手，帮助马洛先生把他搬到楼上去。"

　　"好的，太太。"坎迪微笑着说道。

　　艾琳又对我说道："你要是还需要什么，就吩咐坎迪去办。很抱歉，我感觉特别累，先上去了。"

　　她步履轻盈地向楼上走去，我和坎迪眼睛一眨不眨地望着她，他忽然阴阳怪气地说道："她就像个洋娃娃一样！你今晚打算住在这儿，对吧？"

　　"我没这打算。"

　　"唉，那太遗憾了。寂寞佳人，独守空枕。"

　　"老色鬼，你的眼珠子都快瞪出来了，帮我把这位搬到床上去。"

　　"醉成这样了，真让人心疼。"他看着沙发上呼噜声此起彼伏的韦德，带着一脸悲伤，如发自肺腑一般地轻声说道。

我说："你抬脚脖子，这可是一位灌得烂醉如泥的巨型牲畜。"

我们把这家伙抬起来，尽管两个人分摊了重量，但他依旧像灌满铅的棺材那样沉重。把他抬上了楼梯顶层后，又沿着一道露天阳台继续往前，坎迪忽然向着就要走过去的一扇门扬了扬下巴，鬼声鬼气地说道："夫人就住这间。"

那扇门紧闭着。

他又说道："你轻轻去敲敲门，她或许会让你进去呢。"

我没有理他，因为我现在需要他出力。当我们从那扇门前走过去，抬着醉成死猪的韦德进了一间屋子，把他扔上床上的时候，我立马把手放到坎迪的肩窝下，那个地方用手一掐就会很疼，当然要挑弱点出招了。他当即吓得变脸，后退。我喝道："老色鬼，你全名是什么？"

他也不甘示弱："胡安·加西亚·德·索托·犹·索托马约尔！我是智利人，嘴巴请放干净点。"

"好吧，你身为用人，敢这样坑你的主人？今天就让我给你长长记性，让你牢记本分。"

熊熊怒火从他的黑眼珠里喷薄而出，他挣脱了我的手，趁机后撤一步，伸手从衬衫里摸出一把又细又长的飞刀。他倒持飞刀，贴在手掌跟部，后手一松把刀悬空，他眼皮都没撩一下，手臂一弯，手臂和手腕猛地伸展，飞刀就嗖地飞了出去，砰的一声钉入了木头窗框上，刀柄犹在嗡嗡颤动。

"先生，管好你自己就行，别惹是生非，你可不是我的对手。"他冷笑道。

他的身法轻便至极，移步走向房间对面，一把将插在木框上的飞刀拔出，随手向半空一抛，脚尖点地，身体飞旋，反手便将飞刀接住，飞刀如泥鳅一样钻进了他的衬衫里。

我说："功夫耍得不错！不过有些花拳绣腿，没必要显摆。"

他一脸讥笑，朝我走来。

我猛地扣住他的脉门，向后一捞，就在他身形晃动间，我已来到他的背后，顺着他肘关节的方向，屈臂向上一提，而后前臂不动，肘部上抬，如杠杆一样，力道全部压在了他的肘关节上。我说："看来'飞刀坎迪'要闭关疗伤几个月了。只要我稍一用力，你就会听到来自你的肘关节的'嘎嘣'一声。假如我用的力气再大一点儿，你这辈子都别想再重出江湖了。现在，乖乖替你家主子脱鞋吧。"我松开他。

他咧了咧嘴，说道："手法不错。我记住了。"

他转身正要给韦德脱鞋时，忽然停住了，问道："谁把老板刺伤了？"他看到了枕头上的血迹。

我说："老兄，反正不是我，是他自己摔倒把脑袋撞破的。医生已经看过了。伤口很浅，不碍事。"

坎迪松了一口气，又问道："他摔倒时你在场？"

"我是在那之后才来的，看不出你对他还挺忠心。"

他没有接话茬，伸手继续去脱韦德的鞋子。之后我们把韦德的衣服一件件脱下来，坎迪找来一套绿色配银色的睡衣，又合力给他穿上，把他弄到床上，给他盖好被子。坎迪一脸悲戚地看着床上鼾声如雷、一个劲冒汗的韦德，摇了摇头。他那颗脑袋可真是油光发亮啊。

"他需要有人照顾，我去换件衣服就来。"他说。

"还是我来吧，你去睡觉吧，必要的话我会叫你的。"

"那你最好照顾好他，一丝纰漏都不能出。"他正对着我，语气平缓地说道。

等他走后，我去盥洗室拿来一条厚毛巾和一条洗脸巾，稍稍翻转韦德的头,把厚毛巾垫在枕头上。我怕把他弄得再次出血,我十分温柔地替他擦拭头上血迹。这伤口十分整齐,约有两英寸长,不过划得并不算太深,只要缝几针就好,甚至连缝针都有些小题大做,根本用不着,洛林医生倒是没有说谎。我打算用药和胶布把伤口贴一下,所以翻找出一把剪刀,把一些碍事的头发给他剪掉。做完以后我就把他翻了过来,让他仰躺在床上,好替他擦拭脸上的血迹。我想我压根儿就不该自找麻烦。

他忽然睁开眼睛,一开始迷迷糊糊的,后来就慢慢有了神采,自然看到了站在床头边的我。他嘴巴动了动,听不清说什么,同时抬手去摸头上的胶布,等摸到胶布后他的声音立马就清晰了:"我被打了?你干的?"

"你自己摔倒弄的,别人没空打你。"

"摔倒了?在哪儿摔倒的?啥时候?"

"你给我打电话的时候,我在电话里听见了你跌倒的声音,我猜事发地点也是在那儿。"

"我给你打电话了?好兄弟,你还真是随叫随到,你说是吧?"他勉强笑了一下,"现在什么时辰了?"

"半夜一点多。"

"艾琳在哪儿?"

"因为你,她累瘫了,休息去了。"

他的眼神中浮现出痛苦之色,沉默下来,像是在回味我的这句话,过了一会儿他开口说道:"我是不是又……"他不敢往下说了。

"如果你想问你是不是又对她动手了,应该没有,如果我了解的情况属实的话。"我回答他说,"你晕倒在了围墙跟前,可能是想到屋子外头冷静一下。好了,睡觉吧,不要问东问西了。"

"睡觉?那是什么感觉?"他像一个背诵课本的小孩子那样,平静而缓慢地说道。

"有药没有？吃上一粒或许管用。"

"床头柜的抽屉里有。"

我拉开抽屉，里面放着一个塑料瓶，装着些红色的胶囊，零点五克剂量的西康诺，但这是洛林医生给韦德太太开的药。洛林医生，那个混账玩意儿。我拿了药又把药瓶放回去，只要吃一粒就够了。我从床头柜上端起暖水瓶，给他倒了一杯水，他就着一小口水把药服下去，而后又躺下来，呆呆地望着屋顶。我坐在椅子上瞅着他，过了好长时间这家伙也没有睡着，他忽然慢吞吞地说："马洛，帮我一个忙吧。我忽然想起一件事来，你去打字机的盖子下帮我把那页纸撕下来。上面写了一些乱七八糟的话，我不想让艾琳看见。"

"好的，你关心的只有这个？"

"艾琳怎么样？她真的没事吗？"

"没事，她就是太累了。我真不该对你说这句话。韦德，你别胡思乱想，该怎样就怎样吧。"

他声音里透着一股困意，像是梦话般说道："有人说别胡思乱想了。爱恨都不想了，不做梦了，不伤脑筋了。亲爱的王子殿下，晚安。把那一粒药也给我吧。"我又倒了一杯水，把药拿给他，他服下后又躺下来。"马洛，麻烦你了，我写了一些不想让艾琳看见的东西，你……"

"你已经说过一遍了，交给我吧，你睡你的。"

"那太好了，真的，你在我身边，太好了，谢谢你。"

屋子一下静默下来，他的困意越来越浓了，过了好久。

"马洛，你杀过人吗？"

"杀过。"

"什么感觉？难过吗？"

"有的人爱它的。"

他闭上眼睛，片刻后又睁开，不过眼皮越来越涩："不可能吧？"

我没说话，他不由自主地慢慢闭上眼睛，就像剧院落下幕布的那一刻，呼噜声响了起来。我稍微又等待了片刻，见无异状便把灯光调暗，而后出了屋子。

第二十七章

　　我竖起耳朵站在艾琳的房间那儿听了片刻，里面没什么动静，静悄悄的。她比谁都清楚她丈夫的情况，肯定能自己解决的。下楼以后，客厅里一个人也没有，然而所有的灯都开着。我留下几盏，把剩下的全关了。出了前门，我站在门口望着二楼的阳台。阳台由几根露在外面的横梁支撑着，下面就是客厅空荡荡的中间部分，客厅的这一段跟房屋的墙壁一般高。阳台很宽阔，两端都有大约三点五英尺高的护栏。护栏看起来很结实，立柱和顶杆全都是四棱柱形的，跟横梁很搭配。一道方形的对开拱门将客厅一分为二，拱门上装有百叶板。我估摸着，用人住的房间应该在餐厅的正上面，因为二楼的这个地方砌了一道隔断墙，想必厨房里也有一道楼梯，能够直通二楼。韦德房间的下面是书房，不过并不是正对着的。从这里看，能够看到从他未关的房门里照射出的灯光，灯光照到门上，又反射到天花板上，所以门口那块的天花板，看得很清楚。

　　我仅留下一盏灯，把其余的灯全部关掉，向着书房走去。书房里也亮着灯，有两盏，不过门紧闭着。其中一盏灯在书桌上，带有灯罩。皮质沙发的一头是一盏落地灯。桌案的灯下有一个放打字机的架子，打字机的旁边堆着一沓沓黄纸，放得很随意。我在一张带有衬垫的椅子上坐下来，开始扫视这间屋子，他究竟是怎么把自己的脑袋撞破的？我起身走到书桌后的那张椅子跟前，坐了下去，左手边就是电话机。我用力靠了靠椅子，发现弹簧的弹力并不是很大，如果真的是后仰得太厉害了，那么可能会把头磕到桌子角上？但是我用湿手绢在木边儿上抹了一下，发现一点儿血迹都没有。放在这张书桌上的东西特别多，其中有两个大象青铜雕像，铜象中间竖放着一排书。另外还有一个墨水瓶，玻璃的。我伸手在墨水瓶上摸了一把，同样没有一丁点儿血迹。我猜我不可能找出异常线索，因为假如他的脑袋是别人打的，那么所使用的工具就不一定还留在书房里。更何况，未必有第二个人在场，只为给他来那么一下。我起身把屋顶的吊灯拧开，所有角落都亮起来。墙边倒着一个四方形的金属废纸篓，废纸团滚了一地。我找到答案了，原来这么简单。纸篓没有长腿，自己是不会乱跑的，它倒了，肯定是人踢倒的或推倒的。

　　我用湿手帕在纸篓的一个角上擦拭了一下，果然有暗红色血迹。一切都清楚了，韦德是自己跌倒的。他的脑袋凑巧撞到了纸篓的一个角上，可能只是擦了一下，而后他自己爬起来，狠狠踹了一脚这个讨厌的玩意儿，把它踢到了房间的另一边，可能他在做完这件事后还喝了一杯酒。在沙发前的茶几上，放着一个暖水瓶、一个盛放冰块的银碗。不过现在冰已化成水了。还有一个空空的酒瓶，一个还剩四分之三酒的酒瓶以及一个经济实惠的大号玻璃酒杯。一杯酒下肚，顿时心情好转，但他看见电话听筒不在话机上了，而是垂在一旁。可他用电话干什么了？他想不起来了。所以他就走过去把听筒放回话机上。如今这个时代，我们不过是一些小机器的奴隶，比如电话，一看到它就有急迫感，想要做点儿什么，它令我们爱恨交加，并深深畏惧。他对电话就从来都很敬畏，哪怕喝醉酒了也不敢对它不敬。电话是神圣之物。没错，这一切都说得通。

　　一个脑袋清醒的人一般会先冲听筒说上一声"哈喽"，等确定没有连通才会挂掉，但是一个摔倒了且撞破脑袋的醉鬼就未必会这么干了，他才管不了那么多呢。当然，也可能是他老婆听到了他摔倒的动静以及金属纸篓撞在墙上的响声，而后赶过来了，是她把电话挂掉了。这时候他也该酒劲儿上头了，所以就趔趔趄趄地出了屋子，穿过草坪，走到我找到他的那个地方潇洒地晕了过去。所以之后某些人来找他，好比那位韦林杰医生——他可真是一位善良的大好人，他也不记得了。这样解释合情合理，起码眼下还没出现太大的破绽。

他老婆没办法跟一个醉鬼讲道理，多半是心慌意乱、手足无措，她只能喊个外人过来帮忙。那她就打电话吧，谁让用人不在家呢？所以她就打给了那个人——尽管她什么都没说，但我刚开始还以为她是在我来了之后才给洛林医生打的电话呢。可是再往后就不太合情理了，她起码应该找到他，看看他的伤势怎么样，可以的话再照顾他一下。然而我看到她时，她正在门口抽烟，连他在什么地方都一问三不知。我去搀扶他的时候可是拼尽了全力才办到的，而她没那么大力气，况且现在是夏天，夜里也挺暖和，让他在外面的地上睡一会儿也没啥大不了的。

我无法想象她当时担惊受怕的样子。你能想象得到吗？她不愿意走近那个危险分子。她刚刚走进屋子就晕倒了，而且我刚到的时候她还对我说过："能忍的我忍了，不能忍的我也忍了，麻烦你快点儿去找他吧。"

我总感觉还是有什么地方说不通，不过我只能暂时压下念头。

如果我做以下假设呢？

屡次的教训告诉她，这种状况下，除了听之任之，别无他法。所以她就不管他了，随便他怎么样，比如让他昏睡在地上，静心等待某位仁兄带上医疗器械来救治他。

应该就是这样，可还是不对劲。她说她太累了要先回房间去睡觉了，把他交给我和坎迪，当时我为什么会感到一阵忐忑不安呢？难道是因为她说的话？她说她爱她的丈夫，他们已经共同生活五年了，虽然他喝酒后会变得很危险，她必须躲得远远的，但他清醒的时候是非常好的一个人。管他呢，也许吧。

但我心里还是不安，假如她真害怕他的话，她不应该站在门口抽烟，也不应该晕倒，这里面肯定还有文章。难道与另外一个女人有关？比如琳达·洛林？并不是没有可能。她最近知道了这件事情，洛林医生在大庭广众之下发难，可见他笃信事情确凿。

我没有再继续思考下去，而是去把打字机的盖子揭开。受人之托，需毁灭一件不能让艾琳看见的事物，好在东西还在，就是那几页黄色的纸稿。我决定略窥几眼，于是把它放到沙发上，以酒助兴再好不过。我把高脚杯清洗了一下，书房的一侧就有几样不成套的清洗设备。而后我坐到沙发上，一边看打字稿，一边自斟自饮。

上面写的东西很费解，简直就是前言不搭后语，内容是这样的……

第二十八章

还有四天就是满月了，月光在墙上凝视着我，好笑！什么东西都得往其他地方联想，这什么作家。我脑子里装的是被搅拌过的细软乳膏，没有一丝甜味儿。我怎么又在比喻，一思考就乱糟糟的。总之是要吐的，没准儿能吐完呢。再给我点儿时间，别逼我。到床上躺着吧，那才是我该做的。虫子在啃啮着我的心。一头黑色的怪兽藏在床底下来回在地上爬着，往床板上撞一下就害得我大叫。做梦时的吼叫怕什么？没什么好怕的。做噩梦我不怕，可是当我躺回床上，黑色怪兽就又会跑出来折腾，我居然因此性高潮了。这感觉比我以前做的其他事还要肮脏。

感觉身体又脏又臭。腋窝、胸前、背后都黏黏的。两只手抖个不停，汗水直流。我得刮刮胡子了。袖子肘弯里也是湿湿的，桌子上放着空酒杯，那东西虽然对我没有任何益处，味道也让人恶心想吐，可我还是想来一杯，这才让我有些精神。我现在倒酒得双手并用才行。来，韦德，再来一点酒。可惜，最后我还是睡不着。整个世界都很嘈杂，我被折磨得异常痛苦。

因为不舒服，所以你喝上那么一杯，起初的确能让你感到好受一些，前几天还算有效果，但越到后来效果越微弱，而副作用却越来越明显。直到有一天，它除了能让你的胃难受，什么情绪和安慰都给不了你了。你不得不给韦林杰打电话。好吧，韦林杰，我来了。再也没有韦林杰了。他可能前往古巴了，要不然就是死了。可怜的老伙计，你是自讨苦吃，多半已经被那个婊子给杀死了，一起死在了床上，其实那就是个帮凶。算了，韦德，我们换个地方。去一个从来没去过，去了就回不来的地方。这句话有语病吗？有什么大不了的，就当是广告演完后短暂的安宁，又不指望它赚钱。

就这样吧，一切都按计划办。我来到沙发跟前，跪在那儿，双头抱头把脑袋埋在沙发上大哭一场，然后祈祷。无用的酒徒喜欢自怨自艾，一祷告你就觉得自己一无是处。人家身体没问题的人为了信仰而祷告，有病的人祷告有什么用呢？自己吓自己而已。况且，你又向谁祷告呢？真是蠢货。全都是你一手造成的，这个世界是你自己搞出来的，虽然外人和环境有影响作用，但它毕竟是你自己塑造的。所以你这个蠢货，别再祷告了，起来喝杯酒比什么都强，其他事情已经来不及挽回了。

两只手端起就可以了吧？一滴也没洒，全都倒进玻璃杯里。加点水可能会更好。要是杯子在手，又不用大吐特吐就完美了。别慌，一点点来，别一次性倒太多。越来越温热，又只剩下空酒杯了，放回桌子上。要是我能不流汗该多好啊。我小心翼翼、小心翼翼地放下酒杯，就像把一枝玫瑰插进高高的花瓶里。露水把月光给润湿了。玫瑰上沾有露水，它点点头。老兄，没准儿我也是一朵玫瑰，你看，我也有露水呢。好啦，上楼去，来上一杯高纯度的，然后出发。

什么，别这样？随你的便，我不勉强。上楼的时候帮忙带上去。你就等好消息吧，如果我能走到那里的话。要是我上了楼，怎么也该获得奖励吧？就当是自我鼓励和安慰，表扬一下我的优点。

不喜欢楼上？我心跳得厉害，实际上我依然还在打字机跟前敲敲打打。潜意识要是能像魔术师有规律地出现和消失该多好啊。月亮简直是神出鬼没！楼上也有月光。难道真的来自同一个月亮？还是说，月光就像月亮的奶水，它会像送牛奶一样及时送货上门。快闭嘴吧，老兄。现在谈月亮合适吗？看你，两条腿罗圈儿成啥样了。这个山谷里的故事那么多，还不够你取材吗？

她睡着了，双膝蜷曲起来，侧卧在床上，可难道睡觉没有一丁点儿声音吗？安静得太过分了。也许……她压根儿就是装睡。也许……她正在努力想睡着。靠近些看看不就知道了吗？要是她从床上滚下来还能帮上忙呢。她正在看我？不会吧？睁着一只眼睛？照常理她应该坐起来，对我说，亲爱的，你病了？亲爱的，我是病了，你说得没错，不过别担心，只要你安好，我生病算不上什么。亲爱的，你还是睡觉吧，像睡美人一样，恬静地安睡，永远也不要记起某些事，根本没有那种可怕的、丑恶的、黑暗的东西接近你，也没有又湿又黏的东西从我的身上粘到你的身上。韦德，对你只有三个形容词表达：无耻的家伙、下作低劣的作家、无耻的恶徒。噢，上帝！难道你自己没有意识到吗？我扶着护栏往楼下走去，胃一直闹腾，不舒服，好在坚持一会儿后，身体稍稍得到安慰。我终于回到了底楼，回到了书房，回到了沙发那儿歇息，好让心跳慢下来。韦德家居的布置永远会保证酒瓶子触手可及。谁都无法把它藏起来，把它锁起来，谁都办不到。亲爱的，你还要喝酒吗？你会喝坏身体的，亲爱的——这样的话我从来听不到。你侧身睡着，温柔得像玫瑰一样。

我一开始就错了，我根本不应该给坎迪那么多钱。而是应该循序渐进，先从一小袋花生开始，然后提升为香蕉，这才是真正的开始，永远吊着他。要是你从一开始就把他养肥，他很快就脱离对其他事物的兴趣了。他在这一天的花销，够在墨西哥花上一整个月的。胆大妄为，下流无耻。当他连金子都拿到了，又会怎么样呢？一个贪得无厌的混账，会觉得已经赚够了钱吗？那个眼睛贼亮贼亮的王八蛋，他为什么不去死呢？为什么这种身穿白夹克的渣滓总是死不了，而一个老好人却要因我而死呢？去他妈的坎迪，想他做什么，有成千上万种法子把一根绣花针搞钝。我永远无法忘怀的应该是另一个人，就像用绿幽幽的火焰烙印在了我的肝脏上一样。真的忍不住了，最好立马给谁打个电话，可给谁打呢？必须尽快，不要等那些粉红色的东西爬到脸上后再打。它们正蹦蹦跳跳、蹦蹦跳跳……打电话，赶紧打电话，电话——给"苏城"①打！你好，帮我转接长途。长途台吗？你好，帮我转接"苏城"。你问她的电话号码？不，接线员同志，只有名字，没有电话号码。通常她会沿着第十街有林荫的一边散步，或者在高高的、长穗儿的玉米下。行行行，接线员同志，我不麻烦你了。

我要说一句，要问你一句话，你不给我转长途，吉福

---

① 出自美国影片 *Sioux City Sue*。

德想在伦敦举办宴席从哪儿搞钱呢？我想我应该直接跟吉福德好好谈一谈。你以为你的饭碗拿得很稳？你这样以为？好吧。你让他来接电话。什么？他的男仆刚把他要的茶水端进来，不能接电话？那你给我找个能接的来。

天啊，我到底在写些什么？现在最紧要的是打电话。糟糕透了！我只是在逃避那些出现在我脑子里的东西罢了。

我看完全部内容之后把稿纸折起，放进上衣口袋的皮夹子后面。

然后到落地窗跟前，把窗门打开，抬步跨过去，来到了露台上。艾德瓦利正值夏季，月亮不算明亮，不过也还好。我凝望湖面，正在猜测时，一声枪响忽然传来。

第二十九章

　　阳台上亮着灯的两个房间的房门都打开了。我赶到时发现她的房间里空无一人，而他的房间里却传来撕扯争斗的声音。我冲进房间后看到她正在床边儿站着，罗杰在床上坐着，两人正扭打在一起，她使劲地弯着腰，他使劲地往前倾，向外推她。女人的小手和男人的大手，两只手同时抓在一把黑光冲天的枪管上，他们都没有去抓枪柄。她的头发乱糟糟地披散在脸上，穿着一身淡蓝色便服，忽然用双手一起抓到枪上，猛地往怀里一拽，把枪从他的手里夺了过来。尽管他现在还没有从麻醉状态恢复过来，我有些惊讶。

　　他的眼睛瞪得很大，喘着粗气。她得手后立马后退，却一下撞到我的怀里。她两只手紧紧握着枪，几乎是把它揣在自己的怀里，背对着我站在我的身前。等她终于察觉我在身后时，才猛地一转身，瞪大眼睛看着我，而后身体忽然失去力气，倒在了我的身上，同时松开了手中的枪。我用一只手扶住她，另一只手把枪管尚且热乎乎的双动机锤内置式韦布莱手枪装进自己的口袋里，这把武器真够笨重的。我从她的头顶朝他望去，一时间谁都不说话。他的嘴角挤出一个疲惫的微笑，张开眼睛嘟囔道："我只是对天花板开了一枪，闹着玩儿，没人受伤。"

　　我感觉到她的身体从瘫软到逐渐僵硬，而后突然挣脱起来，我松开她，她的目光变得清澈，视线有了焦点，像是说梦话一般："非要这样吗，罗杰？"

他沉默着，舔了舔嘴唇，眼睛瞪得像猫头鹰一样。她向前走去，靠在梳妆台上，手木然地撩了撩披散在脸上的头发。"可怜的罗杰，为何不幸要降临在你身上呢？"

"我做了个噩梦。"他的眼睛直直地盯着天花板，"看不清是谁，拿着一把刀站在我的床边，有点儿像坎迪。不，怎么会是坎迪呢？"

"亲爱的，当然不是他。坎迪怎么会拿着一把刀呢？他早就上床睡觉去了。"

她从梳妆台走到床边坐下，伸手抚摩他的额头安慰道。

罗杰也用平淡的语气说道："他是墨西哥人，墨西哥人都喜欢刀子，他们每个人身上都带着刀子，关键是他讨厌我。"

我哼声说道："谁会喜欢你？"

她立马转头瞪我："拜托你不要说这种话好吗？他只是不知道自己在做噩梦……"

"枪原来放在什么地方？"我冲她大声吼道，故意不去理会他。

他转过头来，看着我的眼睛，说："在床头柜的抽屉里。"

抽屉里放着药和少数其他几样东西，但没有枪。他想起我是知道抽屉里没有放枪的，又说了一句："可能放在枕头底下，我记不大清了，因为我开了枪，打在那儿了。"他缓缓抬起手，指了指。

我抬起头，那里确实有个小窟窿，就在天花板的水泥层上。我走到一个可以看得更加清楚一点儿的地方，这下可以确定了，那样的窟窿，只有子弹才能射出来。以那把枪的威力，足以射穿天花板。

我转身走回床边，低头凝视着他的眼睛，咆哮道："你说你做噩梦，撒谎！你是想自杀！你只不过是个自怨自艾的可怜虫。枪并不在枕头下放着，也不在抽屉里。你专门起身去拿枪，然后再躺回床上，本来你想来一下子，一了百了，可是你胆怯了，就胡乱开了一枪，没准备打任何东西。你想要的不过是让你的妻子飞奔过来，给予你关心和怜悯。老兄，我把一切都看透了。你连抢枪都是故意做作，要是你真的不肯放手，她又怎么可能从你手里把枪夺下来呢？"

他说："或许你说的都对，我是个神经病又怎样？"

"他们可以把你送进疯人院，你最好相信我，那的管理员可不会怜悯你，他们会比乔治亚看管戴铁链的劳教犯还要严苛。"

"够了。"艾琳呵斥道，她站起身来，"你忘了吗？他是病人。"

"我不过是让他知道这样做会有什么后果，他盼着生病呢。"

"你非要现在跟他说这些吗？"

"滚回你的房间去。"我冲她吼道。

"你凭什么……"她的蓝色眼珠里喷出火焰。

"如果你不想让我把警察找来，就赶紧回房。我想，这事本来就该让警察来管。"

"太好了，赶快报警吧！"他像是要笑出来一样，"就像当初对待特里·雷诺克斯那样。"

我看着她，没有理睬他。这会儿她看起来更加疲惫了，那副无助的样子看起来楚楚可怜，动人心魄，以至于我的怒火一下子就熄灭了。我伸手拍了拍她的胳膊，说道："你回去休息吧，这里交给我吧，我保证他不会再胡闹了。"

她又看了他好半天，才姗姗走出房间。等她的身影从我视线里消失后，我来到她刚才坐的那个地方坐下，问他："需要再来一粒药丸吗？"

"不必了，现在我感觉好多了，睡不着觉也无所谓了。"

"我刚才的话没有说错吧？你开那一枪，不过是心血来潮。"

他把脸转向别处。"也许吧，可能真的是愚蠢的举动。"

"你我都明白，要是你真的想自杀，谁都拦不住你。"

"你说得没错。"他仍看着别的地方，"我拜托你的事怎么样了？我是说打字机里的玩意儿。"

"你还记得这个。当然。写得乱七八糟的，不过单词没有任何拼写错误，这让我觉得奇怪。"

"这不算什么。就算喝醉，头脑不清醒，我也不会在这方面出什么错。"

"你完全没必要担心坎迪，你认为他讨厌你，我想你错了。当然，我说的那句话也不对，我只是想把艾琳激怒，才说没有人喜欢你。"我说。

"为什么？"

"今晚她晕倒过一次。"

"艾琳怎么会晕倒？"他摇了摇头，"从没有过这样的事。"

"你意思是她假装晕倒？"

他显然不太相信。

我又问他："你说有一个好人因你而死，到底是什么意思？"

他好像是在思索，眉头皱了起来："不过是些胡言乱语。我说过，我做了一个梦。"

"我指的是你写的那篇鬼话连篇的字稿。"

他终于把那颗沉重的脑袋从枕头上转过来，正脸看着我说："那是另一个梦。"

"好吧，我再问最后一个问题，坎迪拿什么来要挟你？"

"朋友，别再问了。"他闭上了眼睛。

我站起来，过去把门关上。"韦德，你想一直逃避下去，这就不可能好。我相信坎迪一定抓到你的什么把柄，从而敲诈你。这太简单了。他其实还能一边敲诈你，一边喜欢你。到底因为什么？"

"那个蠢货洛林的话你也相信？"他又把眼睛闭上了。

"难道……是她死去的妹妹？"我说了一个极为荒唐的猜测。

可没想到这个猜测居然说对了，他陡然睁开眼睛，嘴角溢出唾沫，把嗓音压得极低，凝重地问道："你说什么……你来这儿究竟有什么目的？"

"朋友，你忘了吗？是你请我来的。"

他的脸上直往外冒汗，脑袋在枕头上滚来滚去，西康诺的药力也没办法缓解他紧张的情绪。"该死的，离我远点儿，别来烦我，对妻子情深意笃却还在外面拈花惹草的丈夫远不止我一个。"

我进浴室拿了一条毛巾，给他擦了擦脸上的汗。任何卑鄙龌龊的人在我这里都不适用，因为我比他们还要卑鄙。我不仅要把他打倒，还要在他身上狠狠地多踩上几脚，直到他虚弱得无一丝还手之力。我用嘲讽的语气对他说道："这种事情怎么能少得了兄弟我呢，下次我跟你一起去。"

"我还没疯。"他说。

"谁知道呢，或许你只是希望自己没疯。"

"这像活在地狱里一样煎熬。"

"谁说不是呢，显而易见啊。但是我更感兴趣的是，这件事的问题出在哪里？来，你拿着。"我从床头柜里把另外的那粒西康诺拿出来给他。他用一只胳膊肘撑起身子，伸手去接玻璃杯，但没有接到，我主动把杯子放到他的手里，他服下药丸，喝了一小口水，又仰面躺在床上。

他浑身瘫软，脸上也毫无表情，鼻子仿佛被狠狠揉捏过一番，一副半死不活的样子，我猜今晚他肯定没办法把谁推下楼去了。他的眼皮越来越沉重，最后合上了。我从他的房间出来，感觉屁股兜里坠得慌，一把韦布莱手枪正顶在肉上，鼓鼓的。下楼的时候我看到艾琳的房间里没有开灯，但门是开着的，她正站在门内，有月光照了进去，把她的身影映照出来。

她喊了一声，听起来像是某个人的名字，但肯定不是我的。我向她走了过去，说道："别太大声，他睡着了。"

她用一种柔媚的声音说道："我一直相信你会回来，哪怕在时隔十年之后。"

我看了她一眼，是我疯了，还是她疯了？

"阔别经年，我对你的情依旧坚贞不移，快把门关上。"她的话语和语气充满旖旎，我反手把门关上。

这种情形下，把门关上是最聪明的做法吧。我再转过身来看她时，她已经热情如火地向我扑了过来。我忍不住一把搂住她，她紧紧贴着我，头发在我脸上轻轻拂动，她仰起头，嘴唇高高噘起，等着我去吻她。她整个身体都在颤抖，嘴唇已分开，她伸手往下轻轻一拉，睡袍就滑落在地，接着我就看到了她美丽的胴体。

"抱我到床上去。"她说道。

我无法不从命，伸手将她抱住，碰触到了她温软绵滑的肌肤，而后将她拦腰抱到床边。我把她放在床上，然而她的手臂依然搂抱着我的脖子，从喉咙里发出婉转的呻吟，像是某种诱人的哨音一样。我发誓绝对没有人能忍受得了这个，尤其是她来回扭动娇躯，摩挲着你的身子。再继续下去，必然一发不可收拾，我已经像一头发情的公马，心痒难耐。出来闯荡这些年，从未遇到过像她这样勾人魂魄的女人。

坎迪在千钧一发之际挽救了我，我转头向门那边看去，发现门把手正在转动。于是立马从她的怀抱里挣脱出来，冲向门口一把将门拽开，冲了出去。紧接着我就看到了正顺着廊道往楼下跑的坎迪。他跑着跑着忽然停了下来，回头用一种嘲讽的眼神瞟了我一眼。

我这次是从外面关上了门，如今那种魔力已经荡然无存了，仅仅剩下了躺在床上的那位尤物发出的声音。

　　我飞速下楼，来到书房里，赶紧倒了一杯苏格兰威士忌，仰头猛地灌了一大口。我靠在墙上，大喘粗气，任凭酒精在肚子里燃烧，烈焰直冲到头颅里，之后我继续喝威士忌，从那以后所有的事情都变得不正常了，酒瓶好像空了，我躺在皮沙发上，房间和家具变得晃晃悠悠，我蒙眬中好像看到了夏日闪电、山火，但其实只是灯光。"当"一声响，酒瓶滚到了地板上，那是我那晚最后的记忆。

第三十章

阳光已经照在了脚脖子上，我感到痒痒的，才努力睁开眼睛。外面是蓝天白云，树干轻轻摇摆。我的脑袋像是被斧头劈过要裂开似的，我翻身坐起，掀开盖在身上的一条毛毯，脚伸到地板上，眼睛努力瞪着墙上的钟看了下时间。哎，再过一分钟才六点半。

我鼓起勇气离开沙发，站了起来，我体能早不如以前了，做到这步需要很大的毅力，我已经被折磨得彻底改头换面了。我费了好大力气才走到洗手台跟前，把领带摘下来，把衬衣脱掉，然后往脸上头上狠狠泼冷水，这一搞全身都湿了。我拿起毛巾使劲擦水，然后穿上衬衣，系上领带。去拽皮夹克的时候，发出砰的一声脆响——衣兜里的枪甩到墙壁上了。我把枪掏出来，将弹夹卸掉，把子弹倒在手上数了数。有五颗完好的子弹，加上一颗被熏黑的弹壳。我突然觉得，想弄到子弹并不难，就算现在卸掉也无济于事。于是又把子弹装了回去，把这把枪放进了书房的书桌抽屉里。

一抬头，发现头发油光发亮的大背头坎迪正站在门口，他穿着一身整洁的白外套，目光如刀子一样，他说："来点咖啡吗？"

"好的，谢了。"

"老板没什么问题了，睡得很香，我把灯和门都关好了。你怎么会喝醉呢？"

"身不由己。"

"大侦探没有得手？被推出来了？"他嘲讽道。

"你爱怎么说就怎么说。"

"现在你怎么不当硬汉了？这脾气未免太好了吧？"

"端你的咖啡去吧，王八蛋。"我忍不住咆哮道。

"狗娘养的。"

我猛跳起来扣住他的胳膊，他用鄙视的眼神看着我，却毫不反抗。我笑了，松开他说："坎迪，你说得没错，我的确不是硬汉。"

他回来时端着一个银质托盘，将茶几上的空酒瓶和其他跟酒有关的玩意统统用托盘收走，还从地板上捡起一个酒瓶。然后放上一个银质小咖啡壶，还有奶精、糖以及一张干干净净的三角餐巾。

"刚煮好的，很新鲜。"他说。

我连喝了两杯醇黑咖啡，或许我该抽支烟。我依旧是个正常人，还不算太糟糕。

坎迪又返回屋里，冷冷说道："吃点早餐吗？"

"不用了。谢谢。"

"既然不吃，那你该走了。"他说，"我们这里不欢迎你。"

"我们？'我们'是指谁？"

"老板由我来照顾就够了。"他把一个盒子打开，拿出一支香烟点上，抽了起来，样子极为傲慢。

"你捞了不少钱吧？"

他皱了皱眉，点头说道："没错，薪水还可以。"

"我指的是额外收入，比如封口费。"

"听不懂你说什么。"他说了句西班牙语。

"我敢打赌，你从他那儿勒索了不到两码。"

"什么两码？"

"两百美元。"

"你应该支付我两码，大侦探。"他龇牙笑道，"这样我就替你保密，昨晚你没有进她的房间。"

"这笔钱足够买一卡车非法入境的墨西哥人，就像你这种杂碎。"

他没生气，对我说道："大侦探，要知道，破财免灾。要知道我老板发作起来是非常可怕的。"

我嗤之以鼻，回击道："小人才贪小便宜。你的话狗屁不如，大部分酒鬼都喜欢搞些乱七八糟的事情，她早就一清二楚了，你的情报根本一文不值。"

"算你狠，小子，千万别让我看到你再来这里。"

"反正我也不打算待在这儿了。"我起身从茶几绕过去。他挪了挪屁股，始终正面对着我。

我瞅了一眼他的双手，看来今早他没有带他的飞刀。于是我一个箭步冲过去，狠狠在他脸上抽了一巴掌。"你个偷渡客、娘娘腔！没人敢骂我狗娘养的！这里我想来就来，我还有事情要做，今天给你个教训，下次再出言不逊，小心我在你那小脸蛋上来上几枪，让你面目全非。"

他被打了后居然无动于衷，一点儿要还手的意思都没有。抽耳光、娘娘腔、偷渡客这些词语都是极具侮辱性的，然而这次他居然一动不动，一脸淡然，也不说话，端起咖啡托盘就走了。

"谢谢你的咖啡。"

他背对着我，脚步不停地走掉了。

我抖抖身子，摸了摸下巴上的胡茬。韦德家的任何一个人，我都不想再见了，我决定马上离开这里。即将走出客厅的时候，一身蓝衫白裤、脚踩露趾凉鞋的艾琳从楼上下来，她看到我后居然露出惊讶的神色。"马洛先生，你怎么会在这儿？"仿佛有一星期没有看见过我一样。

我说："我把他的枪放进书桌抽屉里了。"

"枪？哦，天啊！"她好像突然间清醒过来一样，"昨天晚上真是一团糟，我还以为你回家了。"

我走向她："我喝醉了，一点儿尊严都没了，我故意买醉，因为太孤单了。"

她的脖子上戴着一条纤细的金项链，还有时下最流行的白底蓝珐琅镶金吊坠，蓝珐琅部分像是一对没有张开的翅翼。其他部分是宽宽的白珐琅衬底以及金色小刀刺穿一张卷轴的图案。我看不清卷轴上的刻字，好像某种军徽。她用那双纯净的眼眸看着我："你可别这么说。"我从她眼里看不到一丝伪装。

我说："那得看你怎么想了。我打算走了，刚才跟你说枪的事，记住了吧？"

"你把它放进他的书桌里了。这可能并不是个好主意，应该放到别的地方，但愿他昨晚不是真的想对自己开枪。"

"抱歉，我无法回答你。不过再有下次，就说不准了。"

"不会有下次了。"她摇了摇头，"我相信这种事不会再发生。马洛先生，真不知道该怎么感谢你，昨天晚上幸亏有你。"

"你已经感谢过了。"

她脸色忽然红润起来，然后微笑着说道："真是奇怪，我昨晚梦到了一个十年前就不在了的人，我从前认识的一个人，这个就是他送我的。"她一边说一边摸着那个吊坠："所以我今天把它戴上了。我梦到他出现在了我的屋子里。"

我说："我也做了一个奇怪的梦，内容我就不说了。罗杰现在的情况怎么样，或许我能帮上什么忙？"

"你刚不是说你不会再来了？"她的目光下移，看着我的眼睛。

"我只说到时候再看，没准儿要不要回来呢。我希望是不用再回来的。这个房间里有一些难以捉摸的事情，酒精只是一小部分原因。"

"你指什么？"她皱起眉头。

"你知道我说的是什么。"

她的指尖在吊坠上摩挲，认真琢磨我的话，缓缓叹了口气，平静又坚毅地说道："早晚会有另一个女人横插进来，如果你言下之意是这个的话，情况不算糟糕。事实上我不知道你究竟想问什么。"

"可能是吧。"我说。

她站在从下往上数的第三阶楼梯上，依旧在抚摩那个吊坠。这个女人依然是那么梦幻，光芒耀眼。"假如你认为另一个女人是琳达·洛林的话，就更是如此了。"她放下吊坠，下了一阶楼梯，"洛林医生肯定从什么渠道得到了消息，不然他不会和我的直觉一致。"

"你说他找过这里一半的男人麻烦。"

"我说过吗？"她又下了一个台阶，"哦，可能当时只是顺口一说。"

我说道："我还没有刮胡子。"

她吃了一惊。"天！"她调笑道，"我可没期待让你来跟我调情。"

"你找我究竟想让我做什么，韦德太太？你为什么会偏偏选中我，费尽心机说服我去帮你找人，你看上了我哪一点？"

"因为言而有信。"她平静地说道，"即使面对困境的时候。"

"多谢抬举，不过我觉得这并不是真正的理由。"

"那你是什么意思？"她走下最后一级台阶，抬头看着我。

"就算事实如此，但这个理由太牵强了，世上没有比这更不靠谱的理由了。"

"为什么这么说？"她微微蹙眉。

"因为'言而有信'这一条在我身上已经尝试过了一次，哪怕我再傻，也绝不愿意去尝试第二次了。"

她毫不在乎地说道："对话突然就充满了玄机，是吧？"

"韦德太太，你本身就是个谜一样的女人。好吧，如果你对罗杰的关心是真的，现在应该立马换个真正的医生过来帮他。祝你好运，再见！"

"你是担心昨晚的事情会再度上演吗？"她再次露出笑容，"那你应该看看他真正严重的时候是什么样子，昨天只是开胃小菜。今天下午他就会起来工作。"

"除非他撞鬼了。"

"你不相信？我比你更清楚他的为人，他一定会的。"

"听着，你别装模作样了。"我给她来了最后一击，"我根本不相信你是真的想救他，你只不过是装装样子而已。"

"你这么说是不是太过分了？"她不紧不慢地说道，从我身旁走过去，推门进了餐厅。空空荡荡的客厅只剩下我一个人了，我抬步从前门走出来。

好一个美妙的夏日清晨，山谷远离城市，杂质吹不进来，太平洋的潮气又被山冈挡住，城市里的闷热、腥臭、潮湿，这里一丁点儿都感受不到，有的只是明亮、宁静。再过一会儿，这里会热起来，但是那种热有别于其他地方，不像沙漠，也不像城市，它会让人觉得恰到好处，很舒服。住在艾德瓦利住宅区，就如居住在天堂。这里是精英人士的首选，无可挑剔的舒心的家、车子，宠物甚至儿女，都适合居住在这里。但是我这个姓马洛的家伙，却只想赶紧从这离开。

第三十一章

　　我回家立即洗了个澡，刮了胡子，换了身衣服，整个人都清爽了。我给自己做了早饭，把厨房、后门廊归置好，清洗干净餐具，然后拿出烟斗，装上烟丝，安逸地抽上，并给电话代理公司打了个电话，我不在的时候，没人给我打过电话。

　　既然如此，我去办公室又有什么意义？那儿只有厚厚的灰尘和一堆死蛾子，以及锁在保险柜里的"麦迪逊头"，或许摸一摸这五千美元新钞也不错。只是我实在提不起兴致，虽然这真的是个很不错的娱乐项目。钞票也不属于我，我能拿它来买什么？这不是啥开心的事儿。我不知道死人需要朋友对他诚挚到什么地步。果然，我还没有从宿醉中清醒，就以迷茫的神志开始品评人生。

　　我就在这种疲惫不堪又迟钝的状态中度过了格外漫长的早晨，好像一截作废的火箭，呼啸着陷进了一片虚无的空间，时间驻足不前一样。窗外的灌木丛里，鸟儿叫个没完没了，月桂谷的车道上辆辆汽车呼啸往来，这一切我都充耳不闻。像是神经过敏，带着烦躁的心情一个劲儿地苦思冥想。后来我只能再喝上几杯，好从昨夜的醉酒中缓缓神。我一般是不会在早上喝酒的，南加州的天气太过闷热，很不适合喝酒。但是今天我坐在安乐椅上，把衬衫的领子散开调了一大杯冰镇酒，一边喝酒一边翻看杂志。故事讲述一个过着双重生活的人和两个心理治疗师的笑料百出，堪称疯狂的怪诞互动，不得不说笑点很有新意。说这个人前一刻还清楚自己是个人，后一刻又笃信自己是蜂巢里的某种虫，在这两种自我认知中不断犹疑徘徊。

我喝酒时特别小心，时刻提醒自己要节制，每次只抿一小口。中午的时候，接到一个突兀的电话。"我是琳达·洛林，我想跟你谈谈。"电话那头说，"我打了你办公室的电话，说话的却是代接电话公司的人，他让我打你家里的电话。"

"找我什么事？"

"见面再说不行吗？你偶尔也会去一趟办公室吧？"

"当然。偶尔会去。有报酬吗？"

"如果你觉得我应该付费的话，我可以支付，事实上我忘了这茬了。我一个小时后应该能到办公室。再聊。"

"好。"

她的声音大了一些，问道："你怎么回事？"

"昨晚喝多了，但也不碍事，如果你实在不愿意到这儿来，我可以过去。"

"我想，还是在你的办公室谈比较合适。"

"我家也挺不错，深居胡同尽头，没有邻居搅扰，安静、幽雅、惬意。"

"抱歉，这种程度的勾引对我没有吸引力。"

"洛林太太，没有人能理解我的本意是什么，我是谜一样的人。那就这样吧，如果非得去那个小笼子，我试试看吧。"

"谢谢。"她挂了电话。

我到达办公室的时候已经过了约定的时间，因为前来的途中我停车买了一份三明治。我先把办公室的窗户打开，让空气稍微流通些，然后给蜂鸣电铃接通电源。当我打开缓冲间的门，探头向里看时，她已经坐在接待室里等我了，那个地方上次曼迪·曼宁德兹也坐过。有可能他们翻阅的杂志也是同一本。今天这小妮子打扮得非常端庄贵气，穿着一套茶褐色的华达呢衣服。她瞅了我一眼，把手里的杂志放下，说道："你的那盆波士顿羊齿植物该浇水了，我建议你最好修理一下。"

波士顿羊齿植物算个屁。我扶着门，等她进来。她进来后我把门关上，又拉出椅子等待她坐下。她扫视办公室的时候，我走到办公桌的另一侧。她说："你没有助手吗？看来你的公司也称不上什么规模。"

"小本生意，我早就习惯了。"

她说："我猜你赚不了多少钱吧？"

"情况不同，我也说不准。比如现在我有一张'麦迪逊头'呢，你要看看吗？"

"一张什么？"

"五千美元面额的大钞，就在我的保险柜里，我的出场费。"我离开座位过去转动圆密码盘，把保险柜打开，又打开柜里的抽屉，再打开一个信封。

她目瞪口呆地看着我放到她眼前的那张大钞。

我说："不能只看表象，这间办公室很具有欺骗性。以前我伺候过一个老家伙，他的办公室比我的办公室还烂，但是你父亲见了他都得问声老爷子好，他的资产折算成现金价值的话，起码有两千万美元。他的办公室地板上铺的可不是地毯，而是棕色的油毡布。不过他的天花板比我的强，因为他的耳朵不太好使，装了吸音设备。"

她把那张"麦迪逊头"拿起来，用手指夹着，翻过来看了一眼另一面，又放下了，问道："这是你从特里那儿得到的吧？"

"哈，洛林太太，你真会算。"

她皱起眉头，把钞票推到一边，说道："我知道他有一张。他和西尔维娅复婚后，这张钞票他就一直带在身上，他说等他发疯后就会用得到了。他死后，他们没有从他身上找到它。"

"难道就没有别的可能吗？"

"当然。不过，有谁会把一张五千美元的大钞随随便便带在身上，而且还出手这么阔绰，用你说的那种方式给你？"

我点了点头，这种问题不必回答。可她没有就此打住，冷不丁地说道："马洛先生，不知道你能不能告诉我，他用这张钞票请你做什么事？他有没有在你们前往蒂华纳的途中，跟你提起他妻子的一系列或某几个情夫的名字？有没有让你从中查找真凶？你们在车上的那段时间，足够谈论这些了。而且几天前你那么确定地说他的自白不够让人信服。"

我无法回答这个问题，原因太多了。

"另外，罗杰·韦德的名字会不会出现在名单上？"她语气尖厉起来，说道，"如果特里没有杀他的老婆，那真凶就一定是一个粗暴、野蛮、疯狂、不负责任的酒鬼，因为只有那种人才会把她的脸打得稀巴烂。我这是套用你的话，虽然很恶心。你之所以帮助韦德和他的妻子，几乎成了他的妈妈，是不是就是因为这个？他失踪了你去找他，他孤单了你带他回家，他喝醉了你立马就去看他。"

"有两点我需要声明一下，洛林太太。首先那张诱人的雕版钞票，并不一定就是特里给我的。另外，他没有跟我提起任何别人的名字，甚至列出一个名单。除了他让我开车把他送到蒂华纳这件你确信不疑的事，他没有要求我做任何其他事。其次，我跟韦德夫妇打上交道，从中牵线搭桥的是一位纽约出版商。他急切需要罗杰·韦德写完手头上的那本新书，而这就涉及要阻止他酗酒，然后便引出了他酗酒背后是否有特殊原因，需要我调查清楚。如果有，那我还得查出背后的原因是什么，从而解决问题。我只是答应他们尽力而为，想想办法。"

她用嘲讽的语气说道："我告诉你他酗酒的原因，很简单，一句话。全都是因为他那个贫血的金发娇妻。"

"是吗，我不认为她贫血，这说法站不住脚。"

她眨巴着眼睛，眼神异样，说道："是吗？真有意思。"

"你想多了，洛林太太。"我捡起那张"麦迪逊头"，"恐怕要让你扫兴了，我跟那位夫人不是那种关系。"

我起身把钞票放回保险柜，锁进一个带锁的小隔间里，然后把保险柜关上，转了转密码盘。我背对着她时，她说道："我有理由怀疑她跟某人上过床。"

"洛林太太。"我走回办公桌，一屁股坐在桌子的一个边角上，说道，"你难道对那位酒鬼有特殊情愫？不然你为什么会说这种伤人的话？"

她抬高嗓门儿："我十分不喜欢你这种话，如果你认为我的蠢货丈夫胡闹了那么一次，就有资格羞辱我，你错了。我不可能对罗杰·韦德产生任何感情，哪怕他清醒的时候，没有不良行为的时候我也不会，就更别说他现在这副鬼样子了。"

我坐回椅子里，拿起一只火柴盒，我直视着她，她看了看手表。我说："果然钱能让人理直气壮。我这就算是侮辱了？韦德夫妇你都不算了解，却一个劲说他们的坏话，我只是用同样方法对待你而已。算了，我没必要较真。韦德是个酒鬼没错，任何一个酒鬼都会跟某个荡妇产生瓜葛，但那个人不是你，你没必要评价。在鸡尾酒会上，你那位家世不俗的丈夫只是为了给大家助酒兴才说了那么一番话，可能只是个玩笑话，但也不否认也许有另一个人的存在。我们到底要把调查范围扩大到什么程度呢，洛林太太？我相信她不是什么省油的灯，不然怎么会跟你产生这么深的恩怨，还值得你亲自跑来跟我斗嘴皮子，互相揭对方的短呢？"

她的嘴角发青，两只手捏在和衣服成套的华达呢皮包上，拳头僵硬，坐在那儿盯着我，一句话也不说，足足过了半分钟后，她才说道："那个出版商谁都不请，却偏偏来请你出马。你也只是在做雇主要求的事情，行。特里也没有跟你提任何一个人的名字。好吧，我相信你的直觉，你没必要对我较真。那么马洛先生，你打算下一步干什么？"

"没什么下一步。"

"这岂不是太屈才了？看在那张'麦迪逊头'的分上，怎么也该花点儿力气吧？你就这么放任不管了？你总能做点什么吧？"

"你怎么也开始感情用事了。让我告诉你，韦德和你的那个妹妹相互认识，我还是从你那儿间接知道这件事的。其实我已经猜到了，可这有什么用呢？他只是沧海一粟，她的情夫能列一个长名单。我不赞成继续调查，接下来我们还是回到你这次来找我的目的上来吧。胡扯了这么多有的没的，把本来目的给忘了，是不是？"

她又看了看手表，起身说道："我的车就停在楼下，我想请你坐我的车去我家喝杯茶，怎么样？"

"哦，只是喝茶？"

"实际上，我有一位贵宾想跟你见个面。"

"你老父亲吧？"

她一点儿也不惊讶，只是说道："我不这么称呼他。"

我站起来，身体前倾："小甜心，你知道吗？你偶尔可爱起来只会让人汗毛倒立，我说的是真话。问一下，可以带枪吗？"

她的嘴角露出不屑："他一个老人家能让你害怕成这样？"

"为什么不能？我敢打赌，你也十分怕他。"

"你说得对。"她叹了口气，"我的确怕他。从小到大都怕。"

"那看来带两把枪才比较保险。"说完后我又后悔了。

第三十二章

　　我还是第一次见到如此特别的房子，像盒子一样方正的三层楼。复式屋顶，两重斜面，很陡，有四个角，对开式的顶窗有二三十个。窗与窗之间，以及窗子的周围都有一些结婚蛋糕样式的装饰。大门的两旁分别耸立着双排石柱，这还没什么，怪异的是那道外螺旋楼梯上同样装点着石柱。楼梯的最顶部是一个塔楼间，我猜站在上面一定可以俯瞰整个湖面上的风光美景。

　　院子中间是一片石板地的停车处。这块地皮可谓相当惊人了，一道粗糙的石头围墙，起码将十五亩地皮都圈了进来，在我们这个拥挤不堪的小地方居然还有这样一个院落，我十分惊讶。车道的两旁栽种着一些被修剪成圆形的柏树。还有别的一些出其不意地分布在各个角落的树，不过看起来跟加州树林的规模还是有区别的。这里的全都是从外面花钱买来的。建造者当初肯定竭尽全力想让所有珍奇宝藏跨越大西洋和落基山脉到这儿来。

　　凯迪拉克轿车缓缓地停在石柱门口，黑人司机阿莫斯率先从车上下来，帮洛林太太打开车门。我也下了车，然后走过去替他扶住车门，好让他扶她下车。离开我的办公楼之后，她坐在车上一路都没有跟我说什么话，看起来一副疲惫又紧张的样子。也是，这栋庞大建筑足以让她喘不过气来。哪怕是一个没心没肺的白痴，来到这里，也会变得像一只悲伤叫唤的鸽子。

"那个家伙到底跟谁赌气，才建造了这么一栋房子？"我问她。

"你以前没见过这样的？"她总算是重新露出了笑容。

"是啊，我从来没有到过这么深的山谷来。"

我们走到车道的另一端，她抬手往上面指了一下，说："大概就是你现在站的地方，那位建造这栋房屋的人，从上面那个塔楼间上跳了下来。他姓拉图雷亚，是法国的一位伯爵，不同的是，他相当有钱，这点跟其他法国伯爵不太一样。他的妻子也不穷，名叫拉莫娜·德斯博拉，无声电影时代，她的周收入高达三万美元。这栋房子本来是拉图雷亚模仿欧洲布鲁瓦城堡，为他和他的妻子建造的爱巢。这件事情你应该有所了解。"

我说："刚刚想起来，我非常了解，周日新闻单独报道过。后来他写了份奇怪的遗嘱，自杀了，因为她抛弃了他，我没说错吧？"

"他将好几百万的路费赠给他的前妻，把其他的财产变成信托资产冻结起来。"她点了点头说，"不过对这栋房子的要求是必须保证原汁原味儿，不能更改分毫。每天晚上都要把餐具摆放在餐桌上，只允许律师和用人进屋子。不过他的后人显然没有遵照他的遗嘱办，房产本身也被或多或少地变卖出去一部分。后来我结婚的时候，父亲把它当作我的嫁妆，赠给了我和洛林医生。为了能住进人去，他重新装修了一番，花了不少钱。实际上我一点儿都不喜欢这里，说是厌恶也不为过。"

"那你没必要非得住在这儿吧？"

"无论如何，父亲膝下的女儿起码要有一个能在他面前装得安稳一点儿吧，洛林医生很喜欢这里。所以，哪怕只是一部分时间，也得留在这儿。"

"他在韦德家大出洋相，喜欢这儿才是合情合理的，他晚上睡觉时会在睡衣上绑上护腿吧？"

"马洛先生，"她的眉毛皱了起来，"你对这个话题好像很感兴趣，谢谢了，不过我不想过多谈论它。"

从车道过来后，我们上了石头台阶，对开式大门悄无声息地打开，接着我们被一个衣着华美、趾高气扬地站在那里的浑蛋邀请进了屋子。我想，我住的房子的整片地皮加起来也比不上这道门廊的空间大。地面看起来就像一个棋盘，最里头估计装了花玻璃。光线不太充足，否则我还可以看见其他的东西。接连穿过好几道对开式雕花门，我们进到个光线比较昏暗的房间里。这间房子的长度绝不低于七十英尺。一位沉默不语的人物坐在那里，漠然地看着我们。

洛林太太赶忙开口，说道："父亲，我是不是迟到了？他就是菲利普·马洛先生。这位是哈伦·波特先生。"

对方的下巴稍微低下一点儿，也就半英寸左右，但他仅仅只是看着我，没有其他表示，后来开口说道："按铃让人送点儿茶水过来。马洛先生，坐吧。"

我坐下。我看着他，他也看着我，谁都没有说话。他看我时就像一位昆虫学家正在对甲壳虫进行观察一样。茶水被送了进来，用一个银质的大茶盘托着，然而放在一张中国式样的茶几上。琳达坐在桌子的一旁，开始倒茶。

哈伦·波特说道："倒两杯就行。你回你自己的房间喝吧，琳达。"

"好的，父亲。马洛先生，你的茶要加点儿什么吗？"

我说："不用麻烦了。"我的声音十分微弱。

她先给她老子倒上，又给我倒了一杯，然后站起来走出房门。目送她出去后，我轻轻啜了一口茶水，掏出香烟打算抽上一支。

"抱歉，我有哮喘。"

我把香烟放回烟盒里，望向他，他是个牛高马大的男人，差不多有一米九，身材很匀称。即便我知道他有过亿的资产，但从他身上我看不到任何快乐。他头发没白，乌黑发亮，梳成偏分，把头顶盖住，我猜他可能谢顶了，眉毛浓密黝黑。身上穿着一套灰色的格子呢西装，没有垫肩，他也根本用不着。西装里面是一件白色的衬衫，一条深颜色的领带，口袋里没有佩戴手帕，而是有一个跟他的皮鞋颜色相称的黑色眼镜盒。他似乎并不喜欢茶。

"马洛先生，为了节省时间，我长话短说。我的意图很明确，假如你正在做，我不允许你插手我的家事。"

"波特先生，我对您的事一无所知，也不会插手。"

"我可不这么认为。"

他又喝了一小口茶，放下茶杯，身体后仰，靠在他宽大的椅子上。"你的底细我一清二楚，你靠什么养家糊口我也十分清楚。还有特里·雷诺克斯和你的往来缘由。"他望着我，那双灰色的眼睛冷酷无情，像是能把我凌迟一般。"别人给我汇报，说你曾经协助过特里出逃，你怀疑案子不是他做的，之后你又刻意接触跟我死去的女儿所认识的一个男人，没有人向我解释你究竟为了什么，所以我想听听你的解释。"

"您说的那个男人叫什么名字？"我问，"要是他有自己的名字的话。"

他笑了一下，当然不是友好的那种。"他叫罗杰，罗杰·韦德。我相信他应该是某个类型的作家，专门写一些令我反胃的黄色小说。我从别人那儿听来的，也的确是这样。我听说他还是个危险的酒鬼。你或许因此生出了某些不可理喻的想法。"

"波特先生，虽然我的观点一文不值，但您也不能左右我的想法。因为我只遵循自己的看法。第一，我认为我了解特里的为人，他不可能杀他的妻子，更何况手段那么残忍。我绝不相信。第二，我是受雇才住到韦德先生家的，并不是我主动要接触他。我的目的只是帮助他在完成某部作品期间制止他烂醉。第三，我没有发现任何能证明他是个危险的酒鬼的证据。第四，您女儿和罗杰·韦德认识这件事起初我毫不知情，我与他接触，仅仅是一位纽约出版商雇我那么做。第五，他雇用我时，我当场拒绝了，后来韦德太太亲自出马，请我寻找她那位生不见人、死不见尸的有可能躲在某个地方接受治疗的丈夫。后来我找到了他，才带他回了家，仅此而已。"

"顺理成章，水到渠成。"他面无表情地说。

"既然您认为是巧合，还有更巧合的事我没说呢，波特先生。"我说，"第六，一个名叫休厄尔·恩迪科特的律师跑到监牢保释我，却不肯说委托者是谁，我猜应该是您或者您的属下委托他的吧？因为别人不可能有这么多手段。第七，我刚刚出监狱，紧接着就有一个叫曼迪·曼宁德兹的浑蛋跑来威胁我，跟我说特里曾经救过他和拉斯维加斯的一个叫兰迪·斯塔尔的赌鬼的性命。这件事我了解，应该是真的。曼宁德兹口口声声称呼我廉价货，对于特里求助我帮他逃往墨西哥却不找他表示十分不满，其实我知道他是装的。他只不过是想警告我，让我别管闲事。"

波特耐人寻味地笑道："你认为我有机会跟曼宁德兹先生和斯塔尔先生这样的大人物打交道？"

"波特先生，这要问您自己。"我说，"我这种小人物所能想到的赚钱方式，是不可能赚来您那么多钱的。接下来，您的女儿洛林太太就来劝说我，让我不要践踏法院的草地。刚开始我不知道她是谁，我们是在酒吧因为一杯'螺丝起子'搭上话并且认识的，后来她报上名号，我才知道。'螺丝起子'是特里最喜欢喝的酒，这一带的人通常不喝那种酒。我随便发了几句牢骚，将我对特里的看法告诉她，她就警告我，要是我把您给惹恼了，我接下来就没有好日子过了，甚至会成为短命鬼。波特先生，我惹恼您了吗？"

他语气冷淡地说："如果惹到了我，你会立马切身体验到的，你询问我没有意义。"

"我也这么认为。然而到目前为止，还没有人气势汹汹地寻上门来揍我，本该给我点儿颜色看看的警察也没有上门找我，按道理我不应该这么好运。看来您只是不想被打扰，波特先生。那么我究竟做了什么事，让您觉得我搅扰了您的清静呢？"

"你的口才很好，马洛先生。不过你接下来只需要听着就行。你说得没错，我要的确实只是一份清静。假如你真的是因为巧合、意外或者偶然原因才跟韦德夫妇产生交集，那么就保持这种状态好了。我这个人把家庭看得很重要，说实话，家庭对我这个年龄的人来说意义真的不大了。我其中的一个女儿跟一个从波士顿来的清高人士结了婚，另一个女儿跟很多人结过婚，最后嫁给的是一个穷小子，这穷小子倒是斯文，任凭她怎么折腾放荡，都不管不问，可是又突然间发狂杀死了她。你不愿承认那件案子是他做的，觉得他不可能这么残忍，但是你错了。那种凶残的作为只不过是他为了掩盖弹孔才做下的。真正的凶器是一把驳壳自动手枪，就是他去墨西哥时随身携带的那一把枪。我不反对你的看法，那样的手段的确惨无人道，但是你也知道，他以前参加过战争，见多了别人如何受折磨，他自己也受过重伤，受过折磨。或许他并不是故意要杀她，只是他们在发生肢体冲突的时候枪走火了，那把枪本来是我女儿的。别看那把枪的枪身小巧，枪管口径也只有七点六五毫米，其实威力一点儿都不小，子弹直接穿透了她的脑袋，打进了她身后的墙里，因为有印花棉布帘遮挡着，所以一开始谁都没有发现。这件事也就被隐瞒了下来。我们不妨好好琢磨琢磨当时的情景。"他突然停了下来，两只眼睛瞪着我，"你特别想抽烟吗？"

"抱歉，坏习惯，波特先生。"我又一次把烟放回烟盒。

"尽管警察认为他的杀人动机一目了然，也站得住脚，但那只是他们基于现实情况一知半解的推测，其实特里有很扎实的理由为自己辩护，因为枪是她的，枪在她的手上，他只不过是想把枪从她手里抢出来，但是没有成功，而后她不小心走火杀死了自己。仅这一点，遇上厉害的律师就可以好好发挥了，被判无罪释放也是有可能的。要是他刚杀死妻子那会儿就马上打电话给我，我肯定会帮助他的。可惜他选择了用凶残的手法掩饰弹孔，那我也没办法了，他最终只能惊慌失措地逃跑。"

"波特先生，我同意。不过他告诉我他给您打过电话，就在帕萨迪纳打的，是吗？"

魁梧的老家伙点了点头，说："当时我不能问他身在何处，这是必然的，我不可能给杀人犯提供避难所。所以我告诉他要逃就快点儿逃，事后我再想想办法。"

"说得有板有眼，波特先生。"

"你满含讥讽，我听得出来，不过我不在乎。我听到他的详细汇报后，根本想不到任何好办法。我早知她作茧自缚，不会有好结果，但我不能接受它以命案的方式出现。说老实话，听到他在墨西哥写下一份自白书自杀后，我才感到宽慰。"

"波特先生，这我倒是很理解。"

"小子，"他的眉毛往上一挑，"说话要注意分寸，你的冷嘲热讽令我十分反感。现在你清楚了吧，我为什么不允许别人插手调查这件事。另外，我竭尽所能避开大众看热闹的眼光，不惜动用一些影响力来让原先的调查能短则短，你也应该能理解了，对吗？"

"假如您坚持认为他杀了自己的妻子，我想我可以理解。"

"人是他杀的，这点确凿无疑。至于他的动机是什么，那是另一码事，而且已经不重要了。虽然我有一定的影响力，但我从不随意动用。我不喜欢在公众面前出风头，况且我也算不上什么大人物。我从来都是竭尽全力去避开任何人的关注。洛杉矶的地区检察官绝非糊涂蛋，他是个有雄心壮志的人，他不会傻到为了个臭不可闻的案子而把自己的事业毁掉。马洛，你也该清醒点，我从你的眼神里看到了异样的光芒。要知道，我们生活的社会，看起来好像是大众百姓当家，其实只是名义上的民主。比如投票选举，虽然票权掌握在大众手里，但候选人却是由政党机器从后台推上前台的，但凡这个政党讲求效率，就一定会用大把的钱来狠狠地砸。那么钱从哪里来？羊毛出在羊身上。不管是个人、集团、工会或者其他，他们的目的也只是期望付出后的回报。我拥有自己的报社，但我不喜欢任何纸媒，因为我这种人最渴望的是正常、自由、不被打扰的生活，但报社却无限期威胁着你的隐私权。除了屈指可数的几家可敬纸媒，大部分的纸媒都打着新闻自由的虎皮大旗，专干一些兜售丑闻八卦、性爱、仇恨、暴力、惊悚奇诡的小道消息的事，恶意炒作，以达到商业性或政治性的丑恶目的。报纸靠什么赚钱？靠广告。发行量好的才有广告。那么靠什么才能提高发行量呢？你应该清楚了吧？"

我起身从椅子边上绕出来，但是又坐了回去。老家伙正用冰冷的眼神瞪着我。王八蛋，我只知道想要逃走得需要特别好的运气。

"然后呢？波特先生，您想说什么？"

他没有搭我的茬，正在凝眉沉思，而后他接着刚才的话继续说道："钱有一个不可思议的特性。当你拥有的钱数额足够大的话，它会拥有自己的生命，还很有良心。接下来它就不受你的掌控了，它会自己产生强大的效应。人这种动物从来都可以被钱收买，而今变得更加容易了，因为人口在不断增长，苛捐杂税越来越多，战争日渐频繁也需要花大笔的钱。底层人民累死累活，惶恐茫然，这样的人能养家糊口就不错了，根本没有资格去谈理想。我们所生活的这个时代，个人品德，普世道德，都开始急速下滑。一个连生活品质都无法保证的人，你还能要求他坚守个人品行吗？高质量的好玩意儿，绝不可能大批量生产。因为商业策略，你不会去生产持久耐用的东西，只会改变设计，刻意创造'旧的不去新的不来'的更新换代的环境。不然怎么能一直售卖？除非今年流行的款式和明年流行的款式不一样。这就好比我们有世界第一漂亮的浴室、世界第一亮白的厨房。可在这样的浴室里，通常都是安眠药、各类化妆品、除臭剂、通便药的堆积地；在这样的厨房里，漂亮的美国太太却做不出一顿美味菜吃。马洛先生，我们生产的产品全都是劣质货，只是在外面的包装上所下的功夫领先全球。"

他取出一条宽大的白手帕，在嘴角上擦了擦，而后张大嘴巴在那里坐着。我有些摸不着头脑，这个老家伙既然对什么都有怨气，他的工作动力又在哪里呢？我说："我想我理解了，波特先生。您讨厌现在的这个社会，所以就凭借自己的权势为自己圈起一个不被打扰的角落，这样您就能过上五十年前的生活，记忆中的生活，那时候大批量生产的年代还没有开始呢。虽然您有上亿美元的身家，但您所获得的生活环境却不是您喜欢的。"

"继续说。"他揪着手帕的两个对角，越拽越紧，而后揉成一团塞进上衣兜里说道。

"波特先生，就这些，没别的了。事实上，您早就跟您的女儿断绝了父女关系，您觉得她有辱门风，所以她被杀了，您根本就不在乎凶手是谁，哪怕特里·雷诺克斯不是真凶，真凶另有其人，您也毫不在乎。您怕的只是家丑外扬，再次被推上风口浪尖，所以不希望凶手被绳之以法，因为那样的话势必会重开卷宗，法庭对他的审讯可能会把您的隐私一股脑儿抖出去。要是他在审讯开始前就在危地马拉、撒哈拉沙漠或者塔希提自杀，那才是皆大欢喜，因为州县政府部门哪有心思劳师动众大耗金钱地去那种地方求证真相。"

他又笑了，一副很和善的样子，爽朗而又豪迈。"马洛，说说你的诉求吧。"

"您是说价码吗？我不会跟您要一分钱，我已经把如何认识罗杰·韦德的过程都告诉您了。我从一开始就是被带来的。不过，虽然罗杰·韦德有过发狂记录，还认识您的女儿，但我没有亲眼见过他真的发狂。那个浑蛋昨天还准备开枪打死自己呢。他有很深的愧疚感，被这种烦恼困扰得不可自拔。他是众多值得怀疑的人中的一员，要是我真的打算调查谁，他肯定是其中之一。"

他霍然起身，大步走到我跟前站住。他一站起来，显得更加健硕威武了。

"马洛先生，我的忍耐是有限度的，你最好不要敷衍我，我只需要打一个电话，就能让你的执照变成一张废纸。"

"是的，您打两个电话，我就能从世界上消失。"

他放声大笑："你们这一行都被威胁惯了吧。我不会那么做的。抱歉，我这就按铃让管家送你离开，我在你这儿浪费的时间有点儿多了。"

我站起来。"不必了。多谢您在我身上浪费时间，我听了您的一番教诲。"

他向我伸出手："年轻人，我知道你是个人品正直的硬汉，但是送你一句话，想当英雄是要付出代价的，别这样干。感谢你的到来。"

我跟他握了手，他的笑容非常温和，甚至让你感觉亲切，但是他的手却像圆筒状扳手一样有力。他觉得他高高在上，觉得一切都该在他的掌控中，赢家永远是他。

"马洛先生，后会有期。"他说，"近期我会交托给你一单生意。

你认为我会收买执法人员或者政客，你错了，我没必要这么做。再次感谢你光临寒舍。"

我向前门走去，他一直站在那里看着，当我伸手去推门的时候，琳达·洛林从屋子的某个角落走出来，语气平静地问我："你跟我父亲谈得拢吗？最后怎么样了？"

我说："还不错。他为我阐述了一番人类文明，他想要让这种文明青春永驻，他自己理想的文明。但这要给他的私生活让道，不然他就会给上帝打个电话，取消订单。"

她说："你真是无可救药。"

"哦，我吗？夫人，是我无可救药吗？你为什么不好好看看你的父亲呢？跟他相比，我充其量只是个摇拨浪鼓的婴儿。"我头也不回地走了出去。阿莫斯正在那里等着，凯迪拉克已经备好。回到好莱坞后，我想给一美元小费以资感谢，他不收，我又说送一本 T.S. 艾略特的诗集给他，他说他有了。

第三十三章

　　大约有一周的时间，我没有收到韦德家的任何消息。闷热潮湿的天气里，腐臭的空气直飘到西部的比弗利山。从木哈兰大道的最高处望去，整个城市上空都云山雾罩，眼睛熏得难受，难闻的气味直往鼻子里钻，人们抱怨连连，却只能待在原地。潮水一般的电话打到比弗利山的深居简出的百万富翁那里，逼得人家只能躲避到帕萨迪纳，而在帕萨迪纳，一大群市参议员正在怒气冲天地为烟雾叫嚣不止，都是又脏又臭的烟雾惹的祸。送奶的人无法准时到达，哈巴狗身上叮满了跳蚤，再也听不到金丝雀嘹亮的歌喉，衣领浆洗得硬邦邦的老傻瓜在去教堂的路上突发心脏病，烟雾的恶行简直令人发指。而我居住的地方，晨风送爽，晚风宜人，一整天都晴朗，舒坦极了。

　　碰巧又是星期四，一个大好的日子里，我接到了罗杰·韦德的电话。他听起来精神还不错。

　　"我是韦德，最近怎么样？"

　　"挺好的，你呢？"

　　"辛苦赚钱，还算清醒，我好像还欠着你的钱呢，我们见个面吧。"

　　"我不记得你欠我。"

　　"就今天吧，我请你吃午餐怎么样？一点钟左右，你能赶来这里吗？"

"应该没问题。坎迪怎么样？"

他听我问起坎迪好像挺迷惑的。"哦，对了，那天晚上你把我扶上床他也出力了。"看来那晚他真的糊涂得挺厉害。

"没错。从某方面来讲，他这个小助手相当有用。韦德太太怎么样？"

"她挺好的，今天去城里逛商场去了。"

通话结束后，我坐在旋转椅里来回扭动着，居然忘了问问他的小说的进展。跟一个作家打交道，没准儿应该时不时提一提他的新作品，不过这种话题可能会让他心烦意乱。

过了一会儿，又有电话打来，听声音应该是个陌生人。

"马洛先生，我叫罗伊·埃斯特费尔德，是乔治·彼得斯先生让我给你打电话的。"

"哦，我想起来了，谢谢你。你在纽约认识的特里·雷诺克斯，对吗？那会儿他管自己叫马斯顿。"

"对，那家伙是个酒鬼。认错人可能性不太大，应该是同一个人。我搬来这里后也见过他一次，那天晚上我正巧跟一位客户去乔森酒吧，看见了他跟他的妻子。我的那位客户认识他们，不过请恕我无法透露他的姓名。"

"理解。情况都这样了，那些都无所谓了，那会儿他叫什么名字？"

"稍等，让我想想。哦，对了，他叫保罗，保罗·马斯顿。我猜你可能会对另一件事更加感兴趣，那时候他佩戴着英国军队的荣誉退伍徽章。"

"哦，这样啊，那他后来发生了什么？"

"这我就不太了解了，因为我搬迁到了西部。等我再见到他时才知道，原来他跟哈伦·波特那个放荡的女儿结了婚，也来到了这里。不过后来这些你都知道的。"

"可如今他们都死了，谢谢你告诉我这些。"

"小事，不足挂齿，这些对你有帮助吗？"

我说了谎："没什么帮助。我只是不知道他以前的事，他跟我说他在孤儿院长大，你确定你没有认错人？"

"朋友，不可能认错。我不敢说我见一个人后就能牢牢记住，但他一头白发，满脸伤疤，想忘记都难。"

"那他看见你了吗？"

"他可能早忘记我了，那种情况下就算看到了我，也不太可能跟我打招呼，起码我没看到他有那种表示。我都说了，他来到纽约后就变成了一个酒鬼。"

我再次向他道谢。他说小事一桩，不用客气。

之后我久久沉思，我起身把下半拉窗户关上，而后给凶案组的格林探员打去电话。

他说话挺客气的。

我在电话里略微跟他寒暄了几句后说道："是这样，我听说了一些关于特里·雷诺克斯的情报，把我搞糊涂了。他的一个纽约熟人跟我说，他在纽约用过另一个名字，你查过他的战争档案吗？"

格林警官沉声说道："那件案子已经盖棺论定了，你真不懂假不懂？我劝你少管闲事。你们这种人从来都是不撞南墙不回头。"

"上个星期，我在艾德瓦利跟哈伦·波特先生在他女儿的家里畅谈了一个下午，你不打算调查吗？"

"我姑且相信你的话，你去那儿干什么？"他非常不高兴。

"我应邀而去，跟他探讨些事情，我给他留下了相当不错的印象。有一个新情报你也许会感兴趣，他跟我说他的女儿死于一把七点六五毫米口径的驳壳手枪。"

"然后呢？"

"朋友，那把枪是她的。当然，真实情况或许有出入。你不必顾虑什么。我没打算调查，我只是想知道他是怎么受的伤？"

格林没有说话，我听见电话那头有关门的声音，而后他换了个语气说道："在边境南部跟人斗殴被刀子划伤，诸如此类。"

"我去。你把他在军队的档案告诉我就行，我知道你有他的指纹，只要随同报告一起送到华盛顿，按照常规，他们会给你答复的。"

"你凭什么判断一定有他的记录？"

"我从曼迪·曼宁德兹那儿听说过。说是雷诺克斯救过他的小命，他脸上的伤疤也是那时造成的，他还被德军俘虏过。"

"你说曼宁德兹？那种杂碎的话你也信？看来你该找医生看看了。听着，雷诺克斯没有另外一个名字，也没有战争记录或其他什么记录。"

"好吧，你非要这么说的话。"我说，"不过曼宁德兹大老远找上我，警告我别乱管闲事，声称他和另外一个叫兰迪·斯塔尔的拉斯维加斯赌徒都是雷诺克斯的朋友，还编造了一个动听的故事加强说服力：既然雷诺克斯已经死了，就不要再折腾他的地下英灵。他搞这些有什么目的？"

格林用讥讽的语气说道："我怎么能猜得到？没准儿雷诺克斯在赌城的时候给斯塔尔当过几天业务经理呢。他身穿晚宴装束，一边镇场子，一边伺候赌客，给他们宾至如归的享受，然后他就在那儿认识了那位美女。想想看，他干那种活儿的时候肯定非常上档次。之后人家就飞上枝头变凤凰，单干了，跟一大笔钞票结了婚。"

我说："多谢了，警官先生。他的确是个有魅力的人。格里戈里厄斯最近好吗？"

"你没看报纸吗？他退休了，正享受长假呢！"

"哦，犯罪新闻卑劣又肮脏，我通常不怎么看。"

"那位大富翁找你什么事？"

我正要跟他说再见的时候，他问了这么一句话，把我的节奏打断了。

我说："喝喝茶，聊聊天，还给我介绍了一单生意。算是交际往来吧。对了，他还向我暗示，如果有哪个警察敢用眼睛鄙夷我，他就帮我终止对方的前程。当然，他只是暗示。"

格林说："他手再长也管不到警察部门。"

"他也是这样说的。他说他根本用不着收买地区检察官或者其他部门的某类长官，不过他在小憩的时候，他们都会温驯地爬到他的膝盖上讨好，仅此而已。"

"去你的。"格林把电话挂了，我的耳朵被震得不轻。

当警察也不容易，也不知道一个人到底该不该惹，能不能罚，有什么背景。

第三十四章

热浪滚滚的大中午，我却要开着车在土路上颠簸。出了公路后，进入绕山而行的弯道，道路两旁是稀稀落落、沾满沙尘的灌木丛，大地快要被烤焦了一样。不时吹来一阵萎靡不振、酸不啦唧的热风，卷裹着杂草的恶心气味。我索性脱掉外套，把衬衣袖子也卷起来，想把胳膊搭在车窗上，却烫得不行。在一株千叶树下，拴着一匹马，同样无精打采，昏昏欲睡。然而在一块空地上，我居然看到有人坐在那里津津有味地看报纸，那是个褐色头发的墨西哥人。一株蓬蒿漫不经心地随风滚到马路对面，把花岗石层地面上的一只蜥蜴吓走，然后它停在那里略微休息了一下。

我又开上了一条柏油路，终于从那座小山绕过来，呈现给我的就像世外桃源。又用了五分钟左右，我开车进了韦德家的汽车道上。熄火后我从车上下来，踏着石板路来到门前按了按门铃。出来开门的是韦德本人。他看起来挺有精神的，几天不见晒黑了，鼻子一旁沾着些烟灰，手上有墨水的污痕。他上身穿着一件短袖衬衫，上面有咖啡色和白色的格子，下身则是一条淡蓝色的斜纹棉布裤，脚上趿拉着一双屋里穿的拖鞋。

我跟着他径直进了书房，他走到书案前停了下来。"让你风尘仆仆地跑来，多谢了，马洛。来一杯吗？"

我把外套放在一张椅子上，在沙发上坐下，书案上堆着一大摞黄色的打字稿。我感觉我的表情一定很明显，就是那种被一个酒鬼邀请喝一杯的表情。他讪讪一笑，说道："我不喝酒，喝可口可乐。"

我说："进步挺快嘛，不过我这会儿不想喝酒，也喝可口可乐吧。"

他在一个脚踏按钮上踩了一下，不一会儿，一脸阴沉的坎迪先生就进来了。

这位今天没有穿他的白色外套，只穿着一件蓝色衬衣，脖子上围着一条橙红色围巾，下身是一条雅致的高腰华达呢裤，脚上则是一双黑白相间的鞋子。

韦德吩咐他去拿可口可乐，坎迪狠狠瞪了我一眼，转身走了。

我指了指那堆打字稿，问："你的小说？"

"嗯，写得很糟。"

"不至于，快完成了吗？"

"写了有三分之二左右吧。我说的是没什么价值。一个作家为什么会灵感枯竭，你知道吗？"

我掏出烟斗，装填上烟丝。"我一点都不了解作家这些事。"

"当他开始看自己的作品寻找灵感就会这样。这是真的。我的书都很长，长篇小说符合读者的胃口。我这里的打字稿足有五百页，起码有十万字。大部分读者都愚蠢地认为，页数越多的书所含的营养也越多。其实我连自己作品的一半都记不住。我没有勇气从头读一遍，最害怕的就是回头看自己的作品。"

我说："跟那天晚上相比，你现在的精神面貌很好。我甚至都有些不敢相信。实际上你很勇敢，可惜你自己不这么认为。"

"可单单有勇气是无法支撑我的，我最渴望的东西是我得不到的。比如信仰，对自己的信仰。我有一位漂亮的妻子，有一栋富丽堂皇的房子，有值得炫耀的销量纪录。但我失去了信仰，变成了一个恃宠而骄的作家。我最渴望的只是把自己灌得酩酊大醉，好把一切都忘得干干净净。"

他双手托着脸颊，隔着书桌怔怔地望着我："艾琳跟我说我曾经想开枪自杀，我已经严重到了这种程度吗？"

"你自己不记得了？"

他摇了摇头。

"我只记得我摔倒了，把自己的脑袋撞破了，再后来就在床上看到了你。你是艾琳打电话叫来的吗？该死，我什么都不记得了。"

"是她叫我来的，她没有跟你说吗？"

"我想艾琳已经受够我了，多看我一眼都会吐。这个星期她总共也没跟我说几句话。"他的一只手横抵在紧挨下巴的脖子上，"洛林在宴会上胡搅蛮缠，让局面变得更没法收拾了。"

"韦德太太说她只是捕风捉影。"

"是吗？不过这是事实。她肯定会这么说，那个浑蛋还怀疑过你，你只不过是跟他老婆在角落里喝了几杯酒，说笑了几句，别时亲吻了一下，这个醋坛子就怀疑你跟他老婆有奸情，可能有一大原因是她不肯跟他上床吧。"

我说："我觉得艾德瓦利真是个好地方，每一个人都会享受生活，逍遥快乐，作风正派。"

他皱起眉头，这时坎迪开门进来了，手里端着两瓶可口可乐和玻璃杯子。他往杯里倒上可乐，把其中一杯放在我跟前，却一眼都没看我。

韦德说："怎么没穿白外套？再过半小时就该吃午饭了。"

坎迪一脸从容，说道："老板，我不是厨子，而且今天我放假。"

韦德说："坎迪，今天厨师也放假了，但我邀请了朋友吃午饭，你做点儿冷牛肉片和三明治，再拿点儿啤酒过来就行。"

"你把这种家伙当朋友？你不担心你的太太吗？"坎迪嘲讽道。

韦德笑了，身子往后仰了仰，靠在椅背上。"小子，你最好把嘴巴放干净点儿。看来我对你太好了，我以前没要求过你什么吧？"

坎迪原本瞅着地板，忽然抬起头来，撇了撇嘴："好的，老板，我这就去穿白外套，做午餐。"

他缓缓转身，走了出去，反手把门关上。

韦德收回目光，看向我，耸了耸肩说："以前我们管他们叫仆役，现在管他们叫家政人员，我猜，用不了多久，我们就得做好早餐，然后端到他们床上伺候他们吃了。他被我养肥了，我给他的钱太多了。"

"你指的是工资还是额外的什么钱？"

"比如呢？"他的嗓门儿不由得抬高了。

我起身递给他几张折叠在一起的纸："或许你忘了，你让我撕掉它们。你自己看看，就是放在打字机盖子下的那几张纸。"

他把纸展开，桌子上的可口可乐在他前面哧哧作响。但他充耳不闻，只是皱着眉头靠在椅子上看着纸，看完以后又把纸折起来，手指在折印上漫不经心地滑动着。

他忽然很谨慎地问道："艾琳看过没有？"

"我不太清楚。"

"写得乱七八糟，对吧？"

"我读得还蛮有味道的，最精彩的那段就是某个老好人因你丧命什么的。"

"一个醉鬼喝多了胡乱写的，没什么意义。你知道的，不能拿正常人的思维去推理醉鬼说的话和做的事。坎迪那么喜欢我，怎么会敲诈我呢？"

"我觉得你应该再酩酊大醉一次，那样你才能想起纸上写的是什么意思，或许还能想起更多的东西呢。枪走火的那天我们就试过一次了，不是吗？你不像是喝醉了，更像是西康诺吃多了，把脑袋吃坏了。我刚才给你读的是你自己写的东西，现在你却跟我假装失忆。韦德，你能活到现在真不容易，我一点儿都不奇怪你为什么写不出东西来了。”

他伸手把旁边的一个书桌抽屉拉开，在里面摸了一阵，最后摸出一本支票簿。他翻开支票簿，又去拿笔，一边故作镇定地说："一千美元，我欠你的。”

他写了几溜字，又在存根上划拉了几笔，撕下支票，从书桌对面绕过来，把支票扔在我面前。"互不相欠了！”

我没有说话，也没有去拿支票，只是往后靠了靠，看着他。

他的脸越拉越长，面色铁青，眼睛好像无底洞。他慢吞吞地说道："你现在一定在想，她是我杀死的，雷诺克斯蒙受了不白之冤。没错，她的确是个生活不检点的女人，我偶尔会忍不住去她那儿一趟，被坎迪发现了。可难道一个女人生活放荡，你就要砸烂她的头吗？我不相信坎迪会告密，这很奇怪，可能我错了，但我就是不觉得他会那么做。”

我说："他说出去也没什么，哈伦·波特的人根本不会相信他。另外，她也不是被铜雕打死的，而是被自己的枪打死的，脑袋上有弹孔。”

"报纸上没有刊登这些。"他像是梦呓一般说道，"可能她真的有把枪，但是我一点儿都不知道她是被手枪打死的。”

我说："报纸上的确没写。不过，你究竟是不知道还是不愿回想？”

"马洛，你想拿我怎么样？向警方举报我吗？或者告诉我的妻子？这样对你有什么好处？"他的声音还是先前那般温和。

"只因为你说过，因为你的缘故，一个无辜的好人死了。”

"我只是说要是当时调查得够详细的话，我可能会被指名点姓，被列为最值得怀疑的嫌疑人之一。那样我就毫无活路了。"

"我并没有说你是杀人犯，韦德。真正的困扰在于，你自己也不清楚自己是否做过那样的事。你喝醉酒后做过的事，事后自己也想不起来。你以前还粗暴地对待过自己的妻子。你说你不可能因为一个女人生活不检点就砸烂她的头，这与事实逻辑不符，因为你以前有过案例。而你和背负罪名的特里相比，好像嫌疑更大。"

他沉默了，踱步走到落地窗前，透过敞开的落地窗望着湖面，燥热的空气在湖面上微微荡漾。大约两分钟后，坎迪推着一辆餐车敲门进来，餐车上摆着一壶咖啡、两罐啤酒和罩着银盖的盘子，下面铺着一块干净的白布。

韦德依旧戳在那里不说话。坎迪问道："老板，现在就把啤酒打开吗？"

韦德背对着他说道："拿一杯威士忌给我。"

"家里没有威士忌了。"

韦德转过身来，冲着坎迪大声咆哮。坎迪面色如常，只是低头看了眼茶几上的支票，一边读着上面的字，一边扭了扭头。他抬头看了我一眼，咬牙切齿地不知说了一句什么，后来面向韦德说："抱歉，今天我放假，我出去了。"

说完他就转身出门了。

韦德笑了起来，大声吼道："我自己去拿。"他也出去了。

我把一个银盖子揭开，盘子里放着三明治，切成三角形，整整齐齐的。我站起身来，给自己倒了些啤酒，拿了一块三明治，站在那里吃了起来。不一会儿，韦德拿着一个酒瓶和一个玻璃杯返回书房，一屁股坐进沙发里，倒了一大杯一口喝完。屋外传来汽车远去的声音，估计是坎迪开车从用人车道走了。我又拿了一块三明治吃。

韦德说："没必要客气，坐吧。"

这会儿他已经脸色泛红了，说话带着颤音。"我们还有一整个下午要度过呢。"他说，似乎一副很高兴的样子，"马洛，我觉得你对我有很深的成见。"

"你以前问过这个问题，我也曾回答过你。"

"真是个冷血的家伙。为了调查你想知道的事情可以不择手段。当我醉得不省人事的时候，你就在隔壁我妻子的房间里挑逗她，有这事吧？"

"你信吗？是那个飞刀手跟你说的吧？"

"不，不完全相信。"他又给自己倒了一杯威士忌，向着阳光举杯，"这杯威士忌的颜色真漂亮，不是吗？'随波逐流，眠于午夜，烦恼根除，忘却痛苦……'下面是什么来着？哦，抱歉，你怎么可能知道这种酸不啦唧的文学词句呢。你的职业应该是侦探一类的吧？你来这儿的目的能明明白白地告诉我吗？"

他并没有就此打住，一边冲我发笑，一边一口接一口地喝着他的威士忌。他忽然注意到了放在桌子上的支票，伸手拿了起来，端着酒杯念完后絮絮叨叨地说："看来是给一个姓马洛的家伙开的支票。签名应该是我本人签的。可我为什么要开它呢？有什么目的呢？我好糊涂，我动不动就被别人骗。"

我心里来气，语气变得不再温和："别装疯卖傻了，你妻子去了哪里？"

他抬头看了我一眼，一点也不气恼，说道："我老婆该回来的时候才会回来。等我醉得一塌糊涂了，整个房间都归你们了，你就可以享受她浪漫从容的招待。"

我打断他接下来的话，喝问道："那把枪呢？"

他呆了一下，我跟他说，上次我把枪放进他的书桌了。他说："我很肯定现在它不在那里。不信，你随便搜，不过不准偷我的橡皮筋。"

我去书桌抽屉里翻腾了一会儿，果然没有找到枪。这绝不是一件小事，难道是艾琳把它藏到别处了？

"韦德，你给我听着，我再问你一遍，你老婆现在在哪儿？是她回来的时候了，不是为了我，是为你回来，你这样的人必须有人看着。我才不愿意再在这里照顾你受罪了。"

他瞪着眼，晕晕乎乎地放下手里的酒杯，另一只手里还拿着那张支票，他把支票撕成两半，对起来又撕，再撕，地板上散落了一大堆碎纸片。他说："显而易见，金额填写得太少了。我的妻子外加一千美元也不足以让你满意，你的服务费高得离谱，可惜，我除了这个……"他在威士忌酒瓶上拍了拍："出不起更高的价了。"

我说："我该走了。"

"别这样，朋友。你不是想让我回忆吗？你瞧，我的记忆都藏在酒瓶里。你留下来，没准儿我一会儿醉了就会把我杀过的所有女人都说出来呢。"

"韦德，这样，我去别的地方再待一会儿，我不在这儿陪你了，你要是需要我，抓起椅子往墙上砸我就知道了。"

我出了门，让门开着。我从客厅出来走到院子里，拽了一张躺椅，到阳台投下的阴影处。我仰在躺椅上，看着湖水另一边依山叠翠的蓝色烟岚。低矮的山丘挡不住海风的悄悄渗透，风向西暗袭，暑天的热气被消减了一部分，空气也被清洁了一番。艾德瓦利的盛夏是无可挑剔的。这里所有的一切都是人为规划好的。法人创造了一个只允许少部分顶端人物居住的天堂般的世外桃源，只有斯文的人才有资格获得一席之地。中欧来的人想居住在这里，那是不可能的。只有最优秀的民族，最令人瞩目的社会阶层，最精英的人物，比如洛林夫妇和韦德夫妇这种纯金一般的人，才有资格。

第三十五章

　　我在躺椅上苦思冥想，却仍旧一筹莫展，我确实想趁他喝醉询问些我想知道的东西。他在自己的家里，待在他的书房里，理应出不了什么乱子。就算他会像上一次那样跌一跤，但按他的酒量起码要再等一会儿才会发生。而且酒鬼通常不会把自己伤得太重，很可能这一次他只是去睡觉，不过也可能愧疚感复苏。

　　可是另一个念头正在说服我别去蹚这池浑水，但我从来不是个遇事退缩的人，很快就打消了这个念头。我当初既然没有留在出生的那个小镇，安心在一家五金店打工，然后跟老板的闺女结婚，生养五个孩子，每个星期天早晨都读一些荒唐可笑的新闻给他们听，因为零花钱的问题、能看什么电视节目的问题、能收听什么广播节目的问题而跟老婆争吵半天，他们淘气了就在他们的脑壳上狠狠修理一顿，如果那样的话，说不定我已经成为小镇上的一个小土豪了，住的房子足有八个房间之多，车库里起码停着两辆车，每个周末都吃鸡肉解馋，夫人时不时出去烫个发，客厅的茶几上放的永远是《读者文摘》。这种生活还是给你过吧，我宁愿选择这个巨大又肮脏的城市。

　　我起身返回书房，他依旧坐在那里，目光呆滞，眉头微蹙，脸上全是迷茫。威士忌酒瓶里的酒已经下去一大半了。他看向我的神情感觉更像是一匹被拴在围栏里的马。

"你想要什么？"

"什么都不想要，你感觉怎么样？"

"别打扰我，我的肩膀上正有个小精灵给我讲故事呢。"

我从餐车上取了一块三明治，靠在他的书桌上，又拿了一杯啤酒，边吃边喝。

他冷不丁开口："你知道吗？我以前雇过一个男助手，我口述，他负责写成文字。后来我感觉他坐在那里，像一个监工，我的创作全都是便宜他了，就把他给轰走了。我其实应该留下他的。没准儿我会被宣扬为同性恋人士呢，之后肯定会有人帮我做宣传了。你应该能理解，他们必须把自己的利益放在首位。没有人是正常人，所有人都奇怪。而我们这个时代的文学艺术都是由怪人来裁夺的，其中性变态尤其突出。"

"也许吧，总会有那种人的。"

他听了我的话，却没有看我，继续自顾自说道："对啊，几千年来从未变过。特别是在那些文艺兴盛的伟大时代：雅典时代、罗马时代、文艺复兴时代、伊丽莎白女王时代、法国浪漫主义运动的时代，这些时代的怪人是最多的，有关他们的书数不胜数。你有没有读过《金枝》①，看来没有。显然它太长了，不适合你，实际上那已经是浓缩版了。它告诉我们，一切性爱活动，都不过是例行公事，就跟参加晚宴前打个黑色领结一样。我是个写性爱的作家，只是里面的对象是女人，不是男同性恋者。"

"你知道吗？"他撩起眼皮看我，用嘲笑的口吻说道，"我简直谎话连篇，我在自己的小说里把男主人公写成身高八英尺的汉子，而屁股都磨出硬茧的女主人公高抬膝盖躺在床上，蕾丝、绉纱、马车、

---

① *The Golden Bough*，作者是 J.G. 弗雷泽（1854—1941），英国著名的人类学家和民俗学家。在弗雷泽的众多著作当中，《金枝》一书最为知名，并使他在世界学术界获得了崇高声誉。

剑、意乱情迷、浪漫悠闲、浴血决斗、慷慨赴死……这些都是谎言。实际上他们没有一颗好牙，也从不刷牙，他们没有肥皂，只能喷香水遮掩，他们的指甲缝里总有肉汤腐臭后的怪味，高高在上的法国贵族动不动就把小便浇到凡尔赛宫走廊的大理石墙上。还有令你意乱情迷的侯爵夫人，当你把她身上一层又一层的内衣脱掉后才发现，原来她很久没有洗过澡了。这才是真实的样子。"

"那你为什么不那样写呢？"

"我当然可以。"他笑出声来，"但那样我就只寄希望能住在康普顿只有五个房间的房子里了。"他在威士忌酒瓶上拍了拍。"我的朋友，你需要找一个伴侣，你很孤独。"

他起身走出书房，脚步还算稳当。我清空大脑，等了一会儿。湖面上飞快驰来一艘汽艇，尖声咆哮着，我看到高处水面的船桅座，和后面拖拽着的脚踏冲浪板上的年轻人，他身体健硕，皮肤晒得发红。我来到窗户跟前时，船正在疾行中转弯，由于速度太快，汽艇差点儿侧翻了。冲浪板上的年轻人单脚跳了一下，才保持住平衡，而后主动跳进水里，等快艇在波浪中慢慢停住后，他才不慌不忙地爬到船舷上，拽着那根绳子回到冲浪板上。接着汽艇又发出尖啸，很快从我的视线里消失。韦德回来了，手里拿着一瓶新的威士忌，他把新酒瓶跟刚才的旧酒瓶放在一起，坐了下来，怔怔思索。

"你打算把两瓶酒都喝进肚子吗？我的天！"

"朋友，你怎么还没走？你妨碍我了，赶紧回家擦擦厨房地板什么的吧。"想来，肯定和以往一样，他刚在厨房里又喝过两杯了。

"需要帮忙的时候叫我吧。"

"除非我犯贱才会找你。"

"谢谢，我就在周围待一会儿，韦德太太回来我就走。对了，你听说过保罗·马斯顿这个人吗？"

他缓缓抬起头，费了好大力气，才让目光多少有点对焦了。他其实很想控制自己，努力地挣扎着，我看得出来，这次他赢得了短暂的胜利。"不知道，他是谁？"他面无表情地说，话说得很慢，很谨慎。

过了一小会儿，我回屋看他的时候，他已经带着满身的威士忌酒气睡着了，满头大汗，嘴巴大张，像扮鬼脸一样，嘴唇翻着，不光把牙齿露了出来，连舌头上的舌苔都能看清，看起来又干又涩。

其中的一个酒瓶子完全空了，另一瓶还有四分之三的威士忌。茶几上的玻璃杯里还有点酒，大概只有五厘米不到了。我拿起空酒瓶放在餐车上，推着餐车出了书房，把落地窗关上，又将百叶窗板翻转过来。之后我关上了门，这样汽艇再经过的时候不至于把这家伙给吵醒。

我推着餐车来到厨房，厨房里一个人都没有。我根本没有吃饱，只好再吃块三明治，把喝剩下的啤酒一股脑儿喝掉，啤酒已经挥发得没有酒味了。这间厨房很大，空气流通，白色和蓝色成主基调。我见咖啡还是热的，就又倒了杯咖啡喝。

我回到刚才的院子里。等了好久，大概四点钟左右，我又听到了远处传来的汽艇声，开始声音很小，慢慢地越来越大，简直能把耳朵震聋，那艘汽艇也出现在视线里，将湖面划开，飞驰而来。真应该单独制定一条法律，来约束一下这种行为。可能压根儿就有，不过汽艇上的人不在乎罢了。就和我认识的很多人一样，只管自己取乐，不管别人的看法。

我漫步走到湖边。汽艇急转弯时，开汽艇的人将速度控制得妙到极致，终于冲浪成功了。踏在冲浪板上的古铜肤色的青年，努力把身体向外倾斜，好平衡离心力。冲浪板一头仍在水里，但差点儿就飞离水面。过了一小会儿，驾驶员把汽艇方向打直，冲浪者还在冲浪板上站着，他们朝来时的方向返回，终于结束了。快艇掀起的波浪涌向湖畔，狠狠击打在码头上。拴在那里的小船颠簸了起来。我转身走回屋里时，小船还在水上颠簸。

走回内院，我就听见铃声打厨房的方向响了起来。等又响了一声，我才反应过来，只有前门才会有铃声。我走过去开门，而后看见正背对屋子站在门口的艾琳·韦德。她转回头："抱歉，我出门时忘记带钥匙了。哦！"她这才看清开门的是我。"我当是坎迪或罗杰呢。"

我说："今天周四，坎迪走了。"

等她进屋后，我把门关上。她很平淡的样子，把一个手提皮包放在夹在两张沙发中间的茶几上，而后将猪皮白手套脱下来。"发生了什么事吗？"她问。

我说："他喝了些酒，没大碍，已经在书房的沙发上睡着了。"

"他打电话把你叫来的？"

"嗯。不过是另一个原因，他请我来吃午饭，他自己却一口都没吃。"

她轻轻坐在沙发上："天，我真糊涂，我居然忘了今天是周四，厨子也不在。"

我说："坎迪离开的时候做了些午餐。我要走了，我的汽车没有妨碍你停车吧？"

"没有。"她笑了笑，"哪儿都能停。我想喝点儿茶，你要来点儿吗？"

不知怎么回事，我脱口说了声"好"。我不怎么喝茶，可就那样说了。

她把身上的亚麻外套脱下来，说："我去瞧瞧罗杰，看他怎么样了。"

她走到书房门前，打开门，在那儿站立了一会儿。我一直望着她。

她关上门转身走回来，说："他睡得很香，你稍等，我先上楼一趟，很快就下来。"

她把外套、皮包和手套拿上，上了楼，进了房间，关上门。我一直望着她。

既然他已经睡熟，也就不需要酒瓶了，我进了书房，打算把那瓶酒拿走。

第三十六章

书房里又暗又闷又静，窗户都关闭着，空气中荡漾着一股令人作呕的气味。从入口到沙发只有短短十几米，我刚走了几步就发现了，躺在沙发上的人已经死亡。

他面朝沙发背侧躺着，一只手臂压在身下，另一只手臂挡着眼睛，半边脸沾满了鲜血。就在沙发背和他前胸的中间，有一大片血迹，血水中浸泡着一把韦布莱手枪。

我弯下腰，仔细看着他，他的眼睛是睁着的，那一边裸露的肩膀已被鲜血染红。透过臂弯，能够看到一个黑色的子弹孔，弹孔就在他的头上，伤口的肉向外鼓出，还在汩汩往外流血。

我确定他已经死了，虽然摸他的手腕依旧温热。我没有去动他的身体，而是迅速扫视各个角落，寻找字条、乱糟糟的涂鸦等一类东西。可是除了桌子上的那一摞打字稿，什么也没有发现。一个人自杀未必就会写遗书。打字机放在架子上，没有盖盖子，里面同样什么也没有。一切都是那么自然。通常自杀的人在自杀前会做好充足的准备，有的人会痛饮几杯，有的人会享受一顿很有格调的香槟晚餐，有的人会脱得一丝不挂，有的人会换上一套晚礼服。自杀的地点也不胜枚举，比如水里、水上、浴室里、水渠、墙上。酒吧里有人悬梁自缢过，车库里有人打开煤气自杀过。这人倒是够麻利，趁我正在湖边看冲浪者掉头的时候，借着快艇震耳欲聋的声音开枪了，所以我没有听见枪声。我搞不清罗杰·韦德为什么要注重这一点。也许并不是这样，也许只是他准备开枪的时候，快艇恰好过来了，所以时间重合。但我总觉得很可疑，这种心情无人理解。

地板上，撕碎的支票还在那里，我没去捡，只是捡起了废纸篓里的几条纸条，那是他上次写的那篇东西撕成长条后扔进去的，我统统捡了起来，这是比较容易找的，因为纸篓基本上是空的。确定没有遗漏一片后，我把碎字条装进衣兜里。至于枪是从哪里拿出来的，它可以藏在任何一个地方，比如沙发垫下、椅垫下、地板上、书本后。

我出了书房，把门关上，侧着耳朵听了听，厨房里有动静，原来是水壶在响，我进去时看见艾琳正围着一条围裙。她面无表情地看了我一眼，把火调小，问道："马洛先生，你的茶想怎么喝？"

我为了显得不那么拘束，掏出一支香烟，靠在墙上把它掐成两段，将其中一段扔在地板上。

"壶里倒出来，直接喝就行。"我说。

她的目光跟随着掉下去的半截香烟落在地上，我弯腰把它捡起来，将两截香烟揉捏成一团，像个小圆球似的。她一边泡茶，一边回头对我说："我在英国的时候就学会了喝茶，我喜欢在茶里加点儿奶精和糖，不过他们通常不加糖，而是加糖精。当然，战争年代没有奶精可加。奇怪的是，我喝咖啡的时候什么都不喜欢加。"

"你在英国生活过？"

"有一段时间我在那里工作，大规模空袭的那段时期。"她说，"从开始到结束我一直在那里。我以前跟你说过，我在那里有一段恋情。"

"那你和罗杰又是在哪里相遇的？"

"纽约。"

"结婚也是在那里？"

"不是。"她转过身来，皱着眉头说，"我们不是在纽约结的婚，为什么问这个？"

"我随便找点儿话题聊，没别的意思。"

她挨着滴水板的边沿，手指漫不经心地摩挲着一沓折叠整齐的茶巾，目光越过水槽上方，向窗外眺望，从她那个角度能够看到湖面。

"不能再这么纵容他了，我已经拿他毫无办法了。"她忽然说道，"我应该把他送到某个机构，只是不知为什么，我总是狠不下心来。"她转过身来，皱着眉头说："我需要办理一些文件手续，是不是？"

我说："他自己签也没问题，如果他可以的话。"

这时，茶壶的计时器响了起来，她转过头去，面向水槽。她把水倒进另一个壶里，把新茶壶放在托盘上，上面已经摆好茶杯了。我端起托盘，放到客厅的茶几上，跟她面对面坐在茶几两侧的沙发上。她倒了两杯茶，我将其中一杯端到自己面前，等它凉一些再喝。她在她的那一杯里放了些奶精和两块方糖。

她轻轻抿了一口，而后忽然问道："你最后那句话是什么意思？是指他能把自己托管给某家机构，是这样吗？"

我说："那只是顺嘴溜出来的话，当不得真。对了，你有没有把那把枪藏好？他在楼上佯装自杀的那天早上我专门跟你提过。"

她皱了皱眉："没有，为什么要藏？我认为你的说法不对，怎么突然问起这个了？"

"你今天出门时忘了带家里的钥匙？"

"对。"

"但没有忘记带车库钥匙，这样的房子，不是大门的钥匙更重要吗？"

她不由得大声说道："车库钥匙根本就不重要，开车库只需要拨一下电路开关，前门内墙上有一个总控开关，出去的时候只要往上拨一下就行，车库边上就有控制车库门开启和关闭的按钮，而且我们通常都不会锁车库。就算锁，也是让坎迪去。"

"我知道了。"

"你怎么总是说些没头没脑的话？那天早上你就这样。"她的话带了些尖刻的味道。

"这所房子才让人匪夷所思呢，我在这儿见了太多怪事。有人喝得烂醉如泥，躺在外面的草地上，医生来了以后袖手旁观。某人大半夜不睡觉，却开枪玩。墨西哥家政服务员原来是个飞刀手。某位勾魂夺魄的美女搂着我的脖子，把我当成另外一个人甜言蜜语。你其实并不爱你的丈夫，如果我没记错的话，我上次也说过这话。至于那把枪的事，更是有够悲惨。"

她缓缓站起身来，紫色的眼眸正向其他颜色转变，平日里的温和已然消失，哆哆嗦嗦，可是却无比镇定地问道："是不是发生了什么事？"她的眼睛瞟向书房，没有等我答复，立马冲了出去，来到书房门口一把将门推开，走了进去。

我原本以为我会听到她的尖叫声，可惜我失算了。我没有等到任何声音。我暗骂自己真是个浑蛋，我应该把她拦在门外，而后按照常规，井井有条、一点点让她接受我即将报告的噩耗：你先做好心理准备，需不需要先坐下来，是这样的，发生了一件令人遗憾的事情……我应该拐来绕去，絮絮叨叨，唾沫星子横飞，耐心再耐心地铺陈——虽然这样未必能减轻当事人的痛苦，甚至可能适得其反。

我赶忙追了出去。来到书房时，我见她瘫倒在沙发前，浑身上下到处都沾着他的血迹，她把他的头搂在自己的怀里，眼睛似睁似闭，使劲地摇晃着他，用力地抱紧他，她没有发出任何声音。

我走出去，找到电话机，翻开电话簿，想给离这里最近的警察局打电话。

完了我又回到厨房，把水龙头打开，把装在衣兜里的黄色字条丢进垃圾搅拌机里，又抓起放茶叶的那个茶壶，把茶叶倒进去，打开电源。只用了短短几秒钟，一切都搞定了，什么都看不出来了。我关掉搅拌机电源，关掉水龙头回到客厅，打开前门走了出去。

五六分钟后，警察来了，可能警长的属下本来就在附近巡逻，我带着他来到书房。沙发前，韦德太太依旧跪着一动也没动。他马上走到她旁边，说："女士，你的心情我能理解，但是请你不要挪动任何东西，请你见谅。"

"他是我丈夫。"她转过脸，全身瘫软，跌坐在地上，"他被枪杀了。"

他把警帽放在书案上，拿起电话。

"他是个出名的作家，名字叫罗杰·韦德。"她高声说道，声音干脆。

警长的属下一边拨电话号码，一边回应道："女士，我知道他是哪位。"

她低头看了眼自己的衬衫胸口那一块，说："我可以先上楼换件衣服吗？"

"可以，请便。"他说道。

他打完电话后，说："你刚才说他被枪杀，你是想说他是被别人开枪打死的？"

她说："我认为凶手就是旁边这位。"她说话的时候没有抬眼看我，说完紧走几步出了房门。

警长下属拿出一个记录簿，看着我很随意地说道："是你报的案？我记下你的姓名和家庭住址吧，以备需要。"他在上面写字。

"是。"我告诉他我的姓名和住址。

"我们稍微等会儿，奥尔斯副组长马上就来。"

"伯尼·奥尔斯？"

"对，你认识他？"

"嗯，很久以前打过交道，那会儿他还只是地区检察官办公室的工作人员。"

"现在不是了，现在他是凶案组协警组长，归洛杉矶警长办公室管。你跟主人家是朋友关系吗，马洛先生？"

"应该算不上，韦德太太的话你也听到了。"

"马洛先生，别紧张。你身上没有枪吧？"

"今天没带。"

"见谅，我还是亲自确认一下比较好。"他搜了我的身。

他又把注意力转移到沙发那边，说道："发生了这种事，做妻子的又怎么能冷静呢？我们还是出去等吧。"

第三十七章

　　奥尔斯不算高，也不算矮，有点胖，头发很短，颜色金黄，略微有些褪色。眼珠也有点浑浊，两条白眉毛显得很是硬朗。他没被摘掉官帽以前，每次一脱帽子都会让人大吃一惊，因为他的脑袋比你想象的还要大很多。他能力过硬，可惜不会讨好警长。

　　他一边从楼上下来，一边揉搓着下巴，我正坐在客厅里等着，边上有一个便衣警察陪着。书房不断有人走进走出，忙个不停，闪光灯一个劲地在书房里面闪烁。

　　奥尔斯坐到一张椅子上，垂下的两只手漫不经心地晃悠着。他盯着我，认真地思索着什么，嘴里叼着一根未点燃的香烟。

　　"还记得以前吧？艾德瓦利拥有私人警力，还设有闸门。"

　　"还是个赌场。"

　　"没错。就和以前的艾洛希特和阿莫拉特贝一样，整座山谷都是私人的，连警察都不能插手管。我办案的时候根本不会有记者上蹿下跳，感觉太久远了。肯定有人悄悄跟彼得森打了招呼，电报稿上一句都没提。"

　　"服务周到，不是吗？韦德太太怎么样？"

　　"精神涣散。她肯定抽空吃了些什么药，我在她那儿发现了十多种药，其中还有杜冷丁，那可不是什么好东西。话说你的朋友最近都不怎么走运，接连有人去世。"

我无言以对。奥尔斯像是漫不经心似的说道："我向来都对开枪自杀案件很感兴趣，掩人耳目的手段太多了。这家的女主人刚才说是你杀了他，她说这话有根据吗？"

"我认为她只是一时震惊才这么说。"

"放心，这里没有外人。她告诉我，你知道他喝醉了，前几天他用那把枪开枪自杀过，她跟他撕扯了一阵后才把枪抢出来，而那天晚上你也在场，却没有上前帮忙，还有，你还知道那把枪放在哪儿。这些都没错吧？"

"我上次特意叮嘱过她让她把枪收好，告诉了她枪放在哪儿。今天下午我去他的书桌抽屉里翻找过，没有找到。如今她却不以为然。"

奥尔斯问道："'如今'是指什么时候？"

"她刚回来那会儿，我报警之前。"

"你为什么要搜他的书桌？"他很轻慢地看着我，两只手收起来放在膝盖上，好像根本不在意我的回答是什么。

"我见他喝醉了，琢磨着最好把枪换个地方放，不过几天前发生的只不过是一场闹剧，他并不是想真的自杀。"

奥尔斯点了下头，把嘴里原先叼着的香烟吐出来，扔进一个托盘里，然后换了一根新的放在嘴里。"我已经戒烟了，不过好像还是没有彻底摆脱这玩意儿的控制，必须在嘴里放上一支，要不然就感觉浑身不自在。家里只有他自己时，就由你负责看着他？"

"不，我只是应他邀请过来吃午饭。我们聊了几句，他因为写不出好作品感到很苦恼，最后非要喝酒。你说我要拦着他，把酒瓶从他手里抢出来吗？"

"现在我只是想了解个大概轮廓。你喝了多少酒？"

"我只喝了一点啤酒。"

"你麻烦不小啊,马洛。他写了一张支票,还签了名,最后又撕碎了,那张支票的用途是什么?"

"大家伙儿为了帮助他回到正轨,就雇用我住在这儿。我说的大家伙儿就是他老婆、他的出版商霍华德·斯宾塞,我猜斯宾塞还在纽约,你要是不相信我的话可以找他问问,还有韦德太太。不过我没接这单生意。不久后她上门找我,跟我说她的丈夫喝多了,然后就不见了,她担心得要命,请求我去把他找回来,我答应了,把他带回了他的家。又过了不久,我不得不大费周章地把躺在他家屋子外面草皮上的他弄进屋里,扶到床上。总之我摊上这个烂摊子了。我其实从来都不想管他,伯尼。"

"你是不是为了雷诺克斯的案子?嗯?"

"什么雷诺克斯的案子?拜托,毫无关联。"

"嗯。"奥尔斯的手在膝盖上揉捏着,语气冷淡地说道。这时从前门走进来一个人,先是跟另一位警探说了几句话,而后走到奥尔斯跟前,对他说道:"洛林医生来了,副组长,他正在外面等着,说是有人给他打电话叫他过来。他是这家女主人的私人医生。"

"让他进来吧。"

警探得到指示后就出去了。不一会儿,穿着一套清凉而文雅的热带毛纱西装的洛林医生,挎着他那干净整洁的黑皮包走了进来,他连看都没有看我一眼,径直从我身边走了过去。

他向奥尔斯问道:"她在楼上?"

"对,她在自己的房间里。"奥尔斯站起身来,"你给她开了杜冷丁,请问为什么,医生?"

洛林医生皱了皱眉头,冷冷地回答道:"我给我的病人开我认为合适的任何药,没有法律条文要求我必须做出解释吧?另外,谁说我给韦德太太开了杜冷丁?"

"是我。药瓶上有你的名字，你可以去楼上看。看来我有必要让医生你了解一些情况，在本市中心区域，展示有各种各样的小药丸：红鸟、蓝鸟、黄外皮、镇定丸……总之应有尽有，而杜冷丁是最容易招惹麻烦的。德国战犯戈林就每天都对那东西爱不释手，他被俘虏的时候，他们发现他每天居然要吃十八颗之多。军医为了让他减缓服用量，整整花了三个月时间。"

洛林医生面无表情，说道："我不明白你为什么要跟我说这些。"

"你不明白？那真遗憾。这么说吧，红鸟是西康诺，蓝鸟是阿米妥钠，黄外皮是宁比泰，镇定丸是在巴比妥酸盐里掺了些苯齐巨林，至于杜冷丁，是一种合成麻醉剂，最容易让人上瘾。除非这位太太患有某种很严重的疾病，不然你这么随意地给病人开这种药，难道不需要解释吗？"

洛林医生说道："对于一个神经过敏的女人来说，丈夫是个酒鬼，就是种非常严重的病痛了。"

"那你就没有额外花点儿时间给他治一治？真是遗憾。好吧，医生，韦德太太在楼上，耽误了你的时间，真不好意思。"

"这位先生，我会跟你的上级报告一下你的蛮横无理。"洛林医生说。

"请便！不过你应该先做点儿别的再去打我的小报告。"奥尔斯说，"你得先让那位太太变得清醒一些，好让我做笔录。"

"请你先搞清楚我是谁。我做什么都只遵照治病的原则。至于韦德先生，他并不是我的病人，我也没兴趣去治疗一个酒鬼。"

"哦，所以就只治疗酒鬼的妻子吗？医生，我想我知道你是谁。我是奥尔斯副组长，记住，我姓奥尔斯。"

洛林医生转身上楼了，奥尔斯回到座位上，对我咧嘴笑了一下，说："对付这种人，必须使用些策略。"

从书房走出来一个身材瘦瘦的人，戴着一副眼镜，模样严肃，脑门儿透露着一股精明。他找上奥尔斯，说："副组长。"

"你直说吧。"

"枪伤是由近距离射击造成的，伤口肿胀由气压导致，也是同样的原因导致眼球突出，情况和自杀案例很吻合，血液流得非常快。我认为枪上没什么指纹。"

"假设说对方喝得不省人事了，或者睡着了，是否有他杀的可能性？"

"有，不过目前还没有任何迹象指向这种可能。那支枪是内置撞针型的韦布莱手枪，按照正常原理，枪在发射前，第一步需要先用力扣扳机才能扣上击铁，但之后只要轻轻一扣就能发射子弹。综合现在所收集到的蛛丝马迹，我认为是自杀。但如果酒精度高得过分的话——"他耸了耸肩，略微停顿了一下，"我或许会对自杀产生怀疑。"

"谢谢，通知法医了吗？"

对方点了点头，便又去忙了。奥尔斯张嘴打了个哈欠，往手表上瞧了眼，说："你打算离开了吗？"他看着我。

我说："我还以为自己被列为嫌疑人了呢。"

"别让我们找不到你就行，可能之后会需要你的协助。办案流程你是知道的，处理某些案件越迅速越好，不然等证据消失后就一筹莫展了。但这件案子不一样，假设存在他杀的可能性，那么他的死对谁最有利呢？他老婆吗？她有不在场证据。你？确实，当时屋子里只有你一个人，而且你还知道枪放在哪里。就差杀人动机了。还有谁比你更适合背这黑锅？但你要真是杀人凶手，也把自己暴露得太明显了，我们会把你的作案经验作为重点参考项。"

"谢了，伯尼。如果是我，确实轻而易举。"

"当时用人都出去了，那么最可能的就是凑巧来做客的人。他需要清楚地知道他睡着了或者喝高了，知道韦德的枪放在哪里，且能够准确把握时机，在开枪时借助汽艇震耳的噪音覆盖枪声，而后在你走回屋里前悄无声息地离开。目前的全部线索加起来所指向的，是我完全不愿相信的，因为你没有理由杀他。"

我站起来："伯尼，我走了，我今晚都在家待着。"

"不过，还有一个疑点。韦德是当今小说界的红人，名气大，钞票多，妻子漂亮，朋友不少，房子豪华，且买在乡间最好的住宅区，可谓无忧无虑，那他为什么要开枪自杀？什么样的难题让他这么做？肯定有原因。如果你知道些什么，我希望你痛痛快快地说出来。说实话，他书中的那些角色，连妓院里的最下流的人都不如。我本人很不喜欢他写的那些狗屎。不过那只是个人品味，与本案无关。"

我走到门口，守门的警员向奥尔斯望了一眼，得到指示后放行。我上了汽车后缓缓地顺着草地往前开，车道被各种各样的公务车给挤满了。行到大门口时，警长的另一个下属一声不吭，只是用审视的目光扫了我几眼。我掏出墨镜戴上，上了大道。

草坪刚刚修剪过，后面是一栋又一栋被午后的炽热阳光无情地炙烤着的豪华住宅。路面空空荡荡，让人感觉无比祥和。

就在艾德瓦利的某一栋豪华住宅里，一个世界级名人浸泡在自己的鲜血中，侧卧在那里一动不动，但是这丝毫没有影响到附近的安宁。

道路转弯的时候，我看到一辆深绿色的警车停在路旁，顺着路旁的一堵长长的围墙向后望去，则是两栋被它隔开的住宅。一位副警长走出来，举手示意我停车。他走到车窗旁，说："请你出示下驾驶证。"

我拿出皮包，打开递出窗外。

"我只要驾驶证，如果我碰了你的皮包属于违规。"

我只好把驾驶证单独拿出来。"发生了什么？"我问。

他朝车内瞅了几眼，把驾驶证递还给我，说："没什么，只是例行检查。"

"麻烦你了，谢谢。"

他摆手叫我往前开。等我车子开动后我看见他又回到了那辆停着的警车里。警察从来都是这么高深莫测，你永远别想从他们嘴里打听到他们正在干什么。因为那样就会被你发现，其实他们自己也不清楚自己在干什么。我回家后买了两杯冰镇啤酒，喝完后出去吃晚饭，吃完回来后把窗户推开，我把衬衣的扣子都解开，等待警官的主动联系。九点，我等得还真够久的，伯尼·奥尔斯打电话让我去趟警察局，还吩咐我不要在中途停车。

第三十八章

　　坎迪已经在警长办公室的前厅里靠着墙坐等聆讯了，我从他身边走过去时能感受到他仇恨的眼光。我走进彼得森警长的接待室。这间房子特别宽敞，里面摆满了奖状、锦旗，都是人民群众为了感激他这二十年来的忠诚奉献的展现。墙上挂了很多马的照片，每张照片里都有彼得森警长。他书桌的四个角都雕有马头。砚台边上有磨光的马蹄图样。他的笔筐是装满白沙的同款马蹄形工艺品，里面插着笔。每个马蹄上钉有一块金色铭牌，上面无非是某年某月某个事由等一类的文字。书桌吸墨板擦拭得光可鉴人，上面放着一包棕色的卷烟纸，卷烟纸包在一个短角牛皮的皮包里，看得出彼得森喜欢抽自己的卷烟。他经常骑在马背上用一只手卷烟，如果是一匹高大威猛的白马，马鞍上镶满墨西哥银饰品，后面又跟随着一批游行队伍时，他更是会卷一根显露下身手。他骑马时，好戴一顶平顶的墨西哥宽檐帽。他的骑术想必相当精湛，骑在马上带着高深莫测的微笑，想让马儿明白该活跃了，或者该安静了，或者该回头了，只需要一只手一拉，它就能心领神会。警长太会表演了，光看侧脸，他像老鹰一样英俊，只是下巴略微凹陷，不过他知道怎样摆姿势能避免暴露缺陷。他为了能拍露脸照，应该花了不少心思。警长的父亲是丹麦人，留给他一笔巨款。但五十五六岁的警长，头发颜色很深，皮肤呈棕色，波澜不惊的样子看起来更像是在雪茄店工作的印第安人，就连脑瓜子也很像，一点都不像丹麦人的血统。按照组长的说法，警长当选时相当顺利，仅仅是骑着马在最前面引领游行队伍，在照相机前审问一下犯人。实际上他只是坐在桌子旁边，用犀利的眼神盯着嫌疑犯，在照相机前露出他的侧脸，并没有真正审问过什么，他也根本不懂怎么审问。只要照相机的闪光灯亮，摄影师就得赶紧过来向警长千恩万谢，恭敬有加，警长随即返回他在圣费尔南多谷的牧场，而嫌疑犯根本一句话都没说就被带下去了。没有人说警长是欺世盗名的骗子，那个部门出现过几个骗子，人民群众和他这个做公仆的都被欺骗了，不过彼得森警长的位置稳如泰山，那种小打小闹怎么能动摇他的宝座呢？他去了牧场，但你任何时候都可以联系他，就算联系不到他本人，但你可以把你想说的话告诉他的马儿。

担任国家的重要公职其实什么资历都不需要，只需要你闭上嘴巴，眼睛别往地上看，别乱管闲事，再有个英姿飒爽的骑马姿势就足够了，有这些你能处于不败之地。彼得森警长能够顺利连任就是最好的证明。换届选举期间，总会有一部分政客不自量力，想要把彼得森的宝座抢过来自己坐，给他取外号，比如"自动烧烤的火腿肠"或"相框里的侧脸人"等，但这对他参加选举不会有任何影响。

我和奥尔斯走进办公室的门，从另一扇门里井然有序地走进来一大波摄影师。书桌后面，彼得森警长正在卷一支香烟，头上戴着一顶斯泰森毡帽，显然他已经做好了回家的准备。他眼神犀利地看着我。

"他是谁？"他的声音雄浑有力。

奥尔斯汇报说："警长，他是韦德开枪自杀时，唯一在那栋房子里的人。他叫菲利普·马洛。要拍照吗？"

警长上下扫视了我几眼。"不必了，艾尔南德斯组长，"他转向一个身体壮硕的男人，这个人一头灰色头发，脸上尽显疲惫，"有事的话去牧场找我。"

"好的，长官。"

彼得森在他的大拇指指甲上划着一根厨房用的火柴，点上卷好的香烟。彼得森警长是那种"只抽自己的卷烟，一只手就可点火"的人物，从来都用不着打火机。他说了一声晚安，出了门。他有个私人保镖，是一个目光森冷、面部表情瘫痪的家伙，也随着他一起走了出去。

门关上之后，艾尔南德斯组长来到办公桌跟前，一屁股坐进警长大人的豪华座椅上。原本待在角落里的一个记录员，也把打字机等从靠墙的地方搬到这边来，总算多了一点儿活动空间。奥尔斯在办公桌的最边上坐下，一副兴味盎然的神情。

艾尔南德斯轻松愉悦地说道："那么，马洛，我们开始吧。"

"不用给我拍照记录吗？"

"警长的话你应该听到了。"

"听到了，但是不理解。"我发牢骚道。

"我想你应该理解。"奥尔斯笑着说道。

"你的意思是，我的长相太英俊，又高又黑，容易引起关注？"

"够了，不开玩笑。现在就做笔录，你从头说吧。"艾尔南德斯语气冰冷地说道。

于是我从头说了起来。怎么跟霍华德·斯宾塞见的面，怎么认识的艾琳·韦德，怎么按照她的委托找到罗杰，然后应她邀请到她家做客，这期间韦德对我提了什么请求，后来在灌木丛里找到昏睡在地上的他，诸如此类。没有人插话打断我。速记员一字不落地记录了下来。我说的这些全都是真实的，没有添油加醋，不过并不等于全盘托出，反正我没交代的那一部分与旁人无关。

完了以后，艾尔南德斯说："挺好，不过不够完整。韦德在自己的房间里开枪的那一晚，你进了韦德太太的房间，还把门关了起来，那段时间你在里面干了什么？"

看来警长办公室还是有精明人士的，比如这位冷静而干练的艾尔南德斯，他让我感到很危险。

"她询问我他的情况，是她把我叫进去的。"

"那为什么要关门？"

"因为我不想吵醒好不容易才睡着的韦德。另外，他家的用人正在周围走来走去，竖着耳朵不知道想听什么。这件事原来这么严重吗？门是她让我关上的。"

"你在里面待了多久？"

"三分钟？记不大清了。"

艾尔南德斯阴冷地说道："我猜你在里面待了至少两个小时，我的意思你应该明白。"

我转脸看了看奥尔斯，奥尔斯正叼着一根烟，照例没有点上，他目不斜视。

"我不知你从哪儿得到的这么不靠谱的情报，组长。"

"咱们继续看吧，现在下定论还早。你从她的房间里走出来，已经是下半夜了，我这么说没错吧？然后你才下楼到书房的沙发上休息。"

"你可以说下半夜。他给我打电话的时候就已经到十点五十分了。那晚我最后一次走进书房是两点多。"

艾尔南德斯说："让用人进来。"

奥尔斯把坎迪带进来，给了他一张椅子坐，艾尔南德斯先是问了他几句确认身份的话，之后开门见山地说道："坎迪，我就这么称呼你吧。你帮助马洛把罗杰·韦德扶上床后发生了什么？"

他会说些什么，我早已猜出个大概。他说他担心主人叫他，就在楼下随时待命，抽空去厨房弄了点儿东西吃，其他时间都在客厅。一次，他坐在客厅前门边上的一张椅子上，不巧看见了艾琳·韦德站在房间里脱衣服，而后看见我走进了她的房间，把门关上了。另外一次，他看见过她只披了一件睡袍，里面没有穿别的衣服，而我在里面待了很长时间，他认为有两个小时。于是他上楼去听动静，然后就听见了耳语声和床铺弹簧的嘎嘣声。

坎迪在讲述这些时，一副凶巴巴却又很冷静的样子，一点口音都没有，就好像他的嗓子上安设有开关装置一样。他的言外之意再明显不过了。

说完以后他板着脸，抿着嘴，用一种得理不饶人的眼神看着我。

艾尔南德斯说："把他带出去吧。"

"别急。"我说，"我有几句话想问问他。"

艾尔南德斯抬高嗓门儿，说道："这只有我有权力发问。"

"组长，你没在现场，你不知道该怎么问。他很清楚他说的完全是胡说八道，我也清楚。"

艾尔南德斯身子后仰，将警长的一支笔拿起来，用手指把笔杆拗弯了，笔杆是用处理过的马毛做的，很硬，整体很长，末端很尖，他一松手，尖端就自己弹回来了。他总算是松口了，说："那你问吧。"

我看着坎迪，问："韦德太太脱衣服，你在哪里看到的？"

他冷冷说道："前门那儿，我正坐在那儿的一张椅子上。"

"是那两张沙发和前门中间吗？"

"我说过了。"

"那韦德太太在哪里？"

"她的卧室里，门没有关。"

"客厅里亮着灯吗？"

"有一盏高杆灯亮着。用我们的话叫桥牌灯。"

"阳台上呢？"

"阳台上没有亮灯，只有她的房间里有灯光。"

"那她房间里的灯是哪一种？"

"可能是床头灯吧，光不太强。"

"屋顶的吊灯没亮？"

"没有。"

"你说她只披着件袍子，站在门里把它脱掉了，是什么样的袍子？"

"很长的家居便服，外面系了条腰带。蓝色的袍子。"

"是这样，除非你亲眼看到她把袍子脱下来，不然不可能知道她里面穿没穿衣服，我说得对不对？"

"对。"他耸了耸肩，变得不太淡定了，"不过她脱衣服我的确看到了。"

"胡说八道。就算她站在卧室门口脱衣服，从客厅的任何一个地方都没可能看得到，更别说她是在房间里了。除非她站在阳台边上你才能看得到。但这样的话，她会先看到你。"

他瞪着我不说话了。我扭头看向奥尔斯，说："你亲自去过那所房子，对不对？"

奥尔斯微微摇了摇头，艾尔南德斯则皱着眉头保持沉默。

"韦德太太要是待在房间里或者门口，艾尔南德斯组长，我敢说从客厅的任何一个角度都看不到她的头顶。他说他是坐着看到的，就算他站起来也不可能。我本人站在屋子的前门那里，也只能看见打开着的门梁，我比他高十厘米呢。她只有站在阳台上脱衣服，他才能看得见，但是她可能会跑到阳台上去脱衣服吗？而且，她为什么要站在门口脱衣服？完全说不通。"

艾尔南德斯瞅了我几眼，又扫了一眼坎迪，轻声问我："那时间方面呢？"

"他故意往我身上泼脏水，我们现在说的这些就可以证明。"

艾尔南德斯用西班牙语对坎迪说了几句话，他说得太快，我一句也没听懂，只是看见他非常不高兴地瞪着他。

艾尔南德斯说："把他带出去吧。"

奥尔斯动了动自己的大拇指，而后过去把门打开，坎迪走出办公室。艾尔南德斯从烟盒里抽出一根香烟，放在嘴里点上，他的打火机是黄金的。

奥尔斯返回屋后，艾尔南德斯说："刚刚我跟他说，做伪证是要被定罪的，假如他先前的那番话是站在庭审的证人席上说的，那么就会在圣昆廷的监狱里待上个一到三年，不过他好像并不在意。他的心态我认为很简单，不就是欲求不满无处发泄吗，太常见了。假如案发时他也在附近，我们甚至有理由怀疑这是一起谋杀案。仅仅是他会使用刀子这一条，就能成为理想的被怀疑对象。刚开始，我还以为他是为韦德的死感到痛心呢。你还有什么话要问吗，奥尔斯？"

奥尔斯摇了摇头。

"明早你再过来一趟，在你的口供上签个字。"艾尔南德斯看着我说，"这样我们就可以放入报告中了。调查报告十点钟开庭举行，不过只是预备程序。你对这样的安排满意吗，马洛？"

"你的这种问法，有暗示我应该满意的嫌疑。"

他不耐烦地说："好吧，结束了。我要下班回家了。"

我起身时，他又说道："坎迪拿这套说辞糊弄我们，其实我压根儿就不相信。当然，这只是抛砖引玉的做法，希望你能理解。"

"组长，谈不上理解不理解，我没什么感觉。"

我走出办公室，他们从背后盯着我，连句晚安都没说。我穿过长长的走廊，来到希尔大街的街口，上车回家。

确实没什么感觉，一点儿都没有。非说有，那就是一点空洞感。

回到家后我调了一大杯高纯度酒，站在客厅的窗户前，一边喝一边透过敞开的窗户倾听月桂谷大道传来的洪流般的汽车喧嚣，望着离大道不远处的山坡上的大都市射来的刺目强光。想要获得一段完整的宁静根本不可能，远方总会时不时传来一阵警笛或消防车的凄厉哀鸣。一天二十四小时里总有人逃跑，总有人在后面追捕。夜里更是罪恶横行，有的人伤了、残了、奄奄一息了，有的人被无端飞来的玻璃划伤，有的人被打劫、被殴打、被勒住脖子、被强奸、被谋杀，有的人撞死在汽车方向盘上，或者倒在巨大的轮胎下，有的人食不果腹，有的人生病，有的人烦躁、寂寞、追悔、害怕、愤怒、绝望、哭泣、狂热、残暴……这个城市繁华富裕，生命力旺盛，尊严满满；这个城市又腐朽、空虚，充满落寞，它与任何其他城市相比都不遑多让。关键看你站在什么样的角度，能打多少分。我不在乎分数，一点儿都不在乎。喝完酒我就上床了，打算一睡解千愁。

第三十九章

　　庭审十分糟糕，法医怕外界的关注度降低，连医学证据都没有整理好就火急火燎地开了庭。实际上他的担心根本就是多余的，不过是死了一个作家，报纸上不会长期有他的名字的，哪怕他的名气再响亮。那个夏天的新闻实在太丰富多彩了，某个国王退位，某个国土被暗杀，一周之内接连有三架大客机坠毁，某个监狱二十四名罪犯葬身火海，芝加哥某家巨无霸级电报公司的总裁被枪杀在了自己的汽车里——洛杉矶的法医总是运势不佳，他肯定非常怀念生命中的各种美好事物。

　　我从证人席上走下来的时候，看了坎迪一眼，他的脸上带着意味深长的微笑，把我唬得发愣。他的衣着打扮依旧那么讲究，外面穿着一套可可棕色的华达呢西装，佩戴着夜空蓝色的蝴蝶结，里面是白白净净的尼龙衬衫。一上到证人席，他整个人都斯文起来，赢得了所有人的好感。对，这些日子里老板有好几次都喝得酩酊大醉；对，楼上传来枪声的那晚，他把他扶上床；对，老板死的那天，他坎迪临出门前，老板跟他索要过威士忌，不过他拒绝了；不，没有听到韦德先生跟别的人发生口舌。诸如此类。

　　法医问来问去试图寻找破绽，但早有人指点过坎迪，他回答得滴水不漏。

法医问艾琳·韦德时就温柔多了。光是跟她说话，他就不由自主地咽口水。艾琳·韦德搭配了一身黑白的衣服，脸色苍白，声音很低，用了扩音器也没什么效果，好在还算清晰。走下证人席时，他起身向她鞠躬，她回以一抹微笑，虽然短暂得可以忽略不计，但他被迷得不行。她路过我身边向外走时，一眼也没有看向我，直到最后一秒才略微把头扭回两英寸，不易察觉地点了下头。似乎她只是觉得我面熟，但又记不清什么时候在哪见过。

结束后，我在外面的楼梯上遇见了奥尔斯。他正在俯瞰道路上来来往往的汽车，不过很可能是故作姿态，他背对着我说道："向你道贺，表现得真好。"

"你也是，坎迪在你的指点下脱胎换骨。"

"兄弟，指点他的另有其人。"他说，"偷欢的事情，地区检察官裁断为与本案无关。"

"什么偷欢？你把话说清楚。"

"哈哈。"他看向我，"我说的不是你。"他的表情越来越冷漠。"这种事见识得多了，再见到都会觉得反胃。不过这一次还是蛮特别的，因为这是富人的桥段。家世古老，外部的风雨微不足道。再见了，倒霉的家伙。你什么时候穿得起二十美元一件的高档衬衫了，就给我打电话，我会星夜兼程过来伺候你穿外套。"

楼梯一刻都不闲着，不断有人上来下去，但我们心安理得地一直站在那里，不去理会。奥尔斯从口袋里抽出一根香烟，瞅了一眼又丢在地板上，狠狠地把它踩扁。

我说："浪费。"

"兄弟，不过是一支烟，跟一条人命相比算得了什么？过些日子你就会跟那位女士结婚吧，是不是？"

"别胡扯了。"

"我没有找错人，却说错了话吗？"他苦笑着，酸溜溜地说。

"副组长，你没说错。"我出了电梯，他在我身后又说了句什么话，我没有打岔，只管走自己的。我进了弗洛瓦的一家咸牛肉店，门口挂着一个很不礼貌的牌子，写着："禁止狗和女人入内，欢迎男士光临。"倒挺符合我的心情。进去以后，服务员的态度也很不礼貌，粗鲁地把你要的东西往你面前一扔就走开了，还未经你的同意自动扣除一部分钱当给他的小费。这的食品只有单调的几样，不过味道还不错。其中有一种棕色的瑞典啤酒，喝起来像马提尼一样够劲儿。回到办公室后，奥尔斯打来了电话，说道："我想跟你谈谈，我去找你。"

二十分钟后，他就出现在了我的办公室里。我猜他一定住在好莱坞分局或者起码离分局很近。他一屁股坐进招待椅里，跷起二郎腿，大声叫嚷道："抱歉，我刚才没有控制好情绪，咱们翻过这一页吧。"

"说什么呢，互揭短处不是更好吗？"

"说得好，不过要捂着点儿。在很多人眼里你应该挺不是东西的，但据我了解，你其实没有做过什么不正经的事。"

"你说的二十美元高档衬衫是个什么笑话？愿闻其详。"

"我去，那是我发牢骚顺口一说，你一提我又想起波特那个老东西了。"奥尔斯说，"艾尔南德斯组长接到斯普林格地区检察官的指示，说他从一个律师那里接到传话，说老东西的一个秘书传话给律师让他告诉他，你和老东西是什么忘年之交。"

"他不可能为了我花费这番心思。"

"你跟他见过面，他单独预留出一些时间专门见你。"

"我确实见过他，这没什么可隐瞒的，但他派人把我叫去只是为了警告我一下。我很不喜欢他，或许是嫉妒心理作祟。他是个霸道蛮横的老古板，我不知道还能用什么形容他，但总的来说他还称不上是恶人。"

奥尔斯说："这个世界上有什么样的正当办法能赚一个亿？就算最顶层的人觉得自己没做伤天害理的事，但中间过程必然有人要用脑门儿去撞墙。真正干净的小公司根本没有立足之地，只能以最低廉的价格转让给别人。谦谦君子连份工作都找不上。股票被幕后推手牢牢把控着。私人花个仨瓜俩枣的旧黄金就能把代理权给买到手。有钱就等于有权，而大权在握便可胡作非为。能从政府合同中抽取至少百分之五十佣金的投机者和大律师事务所，所要做的仅仅是把有损巨头而有利大众的法规践踏到脚下，便可获得十万美元的报酬。所有的一切都是制度的衍生品，可这样的糟糕制度已经是我们所能享受到的最好的制度了。"

我说："这话有点意思。"我故意讥讽他。

他反唇相讥道："这我不太清楚。不过那件案子被裁定为自杀案，你应该非常满意吧？"

"否则还能是什么呢？"

他把一双粗糙的大手放在桌子上，瞅着手背上的褐色斑块。"我想不会是别的原因。我当警察当老了，不知不觉我已经老了。这些褐斑被称为角化症，五十岁以上的人才会有。警察老了往往都是老流氓。我思来想去总觉得韦德的案子疑点太多。"

我往后靠了靠，端详着他眼睛周围交错纵横的鱼尾纹。"举个例子。"

"仅仅是坐在这里说空话罢了。人活到这个份儿上，尽管知道自己无能为力，但起码能嗅到一些不合理的情状，我感觉最不合理的就是他没有留下一份遗书。"

"也许当时事发突然，一冲动就做了呢？你知道他当时喝醉了。"

"我搜查过他的书桌。"奥尔斯把手从桌子上滑下来，眼睛上扬，格外沧桑，"他时不时就给自己写一封信，清醒的时候写，喝醉了也写，打字机成了他倾诉的对象，他就那样一直地写啊写，有的文章充满了自嘲，有的充满了悲伤，有的乱七八糟不知所云。有一点确信无疑，他心里边藏着什么事情。而他不敢去碰触这件事，只是围绕着它兜来绕去。如果他决定自杀，起码会写一封两页纸的遗书。"

"他那时候醉了。"我重申道。

奥尔斯不耐烦地说："对他来说醉不醉都一样。第二个我觉得不合理的地方，在于他把自杀地点选在了那间屋子里，难道他故意想让他老婆看到吗？就算他喝醉了，可还是不合理。他开枪的时候为什么恰好选在有汽艇声掩盖的时候呢？这对他有什么不同吗？别说又是巧合。真正的巧合是他的老婆出门忘了带钥匙，而用人正好放假，她不得不按门铃才能进去。"

我说："她也可以从后门绕进去。"

"这个我知道，我现在是情境假设。假设韦德没有死，正在书房工作，但是能够给她开门的也只有你，因为那天是周四，用人放假了，而他不可能听见门铃声，书房的隔音效果非常好。可她在庭审时却声称她不知道你在她家。她不仅忘了带钥匙，还忘了用人不在。"

"你也忘了一件事，伯尼。我的汽车就停在车道上，所以她按门铃前就知道——起码知道有外人在。"

"这不得了，是我忘了吗？"他笑了笑，"那么当时的情境就是这样的，你在湖边，汽艇声震耳欲聋，韦德在书房睡着了，或者烂醉如泥，而这时候已经有人从他的书桌里拿到了枪。你上一次来她家时把放枪的地方告诉了她，她知道枪在哪里。我们现在假设她并没有忘记带钥匙，而是进了屋子，看见你正在湖那边，韦德正睡在书房里，于是她拿出枪来——她清楚枪放在什么地方——等待时机开枪，再把枪放在我们找到它的那个位置，她再从屋子里出来。等汽艇开走后，她再按响门铃，等你给她开门。你有什么反对的地方吗？"

"动机呢？"

"是啊，只这一个问题。"他苦恼地说，"她想要离开他的话，简直太容易了，而且还能得到一笔不菲的赡养费，分割财产时也能大占便宜，因为她已经占据绝对上风了——他嗜酒如命，还有过家暴先例。所以无论如何，她都没有杀他的理由。回过头来，能把时间点掐得那么准，就算早五分钟她都不可能办到，只有一种情况下才可以，除非你也知晓一切。"他摆了摆手，把我想说的话堵了回去，继续说道："你别担心，我这并不是在指控某些人，仅仅是进行案情假设。晚五分钟她也同样办不到，她能够得手的时间只有短短十分钟。"

我不耐烦起来，说道："你所谓的十分钟，不可能是事先计划好的，也不可能未卜先知。"

"我知道。"他靠在椅子上，叹了口气说，"你能说出一大堆推翻假设的理由，我也能，但我就是觉得有点怪。你在这些人中间到底充当着什么角色？他给你开了一张支票却又撕碎了，你跟我说他在跟你要小脾气，你说无论如何你也不可能要那张支票，不会要。难道，他认为你和他的妻子有染？"

"伯尼，你给我闭嘴。"

"我并不是问你是否属实，只是问他是否这样认为。"

"我的回答和刚才一样。"

"好吧，那我们换个问法，他有什么不可告人的秘密被墨西哥用人发现了？"

"我毫不知情。"

"这位墨西哥用人银行里存着一千五百美元以上的存款，开着一辆崭新的雪佛兰，衣服多得令人眼花缭乱，钱多得无法不让人怀疑。"

"没准儿那是他卖毒品赚的呢？"我说。

奥尔斯猛地从椅子上跳起来，凶神恶煞地说道："马洛，你的运气实在太好了，好得吓人，能够两次从重罪下安然脱身。你是不是因此变得过于自信了？你给那些人鞍前马后地效劳，没有捞到一分钱？哥们儿，请问你的日常开销是从哪里来的？据说你还帮助过一个叫雷诺克斯的小子，同样没捞到一点儿好处？看来你手头的存款不少嘛，根本用不着工作赚钱。”

我也站了起来，从桌子边上绕过去，跟他面对面站着。

“伯尼，我是个浪漫主义者。大半夜听到有人求救，我就过去瞧，仅此而已。这种钱你如果拿了不烫手吗？你是很聪明，但却是个浑蛋，所以你会把门窗关得严严实实，把电视机的声音开到极限，这样无论谁求救，喊破嗓子都跟你没关系。你也可以狂踩油门，一溜烟躲麻烦躲得远远的，因为你知道乱管闲事往往会惹祸上身。我最后一次见特里·雷诺克斯，我跟他在我家煮咖啡喝，还抽了一支烟，后来听到他死了，我就到厨房煮两杯咖啡，替他也倒一杯，替他也点上一支烟，等烟灭了，咖啡凉了，我就跟他说声再见。你这样的人是不可能傻到去做这样的事的，因为没有钱赚呀。所以，你是个顶呱呱的警察，而我只是区区一介侦探。艾琳·韦德因为丈夫失踪忧心忡忡，我就跑出去四处寻找，最后把他带回家，后来他又遇上麻烦给我打来电话，我又跑了出去，把他从草坪上弄回屋里，扶到床上。然而我一分钱都没有赚到。全是义务服务，空手而归。除了这些，我还可能被人在脸上狂揍一顿，被抓进监狱，被走歪门邪道而发大财的曼迪·曼宁德兹之流放狠话威胁。我的保险柜里倒是有一张大钞，面额五千美元呢，可是我根本不会去动它，因为我觉得这飞来的横财太莫名其妙。刚开始我还时不时拿出来瞅两眼，而今连拿出来看一眼的兴致都没了。现在你知道了，就是这么回事，我连可以理直气壮的勇气都没捞到。”

奥尔斯冷漠地说道：“没准那是张假钞呢，不过造假者不太可能造这么大面额的假钞。可是，你跟我说这一大堆究竟想证明什么？"

"什么都不想证明，或许这说明我是个浪漫主义者吧。"

"哦，我还知道了你一分钱也没赚到。"

"伯尼，我有办法让一个浑蛋警察下地狱去。赶紧滚吧。"

"兄弟，说不定是我把你关进牢房，让强光照你呢，到时你就不会叫我滚蛋或者下地狱了。"

"那我们就走着瞧。"

"小子，你听着。"他走到门口用力将门拽开，"你是把愚蠢当幽默。你以为你很聪明，其实你只能戏耍你自己。在我看来，你不过是墙上的一道影子。我当了二十年警察，从未有过一笔不良记录，谁戏耍我，我一眼就能看到，谁说谎骗我，我也清清楚楚，你最好记住我的忠告，我什么都知道。"他的脑袋从门口缩了回去，门自动关上了。我听着走廊上的脚步声远去。他的脚步声还没有彻底消失的时候，桌子上的电话响了。

"这里是纽约，请让菲利普·马洛先生接电话。"从电话里传来一个职业化的腔调，字正腔圆。

"我就是菲利普·马洛。"

"谢谢，马洛先生，请您稍等。人已经过来了。"

接着我就听见了一个熟悉的声音："我是霍华德·斯宾塞，马洛先生。罗杰·韦德的事情我们已经知道了，真是个糟糕透顶的消息。不过具体是怎么回事我们不清楚，但好像你被牵扯进去了。"

"我当时正好在他家，他喝多了，开枪自杀。星期四，用人们都放假，韦德太太是后来回家的。"

"所以他身边只有你。"

"我并不在他身边，我在屋子外面转悠，等他的老婆回家。"

"哦，我知道了。这么说，肯定有庭审。"

"已经庭审过了,裁定为自杀。没有几个人关注,斯宾塞先生。"

"是吗?这我倒不理解了,怎么说他也是个名人。我还以为,"他的话音里听不出失落,只有惊讶和困惑,"算了,我以为怎么样对她来说一点都不重要。我觉得我应该立马乘飞机去那边一趟,可是只有下周才有时间。我会给韦德太太发电报的,看看有什么事能帮得上忙。而且关于小说的事也需要谈一谈。我是说可能他写得已经差不多了,看能不能找个人代笔,把结尾写完。我多句嘴,你后来是不是接受了委托?"

"没有,他亲自请我帮忙,我拒绝了。我直言不讳地告诉他,他要烂醉,我根本拦不住。"

"你从没想过去尝试一下,对不对?"

"斯宾塞先生,当中的情况你根本一无所知。你要下什么结论,起码也要了解一下情况吧?当然,我不可能一点都不自责。毕竟发生了这种事,当时我就在他家,除我之外又没有其他人,不可能不自责。"

"刚才的那句话,我没有经过深思熟虑就说了出来,对不起。"他说,"你知不知道艾琳·韦德在不在家?毕竟是这种时候。"

"斯宾塞先生,我不知道,你给她打个电话不就知道了吗?"

他语速缓慢地说:"我想,这种时候她应该不愿意跟任何人说话。"

"不见得。她跟法医对话的时候,很是镇定自若呢。"

"从你的语气里,"他干咳了一声,"你好像对她一点儿都不同情。"

"斯宾塞,不管罗杰·韦德是个才子,还是个浑蛋,他现在死了。别的我不懂,但我知道在我心里他只不过是个充满愧疚感的厚脸皮酒鬼。你说我为什么要同情?他是个麻烦鬼,我认了,可最后却以这种方式收场,何其可悲!"

他说道:"我说的是韦德太太。"

"同样适用。"

"等我到了再给你打电话吧。"他很突兀地说,"再见。"

电话挂断了,我放下听筒,眼睛却还在电话机上盯着,两分钟都没有动一下。后来我把电话簿在桌子上摊开,查找到一个电话号码。

第四十章

　　我给休厄尔·恩迪科特打了个电话，拨到了他的办公室，接电话的人告诉我他正在法庭，可能到傍晚的时候才能联系上。对方问我要不要留个口信，我说不必了。接着我又拨打了一个电话去找曼迪·曼宁德兹，他住在一个叫艾尔·塔帕多的地方，毗邻日落大道。该地名历史意蕴丰富，在拉丁美洲西班牙语中的意思是"埋藏的宝藏"。这家店以前不叫这个名字，它改过很多次名字。它曾经只是背对着山坡，山坡一侧有一条环形车道，从大街上看很不起眼，只有混混和警察愿意花三十美元，甚至五十美元在楼上雅间里吃一顿饭。那时候它的门脸儿只有蓝色的霓虹灯号码，霓虹灯的光会映照在日落区南面的光秃的高墙上。是一个女人接的电话，但一问三不知，而后换了一个墨西哥口音的领班。

　　"你叫什么名字？是你要找曼宁德兹先生？"

　　"兄弟，是私事，不方便说名字。"

　　"那你稍等。"

　　等了好一会儿，电话那头又换了个家伙，一听就是个暴徒，话音就好像从辆装甲车的豁口里发出来的，也可能他脸上本来就有一道豁口。

　　"你是谁？说话。"

"我姓马洛。"

"马洛？不认识。"

"你是奇克·安格斯汀？"

"不是，我不是奇克。直接说口令吧，别扯别的。"

"你的脸被炸飞了吧？"

"等着。"他笑了，说道。

"喂，廉价货，最近可好？"最后一个接电话的说道。

"边上没有别人？"

"有话快说，有屁快放，歌舞表演有几幕戏需要我过目。"

"你可以把你自己的喉咙割开，这也是一幕戏。"

"演完这出可就没有下回了。"

我和他都笑了起来，他问道："你没再乱管闲事吧？"

"你真闭塞，人们以后可能要叫我'死神使者'了，我又交了一位朋友，然后他也自杀了。"

"很好笑，是不是？"

"哦，不好笑。另外，哈伦·波特前几天请我喝了个下午茶。"

"混得不错，我可不喜欢喝那东西。"

"他让我转告你，你要对我客气点儿。"

"我没跟他打过交道，也犯不着。"

"但他有只手遮天的力量。你只需要为我提供一点小情报，曼迪，比如保罗·马斯顿的事。"

"我不认识。"

"你回答得太快了。特里·雷诺克斯没来西部以前，在纽约时用过保罗·马斯顿这个名字。"

"这能说明什么？"

"还得我画张肖像图给你吗？你跟我说的发生在战壕里的故事纯

属胡编乱造。还是说它其实发生在另外一个地方。"

"我从来没讲过事情发生的地点。你最好听我一句话，赶紧就此打住，别再管那件事了。你得到的警告还不够吗？长长记性吧。"

"我明白，你肯定会这么说。只要我得罪了你，就无处可逃。不过曼迪，你吓不住我，我连职业强手都对抗过。我猜你去过英格兰。"

"你别再犯傻了。这座城市里什么事都有可能发生。你真应该看看晚报，像大威利·马高都自身难保。"

"哦，说不定报纸上还登着我的照片呢，我是得买一份看看，多谢你提醒。马高怎么了？"

"不懂审时度势就会出事，我先前已经说过了。具体情况我也不好讲，大概是一辆坐着四个年轻人的汽车停在了他家门口，挂着内华达的车牌号，但内华达州根本没有这种大号码的车牌号，马高就想要对这辆车进行搜查，其实说不定人家只是开个玩笑呢，可马高这人太严肃了，所以最后下巴上有三个地方缝了针，两条胳膊都打上了石膏，一条腿也不得不吊起来。这下老虎变病猫了，他还怎么折腾？说不定你也会遭遇这种事情呢。"

"是你嫌他碍事，所以存心报复吧？那次在维克托酒吧前面，他把你的手下奇克扔到墙脚下，我都亲眼看到了。或许我应该给警长办公室的朋友打个电话，把这件事一五一十告诉他。"

"廉价货，有胆你可以试一试。"

"我当时正在跟哈伦·波特的女儿品酒，当然，我觉得有必要把这个也顺口跟警长提一下，因为从某个角度来看，这就等于夯实情报的可信度了。你说是不是呢？你不会打算连她也暴揍一顿吧？"

"你给我听清楚。"

"曼迪，你去过英格兰没有？或许，你和兰迪·斯塔尔，还有保罗·马斯顿或别的名字，比如特里·雷诺克斯什么的，你们在纽约招惹到了警方，所以才去英国军队里当了几天兵，借此避避风声，是不是？"

"你等一会儿。"

我干等着，什么也不能做，等得胳膊都酸麻了，后来我把听筒放到另一边。

他总算是回来了，说："马洛，你给我听清楚了，你要是打算重翻旧案，会吃不了兜着走。并不是只有你和特里·雷诺克斯有交情，他也是我的朋友，我们有很深的友情。我能够告诉你的有限，是英国一个突击军队，发生在 1942 年 11 月，挪威附近的小岛上，对方有一百多万人。你满意了吗？你最好拎一拎。"

"多谢提醒，曼迪，放心，我会替你保密的。我只跟我的熟人说，绝不会跟外人说。"

"你最好去买份报纸看看，别重蹈覆辙。高大威猛的大威利·马高在自个儿家的门前被狠狠修理了一顿，他一醒过来吓坏了。"说完他挂断了电话。

我到楼下买了一份报纸，情况和曼宁德兹说的一致。大威利·马高躺在医院病床上的照片就登在报纸上，他浑身上下裹满了绷带，只露出一只眼睛和半张脸。显然那几个年轻人下手很有分寸，并不打算直接打死他，全身都不是致命伤，但也十分严重了。这座城市的凶徒不杀警察，因为那是少年犯最拿手的。还有什么样的宣传能比得上一个骨断筋残、浑身是血的警察活生生地摆在面前更有效果呢？人们会从他那里得到最生动的教训，用疾恶如仇的心态对待不法分子是不对的。如果你在风化组工作，或者开着凯迪拉克车，或者在最高档的酒店用餐，就更应该多加领会。等他康复后，他还会回原来的岗位，不过嚣张的气焰已经彻底消失了。

我坐在那认真琢磨这件事情。而后给卡恩机构打去电话，结果乔治·彼得斯出差了，下午五点半左右才会回来。我把姓名留下，跟接线员说找他有急事。

我跑到好莱坞公共图书馆想找点儿资料，结果什么也没找到。只能又走回去把我的车开出来，跑到市中心的图书馆，后来终于在一本红封皮的英国出版的小册子里找到了。我把自己需要的资料复印下来，而后开车回家。

又拨了卡恩机构的电话，彼得斯还没有回来。我把家里的电话号码告诉接线员。接着我把棋盘摆出来，摆了一盘"狮身人面"棋局。这个棋局刊印在一本棋谱的尾页，棋谱是英国象棋鬼才布莱克伯恩编写的。布莱克伯恩的奇思妙想和不拘一格堪称前无古人后无来者。不过在今晚的这盘冷战型比赛上，他是不会赢得胜利的。"狮身人面"棋局是当之无愧的十一种步法的棋，一般的棋局能够超过四五种步法的都很少，再往后，破解的困难程度便以几何级数提升。这十一种步法无疑是一种历练。每当我心情很糟糕时，我就会摆出这样的一盘棋，琢磨新的破解招式。没有嘈杂，没有暴戾，虽然你不会尖叫出声，但其实已经很疯狂了。

乔治·彼得斯在五点四十分左右回了电话，我们两人在电话里互相挖苦对方。

他幸灾乐祸地说道："看来你刚出龙潭就又入虎穴，为什么不换个斯文点儿的职业呢，去工厂当生产线工人什么的？"

"我可熬不了那么长的培训期。"我说，"如果能稍微便宜一点的话，我想成为你们机构的客户，拜托你们帮我查一件事。"

"这你得看情况，跟卡恩谈。"

"不能跟他谈。"

"得，那我先听听吧。"

"像我这样被大家称呼为私人调查员的，伦敦应该满大街都是，但是良莠不齐。你们公司肯定跟这样的人经常有业务往来。但我做不到慧眼识珠，没准儿会当冤大头。我需要调查员帮我查一些很容易就能查到的资料，关键是速度要快，起码下周末以前要交到我的手上。"

"什么资料？"

"特里·雷诺克斯或者保罗·马斯顿。不管他的真名叫什么，总之我要他的战争记录。他参加过英国的突击队，1942 年 11 月，向挪威的一座小岛发起突击时被敌军俘虏。关于这些，战争部肯定有确切的资料，我想知道他是哪个机构任命的，之后到底发生了什么。我认为这些也算不上什么保密情报，我们可以编造一个理由，比如遗产继承问题之类的。"

"你为什么不直接写一封信询问他们？何必破费请私家调查员？"

"乔治，情况紧急，我五天后就需要。等他们给我回信，估计至少得三个月以后了。"

"你考虑得倒是很周全，还有其他的吗，朋友？"

"有。我还想知道萨默塞特宫有没有关于他的记录，比如家世、婚姻史、移民前的国籍什么的。大多数重要的档案都能在那儿找到。"

"你想干什么？"

"没有为什么，我是花钱的客户。"

"如果里面没有这个名字呢？"

"那就真不好办了。如果真是这种情况的话，你们查到多少算多少，不过我需要几份证明文件。你打算收多少钱？"

"这我需要跟卡恩商量，没准儿他根本不会接这种活儿。你的名气实在太大，我们吃不消。不过那边的人收费不算高，我可能需要支付对方十个基尼，不到三十美元，当然还得把其他的花销也算进去，五十美元应该够了。如果卡恩让我负责这单生意，你又不愿意把你我的关系扯进来的话，估计得三百美元。卡恩至少要抽取两百五十美元才愿意开档案。"

"专业收费标准。"

"哈哈，他应该从来没有听说过这个名词。"

"好吧，乔治，到时打电话通知我一起吃顿晚餐怎么样？"

"罗曼诺夫大酒店？"

"如果能订到位子的话，没问题。"我嚷道。

"用卡恩的名义订，他可是本市响当当的人物。干这一行的，高层人士往往收入不菲，把大头都赚到手里了。卡恩常去罗曼诺夫，我凑巧知道他又要用私餐。"

"哼，说得没错。不过我认识一个比卡恩还厉害的大人物，还有些私交。"

"看来兄弟混得不错。我老早就看出来了，你是不鸣则已，一鸣惊人。那就罗曼诺夫酒店见吧，七点钟。你跟大堂经理说你在等卡恩上校，这样他就会给你开绿灯，也就不用跟那些电影编剧或者演员明星什么的左推右挤了。"

我说："好的，那就七点不见不散。"挂断电话后，我又继续下棋，不过我的心思再也无法集中到"狮身人面"棋局上了。没多久彼得斯就给我回了电话，说卡恩没有拒绝，前提是要把我的问题和他们机构的名字安全隔开来。彼得斯跟我说，他会尽快寄一封信，连夜送到伦敦，尽快调查。

第四十一章

第二个星期的周五早上，霍华德·斯宾塞给我来电，他暂时住在里兹－比弗利大酒店，提议我去跟他喝一杯。

我说："去你的房间里喝更好。"

"你想的话也行，八二八房间。我刚找过艾琳·韦德，跟她聊了一会儿，她好像觉得她命该如此。罗杰未完成的小说稿她读过了，认为接着续写到结局不是什么大问题，不过相比他的另外几部小说显然篇幅太短，侧面宣传的价值足以弥补这部分损失了。你是不是觉得我们出版商都是唯利是图的冷血动物？艾琳整个下午都在家待着，我急着找她，她其实也想见我。"

"半小时后到，斯宾塞先生。"

他的房间在酒店西侧，是豪华舒适的套房，房间和家具的表面是一种带有糖果色纹理的贴材。地毯上的花纹图案两相映衬，密密麻麻的，整个房间都显得有点老气。客厅装了高窗，外面是一个狭窄的铁栏杆围起来的小阳台。屋子里随处可见烟灰缸，一数之下居然有十九个。到处都有玻璃板罩子，方便随时随地在上面放酒杯。由此可见这个酒店里招待的都是些什么样的顾客。里兹－比弗利大酒店压根儿就没有期望来这里入住的顾客有什么素质。

"请坐吧。"斯宾塞跟我握完手后说道，"喝点什么？"

"随便，喝不喝都行，我对酒精类饮料不是那么热衷。"

"加州到了夏天真不适合喝酒，不过我还是来一杯阿蒙提拉多吧。你要是身在纽约，酒量一定是在这儿的四倍，也喝不醉。"

"给我来杯黑麦威士忌酸浆酒好了。"

他拨了酒店的服务电话，把点的酒告诉对方。他摘下那副无框眼镜，坐在一张糖果纹理的椅子上，用手帕擦拭了一下又戴回去，认真地扶正。

他看着我说："为什么不在酒吧里见面，非要跑上来见我？是不是有什么目的？"

"我也想跟韦德太太见个面，等下你坐我的车，我们一起去趟艾德瓦利。"

"我不确定她是否愿意见你。"他说话时有点不安。

"我知道她不想见我，所以我才让你带我去。"

"这样好像不太合适吧？你说呢？"

"你亲耳听她说过不想见我？"

他尴尬地咳嗽了一声，说："我是觉得她会因为罗杰的死而埋怨你。当然，她没有亲口说。"

"她说过，那天下午警察来的时候，她就和警察说了，她或许对和警长办公室调查死因的凶案组副组长也这么说过。当然，跟法医谈话的时候她没这么说。"

他往后仰了仰，一根手指在手心里不断地挠啊挠啊，这是典型的消磨时间和避免尴尬的小动作。

"你为什么非要见她呢，马洛？我觉得对谁都不好。那次事件对她来说是个沉重的打击，可能她一辈子都没有经历过这样的事情。你过去是想提醒她，让她再从头到尾回忆一遍？"

"她对警方说他是我杀的。"

"她应该不是真心的，不然的话……"

这时门铃响了，他起身去开门。酒店的客房部服务员端着我们要的酒走进来，就像将七道菜的盛筵摆上桌面一样，用华丽的动作把酒放下。斯宾塞在支票上签了字，拿出五十美分当小费。服务员走了后，斯宾塞只是端起他自己的雪利酒便走了回来。既然他不肯代劳，我也索性懒得去拿了。

我接着刚才的话茬，问他："不然会怎么样？"

他皱着眉头说道："不然的话，她肯定会跟法医提一些什么的，我说得不对吗？我觉得我们正在谈一些毫无意义的东西。你还是把你见我的目的直接告诉我吧。"

"是你要我来的。"

"好吧，我找你是因为我从纽约给你打电话时，你说我不了解情况就妄下结论，我听得出你话中有话。那么，你想说什么，现在可以说了。"

"我觉得还是见到韦德太太以后再说比较好。"

"那你还是另找时间吧。我是个商人，对我来说挽救韦德的作品才是重中之重，只要有办法我就愿意尝试，所以艾琳·韦德的状况我必须重视。你的打算让我感到为难，如果艾琳的确像你说的那样对你有成见，我是不可能把你带进她家的，请你设身处地为我考虑一下。"

"那算了，我要想见她，办法多的是。其实之所以想和你一起去，是想多个见证人。"

我的话刚说完他就急迫地问道："见证什么？"

"想知道？除非有她在场，否则不可能。"

"那我宁愿不知道。"

"我不怪你，斯宾塞。"我站了起来，"你想尽办法挽救韦德的那部作品，而且还要塑造一个体贴的形象，这两个策略都能获得应得的回报。而我却是两边不讨好。那就预祝你成功了，再见。"

"马洛，等一下。"他猛地站起来，向我走过来，说道，"虽然我不清楚你的脑袋里是怎么想的，但我知道你心中很不好受，难道你认为罗杰·韦德的死并非这么简单？"

"庭审报告你没看过吗？他的脑袋上有贯穿性伤口，是一把内置撞针左轮手枪干的。"

"我当然看了，连东部的报纸上都登了，两天后的洛杉矶报纸说得更完整。"他一副心事重重的样子，站在我的身旁说，"当时书房里只有他一个人，厨师和坎迪两个用人都不在家，艾琳去城里买东西去了，他的附近只有你。枪声被湖面恰巧经过的一艘汽艇的声音掩盖，你没有听到。而她恰好是出事以后才回来。"

"完全正确。等汽艇开走以后，我从湖边返回屋子，正好听见门铃声。打开门后，艾琳·韦德跟我说她出门忘了带钥匙。她把头伸进书房门口看他时，罗杰已经死了，但她以为他躺在沙发上睡着了。她上楼回了一趟卧室，下来后到厨房泡茶，在这之后我又去了一趟书房，才看清真实的情况，原来他没气了。而我就在那个时候给警察分局打电话，一切就像是事先安排好的。"

"但我不觉得有任何不对劲。"斯宾塞平静地反驳道，先前话音中的锐气荡然无存，"枪是罗杰自己的，一个星期前他还在自己的房间里开过枪，后来艾琳不顾自身安危从他手里把枪抢下来，这你亲眼见过的。他对工作的灰心丧气和种种举动，以及他的精神状况，这些难道还不能说明问题吗？"

"他为什么会灰心丧气呢？她不是跟你说过他的作品写得挺好吗？"

"那只是她的个人看法，不能说明什么。可能他自己觉得不满意，实际上挺好，也可能确实很糟糕，都有可能。不过，想必你还没有把你想说的话全部说完吧？我不是傻子。你继续说，我听着。"

"你知道吗？负责本案的调查取证工作的警探是个极为精明的老

警察。我跟他是老交情，他说这件事当中有几个地方让他觉得很怪异。罗杰是个有心事就往纸上写的家伙，可他为什么没有留一份遗书？还有他为什么会选择一个让我听不到枪声的时刻开枪？他为什么枪杀自己，而且有意让他妻子发现，不怕她惊吓过度吗？另外，她声称她不知道我在她家，但我的车就停在门前。"

"你的意思是，那个老浑蛋怀疑艾琳？这太可怕了！"斯宾塞咒骂道。

"只是他想不通艾琳这样做的理由。"

"这太滑稽了，好像你更值得怀疑吧？她能够取得成功的时间只有短短几分钟，而你一整个下午都在那儿，有的是机会下手。况且，她忘了带钥匙。"

"那你告诉我，我有什么理由这么做？"

他伸手把我的威士忌酸浆酒拿起来，咕咚咕咚一口气喝完，而后像做慢动作一样把杯子放下，掏出手帕擦了擦被玻璃杯沾湿的手指。他把手帕装回去，对我怒目而视："调查工作还没有结束吗？"

"我不清楚，不过有一点可以肯定，他们已经确定他并不是醉得毫无知觉。假如是这样的话，可能会变得很复杂。"

"你是想有外人见证的情况下，面对面跟她谈谈？"他慢吞吞地问道。

"对。"

"马洛，我觉得这意味着两种可能性，一是你已经被吓得惊慌失措了，二是你认为她会被吓得惊慌失措。"

我点了点头。

他忽然阴冷地问道："那到底是哪种可能性呢？"

"显然我没有惊慌失措。"

他往自己的手表上端详了半天："希望你这番推论都是疯话。"

我们对视着，不再说话。

第四十二章

我们从柯尔特沃特山谷穿行过去，上到山坡的最顶端后，路弯弯曲曲地向着圣费尔南多谷延伸。天气越来越热，太阳晃得我眼睛都睁不开，一丝凉风都没有。我看了看坐在身旁的斯宾塞，他看起来好像一点都不怕热，身上竟还穿着马甲。他一路都没怎么说话，眼睛直直地盯着车玻璃的前方。他忧心忡忡的，浓郁而污浊的烟雾笼罩着整座山谷，地面上像起雾了一样。当车子在雾中穿行的时候，斯宾塞总算是开口说话了。他说："我的天哪，我还以为南加州的空气会很好呢。这里的人在烧旧卡车的轮胎吗？"

我说了句安慰他的话："放心，艾德瓦利受海风眷顾，空气还是不错的。"

他说："谢天谢地，那里除了酒鬼居然还有别的。有钱的人家我见过，我总觉得罗杰夫妻俩千里迢迢搬到这里来其实是个错误的选择，这里除了被阳光晒得黑黑的酒鬼什么都没有。当然，我指的是那些有头有脸的人物。我知道作家需要激情，但是如果整天都泡在酒瓶子里，情况并不算好。"

我慢慢转过弯道，从那段灰白色的路面上开过去，进入了艾德瓦利的入口，之后是一段下坡的柏油路。又开了不大会儿，就能感受到从湖泊那边的小山豁口处飘来的海风。草地平坦，草叶子发出簌簌的声音，有喷水装置正从高处往下浇水。大部分有钱的人家都拉着窗帘，车道中间停着绿化工人的大卡车，这证明房子里的主人已经外出逍遥去了。

不一会儿，韦德家到了，我开车从门柱中间进去，在艾琳的美洲豹汽车后面停下。斯宾塞先从车上下来，踏着石板路走进内院，脸色很平静。他刚按响门铃，前门就开了。黝黑英俊的坎迪穿着一件白色夹克，眼神还是和以前一样凶横。坎迪请斯宾塞进屋后，把门摔上了。我在门外稍等了片刻也没反应，我只好重按门铃。门铃一响，坎迪猛地将门拉开，咆哮着从里面走了出来："你想让我一刀剖开你的肚子吗？赶紧滚！死远一点儿！"

"我是来探望韦德太太的。"

"她不想见你。"

"好狗不挡道，我有事情找她谈。"

这时从里面传来她的声音："坎迪！"

他狠狠瞪了我一眼，撇下我走了进去。我进门后看见她正在一张大沙发的旁边站着，斯宾塞站在她的旁边。看样子她的精气神儿还不错，上身穿着一件白色的半长袖运动衫，丁香色的手帕从她的左胸口袋里露出一角，腿上穿着一件同样是白色的高腰长裤。

她对斯宾塞说道："最近坎迪脾气不太好。霍华德，辛苦你了，让你跑这么远的路我真过意不去。不过，你带别人来，可真是出乎我的意料。"

斯宾塞说："是马洛开车送我过来的，他说他也想跟你见个面。"

她淡漠地说道："有事吗？我实在想不出有这必要。"说完，她才正脸看我，摆明了很不欢迎我的到来。

我说道："要解释清楚，可就说来话长了。"

她自顾自地在沙发上坐下来，动作轻柔。我在她对面的沙发上坐下。斯宾塞大皱眉头，大概是为了使自己的皱眉看起来顺理成章些，他把眼镜摘下来擦拭起来。而后他也在我这边的沙发上坐下来，坐在了沙发的另一端。

"我就知道你能在吃午饭之前赶过来。"她微笑着对他说道。

"谢谢，今天就不吃了吧。"

"要是你很忙的话，那好吧。你应该是专程为书稿来的，现在就看吗？"

"是的，如果现在方便的话。"

"当然方便。坎迪……哦，他出去了。我亲自去拿吧，在罗杰书房的桌子上放着呢。"

"要不我去拿吧。"斯宾塞起身，不等她回应，就向客厅另一边走去。他走了几步忽然停下来，离她只有三米左右，他站在她的背后很不自然地看了我几眼，而后又接着往前走。我坐在那里无动于衷，她转回头来，简单直接地轻声问道："你找我有什么事？"

"没什么具体的事。你又戴上那个吊坠了。"

"我经常戴，一位老朋友送的，很多年前的事了。"

"我知道，你告诉过我，是英国某个军队的徽章吧？"

她把那条纤细项链的坠子搜出来，说："这是请珠宝匠用黄金和珐琅仿造的，比原徽章要小一些。"

斯宾塞坐回了原来的位置，将手里的东西放到面前的茶几上，那是一大摞黄纸稿。他悠然自得地瞅了瞅黄纸，而后去看艾琳。

我说道："可以让我近距离看一下吗？"

她把项链转了一下，把坠子从项链上解下来交给我，其实是扔到我手上的。她一脸好奇地看着我，双手叠放在膝盖上，问道："你好像对它很感兴趣？"而后又说道："那是一个地方自卫队，番号叫'艺术家步兵团'。那个人在挪威的安道尔森尼斯把它送给我，但是没过多久，他就杳无音信了。那是 1940 年的春天，一整年都非常可怕。"她笑了笑，抬起一只手比画了一下："他喜欢上了我。"

"那时候艾琳离不开伦敦，她熬过了整个大规模空袭期。"斯宾塞说道，语气暧昧难明。

我和艾琳都没有搭他的茬，我对艾琳说："你也爱上了他。"

"都是陈年旧事了。"她低头看了看，而后抬起头来，注视着我的眼睛，"况且那是在战争年代，发生任何事情都不足为怪。"

"绝没有这么简单，韦德太太。"我说，"'那种爱，刻骨铭心，一辈子只有一次，如梦如幻，如回归原始，就像神圣国度。'这是你说过的话，你不记得了吗？你依旧爱着他。而荣幸的是，我的名字缩写字母跟他一样，都是 P.M.。我甚至觉得你雇我也是因为这个。"

"他的名字跟你的完全不同，更重要的是他死了，已经死了。"她语气变冷。

我把黄金珐琅坠子让斯宾塞看，他接过去的时候很不自然，嘴里嘟囔道："我以前看过了。"

我说："现在我描述一下它的外形设计。你看看我说得对不对。坠子一头有一个尖儿朝下的宽刃匕首，用黄金和白珐琅雕成，比较平滑的那一头用浅蓝色珐琅雕刻着一双翅膀，翅膀上翘，匕首从翅膀前面穿过去，又插到一个卷轴后面。卷轴上写着'勇者必胜'。"

他说："没错，是这样的，但是这能说明什么呢？"

"她说这是地方自卫队'艺术家步兵团'的徽章，是该军团的一个人在安道尔森尼斯送给她的，而那个人在 1940 年春天参加英军挪威战役时失踪了。"他们对我的话产生了好奇。斯宾塞眼睛一眨不眨地看着我，等待下文。他知道我说这些肯定不是为了闲扯。艾琳也明白这一点，她的茶褐色眉毛皱了起来，一副困惑不解的神色，她绝不是装的，因为我看得出她充满了敌意。

我说："这是一种袖章。'艺术家步兵团'原本是一支地方步兵自卫队，后来因为被改编，并入了或者隶属于特种空军团，才有了这种军徽，不过是到了 1947 年以后才有的。那么韦德太太不可能在 1940年就收到别人送她的这玩意儿。另外挪威的安道尔森尼斯在 1940 年也没有一支叫'艺术家步兵团'的军团登陆过。倒是的确有两个地方自卫队登陆，一个叫'舍伍德森林人'，一个叫'莱斯特郡'，不过都没有'艺术家步兵团'。我这样是不是很招人烦？"

斯宾塞一句话也没说，放下坠子，慢慢把它推到艾琳面前的桌子上。

艾琳不以为意地说道："我知道这些有什么意义吗？"

我说道："你以为英国陆军部就不清楚吗？"

斯宾塞打圆场道："这里面肯定有什么误会。"

我转头看了他一眼，说："这是一种说法。"

艾琳冷声说道："另一种说法就是我故意说谎骗你们。我并不认识什么保罗·马斯顿，我从未爱过他，他也没爱过我。他从没给过我军徽的复制品，从没在行动中失踪，从未存在过。它不过是我从纽约的某个英国进口奢侈品专卖店里买来的，那里除了卖军徽，还出售板球运动衣、学校制服、军队制服、皮货、手工靴、印章图文什么的。马洛先生，是不是我只有这么说你才满意？"

"前面说的未必，最后一部分还行。它是'艺术家步兵团'的军徽，这是别人告诉你的，但是他却没有告诉你它的种类，可能对方也不知道。但你确实认识保罗·马斯顿，他在那个军团服役过，后来在挪威作战中失踪。不过韦德太太，那件事不是发生在 1940 年，而是1942 年。那时他在英国突击队，那场战争没有发生在安道尔森尼斯，而是在海岸线附近的一座小岛上，突击队员们在那里发动过快速突袭。"

斯宾塞官腔十足地说道:"你何必对这种小事耿耿于怀呢?"

我听不出他是因为自己心里不痛快,还是打算侧面帮助我。这会儿他正拨弄着面前的几张黄纸稿,还拿起一沓稿子在手里掂了掂重量。

我说道:"你打算论公斤买这些稿子?"

他被我的话吓了一跳,脸上露出一个很不自然的笑容。

他说:"艾琳在伦敦时每一天都过得备受煎熬,就算做错一些事也情有可原。"

"对。"我说,我从衣兜里掏出一张折叠起来的纸,"比如跟谁结婚这种事。这是一份经过认证的结婚证书,原件在卡克斯顿市政府注册署存放着,结婚的双方分别是保罗·爱德华·马斯顿和艾琳·维多利亚·桑布赛尔,登记日期是 1942 年 8 月。韦德太太刚才说的也并不算错,确实没有保罗·爱德华·马斯顿这个人。那个名字是假的,军中人士结婚必须经过上级的批准,他制造了假身份,在军队中他有别的名字。他的服役记录就在我手上,内容很详细。其实只要张口问一下就知道了,但是令我纳闷的是,好像你们都不知道似的。"

斯宾塞仰靠在沙发上,变得异常安静,他没有看我,而是瞪着眼睛看着艾琳。她面带笑容转头回望向他,笑容里具有一种说不出的诱惑力,还有着认错讨好的意味,那是女人最常使用的求饶攻势。

"你这是小题大做。"她说道,"霍华德,他已经死了,我还没有认识罗杰以前他就死了,我从来没有瞒着罗杰。我的姓名也从来都没有变过,还是婚前的。护照上就是这么写的,当时那种情况也只能那么办。当他战死以后……"她深深吸了一口气,手轻轻放在膝上,"就什么都结束了,全都烟消云散了,成为过去了。"

他缓慢地问道:"你确定罗杰知情?"

我说:"他多少知道一点儿,有一次我问过他保罗·马斯顿这个名字。他似乎有印象，眼神变得不可捉摸，不过他什么都没跟我说。"

她没有听我说话，只是回答斯宾塞的话，说："是的，罗杰当然知道。"

她冲斯宾塞一个劲微笑着，极有耐心，策略高明，估计她认为他很好哄骗。

斯宾塞嗓音发僵，问道："那你为什么要在时间上撒谎呢？说他是1940年失踪的，可实际上是1942年。你还编造谎言说你佩戴的是他送你的军徽，可实际上也不是。"

她用哀婉的语气回答："可能是噩梦，让我身不由己吧。那么多熟悉的人都在狂轰滥炸中死了，每天说晚安时我们都尽量表现得不像在道别。可是跟军人说再见，你会倍感凄凉。善良温柔的好人总是命不长久。"

我和他都不说话。她盯着桌子上的坠子看了好久，而后把它拿起来挂回项链上，往后靠了靠，像平常一样自然。

斯宾塞又慢声慢气地说道："艾琳，我想我没有权利责问你什么。军徽和结婚证的事，只是马洛揪住不放，搞得我也紧张兮兮、疑神疑鬼的，就让我们彻底忘了这些吧。"

她很镇定地说："马洛先生就喜欢在无关紧要的小事上大做文章，遇到正经事，比如人命关天的大事时，只会躲到湖边看快艇。"

我说："你没有再跟保罗·马斯顿见过面？"

"他已经死了，我又怎么再跟他见面？"

"他有没有死你并不确定，红十字会的死亡名单上并没有他的名字，他可能只是被敌军俘虏了呢？"

她哆嗦了一下，而后慢慢地说道："英军突击队如果被俘，你们应该想象得到会怎么样。1942年10月，希特勒下令让盖世太保处置俘虏，结果只有一个，在盖世太保的某一处地牢中受尽酷刑，最后惨死在地牢里，外面的人甚至一点儿都不知道。"说着她又哆嗦了一下。

"你这个人真恶毒。"她一脸怨愤地盯着我，"你因为我说过的一两句谎话，就让我重新回忆起以前的噩梦，以此来惩罚我。假如被那些恶魔抓住的人是你在乎的人，他或她会遭到怎样的对待，你敢想象吗？我想方设法建立起另一种假象来掩盖我的痛苦，在你看来就这么十恶不赦吗？"

斯宾塞说："我现在很想喝酒，不介意吧？"

她拍掌把坎迪叫进来，坎迪神出鬼没的，他向斯宾塞鞠了一躬，问道："斯宾塞先生，你想喝点什么？"

斯宾塞说："给我多倒点纯苏格兰威士忌。"

坎迪走开了，去墙角那边把吧台拉出来，取出一瓶酒，倒了一杯给斯宾塞，放在他的面前。他正要走的时候，艾琳用平淡的语气说："等一下，坎迪，可能马洛先生也需要来一杯呢。"

他停住脚步望着她，一副很不情愿的样子，非常固执。

我说："算了，我不喝，谢谢。"

坎迪哼了一声，走了出去，大家都不说话了，斯宾塞把喝剩下的半杯酒放在桌子上，点上了一支烟。

"想必你已经说完了你想说的。"他在跟我说话，但是没有用眼睛看我，"我回比弗利山的时候，我想韦德太太或坎迪会开车送我，当然，我也可以坐出租车。"

我把那份结婚证书重新折叠好，放回衣兜里，我问他："你确定要这么做？"

"任何人都会这么做。"

我起身说道："那好吧，看来也只有我这种傻瓜才会干这种事。你是聪明的商人，以出版炙手可热的作品为目的，你的工作甚至并不需要动脑子。只有我不懂得做好人，你自己可能心知肚明我今天来的目的。我把陈年旧事翻出来，自己掏钱查找真相，不是为了给别人添堵。我调查保罗·马斯顿，并不是因为韦德太太戴了错误的军徽，弄错了日期，在艰难的战争岁月里嫁给他，也不是因为他被盖世太保杀死了。刚开始的时候，除了他的名字，我不了解任何事情，那么你们猜猜我又是怎么知道他的名字的？"

斯宾塞说道："别人告诉你的。"

我说："当然，斯宾塞先生。有一个认识他的人告诉我的，他在战后的纽约见过他，后来又在这里的酒店里看见了他跟他的妻子。"

"姓马斯顿的人有很多。"斯宾塞喝了一小口威士忌，把脑袋转到一边，右眼皮往下耷拉了一点儿，他等我重新坐下来后继续说道，"全名叫保罗·马斯顿的人不光只有他一个，就像霍华德·斯宾塞在纽约地区的电话簿里就能找到十九个。"

"我不反对，但是半张脸都被迫击炮的炸弹炸得毁了容的保罗·马斯顿会有几位？他的脸上有伤疤，还有整过容的痕迹。"

斯宾塞惊讶地张了张嘴，呼吸沉重起来，他掏出手绢在鬓角上轻轻擦了擦。

"而且在相同的事件中，有几个保罗·马斯顿会救两个凶残的赌鬼，一个叫曼迪·曼宁德兹，一个叫兰迪·斯塔尔。他们活了下来，貌似还没有忘记救命之恩，所以在合适的场合下说了出来。你就不要再掩饰了！斯宾塞，保罗·马斯顿和特里·雷诺克斯是同一个人。证据摆在这里，根本不需要怀疑。"

我清楚这话并不能让谁惊讶得突然跳起来，事实也表示确实没有人这样。不过我明显感觉得到，气氛凝重得将所有人都笼罩在里面，沉默和尖叫一样响亮。我能听见厨房传来流水声，外面的车道上落下一张报纸，一个骑脚踏车的男孩子正在生疏地轻轻吹着口哨。

我突然闪身，我感到脖子后面有轻微的刺痛，转过身来看到了手持小刀的坎迪。他站在那里，一张炭黑色的脸看不懂是什么表情，不过我看到了从未见过的一种眼神。他用轻柔的声音说道："朋友，你看着很累，需要一杯酒吗，我给你去拿。"

我说："麻烦了，来杯波本威士忌，加冰。"

"好的，先生，稍等。"

他把小刀合上，放回白外套的侧口袋里。等他悄无声息地离开后，我看了看艾琳，她安安静静地坐在那里，身体微微前倾，低着头，看不到脸上有什么表情，只是两只手紧紧地握在一起。

"我确实见过他一次，霍华德，不过我没有跟他说话。"她终于说话了，嗓音就像电话里报时的机械声一样，清晰而空洞。通常人们不会闲着没事干去把报时的声音从头到尾听完，但是如果你真的去听的话，就会知道它的音调一点儿都不会变，呆板地告诉你现在是几分几秒。"他也没有跟我说话，他的变化太大了，脸不再是那张脸了，头发也都全白了。我跟他对望了几秒，我当然认出他来了，他也还认得我。但只有这些，接着他就走了，第二天他就从她家离开了。那天你也在，霍华德，还有罗杰。我是在洛林夫妇家看见他的，下午的时候，快到傍晚了，你应该也看见他了。"

斯宾塞说："我知道他要迎娶的是谁，还有人单独介绍我们跟他们认识呢。"

"我听琳达·洛林说他没讲任何原因，也没有跟那个女人吵过嘴就突然失踪了，没过多久她就跟他离了婚。后来我听说她再次找到他时，他就像个流浪汉一样，不知道为什么他们又结婚了。我估计他是因为身无分文，觉得没什么大不了了。他知道我跟罗杰结婚了，我们也不可能回到以前的样子了。"

"为什么？"斯宾塞问道。

坎迪回来了，把酒放在我面前的桌子上，他望向斯宾塞，见斯宾塞摇了摇头就走开了，走路依旧没有声音。我们谁都没心思关注他，他只不过是个在舞台上搬道具的，就像京剧里的道具人员，无论是唱戏的还是看戏的，都会对他视而不见。

"为什么？"她重复了一遍，"你是无法理解的。曾经属于我们的一切都烟消云散了，永远也不可能再回来了。他很幸运，能活着回来，没有落到盖世太保的手里，可能某些品德高尚的纳粹党员没有遵照希特勒的命令处死英军突击队吧。从前我总是欺骗自己，说一定会找到他，能够重拾流逝的岁月，我们依旧年轻、浪漫，就像什么都没有改变过一样。直到我知道他和那个红头发的荡妇结了婚，我知道那人还和罗杰有一腿，我简直想呕吐，我敢肯定保罗也一清二楚。还有琳达·洛林，连她都知道。他们全都是一个德行，尽管她稍微收敛一点儿。你刚才问我为什么不抛弃罗杰，和保罗重归于好？拜托，他和罗杰全都拜倒过在她的石榴裙下，我才不稀罕去挽留呢。没有什么能填补我的伤痕。我可以原谅罗杰，他毕竟是我丈夫，尽管他嗜酒如命，但他只是为自己的作品发愁，他痛恨自己玩弄文字来卖钱，一边脆弱不堪，一边又不肯服输，所以异常痛苦，我完全可以理解他，他只是一时迷失而已。但保罗呢，他可能更加重要，也可能一文不值。"

我猛地喝了一大口酒。斯宾塞正在挠着沙发上的布，他的酒已经喝完了，面前放着死去的作家未写完的小说稿，但他已经对这些黄纸堆视若无睹了。

我说："是我，我绝不会说他一文不值的。"

她抬起空洞的眼睛，扫了我一眼又垂下了眼皮说："说他一文不值还算轻的，他老婆是什么样的女人他早就知道，可他还是跟她结了婚。到头来又因为已知的放荡行为而杀了她，自己逃走，最后自杀。"

我说："你心里清楚，那个女人不是他杀的。"

她直起腰用眼睛瞪着我，一言不发，看起来很镇定。斯宾塞弄出一点儿莫名其妙的响声。

我说:"你知道是罗杰杀了她。"

她很平静,问道:"是他自己跟你说的?"

"只是隐约透露过一点,没有明说。他已经憋不住了,肯定会向我或者别人说出他的秘密。"

"马洛先生,不是这样的。"她摇了摇头,"罗杰并不知道自己杀了人,他只是觉得有些疑惑,他一点儿都想不起来,没办法把它记起来,他因为惊吓过度,把自己做过的那件事从意识层面里给清理掉了。可能以后会在生命危险的时候又回忆起来,但他日常选择了封存这段记忆。"

"艾琳,你这简直是无稽之谈。"斯宾塞说道。

我说:"不,这种事确实有先例。有两个人尽皆知的历史案例。一名酒鬼喝得一塌糊涂,用围巾把在酒吧勾搭上的一个女人杀了,那围巾是她的,原本用一个很时尚的挂钩套着。没有人知道具体发生了什么,只知道他把她带回了家,后来她就死了。警察逮捕他的时候,那个时尚的挂钩就戴在他自己身上,而他完全记不起来从哪儿得到的这个挂钩。"

斯宾塞说:"仅仅是事发时想不起来,还是永远想不起来?"

"事实上他没办法活着接受审讯,他被处以死刑,以毒气执行,但他至死都没有承认。另一个案例是说一个家伙跟另一个喜欢收集初版书刊、在墙后藏着隐秘图书室、吃花里胡哨饭菜的有钱的性变态同居,后来两人发生口角,接着动起手来,从一个房间打到另一个房间,把整个屋子都弄得乱糟糟的,最后有钱的家伙倒下了,而他脑袋受伤。他被警察逮捕的时候,有一根手指不见了,浑身上下有好几十处伤痕。他忘记了走哪条路能回帕萨迪纳,他感到头疼欲裂,开车兜来兜去总是回到原地,停在同一个服务站问路。服务站的人认为他是个疯子，给警察局打了电话才抓捕到他。"

斯宾塞说："我相信罗杰不会这样，他很正常。跟我一样正常。"

我说："他喝完酒后整个人都是糊涂的。"

艾琳很平静地说道："他的确做了，我亲眼看到了，当时我就在现场。"

我冲斯宾塞勉强装出一个笑容。

我对他说："你听着就好了，她会把一切都告诉我们的。她马上就要说了，她憋不住了。"

她很严肃很认真地说道："你说得对，但他毕竟是我丈夫，我没办法去举报他，有些事就算是我们的仇人做的，我们也不想举报。霍华德，我知道你不想听到这样的话，所以在证人席上我没有说出来。在报纸上你的这位作家彬彬有礼、才华横溢，又很会赚钱，很性感，很多人喜欢他，你知道，一旦真相浮出水面，他就会变得一文不值。这个愚蠢的可怜人千方百计想做到与他的小说角色一模一样，他把那个女人当成了他的战利品。虽然我羞于启齿，但我并不觉得我做错了，有些话是该说出来的。我悄悄监视过他们，我目睹了整个肮脏的场景。他们在无人打扰的别院里偷情，周围有大树遮挡，不远处有车库，门外是一道比较偏僻的死巷子。罗杰，其他人也一样，终有一天会厌倦这种偷偷摸摸的情妇，有一天他喝多了，想离开的时候，她光着身子尖叫着追了出去，手里拿着一个雕像，用最肮脏、最不堪入耳的话骂他。抱歉我不想重复这些话。你们身为男人肯定有同感，一个平日里高贵优雅的女士，一下子对你说出这么肮脏不堪的话，可想而知会感到多么震惊。她用手里的小雕像砸他，他喝醉了，从她手里把雕像抢了过来。他以前有过暴力的先例，而这时候他又发作了，之后发生了什么你们可以想象得到。"

我说："那肯定流了很多血。"

她尖锐地笑道："血？他回家后的样子，你们真该亲眼看看。我趁他站在那里低头俯视她的时候，赶忙跑了出去，上车逃走了。我看见他把她抱起来进了屋子。我当时就清醒了，他后来也被眼前的一幕惊到了。大概一个小时以后，他慌张地回到家里，看到我在门口等他，一言不发，我知道他已经醒酒了。他的脸上、头发上、外衣的胸口位置全都沾满了血。我把他带进了书房，帮助他把衣服脱下来，让他稍微清洗了一下，而后让他去楼上洗澡，照顾他上床休息。我自己又下楼把沾血的衣物都装进一个旧皮箱里，把浴盆和地板都清理干净，又用湿毛巾把他的汽车从里到外认真地擦拭了一遍，把它开进来。我把沾上血的衣服和毛巾都装进皮箱里，开着自己的车子出去，跑到扎特沃斯水库，你们应该能猜到我怎么处理这些东西的。"

说到这里，她停下来瞟了一眼斯宾塞。斯宾塞正一个劲地挠着自己的左手掌。她接着说道："我出去后他从床上爬下来又喝了不少威士忌，第二天就把一切都忘了，一个字都没有提。他好像除了知道自己昨晚喝多了酒，其他的都忘了，我也什么都没说。"

我说："那他的那套衣服不见了，他肯定会疑惑吧？"

"我猜他肯定会，不过他什么都没有说。"她点了点头说道，"那段时间突然间发生了好多事情，关于那件新闻，报纸上的报道铺天盖地，紧接着保罗就失踪了，而后又传出消息说他在墨西哥自杀了。我完全不知道事情会变成这样。就算罗杰做了可怕的事，可他毕竟是我丈夫，况且那个女人才是真正的恶魔。他做过什么自己都想不起来。罗杰看过报纸上的新闻，但那件事跟他就像毫无关系一样，顶多只是凑巧认识案件的当事人罢了。后来报纸上就不再登那件事了，肯定是琳达的父亲做了手脚。"

斯宾塞很平静地问道："你没有害怕吗？"

"怎么会，我害怕得不得了。要是他突然记起来，有可能会杀我灭口。没准儿他已经想起来了，只是在等一个合适的时机动手。他很会演戏，大多数作家都会演戏。我也不太确定。反正保罗已经替他死了，可能他会彻底把这件事忘掉，不过这也说不准。"

我说："首先说明，上一次他在纸上写他害死了一个好人。假如他从来没有提起过被你丢进水库的衣服，说明他已经有所觉察了。"

"他说过这些？"她的眼睛瞪得很有分寸。

"他用打字机写过，他叫我替他撕毁，所以它已经被毁了。但是我猜，你已经看过了。"

"我从来不会进书房看他写的东西。"

"但是上次他跟韦林杰离家出走的时候，你看过他写的字条，还是从废纸篓中翻找出来的。"

"那次不一样，我是为了找线索，了解他去了哪里。"她镇定地说道。

我身子往后仰："这也说得通，还有其他要说的吗？"

她缓缓地摇了摇头："我想没有了，或许他在最后那天想起来了，就是他自杀的那个下午。事实如何，我们不可能知道，我们有必要知道吗？"她的声音带着沉痛和哀伤。

斯宾塞咳嗽了一声，说："是你说服我请马洛先生来的，他该扮演什么样的角色？从一开始就是你的主意，你忘了吗？"

"我当时很害怕。我怕罗杰，也担心他。我想弄清楚保罗跟马洛先生说过什么，他是所有我认识的人当中最后见过保罗的。我希望他能与我站在同一阵营，不要对我构成威胁。另外，如果他调查到了真相，说不定就有办法拯救罗杰了。"

斯宾塞不知怎么回事，忽然暴躁起来，他的下巴往上抬，身体前倾，说道："艾琳，是该翻底牌的时候了。坐在我们这儿的这位私家侦探被警察抓进过监狱，跟警察闹得不可开交，因为他协助过保罗逃到墨西哥，我也顺着你的说法称呼他吧。要是杀人凶手真的是保罗，那么协助凶手潜逃同样要获刑。这就是你的如意算盘吧？"

"我当时太害怕了，霍华德，你要体谅我，我成天跟一个杀人犯在一起，而且大多数时候都是独处，没准儿他又会做出什么举动。"斯宾塞的语气没有丝毫变软，说道："我理解。马洛没有答应你，你只能独自承受，哪怕罗杰开了一枪他还是无动于衷，你孤立无援地又接受了一星期的煎熬。那天只有马洛先生和他在家，罗杰就自杀了，你如愿以偿了。"

"如果你这么理解，是的，我别无他法。"

斯宾塞说道："你几乎断定马洛会查找到真相，反正罗杰已经开过一枪，他很可能会把枪递给罗杰，跟他说：'嗨，老家伙，你别掩饰了，我和你老婆都知道你杀了人。来吧，扣一下扳机，做件好事吧。她是个好女人，因为你她吃了太多的苦，还有西尔维娅·雷诺克斯的丈夫。枪我给你了，子弹也帮你装上了，我现在去湖边走走，顺带抽支烟，你好自为之吧。再见，这里就交给你了。事后人们只会把这当成一个喝多了酒撒酒疯的案子。'"

"你这种说法太可怕了，霍华德，我根本没这么想过。"

"但你跟警官说马洛杀了罗杰，这种说法该怎么理解？"

她看向我，眼神很小心翼翼："那是胡乱说的，我确实不应该那么说。"

斯宾塞沉着地说道："你多半认为真的是马洛开枪杀了他。"

她眯起眼睛，说："霍华德，这种说法真可怕，你为什么会这么想？他有什么理由那么做？"

"可怕？为什么？连警察都是这么想的。至于理由，坎迪已经跟警察说得一清二楚了。他说罗杰朝天花板开枪的那一晚，罗杰入睡后，马洛在你的房间里逗留了两个小时。"

她听了眼睛直愣愣地盯着他，面红耳赤。

斯宾塞厉声说道："坎迪还跟警察说，你没有穿衣服。"

她说："可是在庭审时……"她已经语无伦次了。

"坎迪没有在庭审现场说，是因为警方不相信他的话。"斯宾塞打断她说道。

"哦。"她大松一口气。

斯宾塞又冷声说道："你也被警方列为怀疑对象了。他们欠缺的只是动机，或许他们现在已经知道了。"

"请你们离开我的家，立刻。"她霍然起身，气急败坏地说道。

斯宾塞无动于衷，抬手去拿酒杯，可酒杯是空的。

"那么你有没有做呢？"

"我有没有做什么？"

"杀害罗杰。"

她瞪着眼睛，脸上血色褪尽，无比苍白，五官紧绷，气得说不出话来。

"我问的这些问题，你到了法庭上也会被问到的。"

"我根本不在家，回家后他已经死了，我出门没带钥匙，进家门还得按铃，你们明明知道。上帝，你到底在发什么疯？"

"艾琳。"斯宾塞掏出手绢擦了擦嘴，"我在这所房子里暂住的次数不下十次，我怎么不知道你们家白天也会锁前门？我问你一句并没有真的在说你杀了他，只是在说一种可能。"

她震惊得一字一顿地说道："你认为杀我丈夫的人是我？"

"如果你还承认他是你丈夫的话。"斯宾塞同样用生硬而平静的语气说道。

"好，真是太好了，霍华德。带着罗杰的绝笔，你走吧。你应该把你的这番想法打电话告诉警察。这就是我们的友情，真是个美好的结局。我累了，脑袋很疼，霍华德，请慢走，恕不远送。我需要回房躺一会儿。你被马洛先生蛊惑了，我看出来了，我只想说，就算他没有杀害罗杰，也给了罗杰太多压力。"她转身就走。

"请留步，韦德太太。"我高声喊道，"既然话已经说到这份儿上了，就让它有头有尾嘛。你没必要生这么大的气，我们的想法其实是一致的，不想草率了事。不知道你扔到扎特沃斯水库的皮箱重不重？"

她转回身来，怒视着我说："没错，很重，是个老式皮箱，我说过的。"

"水库的铁丝网那么高，你是怎么扔过去的？"

"什么铁丝网？我一样能扔过去，任何人在遇到生死攸关的急事时，都会爆发出比平时大得多的力气。"

我说："但是那里根本没有铁丝网。"

她呆住了，嘟囔道："没有铁丝网？"

"另外，西尔维娅·雷诺克斯死在自己的床上，并不是屋子外。她是被人开枪打死的，根本没有流那么多血，雕像砸的只是一个死人的脸，就算凶手是罗杰，不可能全身都是血迹。韦德太太。"

"你亲眼所见？"她撇了撇嘴，说完她从我们身旁走了过去，不慌不忙地上了楼梯。我们一直看着她，她举手投足间依旧那么优雅而镇定。她进了自己的房间，门轻轻关上，我们看不到她了，也听不到任何动静。

斯宾塞晃了晃脑袋，一副稀里糊涂的样子。"你把话题扯到铁丝网上有什么目的？"他出了很多汗，红光满面的，真是难为他了。

我说："旁敲侧击一下而已。其实我也不知道扎特沃斯水库长什么样，我从来没去过。或许周围有围栏，也或许什么都没有。"

"这样。可关键是她也不记得了。"他一脸郁闷地说道。

"说不知道才合情理，两个人都是她杀的。"

第四十三章

这时候坎迪拿着一把折叠刀，悄无声息地出现在沙发边上，站在那里看着我。他一按，刀刃就弹了出来，再按一下，刀刃又落了回去。"先生，我向你道歉，一百万个对不起。我错得太离谱了，杀死老板的人原来是她，我看……"他没有继续说下去，折叠刀的刀刃又弹了出来。

我站起来，把手伸向他，说道："坎迪，不能这么干，把刀子给我。你好好当你的墨西哥好用人。警察就等你这么干呢，他们巴不得拿你来顶包呢。他们最拿手的好戏就是掩人耳目，混淆黑白。如今他们把事情弄得乌烟瘴气，已经无法收场了，根本不会去想如何拨乱反正。他们想要的仅仅是尽快从你那儿得到一份自白书，甚至不等你把全名说清楚。不出三个星期，他们就会迫不及待地把你关在圣昆廷的监狱里，永远不会让你出来。你可能听不懂我在说什么，但是我知道他们一定会这么干的。"

"我不是墨西哥人，我以前跟你说过。我是智利人，来自比尼亚德尔马，离瓦尔帕莱索很近。"

"你没有卖身给别人，而且还存了一些积蓄，老家可能有八个兄弟姐妹，这些我都知道。听着坎迪，别干糊涂事，把刀给我，从哪儿来回哪儿去，这里的饭碗已经丢了。"

他淡定地说道："找工作容易。"他把刀递给我。"看在你的面子上。"

他眼睛望向阳台："夫人……接下来我们怎么办？"

我把刀揣进兜里："什么都不干。她累了，我们别去打扰她了，她所承受的压力也蛮大的。"

斯宾塞用肯定的语气说道："必须报警。"

"为什么呢？"

"天啊，马洛，我们必须这么做。"

"明天再说吧，带上你的这部没写完的作品，走吧。"

"不行，我们得报警，这世界上还需要有点法律。"

"这样没意义的，我们手头的这点儿证据不足以颠覆局面。交给执法者吧，这是他们该干的。至于怎么定罪，律师们会想办法的。法律被他们造出来，让第一批律师引用里面的条条款款，讲给另一批名叫法官的高等律师听，而后法官就见招拆招，以便让其他裁判说第一批法官存有谬误，而到了最高法院那儿，法律又可以被用来证明第二批法官才是错的。法律确实存在，但它的功能只是给律师们提供财路，对于我们来说，只是无法逃脱的牢笼和泥沼。你想啊，凶徒和富豪为什么能像不倒翁一样一直存在？还不是因为背后有律师们在给他们出谋划策。"

"你说的这些跟这件事毫无关联。"斯宾塞生气地说道，"他是一名作家，在这所房子里被人枪杀，他是个很受欢迎的重量级作家，当然这也跟事件本身无关。起码他是一个人，被杀害了，而我们知道凶手是谁。难道这个世界已经完全不讲正义了吗？"

"等明天吧。"

"马洛，我现在很怀疑你，你想放任不管，让她逃脱法律的制裁，你和她根本就是狼狈为奸！我怀疑今天下午发生的一切都是你们演的戏。如果你当初警惕一些，他就不会死，你就是想帮助她逍遥法外。"

"说得太对了，我们演了一出爱情剧，原来你也看出来了，艾琳已经迷恋上我了。等这件事过一阵子，她就会嫁给我，她早就有这种打算了，我也迫不及待了，况且我为韦德家付出那么多，还没拿到一分钱的报酬呢。"

他把眼镜摘下来，擦了擦眼镜上和眼窝里的汗水，戴上眼镜后，盯着地板发愣。他说："抱歉，罗杰的自杀本来就让我难以接受，现在让我知道了另一种真相，对我来说，今天下午无疑是更加沉重的打击。单单只是知道就让我无法承受，我觉得自己就是个傻子。"

他抬起头来望了我一眼，问："我可以信任你吗？"

"哪方面？"

"无论哪方面，只要是正确的举动。"他把那堆黄纸稿捡起来夹到腋下，"算了，我想你想知道自己正在干什么。我只是个擅长出版的商人，遇上这种事，我根本手足无措，我充其量只是一个狂妄自大、微不足道的小人物。"

他从我旁边走过去，坎迪赶忙给他让路，并且紧走几步来到前门将门打开，站在那儿等着。斯宾塞冲他点了点头，出了门。我也走到门口，路过坎迪时停了一下，我盯着他那漆黑而闪亮的眼眸，说道："兄弟，别干蠢事。"

他淡淡说道："先生，我什么也不知道，我只是个糊涂蛋。你说的话我会遵从的。夫人很疲惫，她回房休息了，不想我们去打扰她。是这样吧？"

我从衣兜里掏出折叠刀还给他，他冲我笑了笑。

"坎迪，虽然别人都不相信我，但我相信你。"

"谢谢，先生，我们是难兄难弟。"

斯宾塞已经在车上等我了，我上车将汽车发动起来，从车道上把车倒出去。我先开车把他送回比弗利山的大酒店，他在酒店门口下车，下车的时候他说："回来的一路上，我想了很多，没准儿她有精神疾病，没准儿他们会因此裁定她无罪。"

我说："他们压根儿就不会自找麻烦，是她自己不知道罢了。"

他用力地拽了拽胳膊下的那沓黄纸稿，把纸张抹齐，而后冲我点了点头，推门走了进去。我目送他进去后，松开刹车，开着我的奥兹莫比尔从白色的路栏杆那里离去。这是我与霍华德·斯宾塞的最后一次见面。

回到家时天色已经很晚了，我浑身疲惫，心里也堵得慌。初见艾琳·韦德时的情景在我的脑海里清晰起来，接着还有第二次、第三次、第四次。我回想她的时候，她变得越发模糊，像是幻影一样，而不再是真真切切的人。当你知道某个人是杀人犯的时候，他就会在你的心中变得虚幻起来。有的人因为仇恨、恐惧或贪婪而杀人，有的人是因为单纯喜欢死亡而去杀人，他们都是精神病人。

直到破晓时，我才上床睡觉。睡得正香时，一阵电话铃声把我吵醒。我翻过身，趴在床上去摸找拖鞋，这时才知道原来我只睡了两个小时。我从床上下来，拖着沉甸甸的步子，向客厅走去。我感觉自己就像餐厅里一块被吃进肚子却只消化了一半的油腻腻的肥肉。眼皮分不开，嘴巴也像被水泥糊住了。我拿起电话说了一句"稍等"，而后放下电话到浴室里撩起冷水洗了把脸。

窗户外面传来咔嚓咔嚓的声音，我迷迷糊糊地往外面看了一眼，看见了日本园丁，每周都来一次，我给他取了个外号，叫"残忍的哈瑞"。他正按照日本园丁修剪金钟花树的方式修剪金钟花矮树。你一连问了他四次，他才答复你"下周"，刚刚六点钟，他就跑来在你的卧室窗外开工作业了。

我擦干脸，回到电话机前。

"有事吗？"

"我是坎迪，先生。"

"哦，早安坎迪。"

他用西班牙语说道："夫人死了。"

死了！夫人死了！不管用任何一种语言说这样的字眼，都会让人觉得寂静、冰冷、黑暗。

"但愿不是你干的。"

"是药物干的，我猜是杜冷丁。原本瓶子里应该有四五十粒，现在一粒也没了。昨天她没吃晚餐，今早我搭了把梯子朝窗子里面瞧了一眼，她还穿着昨天下午的那身衣服。我拉开窗帘后发现，夫人死了。她身体已经冰冷了。"

"你有没有给其他人打电话？"

"洛林医生，他报了警，不过没来呢。"

"洛林医生？这位晚出现的人才是正主儿。"

坎迪说："我没有把信交给他看。"

"写给谁的？"

"斯宾塞先生。"

"听着坎迪，把信交给警方，千万不要让洛林医生拿到，交给警方就行。另外，把我们去过那儿的事原原本本告诉警方，不要有保留，不要说谎，这次定要实话实说，每一句话都必须是实话。"

他沉默了一会儿，说："好吧，我知道了。再见，我的朋友。"

等他挂断电话后，我立马拨打里兹－比弗利酒店的电话，想跟霍华德·斯宾塞通话。

"别挂断，我这就转到前台。"

接着一个男人的声音说道："这里是前台，请问有什么可以帮到您的？"

"帮我找下霍华德·斯宾塞。我知道时间太早,不过事情紧急,
拜托了。"

"斯宾塞先生昨天傍晚就退房了,说是要乘坐晚上八点飞往纽约
的航班。"

"抱歉,我不知情。"

我进厨房开始煮咖啡,咖啡是我的大份补血剂。

两个小时后,我接到了伯尼·奥尔斯打来的电话。

"聪明人,别来无恙!过来一趟吧。"

第四十四章

除了这次是白天，其他的都和之前的情况类似。警长大人去圣塔芭芭拉主持节庆周开幕式去了，所以这次的地点是在艾尔南德斯组长的办公室。现场有艾尔南德斯组长、伯尼·奥尔斯、法医办公室的人、受到惊吓的洛林医生，还有地区检察官办公室的代表，他姓劳伍德，身形高挑清瘦，表情漠然。根据传言，在中央大道区数字赌场，有一个头目是他的同胞兄弟。

艾尔南德斯面前的桌子上有几张用绿色墨水书写的手写便条，纸张边缘有粉红色毛边。

等所有人都在硬椅子上坐下来后，艾尔南德斯开口说道："这不是正式审理，大家可以畅所欲言，没有速记员和任何录音设备。至于最后是否需要开庭审理，决定权在法医代表怀斯医生那里。怀斯医生，请吧。"

"麻醉药中毒的迹象十分明显，我认为用不着开庭审理了。"这位胖子说道，看起来他挺开心的，透露着一股子精明，"救护车赶到现场时，她只是处于深度昏迷状态，还有一丝呼吸，不过对任何刺激都没有反应了。到了那种地步，一百年发生的所有案例中也无法救活一个。就连呼吸，如果不仔细检查也无从觉察，她的皮肤已经冰冷了，所以她家的用人才以为她死了。实则又过了一小时后她才死亡。据我了解，杜冷丁是洛林医生开给她用以急救的，这位夫人患有支气管哮喘，偶尔会发作。"

"那么，关于她所服下的杜冷丁，有确切的数据吗，怀斯医生？或者是其他推测性的结论。"

他笑眯眯地说："是可以致死的剂量。按照她的自白推断，她服下的剂量是两千三百毫克，对于不吸毒的人来说，这个剂量已经超出正常承受范围的四五倍了。至于她使用了多长时间，先天的抗药性如何，以及医生对患者抗药性的要求或判断，目前还没有得出结论。"

洛林医生语气不善地说道："韦德太太不是吸毒者，我给她开的剂量是五十毫克每片的药片，叮嘱她二十四小时内最多只能吃三到四片。"

艾尔南德斯组长说道："但是你一次性给她开了五十片，你不觉得这么多的药一次性交给她，本身就意味着危险吗？请问医生，她的支气管哮喘病情如何？"

洛林医生带着一抹嘲讽意味的笑容，说道："跟其他哮喘症一样，是间歇性的。离我们所说的持续喘息、有窒息危险的程度还远着呢。"

怀斯医生慢吞吞地说道："要是没有那份自白的话，且又没有其他证据表明她所服用的剂量是多少，就有不小心服用药物过量的嫌疑，服用这种药物出现这样的问题一点儿都不稀奇。具体怎么样，明天就有结论了。艾尔南德斯，那份自白你不打算谨慎保管吗？"

"我从来不知道，治疗哮喘病的措施中，麻醉药居然是一种标准方案。刚才我还大惑不解呢，今天真是大开眼界了。"艾尔南德斯坐在办公桌边上，皱眉说道。

洛林医生面红耳赤地说道："组长，我刚才说过了，那只是用来急救的。很多时候，哮喘病的发作十分突然，随时随地都有可能，而医生不可能第一时间就赶到现场。"

艾尔南德斯在他身上扫了一眼，又看向劳伍德，说："假如我把这份自白书交给新闻媒体，你们地区检察官办公室会怎么应对？"

这位地区检察官的代表一脸迷惑，他瞅了我一眼，问道："艾尔南德斯，这样的人为什么会在这儿？"

"他是我邀请来的。"

"如果他把这里的谈话泄露给某个记者怎么办？我不相信他。"

"哦，原来你也发现了，他是个口风不严的家伙，你上次让人逮捕他应该领教过了吧？"

劳伍德干咳了几声，不自然地笑道："那份自白我看过，但我质疑它的可信度。它呈现出这样一个轮廓：情感上饱受磨难，无处皈依，在英国度过炮火连天的残酷年代，偷偷结婚，故人回归，与药物为伴。她心中存有罪恶感，为了自赎而产生了移情心理。"他扫视其他人，全都是一副高深莫测的呆板表情，他接着说道："虽然我不能代表地区检察官办公室发言，但是就我个人的意见而言，哪怕那个女人还活着，那份自白书也绝对不够分量。"

艾尔南德斯尖锐地说："因为你当初对另一份自白坚信不疑，现在出现了跟它截然相反的自白，你只能竭力否定它。"

"艾尔南德斯，这种事牵一发而动全身，执法机关不能不顾全大局。假如这份自白被刊登在报纸上，我们都得吃不了兜着走。我说这话，绝不是危言耸听。我们本来就处于风口浪尖，有多少团体想趁这样的机会置我们于死地？上星期你的副组长被批准继续跟进案件，虽然只有十天期限，但已经惹到整个大陪审团了。"

"反正这里你做主。"艾尔南德斯说道，"在收据上签字吧。"

他把那几张粉红色毛边纸弄整齐，叫劳伍德在一份表格上签字。劳伍德低头签完字后，拿起粉红色的纸折叠起来，放进了胸前的口袋里，而后离开了办公室。

有主见却不固执己见的怀斯医生站起来，和气地说道："上一回我们对韦德案件的处理太急了，我想这一次压根儿不需要劳师动众开庭审理了。"

他冲奥尔斯和艾尔南德斯点了点头，又跟洛林医生郑重其事地握了握手，出去了。洛林站起来，想要离开，又犹豫了一下，用生硬的语气说道："有一个人对这件案子比较关注，如果你们不打算继续调查下去的话，我是否可以向对方汇报一声？"

"耽误你的工作了，不好意思，医生。"

洛林医生抬高嗓音，说："你还没有给我确切的答复呢。我有个忠告……"

"朋友，你可以离开了。"艾尔南德斯说。

洛林医生像是跟跄了一下，他转过身去，气冲冲地出了门。

门又关上后，剩下的人沉默了足有半分钟。

艾尔南德斯说："可以了吗？"

"什么可以了吗？"

"你在等什么？"

"意思是，这就结案了？尘埃落定了？盖棺论定了？"

"伯尼，你跟他说吧。"

奥尔斯说："没错，到此为止了。本来我已经计划好要找她来谈一谈了，韦德血液里的酒精含量高得离谱，不可能还有意识开枪自杀。但是我之前就跟你说过了，我想不通动机。尽管她在自白里写的细节有一些错误，但可以推断出一点，当时她就在暗中监视着他，恩西诺那间别院的布局她一清二楚。她的两个男人都跟雷诺克斯家的荡妇有染，发生在别院的那一幕跟你想象的是一样的。其实你少问了斯宾塞一个问题，韦德是不是有一把手枪？他的确有，是一把小型驳壳自动手枪。我和斯宾塞今天通过电话。他从很早以前就开始酗酒了，和他朝夕相处的美丽妻子不过是一个视感情为筹码的女人，连他们家的用人都心知肚明。那个浑蛋好像什么都知道。韦德是条可怜虫，这个倒霉的酒鬼喝得不省人事，以为自己杀死了西尔维娅·雷诺克斯，也或许他真的这么做了，再或者通过蛛丝马迹推断出是自己的妻子干的。总之他无法一辈子藏着这个秘密。那个女人犹如活在恍恍惚惚的梦里，肚子里装的只有过去，心根本不在他那儿。就算她曾经付出过真情，对方也绝不是现任丈夫。我这么说你应该不感到意外吧？"

我没有说话。

"你差点儿就抱得美人归了，不是吗？"

奥尔斯和艾尔南德斯的脸上都挂着笑容，但也醋意十足。奥尔斯说道："我们当差的并不是傻子，关于她脱衣服的那个说法，天知地知你知我知究竟有没有猫腻。你能把他说服，是因为他说不过你。他喜欢韦德，所以想知道真相，一旦他认定真相了，就不惜拼上性命。他把韦德的事当成他自己的事，实际上他一直都替韦德保守着秘密，从未泄露过。真正泄露韦德隐私的人是他的妻子，她故意混淆视听，把韦德自己都搞糊涂了。但所有的因素堆积起来就变得可怕了，我猜最后她一定开始怕他了。至于韦德把她从楼上推下去的事，其实是她自己不小心掉下去的，是一次意外，韦德只是伸手去拉她。坎迪目睹了一切。"

"那她为什么硬把我牵扯到他们的关系中来？拿你说的这些是解释不通的。"

"有几个可能性，个人见解。首先，你曾经协助过雷诺克斯潜逃，你们是好朋友，可能还是那种推心置腹的朋友关系，他有什么都会跟你说，这样一来你就变成她的眼中钉了。故事是有点儿狗血，但对警察来说是家常便饭。她可能认为雷诺克斯把那个女人的枪带走是为了替她掩饰，她认为雷诺克斯知道凶手是她，特别是他开枪自杀后，她更加确信了，但是她不知道你会怎么做。所以想探探你的口风，正巧可以利用当下的困难把你拉到她身边，况且她有无往而不利的过人魅力。假如她还需要一个替死鬼的话，你就成了首选。"

我说："你把她塑造得太足智多谋了。"

奥尔斯折断一支烟，将其中一截夹在耳朵上，另一截放进嘴里。

"再说另一个可能性，可能她需要一个能够把她紧紧抱进怀里的强壮男人，给她带来第二春。"

我说："这个理由更扯淡，她恨我入骨。"

"谁让你拒绝了她呢？"艾尔南德斯云淡风轻地插了一句话，"对她来说这是奇耻大辱，但她可能把这一页翻过去了，但你后来当着斯宾塞的面又抖了出来。"

"最近你们俩有点想象力太丰富了吧？"

奥尔斯说："看来你的消息很闭塞，这几年他们总是给我们制造麻烦。我的同僚当中就有两位渐渐改行，不在警察的队伍混了，去支援医疗队伍了。他们的出入场所变成了法庭、监狱、审讯室。他们针对某个缺管少教的小屁孩儿，能够写出长达十五页的报告，剖析他抢劫酒吧是出于什么样的心理机制，又为什么会强奸女学生，为什么把茶叶卖给高年级学生。可能再过十年，我、艾尔南德斯这一批人都要放弃打靶和单杠训练，而去接受心理测试和词汇联想测验了。我们出门办案的时候，会随身挎一个黑色的小皮包，里面放着一瓶吐真剂和手提测谎仪。我们没准儿还要负责教导那四个把大威利·马高从小打到大的调皮鬼，让他们学会孝顺父母。"

"我能走了吗？"

"还有什么你质疑的问题吗？"艾尔南德斯问，他玩着一根橡皮筋，啪啪作响。

"没有了，我完全信服了。她死了，大家都死了，案子就此了结，走走程序就顺利结案了。我回家后立马就把这件事忘得干干净净，因为除此之外我什么都干不了。既然这样，那我就顺应天命吧。"

奥尔斯把夹在耳朵上的半截烟拿下来看看，就好像在疑惑它怎么会在那里似的，顺手把它向背后一丢。艾尔南德斯说："你不必嘲讽，她完全可能策划一次更完美的犯罪。"

奥尔斯也恶狠狠地说道："另外，昨天我们的电话是通的。"

我说："对，说得没错。你们一接到电话就飞速赶来，而后你们把一个编造好的剧本当成调查出的真相，仅仅认为其中有一些细节上的错误。那份自白书我猜是完整的，你们早上就拿到了，却不让我看一眼，可以肯定的是，那张自白书一定提供了些线索。但要是从一开始你们警方真正对雷诺克斯的案件进行了详细调查，就不难发现战争记录中有他的名字，而且还能查到其他有用的情报。在调查的过程中还会让韦德夫妇跟他们的关系浮出水面。不仅罗杰·韦德认识保罗·马斯顿，我恰巧咨询过的一位私家侦探也知道。"

"也许吧。"艾尔南德斯表示认同我的说法，但又说道，"可是我们警方的查案程序不是那样进行的。针对真相显而易见的案子，谁都不会过多浪费时间。哪怕没有外部压力催促我们结案，好让所有人当没有发生过这件案子。我调查过的杀人案，没有一千也有几百，但只有一小部分才像教科书似的，有头有尾，且没有旁枝末节。绝大多数案子都是能够佐证一些地方，而另一些地方完全莫名其妙。我想世界上没有任何一个警察局在办案时，会浪费时间和人力去跟一目了然的答案过不去。你获悉了作案动机、方式、机会，然后嫌疑犯潜逃，写了自白书后自杀，那么还有什么必要再继续调查下去？雷诺克斯案之所以不成立，是因为有人主观认为他是个善良的人，干不出那种事，而与此同时出现了另一个人，看起来反倒可能干这种事。而且新出现的人没有潜逃，没有写自白，也没有对准自己的脑袋开上一枪。而这么做的人就好像蒙了不白之冤要以死明志似的。但是我认为，那些被电椅、毒气室、绞刑架执行死刑的凶手，百分之六七十的人在他们的邻居们看来都是蒙受了冤屈，就像富勒牙刷的推销员一样，就像罗杰·韦德的夫人那样，表面看起来是那么淑女、清白、有涵养。你想看她写的自白？行啊，可以让你看。我需要到大厅那边去一趟。"

他起身把桌子的抽屉拉出来，从里面掏出一个折叠的小本子，把它放在桌子上。

"马洛，这是五张复印照片，希望你在看的时候不要恰好被我发现了。"

他说完就朝门口走去，不过后来又扭头对奥尔斯说了一句："我去跟帕所拉克聊几句，你要陪我一起吗？"

奥尔斯点了下头，跟他一起出了办公室。办公室里只剩下我自己了，我把档案夹打开，几张黑底白字的纸上复印着一张张照片。我小心地碰触边缘，一共有六份，几张纸构成一份。我把其中一份卷起来，放进自己的衣兜里，然后开始读下面的一份。等我看完以后，等了大概有十分钟，艾尔南德斯回来了，只有他自己。

他坐回书桌后面原来的位置上，将夹在档案夹里的复印照片贴好标签，放回抽屉里，然后抬起头，面无表情地问我："现在没牢骚了吧？"

"你留了这些东西，劳伍德知道吗？"

"起码不会从我这儿知道。这是伯尼弄的，你问这个干吗？"

"假如少了一份不会有问题吧？"

"不会，"他冷笑道，"地区检察官办公室也有复印机。就算是泄露，也不是警长办公室的疏忽。"

"组长，你是不是厌恶地区检察官斯普林格？"

"你说我？"他一脸诧异地说，"我连你都不讨厌还会讨厌谁，赶紧走吧，别耽误我工作。"

我正要起身离开的时候，他又忽然说道："这些天你一直带着枪？"

"偶尔。"

"大威利·马高随身带着两把枪，可他从来不用，让我很纳闷。"

"我想，他觉得别人光是看到他就会被吓得服服帖帖吧。"

"可能吧。"艾尔南德斯淡然地说道。他拿起一条橡皮筋套在两根大拇指上，一个劲往长拽，直到砰的一声将橡皮筋拽断。他揉了揉大拇指被弹到的地方，说："不管人有多么强的韧性，他都可能被绷得太紧。慢走不送。"

我从办公室出来，逃命似的离开那栋大楼，不想再背什么黑锅了。

第四十五章

回到卡翁加大厦六楼那间似狗窝小的办公室后，我像往常一样处理早上来的邮件。撕开信封，放在桌子上，又扔进废纸篓，再由不同人经手。我把桌上乱七八糟的东西推到一旁，腾出一片空来摊开那份复印文件，先前怕有印痕我就把它卷了起来。

文件写得很详细，一切都顺理成章，只要你不是个先入为主的家伙，看完会恍然大悟。我又从头到尾细读了一遍。艾琳·韦德因为吃醋，一时冲动把特里的老婆杀了，想到罗杰可能发现了，所以又经过一番策划，除掉了罗杰。包括那晚罗杰躺在卧室里开枪射击天花板也是她计划的一个环节。

至于罗杰·韦德为什么那么配合，让她的计划得逞，成了永远的谜团。可能他早就看破红尘了，怎样也无所谓了，也知道自己会有什么样的结局。他吃文字饭，恨不得用文字表达任何事情，可是在这件事上却词穷墨尽。

她是这样写的：

门锁了。我打算把上次开的吃剩下的四十六颗杜冷丁一次性吃掉，然后躺在床上，用不了多长时间，我就解脱了。霍华德，你要知道，我在这份遗言里说的话都是真的。杀掉他们我一点也不后悔，唯一的遗憾是这俩人没能一起死去。至于保罗，有人叫他特里·雷诺克斯，我没有丝毫愧疚。以前我爱过他，和他结婚，但现在的他只剩一副躯壳了，他对我来说已经完全不重要了。之前的某个下午，我居然又看见了他，他回来了，我并没有第一眼就认出他来。他也认出我来了。再次出现的他已经成了赌鬼的朋友，跟有钱的荡妇结了婚，这个男人一定堕落得一无是处，说不定还有诈骗前科。他就该那时死在挪威，权当是我把爱人献给了死神。而现在呢，曾经的一切，经过时间的淘洗，只留下堕落、残缺、卑劣和低贱。霍华德，我认为生命中最可悲的事情，并不是美丽的事物消逝了，而是它们腐朽了，变得肮脏了。我决不允许这种事发生在我自己身上，所以霍华德，永别了。

虽然到了吃午饭的时间，我一点儿胃口都没有。我把这副本锁进抽屉，从抽屉里拿出一瓶酒，这是放办公室备不时之需的。我给自己倒上一杯，把电话簿从桌子一侧的挂钩上摘下来，翻到《新闻报》的电话号码。我拨通电话，让接线小姐把电话转给朗尼·摩根。

"摩根先生要在下午四点左右才会过来。你试试问问市政厅的记者招待室。"

我打了过去，他果真在那里。

"最近关于你的新闻还真不少嘛。"他居然还记得我。

"我有份情报，我猜你会很感兴趣。"

"哦？说说看。"

"两起谋杀案的自白书副本。"

"我在哪儿找你？"

我跟他沟通了一下，他还想多从我这儿挤一些情报，但我不愿在电话里说太多。他告诉我犯罪新闻不归他负责，我跟他说你是个新闻工作者，而且供稿对象还是本市唯一一家独立纸媒。他仍旧存有顾虑，问："你从哪搞到的？我还不知道它值不值得我花费时间呢。"

"原件在地区检察官办公室，他们想方设法隐瞒的两个案子全都在里面，我想他们是不会主动公布的。"

"我先征求一下上司的意见，再回复你。"

通话结束后我去了杂食店，点了一份鸡肉沙拉三明治和咖啡。咖啡煮得有点儿过火，三明治也有点油腻，美国人好像什么都能吃，只要用火烤一下，再用两根牙签穿起来，再加点蔬菜，就能吃了。

大约三点半钟，朗尼·摩根过来了。他的模样和我出狱那晚他送我回家时一模一样，高挑、纤瘦，看起来像根电线杆，风尘仆仆，一脸疲态，不苟言笑，他连和我握手都蔫不啦唧的。他一边从一个几乎皱成一团的纸袋里摸找香烟一边说："舍尔曼先生同意我来找你，他是我们的总编辑，你手头上到底有些什么？"

"我们先小人后君子，我先提一下我的条件，如果你同意的话，你才可以把它公开。"

我从抽屉里把复印件拿出来递给他。他飞快地把四页纸浏览完毕，而后又细细地看了一遍。他十分兴奋，就像搞殡葬的伙计参加免费葬礼时的那种兴奋。

"我用一下电话。"

我把电话机推给他。他拨通号码，等了一会儿，说道："请帮我找下舍尔曼先生，我是摩根。"又等了一会儿，另一位女职员接过电话，说对方会用另一部电话给他打回来。

挂断这通电话，他把电话机搂在大腿上，食指放在接听按钮上等候着。电话一响，他立马把电话听筒拿起来，放在耳边。

"喂，舍尔曼先生。"

他缓慢而清晰地读着文件，稍后停了片刻，说："稍等，长官。"他放下听筒，看向桌子另一头的我说："他对这份文件的来源比较感兴趣。"

我伸手把他手上的复印件拿过来，说："你跟他说，这跟他无关。另外，请告诉他我不是无偿提供。"

他又把听筒放回耳朵边上，片刻后说道："对，先生，他就在跟前。"

他把听筒递过来，说："他想跟你聊两句。"

"我想先听听你的条件，马洛先生。"一口独裁而粗暴的腔调，"听着，你的这份情报，整个洛杉矶也只有我们《新闻报》稍微有点儿兴趣。"

"好像你们没有报道雷诺克斯的案子啊，舍尔曼先生？"

"没错，但当时都以为只是性丑闻引发的，凶手是谁根本无关紧要。假如你的这份资料是真的，那问题的性质可就变了。现在谈谈你的条件吧。"

"条件就是，如果你真打算刊登的话，必须把这份自白书完完整整地刊登出来。"

"你要知道，我们必须经过求证才能刊登。"

"求证？我不太理解，舍尔曼先生。假如你向地区检察官求证，他要么矢口否认，要么把复印件公开给本市的所有纸媒。因为到了那份儿上，他只有这两种选择。你要是向警长办公室求证，他们会把材料递交给地区检察官。"

"马洛先生，这你不必操心，我们有自己的方法，还是说你的条件吧。"

"我已经说过了。"

"难道你不打算要报酬？"

"如果你指的是钞票的话，不必了。"

"我知道了，我想你应该知道自己在干什么，让我跟摩根说几句。"

我把听筒递给朗尼·摩根。他又略微讲了几句，就把电话放下了，对我说："他答应了，他会按照你的要求刊登。复印件交给我就行，他去查证了。版面的话，会缩成一半大小，登在 1A 版面，占半版。"

我把复印件交给他。他拿到手后，摸了摸自己的长鼻子尖，说："恕我直言，你就是个傻瓜。"

"我也觉得。"

"现在改主意还来得及。"

"不用了。你应该还记得，我出狱那晚，你送我回家时跟我说，我要跟一个朋友道别。其实我从来没有真正跟他道过别，那么这回把这份复印件刊登在报纸上，就当是举行了一个仪式吧。我感觉像很久以前发生的事了，这个道别拖得够久了。"

"朋友，我无话可说。但我仍感觉你是个傻瓜。"他咧嘴笑了笑，"需要我说出几个理由吗？"

"洗耳恭听。"

"其实我对你的了解，比你认为的要清楚得多，这也是干新闻这一行最令人气馁的地方。你知道的很多信息往往是不能见光的，只能藏在心底，你会越来越看不惯这个世界。等《新闻报》刊登出这份自白书后会发生什么？会惹怒很多人，譬如那位权势滔天的波特先生、地区检察官、法医、两个叫斯塔尔和曼宁德兹的流氓，你可能会再进监狱，或者被打残都有可能。"

"不，不至于。"

"我不管你怎么想，我只是在谈我的看法。惹怒地区检察官是必然的。雷诺克斯在什么情况下写的自白？他是怎么死的？真的是自杀吗？还是别人帮助他自杀的？这些东西都在他的一手操纵之下被隐瞒了。还有，警方为什么没有去现场进行调查？案件发生后怎么会那么快就结案，突然间就风平浪静了？而且这份自白书原件在他手里，他肯定会认为警长的属下泄露了情报。"

"你可以不刊登背面的鉴定章嘛。"

"我们当然不会。警长大人是我们的朋友，他是我们心目中的正派人士。虽然他对曼宁德兹之流毫无办法，但我们不会怪他。因为没人能禁得了赌博，在某些地方，赌博还是合法的；所以，你为什么觉得从警长办公室把这份材料偷出来后还能平安无事？"

"天机不可泄露。"

"得了吧。而且，法医也会大发雷霆。在韦德自杀案中，他睁着眼睛说瞎话，地区检察官推波助澜，跟他互相通气。哈伦·波特会生气，他劳师动众，好不容易用自己的权势封锁了案情，结果到头来还是被捅了娄子。曼宁德兹和斯塔尔也会生气，虽然我不知道这关他们什么事，但据我所知，他们以前就针对这件事威胁过你。被这帮恶狼盯上，没谁能安然无恙。想想大威利·马高吧，你可能就是下一个他。"

"马高办事的时候太嚣张了吧，可以理解。"

摩根不紧不慢地说道："缘由呢？仅仅是妨碍了那群人与生俱来的优越感。他们叫你少管闲事，你就最好什么都别管。如果敢不听话，他们会觉得你不把他们当回事，就会打压你。不管是富豪、掌权者、黑社会，手底下都是厉害角色。还有一位，克里斯·莫迪。"

"传言说他是内华达州的皇帝。"

"是的。莫迪是个好人，他只做正确的事，他很清楚该怎么管理内华达州。那些在雷诺城和拉斯维加斯活动的地痞流氓，全都不敢得罪莫迪先生，要不然警方会减少跟他们的合作，他们的税金也会迅速飞涨一番。所以东部的那些头目必须改变策略，凡有人敢跟克里斯·莫迪闹别扭，不管有多大的来头，只要破坏了规矩，就会换新人，对他们来说没有更复杂的含义。"

我说："我对他们而言，根本不值一提吧。"

摩根皱着眉头说："他们没必要知道你。但在邻近内华达的塔霍湖边上，就有莫迪的房产，跟哈伦·波特的房产是挨着的。有可能只是波特的某个保镖跟莫迪的某个保镖提了一句，说有个姓马洛的家伙喜欢乱管闲事。他们的闲聊可能就被传到洛杉矶的某一栋公寓里，根本不需要任何理由，仅仅是有人觉得你有些碍眼，就会有那些彪形大汉来完结你的命运。这对他们来说就是平常的事，毫无难度。所以你改变主意了吗，要不要收回去？"他把复印件推过来。

"你应该明白我这么做的目的。"

摩根把复印件装进衣服的侧兜里，缓缓起身。"可能你全都考虑到了，但愿我的猜测和预想是错的。"

我说："我跟哈伦·波特见过一面，他看什么都不顺眼，是个暴脾气的家伙，但不至于使用暴力手段，那跟他低调的理念相悖。"

摩根抬高嗓门儿说："在我看来，不管是杀人灭口让调查难以继续，还是打电话控制案情真实发展，只是方法不同而已。希望我们还能再相见。"

说完，他就带着副本静悄悄地离开了。

第四十六章

接下来便是等待晨报的晚版出刊了。我忽然想喝一杯"螺丝起子"，于是来到了维克托酒吧。然而酒吧拥挤不堪，我没多大兴致。一个熟悉的酒保走过来，叫了我的名字，说："你喜欢加一点儿苦料，对吧？"

"我一直不喜欢，但今晚帮我加两份苦料，谢谢。"

"你那位加绿冰的朋友呢？好些日子没见他了。"

"我也好久没见他了。"

他把我点的酒端过来，我没打算买醉，喝得很慢，喝完又点了杯一样的。六点钟刚过，卖报的人进了酒吧，就这么小会儿工夫，他熟练地在酒客当中转了个遍，后来一个服务生抓住了他，把他赶出去了。我翻开《新闻报》查看，上面的确刊登了。

内容很完整，照片缩小了一半，照片变成了白底黑字。在另一页上刊登着此事件的社论，说得慷慨有力，还有一个半栏，刊登着署名为朗尼·摩根的一篇文章。把酒喝完后，我从酒吧出来，换了一个地方吃晚饭，之后便开车回了家。

朗尼·摩根的那篇文章，把雷诺克斯案和罗杰·韦德的自杀案用平实的笔调陈述了一遍，没有添油加醋，也没有发任何感慨和牢骚，只是把涉及的事件和事实言简意赅、实事求是地做了一番报道。当然，所谓"事实"是按照他们公布出来的事实写的。那篇社论就不一样了，里面含有质疑和问责的口吻，人民公仆被新闻媒体抓到小辫子后，都会遇到这样的问题。

晚上九点半左右，伯尼·奥尔斯打来电话，说他会在回家的时候顺道来我这儿聊聊。

"你有没有看《新闻报》？"他说话支支吾吾，我还没来得及回答，他就挂了电话。

他进门以后，先是抱怨了几句那段台阶走得有多么费劲，然后问我家里有没有咖啡，他想喝一杯。我就说我去煮。然后他在房间里自在惬意地到处溜达，我去厨房煮咖啡。

"你住在这种地方不嫌冷清吗？你可是个唯恐天下不乱的家伙啊。那头是什么？"

"另一条街，为什么问这个？"

"随便问问，你的灌木该好好修剪了。"

我把煮好的咖啡端进客厅，他坐下不紧不慢地喝着，然后拿了我的一支香烟，点上抽了几口。"我对这玩意儿越来越没兴趣了，可能是因为电视上的广告吧。"他说，"任何东西一经推销，就让人没好感了。他们总是把消费者当傻瓜，总有个傻缺穿件白大褂，脖子上挂一个听诊器，向你介绍某种牙膏、香烟、啤酒、洗发露、漱口水，或者能让肥胖的摔跤手拥有体香的小玩意儿。我总是提醒自己，千万不要被这帮人说服了，也不要买他们的产品。你看了《新闻报》没有？"

"有个记者朋友私下通知了我一声。"

"你也有朋友？"他看起来诧异极了，"那他有没有跟你说他从哪里得到的资料？"

"没有。事已至此，已经昭告天下了。"

"今早，地区检察官的副手劳伍德声明他把资料递交给了自己的头儿，但《新闻报》上刊登的照片让他的声明变得不可信，把斯普林格气得不行。"

我慢慢喝着咖啡，没有搭腔。

奥尔斯自顾自说道："出了这种事，算他活该，本身斯普林格就该亲力亲为。不过我并不认为劳伍德会泄密。"他就这么单纯地看着我。

"你有什么事直说吧，伯尼。我知道你对我没有好感，虽然我们以前是朋友，但是以前的友情已经变质了。"

他笑了笑，身体前倾，表现出一种蛮横的姿态："任何一个警察都不会喜欢平民越位去干督察的事。假如韦德刚死那会儿，你把他和雷诺克斯家的那位水性杨花的女人的关系说清楚，我是可以展开调查的。你是不是觉得自己比谁都聪明？要是你把那位特里·雷诺克斯和韦德太太的关系挑明了，我就能掌握她的一举一动，她可能不会死。要是你从一开始就把一切交代清楚，韦德也死不了。"

"你要我交代清楚什么？"

"什么都不用了，现在说已经晚了。我只想说，聪明反被聪明误，你只是自欺欺人罢了。我以前就警告过你，显然你没听进去。现在你已经成了过街老鼠，我劝你赶紧离开这座城市吧。我从线人那里得到情报，有些仇家已经在报复你的路上了。"

"听着，伯尼，我没你说的那么重要。你也不必冲我大吼大叫。至于你说的假如，你、法医、地区检察官，还有任何的相关部门在韦德死前都无动于衷，韦德死后也不见你们有任何行动。我承认我在这件事中确实存在错误，但起码现在真相大白了，你说你能抓到艾琳·韦德，我倒是想听听有什么根据。"

"你给我们提供真实的情报就可以。"

"是吗？原来还是需要我这个平民越位帮你们警察干活啊。"

他恼羞成怒，呼地站起来："你听着，她涉嫌杀人，我们就有权控告她。本来她可以活着的，因为你的无知才要了她的命。你自己心里清楚。"

"我只是帮助一个平白受牵连的男人洗脱罪名，我不觉得我所做的有什么错。她做什么样的选择，我无法控制，我只是让她自己好好反省一下。如果你看不惯我，想找个理由修理我，我随时奉陪。"

"这事用不着我费心。朋友，你觉得自己无足轻重，他们没空理你，你错了。你只是个私家侦探，但人家要求你不要乱管闲事，你却在报纸上打他们的脸，他们的面子往哪儿搁？很显然，现在的情况已经不一样了。"

"是吗？借用你的一句话，光想想，都觉得害怕。"

他向门口走去，一把拽开门，俯视着门外的红木台阶，望了望马路对面长有树木的山坡，又仰望街巷尽头的斜坡。"真是一个舒适静谧的地方，僻静，却不脱离俗世。"他走下台阶，开车走了。

警察不会跟你说再见，他们可不希望你能逃出掌控。

第四十七章

第二天，斯普林格代表地区检察官办公室邀请记者召开了一场新闻发布会，发表了一份声明，很是热闹。他眉毛浓黑，红光满面，只因忙于政治权谋，头发白得太早了。

我已经读了那位可怜的、刚刚自杀的女人写的自白书，不管是不是她写的，写的人精神一定是出了某种状况。我仍希望《新闻报》是出于善意刊登这份资料的，虽然其中有大量的自相矛盾和荒唐可笑的地方。

如果这些话真的是艾琳·韦德自己写的，我希望大家知道，她写这份东西的时候，一定笔都拿不稳，脑袋也不清醒。我想我的办公室以及我所器重的彼得森警长的属下，很快就能调查出事情的真相。这位可怜的夫人，几个星期前亲眼看见了自己的丈夫浑身是血地倒在那里，她该有多么无助、绝望、震惊啊！丈夫自杀这么沉痛的打击让她无法独活，她才选择去追随他。我们为什么不能让死者安息呢，非要打扰他们的安宁？报刊发表这些东西，除了为自己增加销量还能有什么作用？朋友们，我们不要再做无意义的事情，赶紧让它尘埃落定吧。莎士比亚在伟大的戏剧作品《哈姆雷特》中塑造了奥菲利亚，艾琳·韦德也一样，她有不同寻常的悔恨。而这却被我的政敌拿来大做文章扰乱视野。我相信，朋友们和选民是不会被他们蛊惑的。大家很清楚，我的办公室从来都代表英明、慎重和赏罚分明的正义，以及安稳、可靠、仁义的政府。我不知道也不关心《新闻报》的立场究竟是什么，孰是孰非，我相信自有公论。

这废话就刊登在《新闻报》的日刊的早版上，针对斯普林格的废话，总编辑亨利·舍尔曼立刻发表了一篇评论进行抨击，如下：

检察官斯普林格在记者会上表现得彬彬有礼，声音明亮动听。感谢他没有把他真实故事的证据摆出来反驳我们。如果斯普林格先生想让我们证明文件的真实性，我们也会鼎力相助。我们可不敢奢望让斯普林格先生重启卷宗或重审案件，就像我们不敢质疑他在政坛高高在上的地位和名望一样。斯普林格先生有句话说得很对，我们为什么要搅扰死者的安宁呢？这句话用《新闻报》的粗俗语言来换个说法就是：人已经被杀了，查到凶手又能有什么改变呢？最多只是所谓的真相和正义，其他什么好处也没有。

斯普林格先生提到了《哈姆雷特》，他真好，《新闻报》秉着对莎翁的尊敬而感谢他，虽然他谬误百出，一个劲地提"奥菲利亚"，却不知道"你必须怀有不同寻常的悔恨"只是奥菲利亚说过的话，而非形容她的。她那句话的意思我们这些学识浅薄的人理解不了，但在此没必要探讨。那句话他引用得真是妙，它使得问题变得是非难辨了。我想我们也应该引经据典，借用《哈姆雷特》中某个坏蛋的一句话："让巨斧落在罪过之处吧。"

午时，朗尼·摩根给我打来电话，问我感觉怎么样。我告诉他我不觉得这有什么攻击性。

朗尼·摩根说："我问的是你。除了舞文弄墨的呆子，没多少人对他感兴趣，况且人们也已经看明白了。"

"我还好，正等着别人来报复我呢。"

"你误会我了。"

"我好着呢，别恐吓我了。我的目的已经达成，雷诺克斯要是没死，肯定会大步流星走到斯普林格身前给他点颜色看。"

"斯普林格现在肯定明白你做这些的意义了。不过对于妨碍到他们的人，他们有无数办法来报复。我非常不理解，雷诺克斯又不是什么伟人，你为什么会为了他耗费心血地去做这些呢？"

"不，这跟他没关系。"

"好吧，马洛，算我多事，打扰你了。"

琳达·洛林在下午两点钟左右给我来了个电话，说："这次你不会骂人了吧？我刚回来就联系你。有人看了《新闻报》上的一篇报道后气得暴跳如雷，昨晚我那即将成为前夫的丈夫专门飞过去做检讨，还被训了一顿。"

"即将成为前夫？"

"别装蒜，我父亲终于同意了，我就要去巴黎低调地把婚离了，那是个不错的地方。如果你还算聪明，就听我一句劝，赶紧把你之前给我看的大钞挥霍掉吧，能逃多远逃多远。"

"我招谁惹谁了？"

"马洛，你总是自作聪明，到头来只会害了自己。你知道他们会用什么办法杀死老虎吗？"

"洗耳恭听。"

"先在木桩上绑上一只羊，然后守株待虎。羊的命运同样悲惨，我不希望你当那只替罪羊。我找不到理由，可还是喜欢你。你做事从心，自己认定的事就要全力以赴。"

"谢谢，但我情愿赌一把。"

她吼道："傻子，难道你想步他的后尘给人当替罪羊吗？"

"要是你在这儿还要待一阵子，我们可以喝一杯。"

"来巴黎吧，我们可以开怀畅饮，巴黎的秋天非常漂亮。"

"据说春天更美，不过我也只是道听途说。说实话，这个提议令我十分心动。"

"如此说来你多半是不打算来了。"

"琳达，去追寻你心里想要的东西吧，祝福你。再见。"

她的语气冷了下来："我分分钟就能得到想要的东西，可得到后我又觉得那不是我想要的，再见。"说完她把电话挂了。

我也不知该干点儿什么，打算去吃晚饭，之后我到一家24小时营业的车房里检查刹车带，自己打的回家。街上空荡荡的，和平时一样，木头邮箱里有一张免费的打折券。这个夜晚很温暖，空中飘着一层薄薄的雾，没有一丝风，山坡上的树也没有声音。我缓步溜达上台阶，打开门锁，正准备推门进去的时候我停住了。卧室的门被打开了一条十英寸左右的缝，我透过门缝望向漆黑的屋里，虽然没有什么动静，但我直觉屋里有东西。也许是听到了一声微不可闻的弹簧响动，可能是看到了白夹克的一道闪光，也可能是察觉到人的气息，或者是因为门里的房间在这么宁静而温暖的夜里却不怎么宁静也不怎么温暖，更可能是我太过多疑了。

我从另一旁走到台阶下面，伏低身子，紧挨着灌木丛，但屋子里的灯没有亮，周围也没有任何异响，什么事都没有发生。我的左腰上别着一把警用短筒手枪，我把枪拔出来。但依旧什么都没有发生，十分宁静。我想一定是自己疑神疑鬼，于是站了起来。我正要往房门走的时候，街巷拐角处快速驶出一辆汽车，飞快地上坡，在台阶下悄无声息地停了下来。这是辆黑色的凯迪拉克豪华轿车，起初我以为是琳达·洛林的车，但车门没有打开，我面对的车窗也关得严严实实的。

我安静地蹲在灌木丛边，侧耳听着，但什么也听不到。一辆黑色的轿车停在红木台阶下，车窗紧闭。我不知道我在等什么。突然，车的红色大灯亮了，光柱打到了离屋子还有二十英尺的地方，大轿车开始缓慢后退，灯光照到了房屋的正面，反光把引擎盖和上面的一片空间也照亮了。

警察叫什不起这么好的车，这辆亮着红色大灯的凯迪拉克的主人，只可能是市长、局长、富豪、地区检察官或者流氓头子。

我趴在地上，但大灯的光柱扫来扫去，最终还是发现了我，刺眼的强光定在我的身上不再移动，不过没有人推开车门，屋里也没有亮起灯光。警报器的声音忽然响了起来，只响了一两秒就停了，屋子里的灯总算亮了，台阶的最上面出现了一个身穿晚宴服饰的男人，一身白色。他侧脸盯着灌木丛与墙壁中间，说道："进来吧，家里来客人了，廉价货。"

是曼宁德兹。

其实这种情况下我很容易失手给他一枪，不过他灵敏地后退了一步。我马上就听见那辆车的后车窗有一扇窗摇了下来，机关枪嗒嗒嗒地扫射到离我大约三十英尺的斜坡上。

站在房门口的曼宁德兹又开口说道："进来吧，你无路可逃了。"

我只好站起来，把枪收回去，跟随大灯向门口走去。我走上台阶，进入房门，站在屋子里。在房间的另一头，有一个男人正跷着二郎腿坐在那儿，有一把枪斜斜地放在他的大腿上。这家伙四肢修长，皮肤很粗糙，像是终年被烈日暴晒一样，看起来非常凶悍。他身上穿着一件拉链拉到腰部的棕色华达呢风衣，眼睛直直地盯着我，他就像一堵月光下的砖墙，冰冷又无情。

第四十八章

　　我盯着他看了好一会儿，忽然肩胛骨一麻，这种疼痛感顺着手臂一直传到指尖。我用余光看到了对我动手的那个人，对方是一个不苟言笑、表情狰狞的墨西哥大块头。他配着一把点四五手枪，正垂在身侧。他有棕色的手臂，脑袋圆又肥，油乎乎的头发，满脸胡子，一顶脏兮兮的宽边帽倒戴在脑袋上，手工衬衫的前胸那儿耷拉着两根皮质的帽绳，衬衫飘散出一股浓重的汗臭味。墨西哥拥有世界上最凶狠和最温柔的人，这个家伙显然是心狠手辣的那种，我猜天底下恐怕没有比他还凶的人了。

　　我的胳膊简直疼入骨髓，一碰就难受，但不碰也会感到胀痛和酸麻，所以我忍着揉了揉。以我现在的状况可用不好枪了。

　　曼宁德兹抬手示意，那个凶狠的家伙眼皮都没抬一下，把枪抛了过去，曼宁德兹接在了手里。他春风得意地走到我跟前，一双亮闪闪的黑色眼珠盯着我："说吧，希望我在你哪个部位开枪？"

　　我压根不打算回复他。

　　"说话啊。"

　　我反问："我还以为安格斯汀才是你的枪童呢，他怎么没来？"

　　他语气平静地说道："奇克现在变得软弱了。"

　　"他从一开始就是个软蛋，就跟他的老板一样。"

在椅子上坐着的那位皮笑肉不笑地眨巴了一下眼睛。我身后的暴徒依旧拧着我的胳膊，一动不动，我都能闻到他呼出来的气味。

"哟，小伙子，你这胳膊怎么啦？被人撞了呀。"

"被一块辣椒肉玉米饼绊了一跤。"

他用枪管甩在我的脸上，看也不看我，傲慢极了："你没资格在我面前要面子，你的死期即将来临，也用不着来这一套了。我们曾警告过你对吗？都这样了还敢多事，这就是不听话的下场。"

鲜血一定正顺着我的脸颊往下流，太阳穴疼得发麻，疼痛也扩散到整个头部，我继续说："曼迪，打人这种事不是应该交给手下吗？没想到这一次居然能劳驾你亲自动手，我可倍感荣幸。"

他说道："我修理你是出于个人恩怨。马高是公事公办，他把自己当成维护社会风气的典范，觉得可以骑在我的头上拉屎。我用我的钱帮他养家糊口，给他提供好的生活，买汽车，买衣服。我做了这么多，结果他走进我的私人办公室，当着我的一帮手下抽我的耳刮子。这就是他干的好事。"

"为什么呢？"我问道，我似乎有些期待他能以此转移对我的怒气。

"跟他上过床的人里有个婊子硬说我们在骰子里灌了铅，我叫人把赢她的钱全部给她兑现，然后把她赶出去了。"

我说："应该的。职业赌徒怎么可能要老千，是不是？马高应该知道这点的。不过，你跑来修理我又是什么私人借口呢？"

"因为你让我颜面扫地。干我们这行的，控制很重要。一旦我警告任何人，对方都应该照办，有头有脸的人物也不可以违逆。"

"抱歉，我拿下手绢。恕我直言，这些恐怕都是借口。"我掏出一条手绢，把脸上的血稍微擦了一下，而那把枪仍指着我。

曼宁德兹说道："你以为你可以像耍猴一样骗我？以为曼宁德兹就

是一个笑话，不值得你尊重？你不过是一个不入流的私人侦探而已。我真应该用刀子把你身上的肉慢慢割下来。"

我看着他的眼睛说："你说雷诺克斯是你的好兄弟，现在他被埋进了土里，连个墓碑都没有，比一条狗死了还要微不足道。我想方设法来帮他洗脱罪名，没料到居然让你颜面扫地了。你真自私，根本不在乎其他人，哪怕是救过你命的人。你一心只想扮演大人物，他死了你却一点儿也不在乎。说白了，你只是个喜欢装腔作势的混蛋。"

他气得脸色铁青，铆足了力气准备再打我。我在他打来的时候猛地往前踏了半步，一脚踢到他的胃部。我没有做什么准备，也没有考虑后果，事先也来不及去想能不能逮到机会一举撂倒他，我只是不想听他胡扯了。况且，我的脸疼得厉害，估计是轻微脑震荡。

他当即弓起腰来，手中的枪也掉了，他赶紧伸手去抓，嘴里发出古怪的声音，我抬起膝盖又朝着他的脸狠狠来了一下，他疼得大叫。这时坐在椅子上的男人笑了起来。我感到莫名其妙。这人站了起来，举起枪，用柔和的语气说道："你不能打死他，他活着才能做诱饵。"

客厅里人影晃动，从门口走进来一个人，是奥尔斯。他一脸平静，眼睛深邃，低头看了看跪在地上的曼宁德兹。奥尔斯说："真是尿货。"

我说："他可不尿，只是被打伤了。"

奥尔斯回头看我，另一个人也看着我。那个要挟我的墨西哥暴徒也静悄悄站在门口。

我冲奥尔斯怒吼："把那该死的烟卷从你嘴里拔出来扔掉，真恶心。你要抽就抽，不抽就别碰，真受不了你。说句公道话，所有警察都招人烦。"

他嘴角抽了抽，很惊讶，又满不在乎地说道："你的伤要不要紧？告诉你吧，这是我们设的局。那个家伙揍你的脸了？还真是惨，不过我觉得是活该。"

他低头看了看趴在地上的曼迪，这家伙现在就像正在从一口深井中慢慢往上爬，龇牙咧嘴的。

奥尔斯说道："他话可真多，早知道就该带三个油嘴滑舌的律师来让他闭嘴。"

奥尔斯一把将曼宁德兹拽起来，用腻歪的腔调小声对他说道："亲爱的，你被骗了。谁让你们这些流氓要跟警察作对呢，以后在我们面前可千万别那么嚣张。不过马高不值得可怜，他是个警察，却跟你们同流合污，我很乐意看你们内部乱斗。"

曼宁德兹的手帕垂了下来，他看了看奥尔斯，又看了看我，而后看向坐在椅子上的男人，慢慢转过身子，去看站在门口的墨西哥暴徒。别人也都面无表情地看着他，曼迪的手里忽然出现一把刀，向着奥尔斯刺了过去。奥尔斯向边上退了一步，站成马步，腰背绷直，腿稍微一弯曲，轻而易举地将他手里的刀子拍落在地上，用一只手掐住曼迪的脖子，把他举了起来，拎着他走到房间的另一头，摁在墙上。

奥尔斯把他放下来，但依然掐着他的脖子，厉声说道："你想跟我动手？信不信我能用一根指头弄死你。"说完他松开双手，曼迪满不在乎地冲他咧嘴一笑，瞅了瞅手里的手帕，把有血的部分叠起来，又捂到鼻子上。他的眼睛向着刚才捶我的手枪上瞄去，坐在椅子上的男人漫不经心地说道："没子弹，你捡到也没用。"

曼迪说："你为什么没有告诉我，这根本就是一个局？"

奥尔斯说道："拉斯维加斯有人想找你聊聊天，因为你没有跟对方禀明事实，人家不喜欢你了，想砸烂你的饭碗。你雇的三个帮手实际上是内华达的三个警察。你可以选择跟这些警官走，也可以让我铐着去市中心逛一圈。"

曼迪平静地说道："上帝，内华达要完了。"他扭头又看了看那位站在门口的墨西哥大汉，娴熟地在胸口画了个十字，从前门走了出去，墨西哥暴徒跟在他后面。然后那位像是从沙漠来的糙鬼从地上捡起手枪和刀子，也跟了出去，顺手把门带上了。

奥尔斯耐心地等他们全部走掉。外面传来汽车的关门声，车子开走了，驰进了黑暗中。

我问奥尔斯："这几个蠢货都是警察？你确定？"

他回头看我，表情就像看到我没有离开感到非常吃惊一样，他简短地说道："他们有警徽。"

我说："伯尼，这一手真高明，高明得让人无话可说，你这个心狠手辣的浑球。你认为他能活着回到拉斯维加斯吗？"

我进浴室把水龙头打开，蘸湿毛巾擦了擦脸，脸一碰就疼得直抽搐。镜子里的那张脸肿成了青紫色，左眼下方也变颜色了，颧骨那儿还有被枪管砸的伤痕，以后几天我都没法儿见人了。奥尔斯那张欠揍的脸也出现在镜子里。他的嘴唇拱着一根没点火的烟卷儿，就像一只猫在玩弄奄奄一息的老鼠一样，期待它能再逃一次。

他语气不善地说道："下次别再跟警方耍小聪明了。你以为我们能陪你玩，让你白白从警察局偷一份复印件？我们只是守株待兔，用你钓曼迪上钩。我们绝不容许自己的辖区内有人毒打了警察后还平安无事，即便挨打的是个堕落的警察。我们跟斯塔尔磋商了一下，虽然我们无法做到禁绝该县城的赌博活动，也可以调控一下它的发展势头。斯塔尔试图向我们证明那件事与他无关，应该给曼宁德兹一点儿惩罚，所以当曼迪打电话准备叫人修理你的时候，斯塔尔就花了一笔钱，请出三个老熟人顶替外地流氓，让他们开着他的其中一辆车来了。在拉斯维加斯，斯塔尔可以算是个警察专员。"

"哦，恭喜，伯尼。警务是多么美好、积极、理想。可你知道吗，这行业唯一不好的就是里面工作的人了。"

"真为你叹息，在自己的客厅里被人毒打，啧啧！而我只用低级的方法干了这份低贱的工作，就升官发财了。实际上，我们是在拿你做实验，因为我们需要震慑一下这类人物，以便让他开口。你还好吗？"

"让你感到这么难过，我很抱歉。"

奥尔斯的脸猛地向我凑过来，他语气凶狠地说："我对毒贩和赌徒恨之入骨。赌徒引发的社会疾病的危害完全不亚于毒品。你不会认为拉斯维加斯和雷诺城一类的地方只是风雅的娱乐场所吧？蠢货，只有好吃懒做的人、土老帽、刚拿到工资准备周末到商场购物却一小会儿就输得一干二净的家伙才是那欢迎的人。有的赌鬼分分钟就输个四万美元，转头就又回来赌了。但黑暗巨洞是富豪类赌客撑起来的吗？不，老兄，最可怕的压榨，是十美分、二十五美分、半美元，偶尔一美元、五美元，这样不知不觉地一点一点积攒起来的。每分每秒，黑色巨款都在暗中流动，希望并且竭力赞成打击职业赌徒。有的州政府从博彩行业中收取税金，实际上是助纣为虐，经营赌业的暴徒只会变得更加理直气壮。政府从发廊小姐或者理发师那收两美元税款，用来支撑博彩行业的运营，因为能获得巨额利润。所有人都希望警察刚正不阿，可警察的职责是什么？是用来给那些手持特权卡的人保驾护航的。本州有的赌马场一整年都不歇业，名义上是合法正经的生意，但赌马场每赚一美元，就有五十美元押在了开赌盘的浑蛋那儿，州政府就能从中抽取份子钱。八九场赛马印在同一张卡片上，其中有一半都设有赌局，只不过没人知道罢了，哪匹马能获胜，完全是暗箱操作，只要某个人一句话就决定了。骑手想赢得比赛，只有一种方法，而想输掉一场比赛，方法不下二十种，这是他们的拿手好戏。那些负责监守的总管根本没办法，加强所谓的监管也无济于事。小子，赌博是州政府许可的，所以就是合法正当的生意或商业活动是吗？纯粹是胡说八道。赌博就是赌博，这只会让赌鬼越来越多，世界上所有的赌博加起来也只有一种，那就是违法勾当。"

"骂完了？"我一边往伤口上抹碘酒，一边漫不经心地问道。

"我当警察得到了什么？只有不停衰老、疲惫和无处发泄的怨气。"

"伯尼。"我扭头看着他，"我知道你在警察里算是好人，但某种程度而言，全世界的警察都不是好鸟。你们找错了原罪，所以都是治标不治本。有人玩骰子把自己的血汗钱输在了赌桌上，所以认为应该禁止赌博；有人酗酒，所以认为应该禁止生产烈酒；有人开车撞死了人，于是认为不该制造汽车；有人在旅店叫小姐结果招来的是贼，所以认为应该杜绝做爱；有人从楼梯上摔了下去，所以认为不该建造房屋。"

"闭嘴吧。"

"行，你把我的嘴缝上吧。我是平民所以无权发言吗？不要找借口了，黑社会、街头混混、流氓土匪的存在，不是因为上面有奸诈的政客，也不是市政大厅和立法机构的小喽啰催生的。犯罪本身并不是病因所在，而是表现出来的病理症状。如果医生给脑瘤患者服用阿司匹林，能起到什么效果？你们警察就是这么干的，只不过你们用的是一根金属棍子而已。我们这个富有、强大的民族，骨子里却是无比暴虐的，获取金钱的手段之一就是犯罪，而集团犯罪则是我们为整个社会付出的代价。无所不能的美元其中一面必然是血腥肮脏的，就算再过好多年，犯罪活动也不会灭绝。"

"那另外干净的一面又是什么？"

"你不妨找哈伦·波特讨教一番，或许他能给你答案，反正我没见过。你要喝一杯吗？"

奥尔斯说："你刚进门的时候，看起来还神采奕奕。"

"曼迪拿刀子捅你的时候，你也表现不错。"

"咱们握个手吧。"

我们喝了一杯之后他就从后门走了，那扇后门是今天他提前踩点，来的时候撬开的，现在从那儿出去也算有始有终。那扇门太旧了，木料变得紧皱，稍微碰一下，门自己就往外打开了。奥尔斯之前只需要把锁链的钉子给拔出来，剩下的就太简单了。他出门的时候在门框上的一个凹陷处指了指，然后从山坡上翻过去，他的车子停在另一条街道上。如果他撬的是前门，其实也很容易被我发现，不过那样会把锁弄坏的。

我目送他走远，然后把门锁起来，给自己调了一杯不算烈的酒，坐回客厅里。从我进门到现在，这段时间真够漫长的，可我瞅了一眼手表后才知道，原来这只是我的错觉。

我走到电话机旁，打电话到代接电话公司，打算接通琳达·洛林家的电话。她的管家问我名字，而后告诉我说洛林太太她在家，便转接给了她。

我说："我真的当了诱饵羊，现在脸上没一处好的。终于结束了，他们捉到老虎了。"

"下次见面你可要好好给我讲讲。"她的声音听起来非常遥远，就像是已经在巴黎似的。

"要是你现在不忙的话，我们可以边喝边聊。"

"你说今晚？这……有点儿为难，我正在收拾东西准备搬出去呢。"

"哦，我知道了，那就算了。我原本以为你可能会有兴趣听呢。多谢你先前的善意提醒，不过这件事你家老爷子没有参与。"

"你认真的？"

"当然。"

"好，那你稍微等我一下。我们确实应该喝一杯。你说吧，去哪儿？"她的声音现在亲近多了。

"我今晚不开车，地方你定吧，随便哪儿都行。"

"那我去接你，不过地址在哪？可能要一个多小时。"

我把地址告诉她，随后挂断了电话。我将门和门廊的灯打开，站在门口接受夜风的吹拂。这会儿感觉清凉多了。到了客厅后我给朗尼·摩根拨了通电话，但没有通话成功。我不知道哪根神经搭错了，居然给拉斯维加斯的泥龟俱乐部打了个电话，我想找兰迪·斯塔尔，我原以为他不会接，没料到他接了。

"马洛，没想到你会给我打电话，万分荣幸。"他以精明能干、掌握一切的幕后者口吻对我说道，"你是特里的朋友，特里的朋友就是我的朋友。如果你需要什么帮助，尽管说。"

"曼迪已经在路上了。"

"去哪儿的路上？"

"拉斯维加斯。在一辆有红色大灯的黑色凯迪拉克豪华轿车里，和你派来的三位土匪在一起。我想，那是你的车吧？"

他笑了几声，说："有人曾说，在拉斯维加斯，凯迪拉克当拖车用，这话很对，发生了什么事吗？"

"曼迪带了两个小王八蛋蹲守在我家里，想狠狠修理我一顿，因为报纸上发表了一篇文章，他认为一切都是我的错，这么说似乎有点鲁莽。"

"那么是不是你的错呢？"

"斯塔尔先生，报社不是我开的。"

"马洛先生，开凯迪拉克的王八蛋也不是我养活的。"

"也许他们是警察。"

"我不敢确定，你就是为了这事给我打电话？"

"虽然他用手枪砸了我，我也用膝盖帮他的鼻子降了降火，但说实话他好像不太喜欢。我依然希望他能活着回到拉斯维加斯。"

"要是他的方向没错，我想他会活着抵达的。我得挂电话了，抱歉。"

"别急，斯塔尔。你有没有参与奥塔托丹那件事？真的是曼迪自作主张吗？"

"拜托。"

"斯塔尔，曼迪气急败坏地找我的麻烦，警告我少管闲事，让我不要再调查雷诺克斯的案子，但我不小心又接近了真相。造化弄人，不是吗？他的理由根本是胡扯，太牵强了，他没必要亲自跑到我家蹲守，再上演一出大威利·马高那样的好戏。他之所以做了刚才我告诉你的事，肯定有其他我不知道的缘由。"

"我知道你想说什么了。你觉得特里自杀案存有疑点，可能是别人杀了他，而不是自杀，是吗？"

"我认为搞清楚细节总没错的。那份所谓他写的自白，根本就是伪造的。他给我写过一封信，说是被监视着，极不方便，但他还是把信寄出来了，是旅馆的服务员或者某个打杂的偷偷替他寄的，里面还有一张大额钞票。信在结尾处说有人来敲门了，我猜不到当时敲门进去的是谁。"

"所以呢？"

"如果进屋的人是酒店服务员或者打杂的，特里完全可以继续多在结尾补充一些东西。如果进屋的是警察，这封信根本就不可能寄出去。那么到底是谁呢？特里为什么要写那份自白？"

"马洛，我不知道，你别问我。"

"好吧，斯塔尔先生，很抱歉打扰你了。"

"没关系，能接到你的电话我很荣幸。我帮你问问曼迪，看他知不知情。"

"假如你能见到他，或者说见到活着的他，那么拜托了。如果见不到他，请你帮忙调查一下。否则其他人会查。"

"你吗？"他的语气很镇定，不过一下变得生硬了。

"不，不是我，斯塔尔先生。那个人轻轻吹口气就能把你吹出拉斯维加斯，你想他是谁。斯塔尔，你没必要怀疑我，我只是陈述事实。"

"马洛，我想我可以见到活着的曼迪，不用你操心了。"

"斯塔尔先生，那我祝你好梦，我想，一切都在你控制之中。"

第四十九章

一辆汽车在台阶前停了下来，我从屋里出来，站在台阶的最顶端冲下面大声说话，中年黑人司机已经把车门打开了，伺候她下车。我只好站在那里等着。他拎着一个小巧的睡袋，跟着她朝台阶上走来。走到台阶最上面后，她转身对司机说道："谢谢你了阿莫斯，马洛先生会送我回酒店的，明早我再给你打电话。"

"好的，洛林太太。我想请教马洛先生一个问题，可以吗？"

"可以啊，阿莫斯。"

他把睡袋放进屋子里，她从我身旁走过去，进了屋子，不再理会我们。

"马洛先生，请问'人会成长，会老化，我也将把长裤放下'①这话是什么意思？"

"这句话除了押韵一点儿，毫无营养。"

"这是《J.阿尔弗雷德·普鲁弗洛克的情歌》里的一句话。"他笑着说道，"还有一句：'屋中女子美如蝶，阔夸米开朗琪罗。'你对这句话怎么理解？"

"我认为这个家伙应该不懂女人。"

---

① 选自艾略特（T.S. Eliot）的 *The Love Song of J. Alfred Prufrock*。

"先生，我也如此觉得。不过我还是十分崇拜 T.S. 艾略特。"

"为什么要说'不过'？"

"对啊，马洛先生，有问题吗？"

"没有，不过到了百万富翁面前可千万别这么说，否则他会觉得你在刺激他呢。"

"我可没有机会见到百万富翁呢。"他自嘲道，"先生，你这是有什么相关的故事吗？"

"没有。阿莫斯，再见了！"

"晚安，先生。"

他下了红木台阶，我回了屋里。客厅里，琳达·洛林正站在中央四处打量："阿莫斯是毕业于霍华德大学的高才生。你住在这么一个不安全的地方，不怕遇到危险吗？"

"这世界上哪有真正安全的地方。"

"你的脸是谁打的，真惨！"

"曼迪·曼宁德兹。"

"怎么回事，你还击了吗？"

"嗯，踹了他一两脚。那是一个局，他已经被三四个凶狠毒辣的内华达州警察带走了，别管他了，我们聊点儿别的吧。"

"喝什么饮料？"我问她。她在沙发上坐下来，说随便什么都行，我给她递烟，不过她不想抽。

"香槟怎么样？我有两瓶'红带'，存了好几年了。我没有冰桶，不过酒本身很凉，我觉得喝这个不错，其实我不是很会喝酒。"

她问我："你为什么要存着它？"

"当然是为了等你过来喝它。"

她笑了起来，看着我的脸，伸手在我脸颊上轻轻抚摩："看你满脸伤痕，我们从认识到现在才两个月吧，我可不信你是在等我。"

"那或许，我存着它是为了等我们相识后再喝。你稍等，我去拿酒。"我拿起她的睡袋往房间另一边走去。

她喊道："你打算把它拿到哪儿去？"

"这不是睡袋吗？"

"拿回来，放下。"

于是我走了回来，把睡袋放下。

"真不可理喻。"她一字一顿地说道，"我还是第一次遇到。"

"第一次遇到什么？"

"你从未暗示过我，也没有牵过我的手或投来暧昧的眼神，更没有任何亲密的接触，什么都没有。我一直觉得你是个喜欢挖苦人、蛮横无情的莽夫呢。"

"那只是偶尔吧。"

"那么现在我自己送上门了，你是打算趁我们都喝得上头了，就把我扔到床上吗？"

"说实话，确实有这种冲动。"

"哦，我可真感到荣幸。不过，你有没有想过也许我并不喜欢这样呢？我喜欢你，确实很喜欢，但未必愿意跟你上床。是不是因为我不巧随身带了一个睡袋过来，你就想当然地认为我也和你想的一样？"

"也许是我一厢情愿了，我去拿香槟。"我把她的睡袋拿起来，放回前门附近。

"你也许应该把香槟留到一个更有把握的场合。抱歉，我并不想伤害你的感情。"

我说："我只存了两瓶，你说的好场合那至少需要一打。"

"哦。"她气冲冲地说道，"你只把我当成一个试验品，你是在等其他更有魅力的女人，真棒！全然不顾我的感谢。我可以明确告诉你，不要认为一瓶香槟就能让我变样。"

"我已经认过错了。"

她依然没有消气，说："我告诉你，我打算跟我的丈夫离婚，让阿莫斯开车把我送过来，还带着睡袋，但你从哪儿看出我打算跟你发生关系？"

我大声说道："睡袋，睡袋，去他妈的睡袋。你再提它，我就把这该死的玩意儿丢到外面去。我只是想请你喝一杯，打算去厨房拿酒，凭什么你要认定我有不轨之心？我知道你不打算跟我上床，我也没有理由这么期待。但是就算我们用同一个杯子喝香槟，也没什么大不了的吧？为什么非要没头没脑地争论谁在什么地方、什么时间，在喝了多少香槟以后先对谁动心呢？"

"你用不着发这么大的火吧？"

"这是新的招数，什么招我都知道，全都是糖衣炮弹，全都包含着暧昧，容易让人一厢情愿。我很厌恶。"

她起身走到我身旁，用指尖划过我脸上的伤口和水肿的地方。"抱歉，但请你对我友好一点。我是个感情饱受伤害、身心俱疲的女人，但我不想被别人当作是个随便的人。"

"比你更加疲惫和失落的人多了去了，你完全可以无视别人的感受，因为你具备你们家族的勇敢和正直的美德。按照一般情况，你应该跟你妹妹一样，变得恃宠而骄、肤浅、随波逐流、放纵欲望。可你不是。"

我转身朝房间的另一边走去，进了厨房，从冰箱里拿出一瓶香槟，将软木塞拔出来，倒了浅浅的两杯酒，端起一杯一饮而尽，喝得太快把眼泪都呛了出来。又把空杯子重新倒满，将两杯酒放在托盘上。当我端着托盘回到客厅时，她不在了，睡袋也没了。我把托盘放在桌子上，推开前门，实际上我并没有听见开门声，况且她也没有汽车可用。

"以为我逃走了？"

无声无息地，她出现在我身后。我把门关上，回过身来，她头发上的束带不见了，头发披散下来，身上穿着一件日式丝质睡袍，脚上穿着一双有羽毛装饰的拖鞋。意外的是，她带着羞涩的笑容步履轻盈地向我走过来。我将一杯酒递给她，她喝了一小点儿，说："很好喝。"她把杯子放下，毫不做作地轻轻靠近我的怀里，吻在我的嘴唇上，她的舌尖触碰到我的舌尖。很长时间后，她的头才慢慢离开我，眼睛里噙着泪，双臂依然环在我的脖子上。

她说："其实我早就盼着这一刻了，我不知道这有什么用，但我必须表现得矜持些。或许我只是过分敏感吧，实际上我并不是一个水性杨花的女人。你对我失望吗？"

"如果我认为你是那样的女人，在维克托酒吧初次见面的时候，我就会向你做出某种暗示了。"

"我知道你不会。"她微笑着摇了摇头，"这也是我今晚会来这里的原因。"

"或许吧，那晚是另一种心情，也许不会。"

"你永远也不可能在酒吧勾搭某个女人。"

"嗯，那里灯光太暗，确实很少。"

"实际上，有不少去酒吧的女人都会猎取肯对她们暗送秋波的人。"

"有不少女人一直是这样。"

"从某方面来说，酒精就是春药。"

"但酒精也是医生的必备品。"

"谈什么医生？我想喝香槟。"

我又热吻了她一次。这种工作真让人心情愉悦。

"我想亲吻你惨兮兮的脸蛋儿，性感极了。"她说着并付诸了实际行动。

"可我身体其他部位冰寒彻骨呢。"

"说什么呢。我要喝香槟。"

"为什么？"

"再不喝泡沫就散了，我喜欢现在的味道。"

"确实是这样。"

"你确定你很喜欢我吗？如果我和你发生关系，你还会爱我吗？"

"说不准。"

"你不跟我上床也没关系，我不勉强。"

"多谢。"

"我要香槟。"

"你有多少钱？"

"你说全部？没算过，大概八百万美元？也许吧。"

"那我必须得跟你上床了。"

她说："真是认钱不认人。"

"我可出了香槟，那也是钱。"

"去你的名贵香槟吧。"

第五十章

　　一小时后，她伸出光洁如玉的藕臂，在我的耳朵上挠痒痒，问："你有跟我结婚的打算吗？"

　　"顶多了六个月。"

　　"拜托，不过人生本来就充满了不可预知，六个月也值了。如果规避所有的风险，那人生还能剩下什么？"

　　"我已经单身了四十三年，早就习惯了这种生活。至于你，从小衣食无忧，早已习惯了奢侈的生活，即便情况比别人略轻一些。"

　　"我今年都三十六了。我不觉得有钱就该遭人鄙视，跟大款结婚就丢脸吗？巨额财富会令很多人迷失生活方向，他们也不配拥有这笔财富。或许很快就会爆发新一轮的战争，战争结束后，除了以坑蒙拐骗谋生的人或者投机者，大家全部都成了穷光蛋呢。我们这些人全都被压榨得一穷二白。"

　　我抚摩着她的头发，手指轻轻缠绕一缕发丝："嗯，也许你说得没错。"

　　她支起手肘，低头看着我。"也许我们应该坐飞机去巴黎痛痛快快地玩上几天。你很恐惧婚姻，是吗？"她的眼睛亮闪闪的，但分辨不清那是一种什么样的情愫。

　　"只有百分之二的婚姻是美满的，大多数家庭都只是得过且过罢了。再过二十年，车库里的一张椅子就是男人的全部，家里其他领地都沦陷在了太太手里，美国女人真的很厉害，而且……"

"我想喝点儿香槟。"

我接着说道："而且离婚这种事，只有第一次才觉得为难，以后就只剩下财物方面的问题了。可能我对于你来说只是一个匆匆过客。可能十年后你我在某处偶遇，你只会在心里想一下是否在哪里见过我。"

"你就是个自信过度、软硬不吃、不能招惹的老光棍儿。我要喝点酒。"

"这样或许你能记得我久一点儿。"

"你是个自欺欺人的家伙，从里到外都是。你认为我会记得你？就凭你脸上的这点伤痕？你哪儿来的自信我一定能记得你？"

"你这么一说，我觉得我真的过于自信了，好吧，我去给你拿香槟。"

"保持这种状态挺好的，是吗？"她讽刺地说，"亲爱的，我是个富婆，以后我的钱会越来越多，我可以把整个世界都买给你，前提是你值得我这么做。你现在有什么值得患得患失的？一间连只宠物都没有的破房子？还是一个巴掌大臭烘烘的办公室？这就是你期待和守候的吗？哪怕有一天我们不幸离婚了，你的境况也比现在要好。"

"如果我拿着你的钱出轨呢？我可不是特里·雷诺克斯，那么忠心耿耿。"

"行行好，不要再提他了，也不要提韦德家的那个金光耀眼、心如蛇蝎的女人和她那悲惨的酒鬼丈夫。你就算拒绝我，成为唯一拒绝我的男人，也不能提升你的自尊是吗？我求你娶我吧，我把出生到现在最重要的尊严都交由你处置，可以吗？"

"比这规格更高的你已经给我了。"

"你这个傻瓜。"她哭了起来，眼泪湿润了脸颊，我帮她擦泪。"就算我们只能维持两年、一年，甚至半年的婚姻，你又能损失什么？仅仅是办公桌和百叶窗上的一点儿灰尘和独自生活的空虚寂寞感，仅此而已。"

"你还想喝点儿香槟吗？"

"嗯。"

我知道她并没有爱上我，她也同样清楚。我拉她坐起来，她依在我的肩膀上哭着。她哭并不是因为我，而是压抑了多时，现在需要发泄。等她离开我的肩膀后，我下床去拿香槟。她去浴室补妆，回来后脸上已经换成笑容了。

"对不起，我居然哭了。用不了六个月，我就会忘掉你的名字。把酒端到客厅吧，我想看看灯光。"她说。

我照着她的吩咐去做。她在沙发上坐下来，就像刚才那样。我把香槟端到她面前，她望着玻璃杯，但没有伸手。

我说："到时候我会再做一次自我介绍，我们可以再喝一杯。"

"就像今天晚上？"

"今天晚上已经是过去式了，永远不会再有了。"

她端起香槟，轻轻抿了一口。她从沙发上转过身子，把剩下的酒泼到我脸上，她又哭了。

我掏出手绢儿，为她擦拭眼泪，也擦掉我脸上的酒。

她说："我不知道自己怎么了。看在上帝的分上，别拿我是女人来说事，不要说女人都不可理喻。"

我笑了笑，又在她的杯子里倒了些香槟。她喝了一点儿，扭过身倒在我的腿上。

"我累了，这一次我要你把我抱回去。"

没过多久，她沉沉地睡了过去。

第二天清晨，我起床去煮咖啡，洗澡，刮胡子，换衣服，她醒来后，我们一起吃了早餐。我叫来一辆出租车，拎着她的睡袋陪她走完那道红木台阶。彼此道别，我看着她坐的出租车远去。我独自走上台阶，走进卧室，把床铺彻底弄乱，然后重新铺好。有一根淡黑色的长发落在其中一个枕头上，我的胸口好像压着一块沉甸甸的铅坨子。

这种感觉，如同法国人形容道别的表达。而那帮混混似乎对任何事都有个说法，所言总是恰到好处。

道别一声，倍感生命的不断逝去。

第五十一章

休厄尔·恩迪科特说他晚上加班，晚上七点半左右，我顺道去找他。

他的办公室设在角落里，地板上铺着蓝色的地毯。有一张古老的红木书桌，四角雕花镂纹，一看就非常值钱。几个书架倒是很普通，透过书架的玻璃门可以看到里面摆得满满当当的泛黄的法律书籍以及大名鼎鼎的英国法官"内幕神探"的讽刺漫画。南墙上挂着一幅巨大的奥利弗·温德尔·福尔摩斯法官的肖像画，除此之外没什么了。恩迪科特坐在一张黑皮椅子上，旁边放着一张里面塞满了纸张的卷盖桌。我想，世上没有任何一个装修行家有本事对办公室进行美化改造。

他保持他一贯无精打采的样子，没有穿外套，只穿着一件衬衫，领带松松垮垮，上面沾着一抹烟灰。他正在抽一根没有烟气的香烟。到处都是软塌塌的黑头发。他一声不吭地瞪着我，看我坐下来，说："我不想听到你说你现在还在追查那件案子。你是我见过的最冥顽不灵的。"

"我正在思考一件事情，不知道现在能不能直言不讳地说你当初去监狱看我，是受了哈伦·波特先生的委派？"

他点了下头。我用手指轻轻揉着我的脸颊，虽然伤口愈合了，也不肿了，不过挨打的时候，其中一下伤到了脸部神经，到现在脸上还有一些麻痹感，我需要多揉一揉才能彻底恢复。

"那次你是以什么身份前往奥塔托丹的？地区检察官代理助理？还是临时受命？"

"嗯。不过马洛，你不要揪着这一点多想。那是有用的为人之路，可能我过分重视了吧。"

"有用是好事，你继续说。"

他摇了摇头："不，已经用完了。现在波特先生在处理法律事务时，用的是旧金山、华盛顿和纽约的律师事务所。"

"我的胆大妄为肯定让他受了不少的气。"

"可令人不理解的是，他把所有怨气都发泄在了他女婿洛林医生身上了。像哈伦·波特这样的人，总是要找个人来责怪的，因为他自己不可能犯错。他认为罪魁祸首是洛林医生开给那个女人的危险药品，否则一切都风平浪静。"

"他责怪错对象了，你在奥塔托丹亲眼看见了特里·雷诺克斯的尸体吗？"

"看见了。在一家制作家具的铺子里，那里也替人做棺材。那个地方没有正儿八经的殡仪馆。我看见了他太阳穴上的伤口，尸体冷冰冰的。如果你怀疑死者身份有问题的话，这一点我可以确信，没有错。"

"不，这一点我从没怀疑过，恩迪科特先生。因为他的情况不允许，不过他肯定化装了吧？"

"头发染黑了，脸部和手也是，但脸上的疤痕还是一清二楚。另外，他碰过的家具很容易就能提取到指纹。"

"那边的警方怎么说？"

"那边非常落后，不过就指纹这方面而言还是没问题的。你知道那里非常热。"他皱着眉头说，漫不经心地把香烟从嘴上拿下来，丢进一个大大的黑色石器中。

"他们没有涂防腐油，只是从酒店里弄来一大堆冰块。你知道的，需要快速处理。"

"恩迪科特先生，你的西班牙语怎么样？"

"略懂几句，不过酒店经理给我们当翻译。光从那身考究的衣服上看，他就是一位绅士。"他面带微笑，"虽然从表面上看他像个硬汉，实际彬彬有礼，他给了我们很大的帮助。验尸程序进行得非常顺利，几下就结束了。

"我收到一封信，波特先生可能知道，里面夹着一张'麦迪逊头'。他女儿洛林太太还亲眼看过。"

"一张什么？"

"面额五千美元的大钞。"

"真的？"他挑了挑眉，"也对，这点钱对他来说不算什么。他们第二次结婚后，他的妻子给了他二十五万美元呢。可能原本他计划逃离这边的一切，到墨西哥重新开始生活，最后那些钱去向不明。我没有调查。"

"我带了那封信，你要看看吗，恩迪科特先生？"

我把信递给他，他读得十分认真，这是律师们的习惯。读完后他把信放在桌子上，脑袋向后靠，眼睛无神地盯着某一个地方。

他平静地说："写得有些咬文嚼字，你觉得呢？我想不通他为什么这么干。"

"你是指给我写信，还是写自白书，或者自杀？"

恩迪科特大声道："当然是指写自白书和自杀。给你写信不难理解，他可能要补偿你之前和后来为他做了那么多事，这是合理的。"

我说："问题是，他提到窗外的街边有个邮箱，我一直为此困惑。特里想确定酒店服务员把信真的寄出去了，让他投信前先举起来让他看一眼。"

"那又怎么样？"恩迪科特眼皮耷拉，用淡然的语气问道。他打开一个方形盒子，从里面拿出一根过滤嘴香烟，我把打火机给他丢过去。

我说："奥塔托丹根本没有那玩意儿。"

"然后呢。"

"之前我并没有想到这一点，后来我单独调查了那个地方，然后才知道那只是一个只有一万人左右的小村镇，有一家酒店、两家小酒吧，连条像样的路都没有，警察局长的公务车是一辆福特 A 型汽车。因为经常有人去山里打猎，所以才建了个机场。飞机是那边最靠谱的交通工具。邮局建在一家肉铺的边上。"

"继续，说说打猎的事。"

"我宁愿相信那里有赛马场、赛狗场、高尔夫球场或拥有音乐台和彩色喷泉的公园，也无法相信那边有街边邮箱。"

恩迪科特淡漠地说道："没准儿他搞错了呢，那只是个看起来像邮箱的垃圾桶。"

我起身把那封信拿过来，重新折叠起来，放回衣兜里。

"对，就是垃圾桶。"我说，"红白绿相间的漆皮，典型的墨西哥风格，还有个用印刷模板印出来的醒目告示，用大字写着'维护城市清洁人人有责'。当然，文字是西班牙文，还有七八条流浪狗躺在那里。"

"马洛，不要卖关子。"

"我只是想说明一下我的疑惑。还有一个问题，那封信是怎么寄过来的呢？虽然这个问题我已经问过兰迪·斯塔尔了。如果思路顺着信的内容走，应该是早就有人安排好了一切。有人撒谎了，特意告诉他邮箱的事。可还是有人把装着五千美元大钞的信寄了出来。你不觉得这太离奇了吗？"

他坐在那儿吞云吐雾，眼睛盯着飘飘荡荡的烟雾。"你得到了什么结论？这事跟斯塔尔又有什么关系？"

"斯塔尔，还有一个被赶出我们这座城市的小流氓曼宁德兹，都是特里在英国军队时的战友。某些方面，不，应该是所有方面都令人怀疑。不过，他们有自己的尊严。这边的人因为再明显不过的缘由掩盖真相，奥塔托丹那边同样放烟幕弹来遮掩。"

"那你到底得出了什么结论呢？"

"你有什么想法呢？"我反问。

他没有回答。我向他道谢，然后告辞。拉开门时我看见他紧皱眉头，我猜他可能正在尝试回想酒店外到底有没有邮箱，没有另外的不纯动机。果然没什么新意，只是轮盘再次转动而已，一个多月后才有了结果。

那是个周五的清晨，我到达办公室的时候，有个陌生人正在等我。看起来像墨西哥人或南美洲人或别的哪儿的人，穿着一身考究的衣服。窗户打开了，他正坐在窗前抽一根棕色香烟，烟气很浓。他的身材纤瘦而高挑，看起来斯斯文文，淡黑色的头发和胡子都修剪得很整齐，比通常人们的头发还要长一些。他戴着一副绿色镜片的太阳镜，西装浅褐色，手工品，针脚疏朗。

"马洛先生？"他礼貌起身。

"不知有什么可以帮助你的？"

"先生，这是拉斯维加斯的斯塔尔先生委派我送给你的资料。"他把一张折叠好的纸递给我，"你会西班牙语吗？"

"说得不好，我们还是说英语吧。"

"也好，我说哪种都差不多。"

我翻开那张纸看了看。

我给你推荐一位我的朋友，他叫奇斯克·马伊拉诺斯，
或许他能帮上你的忙。

S

"马伊拉诺斯先生，我们进去谈吧。"

我打开门，请他先进。他从我身边走过时，我闻到一股香水味。
他的两道眉毛十分温柔，但是他不像外表看起来那么柔和，因为双颊
上有伤疤。

第五十二章

他在客人椅上坐下来，跷起了二郎腿。"你想知道雷诺克斯先生的事，是吗？"

"是的，我希望你能回忆一下最后的场景。"

"我在酒店工作，先生，当时我在现场。我是那里的临时工，职位微不足道。"

他的英语无可挑剔，但带有西班牙韵律感。美洲的西班牙语，听起来像海浪一样有起伏，美国人总是觉得西班牙语的语调跟语意完全不搭调。

我说："我看你不像临时工。"

"谁都会遇上低谷。"

"给我寄信的人是谁？"

"尝尝吗？"他把香烟盒向我递来，我摇了摇头。

"我比较喜欢哥伦比亚香烟，古巴烟劲儿太大，我享受不了。"他笑了笑，自顾自地点了一根抽了起来，顿时青烟缭绕。我升腾起一股无名怒火，这个浑蛋真够斯文礼貌的。

"先生，你是问信的事？我知道。那里被警卫控制后，就没有服务员敢进雷诺克斯先生的房间了。守在那里的除了警察还有侦探之类的人，我只好亲自把信交给邮差。当然是等枪案消停后，悄悄进行的。"

"真遗憾，你真该拆开看看的，里面有一张巨额钞票呢。"

"先生，我不做那样的事，信是封好的。"

"抱歉，你继续说。"

"我走进房间，把门关上，守卫就在门外。雷诺克斯先生右手拿着一把枪，左手拿着一张一百比索的钞票，他身前的桌子上放着一封信和一张纸，我看不到写着什么。他把那张钞票给我，我没有收。"

"嗯，那可是不义之财。"

"他硬塞给我，最后我只能收下，不过后来送给酒店服务员了。我把信放在送咖啡的托盘上，拿餐巾盖在上面藏好。我出来后下楼梯走到一半时，房间里就传出了枪声。我赶忙把信藏起来跑回楼上。侦探正打算踹门。我用钥匙打开门，发现雷诺克斯先生已经死了。"他叹了一口气，手指在桌子边沿漫不经心地滑动着，"至于其他的事，你应该都了解了。"

"酒店的客房都住满了吗？"

"没有，只有五六个住客，其他都空着。"

"美洲人？"

"有两个是美洲人，来打猎的。"

"说确切点儿，是英美人，还是墨西哥人？"

"其中一个可能是西班牙血统，说着一口边境西班牙语，很难听。"他的手指轻轻从膝盖上的淡棕色布格上划过。

"他们接近过雷诺克斯的房间吗？"

"先生，他们为什么要靠近那儿？"他抬起头反问。我看不到他的眼神，他戴着绿色的眼镜。

"没缘由的，马伊拉诺斯先生，谢谢你专程过来告诉我这件事，也请你转告兰迪，我非常感谢他。"

"先生，举手之劳。"

"你跟他说，以后再派人来，最好找个靠谱的。"

"你认为我的话不可信？"他的声音很柔和，却很冰冷。

"你们这种人动不动就谈荣誉，可荣誉通常只是窃贼的表皮。你别生气，坐那儿好好听着，我换个说法给你解释。"

他往后靠了靠，一副不屑一顾的神态。

"听着，也许我猜错了，这两位美洲人大老远飞到奥塔托丹，佯装去打猎，其实是带有其他目的。其中一个是个赌徒，姓曼宁德兹，他可能直接登记实名，也可能用假名，这我不能确定。他们在那儿的事，雷诺克斯是知道的且也清楚他们前来的目的。他心里过意不去，所以给我写了封信，还在信里放了那张五千美元的大钞。尽管他认为我是个好骗的傻瓜，但他良心不安，他知道我缺钱。他还放了一些小暗示。他这种人总是想着不要把事情搞砸，却事与愿违。你说你亲自把信交给了邮差，为什么不直接放进酒店前面的箱子里？"

"先生，什么箱子？"

"邮箱。用你们西班牙的叫法，叫邮差箱。"

他轻笑了一声，说："奥塔托丹有街边邮箱吗？先生，奥塔托丹只是落后的小地方，和墨西哥市不一样。那里的人从来不收信，也不知道邮箱那玩意儿有什么用。"

"哦，是这样，不过这没什么。马伊拉诺斯先生，你根本没有端着托盘进雷诺克斯的房间送咖啡，进去的是那两个美洲人，你也没有从侦探身边经过，因为侦探已经被人摆平了。当然还有其他人，其中一个美洲人从后面袭击了雷诺克斯，把他打晕。他掏出一把驳壳手枪，卸下弹夹，把子弹取出来，又把空弹夹装回去，把枪顶在雷诺克斯的太阳穴上扣动了扳机。所以他并没有死，只是被伪造出了一个触目惊心的伤口。他被人用担架抬了出去，上面遮盖得严严实实。美国律师来检查的时候，雷诺克斯处于麻醉状态，他躺在做棺材的家具店里，身上撒着冰块。所以美国律师所看到的，是一个身体冰冷、一动不动、太阳穴有发黑的血口子、一看就是死了的雷诺克斯。然而第二天下葬的，其实是装了石头的棺材。美国律师带着他的指纹和一份可以交差的文件离开了。马伊拉诺斯先生，你说我推断得准不准？"

"先生，不排除这种可能，但这需要非同一般的人力和财力。除非这位曼宁德兹先生跟奥塔托丹的当家人、酒店的老板等有头有脸的人物关系密切，否则太难实现。"

"是的，你说的也有道理。这倒是提醒了我。你说，他们为什么哪儿都不选，偏偏选了奥塔托丹那么一个偏僻的小村落？"

"你的意思是，雷诺克斯先生还活着？"

"当然，为了让人们相信那份自白书，有人导演了一场假自杀。但这必须做到能把一个以前担任过地区检察官的律师骗过去，如果失败，那么现任地区检察官就会下不来台。这位曼宁德兹以为自己够狠，责怪我多管闲事，于是拿手枪砸我的脑袋，实际上他就是个纸老虎。当然，他这么做肯定有原因。在这一点上墨西哥人跟我们是一样的，他们也不喜欢警察胡作非为。"

"先生，这些都有可能，我明白。但是你说我根本没有进雷诺克斯的房间帮他寄信，你的意思是我在撒谎。"

"朋友，因为你一直都在房间里写信。"

他把墨镜摘了下来。一个人的眼眸的色彩，无论他怎么伪装，都无法改变。

"现在去喝一杯'螺丝起子'，是不是稍微早了点儿？"

第五十三章

　　他在墨西哥做了整形手术，他们没办法把特里的脸整得完美无瑕，但也有很不错的效果。为了让他的鼻子看起来扁一些，跟北欧人拉开些距离，甚至还削掉了一些骨头，把鼻子整了整。但他脸上原有的疤痕他们无法修补，只好在另一边脸上也搞出两道疤痕。在拉丁美洲，刀疤脸满大街都是。

　　"我还在这里做了神经移植手术。"他摸了摸原来有疤的半边脸说。

　　"我的猜测准吗？"

　　"非常接近了。当时时间紧迫，好多主意都是临时想到的，我自己都不敢确定最后会怎么样。他们嘱咐我，要确保能让他们之后找不到我。曼迪反对我给你写信，不过我坚持要写，他拗不过我。他低估了你的能力，邮箱问题他完全忽略了。"

　　"杀害西尔维娅的凶手到底是谁？你知道吗？"

　　他没有直接回答，而是说："哪怕一个女人在你心里面已经没什么地位了，你还是不忍心举报她谋杀。"

　　"世上有很多为难之处。哈伦·波特全都知道？"

　　"我想他真的认为我死了。"他又笑了笑，"除非你告诉他。"

　　"我跟他没什么可聊的，曼迪现在什么情况？"

　　"他没什么大问题，目前在阿卡普尔科。这多亏了兰迪他才能全身而退。其实曼迪也有一颗心，没你想的那么坏。"

我说："毒蛇也有良心啊。"

"那倒是，原来的那杯'螺丝起子'呢？"

我起身走到保险柜跟前，没有回答他的话。我扭转密码圆盘，拿出一个信封来，里面装着那张"麦迪逊头"和五张带有咖啡味道的一百美元面额的钞票。我把信封里的东西统统倒在桌面上，把那五张一百美元钞票捡起来，说道："这张'麦迪逊头'挺好玩儿，现在物归原主。剩下的我留着，大部分钱都花在了调查和各种开销上了。"

我把那张钞票推到他面前，但他没有碰，说道："你留着吧，我还有不少呢。你没义务帮我的。"

"你可能都听说了，她杀了她的丈夫，如果不是我多管闲事，她可能会过上好日子。他只是一个微不足道的作家，但也有血有肉，有想法有情感。他什么都知道，但他宁愿守护这个秘密痛苦地活下去。"

"兄弟，我从没打算伤害谁，我无法控制局面，只是个一直身不由己地被推着走的窝囊废。当时我太害怕了，只顾得了自己逃命。在那么急迫的时间里，没有人能做得面面俱到，你说我能怎么做？"

"我不知道。"

"反正她迟早会杀掉他。"

"说得没错。"

"行了，我们不要搞得这么沉重，何不找个安静凉快的地方喝一杯？"

"抱歉，马伊拉诺斯先生，我现在没空。"

"我们以前是好朋友，不是吗？"他看起来很不开心。

我说："是这样吗？我不清楚，你的朋友是另外两位才对。你一直待在墨西哥？"

"是，我喜欢墨西哥，那件事以后我很快就入了墨西哥国籍。只要有个好律师，这很容易办到的。其实我是用不合法手段来到这里的，我以前骗你说我出生在盐湖城，但实际上是蒙特利尔。我只是想着，去维克托酒吧喝一杯'螺丝起子'应该算不上太危险。"

"马伊拉诺斯先生，把你的钱收起来吧，我受不了上面的血腥味。"

"可你需要钱。"

"你了解我吗？"

他把钞票拿起来，用纤瘦的手指把它抹平，然后装进衣服的侧兜里，一副魂不守舍的样子。他咬了咬嘴唇，露出洁白的牙齿——只有在褐色皮肤的映衬下，牙齿才会显得这么白。

"你送我去蒂华纳的那个早上，我把所有能说的都告诉你了，我给过你告发我的机会。"

"我没有埋怨你，你本性如此。我曾一直觉得你是个谜。你的品格、教养都不错，可总有些地方让人困惑。你是个有原则，并且努力按照原则行事的家伙，但那纯粹是个性上的原则，在道德伦理方面你却毫无底线。你的本性不坏，所以能归入好人行列。但是，你跟谁在一起都无所谓，都能获得快乐，只需要大家在宴席上体面、斯文，能说一口流利的英语就行了，像是正人君子又像是地痞流氓。或许是因为你经历过战争，也或许你生来就这样，你在道德上是个失败者。"

他说："我只是想报答你，你为什么不能接受呢？我实在不能理解。你是恼怒我没有把真相告诉你吗？"

"这是你今天最有礼貌的一句话。"

"至少还有让你不反感的地方，我很欣慰。我遇上了生死危机，而我恰好认识能够帮我摆脱危机的人。当我走投无路的时候，他们无条件帮助了我。马洛，你并不是这个世界上唯一不以钱为重的人。"

他身体前倾，从我这边够到烟盒，抽出一根烟。他晒得黑黝黝的脸上的局部皮肤开始泛红，疤痕也因此突然明显了。我闻到了他身上飘过来的香水味。他从衣兜里掏出一个精美的天然气打火机，把香烟点上。

"特里，我承认你的魅力吸引了我，只因为在随便一个安静的酒吧安安静静地喝上几杯酒，点头，挥手，露出一个笑容。那时真的挺好，因为我们之间存在友谊。我的朋友，就这样吧，我不会说再见，'再见'两个字我已经在另一个场合说过了，那时候我用一个意味深长的诀别仪式跟你道了别，我只能痛下决心，感到悲凉、孤独、别无选择。"

"该死的整容花了我太长时间，我回来得有些晚了。"

"不，你只是被逼无奈出来解释的，否则你根本不会现身。"

他的眼眶里隐隐有泪水滚动，又急忙戴上了墨镜。"我不知道。我有太多顾虑，有些犹豫。他们不让我把真相告诉你。我仅仅只是没有下定决心。"

"特里，放心吧，以后你的身边有的是人帮你出谋划策。"

"兄弟，我以前是突击队员，受过重伤，那些纳粹医生简直就是恶魔，那段经历对我的影响很大，他们是不会收留废物的。"

"我都知道。我并没有埋怨你，从来没有。你有很多地方都很有男子魅力，不过你已经离开了，现在在我面前的不是你，而是一个穿着考究，喷了香水，打扮得花枝招展的便宜妓女。"

"我只是逢场作戏。"

"面具戴得很舒服，就舍不得摘下来了，对吧？"

他的嘴角露出苦笑，他忽然耸了耸肩，特有拉丁味儿。"没错，只是逢场作戏，没有别的。在这里我一无所有。哪怕我曾经有过，但也成了遥远的过去式。可能一切到此为止了，对吧？"

他站了起来，我也站了起来，伸手跟他握了握。

"再见，马伊拉诺斯先生。虽然时间不长，但荣幸认识你。"

"再见。"

我目送他出门，看着他把门关上。我听见他的脚步声走远，变小，逐渐消失。什么也听不见了，但我还是继续听着。我想听到什么？难道我盼着他停住脚步，返回来对我一顿抚慰，让我接受现实？然而他并没有这么做，那是我最后一次见他。

自那以后，我再没见过那些人了。

译后记

张贯之

　　《漫长的道别》于 1953 年出版，是雷蒙德·钱德勒（Raymond Chandler，1888—1959）第六部讲述私人侦探菲利普·马洛的长篇小说。它以洛杉矶为背景，马洛为视角，讲述了马洛与特里·雷诺克斯从萍水相逢到相知相识成为酒友，后意外卷入连环谋杀案件，马洛为寻找真相而展开调查的故事。

　　作者大量使用人物对白，注重心理活动和场景细节的描写，他的叙述方式有强烈的层次感和戏剧性，赋予读者电影画面般的感觉。其主人公菲利普·马洛充满魅力，他正直刚强，风趣爽快，他与特里的亲密关系又因案件的扑朔迷离而引人入胜。故事情节生动，人物形象饱满，冲破了传统侦探小说的刻板与呆滞，反映了社会层面的多样性和复杂性，开创了硬汉派小说的先河。

　　作为雷蒙德最出名的作品之一，《漫长的道别》现实感十足，囊括了流行文化中友情、婚姻、信仰等元素，在不落俗套的故事情节中显得无常而可怕。在写这本小说的时候，钱德勒已六十多岁，他深知"私人侦探"时代即将过去，想要打破现代男性英雄主义侦探形象常规，就要赋予人物更多维度和棱角。写作期间他的妻子已身患重病，他极度痛苦并与酒精斗争，主人公马洛在书中的行为和心路历程仿佛与他呼应，这种真实性和深层次的细腻情感不仅使他把侦探描写得有血有肉，令人赞叹也讨人喜爱，也更让这部小说出类拔萃，成为众多读者追捧的佳作。

在本书的翻译过程中，得到了中国社会科学院外文研究所研究员、博士生导师王逢振教授的指导，古弋然硕士参与了部分小节（41—53）的翻译和全书的校对工作，在此向他们深表感谢；同时也要感谢漓江出版社沈东子、黄彦等编辑的辛勤付出，历时五年付梓出版。水平有限，翻译不足之处，恳请读者海涵。

图书在版编目（CIP）数据

漫长的道别 /（美）雷蒙德·钱德勒著；张贯之译
. -- 桂林：漓江出版社，2023.10
（外国名作家文集. 钱德勒卷）
ISBN 978-7-5407-9412-5

I.①漫… II.①雷… ②张… III.①长篇小说－美
国－现代 IV.① I712.45

中国国家版本馆 CIP 数据核字（2023）第 105511 号

MANCHANG DE DAOBIE

漫长的道别

[美] 雷蒙德·钱德勒　著

张贯之　译

出版人：刘迪才
策划编辑：沈东子　辛丽芳
责任编辑：黄彦
书籍设计：石绍康
责任监印：张璐

出版发行：漓江出版社有限公司
社址：广西桂林市南环路 22 号　邮编：541002
发行电话：010-85891290　0773-2582200
邮购热线：0773-2582200
网址：www.lijiangbooks.com
微信公众号：lijiangpress
印制：北京中科印刷有限公司
[北京市通州区宋庄工业区 1 号楼 101 号　邮编：101118]
开本：880mm×1230mm　1/32
印张：12.75　字数：309 千字
版次：2023 年 10 月第 1 版　印次：2023 年 10 月第 1 次印刷
书号：ISBN 978-7-5407-9412-5
定价：68.00 元